Die ›Orientalische Bibliothek‹ vereinigt
literarische, historische und philosophische Texte
der Völker Asiens und Nordafrikas
von den Anfängen bis zur Gegenwart.
Mit Lesetexten wie auch mit wissenschaftlich
kommentierten Ausgaben will die Sammlung
zum Verständnis der nationalen Eigenarten
der orientalischen Kulturen
und ihrer übernationalen Bedeutung
beitragen.

Naoya Shiga

Erinnerung an Yamashina

Ausgewählte
Kurzprosa

Herausgegeben
und aus dem Japanischen
übersetzt
von Edith Rau

Verlag C. H. Beck
München

Mit einer Nachbemerkung der Herausgeberin
Anmerkungen am Schluß des Bandes

An der Herausgabe der ›Orientalischen Bibliothek‹
sind beteiligt: Verlag C. H. Beck, München,
Verlagsgruppe Kiepenheuer, Leipzig und Weimar,
Verlag Volk und Welt, Berlin

ISBN 3 406 31230 6
Ausgabe für die Bundesrepublik Deutschland,
Berlin-West, Österreich, Schweiz:
Verlag C. H. Beck, München 1986

Gesamtherstellung: Offizin Andersen Nexö,
Graphischer Großbetrieb, Leipzig
Schrift: Timeless-Antiqua
Gestaltung: Dietmar Kunz
Printed in the German Democratic Republic

Bis Abashiri

Als ich meinem Freund in Utsunomiya schrieb, daß ich auf dem Rückweg von Nikko gern bei ihm vorbeischauen würde, antwortete er mir, er käme mit, wenn es mir recht sei.

Es war im August, in der heißesten Zeit. Dennoch war ich entschlossen, meinen Freund zu besuchen. Vorsorglich wählte ich einen Nachmittagszug, den um sechzehn Uhr zwanzig, der nach Aomori fuhr. Als ich in Ueno ankam, stand schon eine lange Schlange vor der Sperre. Ich stellte mich sofort an.

Die Glocke läutete, die Sperre wurde geöffnet. In die Menschen kam plötzlich Bewegung. Das geschwinde Knipsen der Zange begann. Es herrschte das übliche Gedränge: Leute, die mit verkniffenem Mund an ihrem Gepäck zerrten, das an der Sperre hängengeblieben war, andere, die von dem Menschenstrom beiseite gedrängt waren und sich wieder einzureihen versuchten, und die, die das nicht dulden wollten. An der Sperre stand hinter dem Knipser ein Polizist, der jeden mißtrauisch musterte. Die Leute eilten, sobald sie die Sperre passiert hatten, im Laufschritt auf den Bahnsteig und scharten sich vor den nächstliegenden Turm, ohne die Aufforderung der Bahnhofsangestellten, auch die vorderen Waggons zu benutzen, zu beachten. Ich rannte weiter, weil ich ganz vorn einsteigen wollte.

Wie erwartet, waren die vorderen Wagen leer. Ich stieg in den ersten Wagen und setzte mich dort in das letzte Abteil. Diejenigen, die nicht so schnell in die hinteren Wagen hineinkamen, rückten Schub um Schub bis hierher nach. Dennoch waren erst zwei Drittel der Plätze besetzt. Es blieben nur noch einige Minuten bis zur Abfahrt. Hier und da wurden Türen zugeschlagen und die Riegel eingehakt. Der Bahnsteigaufseher mit dem roten Band um die Mütze, der gerade auch meine Abteiltür schließen wollte, hob die Hand.

»Steigen Sie hier ein, hierher!« rief er. Abwartend hielt er die Tür auf. Eine blasse, etwa siebenundzwanzigjährige Frau mit dünnem Haar stieg, ein Kind auf dem Rücken und eines an der Hand, rasch ein. Gleich darauf setzte sich der Zug in Bewegung. Die Frau nahm am Fenster auf der anderen Seite Platz, wo die Nachmittagssonne hereinschien. Nur dort gab es noch freie Plätze.

»Mama, geh weg da!« rief der etwa siebenjährige Knirps mit zusammengezogenen Augenbrauen.

»Hier ist es zu heiß«, antwortete still die Mutter, während sie sich das Baby vom Rücken nahm.

»Es kann ruhig heiß sein!«

»Du kriegst wieder Kopfschmerzen, wenn du in der Sonne sitzt.«

»Ich will es trotzdem!« Das Kind starrte die Mutter mit bösem Blick an.

»Taki-san«, sagte die Mutter geduldig und beugte sich zu ihm hinab. »Wir fahren sehr weit. Es wäre schlimm für mich, wenn du unterwegs Kopfschmerzen bekämst. Ich wäre dann ganz ratlos. Nicht wahr, du bist ein liebes Kind und machst, was ich sage. Wenn nachher hier, wo die Sonne nicht hereinscheint, ein Fensterplatz frei wird, kommst du gleich her, hast du verstanden?«

»Ich kriege aber keine Kopfschmerzen«, beharrte mit überschnappender Stimme das Kind.

Die Mutter blickte unglücklich drein. »Du machst mir bloß Kummer«, sagte sie.

»Komm zu mir!« rief ich, einer plötzlichen Eingebung folgend, und machte am Fenster ein wenig Platz. »Hier kriegst du keine Sonne ab.«

Der Junge warf mir einen unangenehmen Blick zu. Es war ein merkwürdiges Kind von ungesunder Gesichtsfarbe und mit einem Wasserkopf. Ich fühlte mich abgestoßen. In den Ohren und in den Nasenlöchern hatte er Wattepfropfen.

»Oh, vielen Dank auch!« Auf dem traurigen Gesicht der Frau erschien ein Lächeln. »Taki-san, bedank dich und setz dich dorthin!«

Die Frau schob den Jungen zu mir herüber.

»Komm nur!« Ich faßte das Kind an der Hand und half ihm auf den Platz. Mit einem mißtrauischen Ausdruck in den Augen sah mich der Junge ab und zu von der Seite an. Nach einer Weile wandte er schließlich sein Interesse der Landschaft draußen zu.

»Sieh möglichst da lang, sonst fliegt dir Ruß in die Augen.«

Der Junge blieb mir, ähnlich wie später auf andere solche Bemerkungen, die Antwort schuldig. Bald darauf fuhren wir in Urawa ein, wo die beiden Fahrgäste, die mir gegenüber gesessen hatten, ausstiegen. Die Frau wechselte mit dem Gepäck herüber. Viel hatte sie nicht bei sich, nur einen Pompadour und ein geknotetes Bündel.

»Taki-san, komm nun wieder zu mir! – Ich danke Ihnen vielmals«, sagte sie und verneigte sich. Das Baby, das so lange geschlafen hatte, war durch die Bewegungen der Frau wach geworden und begann zu schreien. Die Mutter wiegte es auf den Knien und versuchte es zu besänftigen. »Ist ja gut, ist ja gut! Willst du die Brust, willst du trinken?« Das Baby machte sich steif und schrie immer lauter. »Ist ja gut, ist ja gut«, wiederholte die Mutter noch einmal. »Ich geb dir was Schönes.« Sie langte mit einer Hand in den Pompadour und zog einen Keks heraus, aber das Baby schrie trotzdem weiter.

»Mama, und ich?« sagte vorwurfsvoll der Junge.

»Nimm dir selbst welche raus!« antwortete die Mutter, machte eine Brust frei und legte das Baby an. Dann zog sie aus dem Gürtel ein schmutziges seidenes Taschentuch und steckte einen Zipfel unter den Kragen, um mit dem herunterhängenden Ende die entblößte Brust zu bedecken.

Der Junge, der im Pompadour gekramt hatte, schüttelte den Kopf und sagte: »Nein, die will ich nicht.«

»Ja, was willst du denn sonst?«

»Die runden.«

»Die runden habe ich nicht. Die hab ich nicht mitgenommen.«

»Die runden will ich haben, ich will die runden!« Schon war er dem Weinen nahe.

»Unten im Beutel liegen Bonbons. Sei lieb und nimm die! Die Bonbons schmecken doch auch.«

Der Junge nickte unwillig. Die Mutter griff wieder in den Beutel, holte die Bonbons heraus und gab dem Jungen vier in die Hand.

»Noch mehr!« verlangte er. Die Mutter tat noch zwei hinzu.

Das Baby, das nun genug von der Brust hatte, spielte mit dem Schildpattkamm, der der Mutter aus dem Haar gefallen war, und wollte ihn schließlich gar in den Mund stecken.

»Laß das!« Die Mutter hielt das kleine Händchen fest. Da öffnete das Baby weit den Mund und versuchte mit dem Kopf an den Kamm heranzukommen. Auf dem Unterkiefer zeigten sich zwei kleine weiße Zähne.

»Sieh mal hier, nimm das!« Die Frau hob den Keks, der ihr auf den Schoß gefallen war, auf und hielt ihn dem Baby vor das Gesicht. Das Baby hielt im Schreien inne und starrte eine Weile mit schielenden Augen auf den Keks. Dann ließ es den Kamm los, griff danach und versuchte sich den Keks samt der geballten Faust in den Mund zu stopfen, Sabber rann ihm aus den Mundwinkeln.

Die Frau legte nun den Kopf des Babys ein wenig tiefer und fuhr ihm tastend zwischen die Beinchen. Allem Anschein nach war es naß.

»Ich werde dir die Windeln wechseln«, sagte sie zu sich selbst, und dann, zu dem Jungen gewandt: »Taki-san, mach mir ein bißchen Platz, ich will dem Baby neue Windeln umlegen.«

»Immerzu hast du was, Mama.« Widerstrebend stand der Junge auf.

»Setz dich hierhin!« Ich machte ihm aufs neue neben mir Platz, wo er zuvor schon gesessen hatte.

»Danke sehr! Der Junge ist so schwierig, er macht mir viel Sorgen.« Die Frau lächelte verloren.

»Vielleicht hängt das damit zusammen, daß er was an den Ohren und an der Nase hat«, meinte ich.

»Entschuldigen Sie vielmals!« Die Frau wandte mir den Rücken zu und nahm aus dem Bündel trockene Windeln und einen Bogen Ölpapier, um die nassen darin einzuschlagen. Dann sagte sie: »Da haben Sie ganz recht.«

»Seit wann hat er das denn?«

»Schon von Geburt an. Der Arzt führt das darauf zurück, daß sein Vater zuviel getrunken hat. Die Nase und die Ohren haben vielleicht nichts damit zu tun, aber das mit dem Kopf kommt ganz gewiß daher.«

Das Baby, das rücklings auf der Bank lag, blickte ziellos vor sich hin, bewegte die Händchen und lallte. Nachdem die Mutter es gewindelt und die schmutzigen Windeln eingepackt hatte, nahm sie es auf den Arm und sagte: »Ich danke Ihnen … Taki-san, komm wieder her!«

»Das macht nichts. Du kannst ruhig hierbleiben«, entgegnete ich, aber der Junge erhob sich wortlos und wechselte wieder auf die andere Seite hinüber. Ans Fenster gelehnt, blickte er wie zuvor nach draußen.

»Wie unhöflich von ihm«, entschuldigte sich die Frau verlegen.

Nach einer Weile erkundigte ich mich, wie weit sie fahren wolle.

»Wir wollen nach Hokkaido. Abashiri heißt der Ort. Es ist sehr weit bis dahin. Der Ort soll recht abgelegen sein.«

»In welcher Provinz ist das denn?«

»In Kitami, hat man mir gesagt.«

»Dann ist es allerdings weit. Fünf Tage braucht man bestimmt bis dahin.«

»Eine Woche wird es wohl dauern, selbst wenn man durchfährt.«

Der Zug verließ gerade den Bahnhof Mamada. Eine Weile begleitete uns das Zirpen der Zikaden, das vom nahen Wald herüberdrang. Die Sonne war untergegangen. An der Westseite schoben die Leute an den Fenstern die Sonnenblenden hoch. Eine frische Brise wehte herein. Der Flaum des auf den Arm der Mutter eingeschlafenen Babys flimmerte. Um seinen leicht geöffneten Mund surrten ein paar Fliegen. Ab und zu scheuchte die Mutter sie mit dem Taschentuch weg, das sie die ganze Zeit über in der Hand hielt. Sonst saß sie reglos und in Gedanken versunken da. Nach einer Weile schob sie das Gepäck zur Seite, legte das Baby auf die Bank, holte aus dem Pompadour einige Postkarten und einen Bleistift und begann zu schreiben. Aber sie stockte immer wieder.

»Mama«, sagte der Junge, den die Landschaft draußen allmählich langweilte. Er schien müde geworden zu sein.

»Ja, was ist?«

»Ist es noch weit?«

»O ja, es ist noch weit. Lehn dich an mich an, wenn du müde bist, und schlaf!«

»Ich bin nicht müde.«

»Bestimmt nicht? Dann sieh dir doch ein Bilderbuch an!«

Der Junge nickte stumm. Die Mutter kramte aus dem Bündel einige Bilderbücher hervor. Der Junge sah sich artig eins nach dem anderen an. Er lehnte an der Rückwand, den Kopf gebeugt, und blätterte in den Büchern. Da fiel mir auf, wie sehr seine Augen denen der Mutter glichen, die, ebenfalls den Kopf gesenkt, Karten schrieb.

Wenn ich ein Kind in Begleitung seiner Eltern sehe, zum Beispiel in der Bahn mir gegenüber sitzend, muß ich mich immer wieder wundern, wie harmonisch die im Äußeren von Vater und Mutter sich offenbarende Persönlichkeit im Gesicht und im Körperbau des kleinen Menschleins zusammengefügt ist, obwohl doch beide Elternteile sich überhaupt nicht ähnlich sehen. Zuerst vergleiche ich in solchen Fällen Mutter und Kind und stelle fest, daß sie sich ähneln. Dann betrachte ich mir Vater und Kind, um auch hier eine Ähnlichkeit festzustellen. Und wenn ich mir dann zuletzt die Eltern genau ansehe, bin ich manchmal erstaunt, weil sie so gar keine Ähnlichkeit miteinander haben.

Als ich mich dieser Gewohnheit erinnerte, konnte ich nicht anders, als von dem Kind, das diese Mutter da zur Welt gebracht hatte, auf den Vater zu schließen und mir auch dessen jetziges Schicksal auszumalen.

Aus einer sonderbaren Gedankenverbindung heraus konnte ich mir ohne Mühe das Aussehen und die Art des Mannes vorstellen. Auf meiner Schule damals gab es einen jungen Burschen namens Magaki. Er stammte aus einer Familie, die früher dem Hofadel angehört hatte. Obwohl er bestimmt fünf, sechs Jahre älter war als ich, trennten uns nicht so viele Klassen. Dieser Magaki hatte sich dem Alkohol ergeben, und wenn er trank, geriet er immer ins Prahlen. Er war von hohem Wuchs und hatte eine Adlernase, aber im Gesicht war er blaß. Er lernte überhaupt nicht, weshalb er mehrmals hintereinander sitzenblieb. Schließlich verließ er von sich aus die Schule. Nach dem japanisch-russischen Krieg stieß ich einmal in einer Zeitung auf seinen Namen, dort stand etwas über ihn als Generaldirektor einer gewissen Joshu-AG, Leinwandfabrikation. Was er jetzt macht, weiß ich nicht, ich habe nie wieder von ihm gehört.

Unvermittelt war mir dieser Mann nun eingefallen. Ich dachte, daß es sich bei dem Vater des Jungen um einen Menschen vom gleichen Typus handeln könne. Dieser Magaki allerdings war, obwohl er großspurig dahergeredet hatte, kein schwieriger Charakter gewesen. Er hatte seine heiteren Seiten gehabt und sich zuweilen als ein rechter Spaßvogel aufgeführt. Nur sind solche Eigenschaften eben nicht von Bestand. Selbst der heiterste Mensch verwandelt sich in einen übellaunigen, wenn sich die Mißgeschicke häufen. Er wird finster, tyrannisiert seine schwache Frau und reagiert an ihr seinen Ärger ab. Vielleicht war der Vater dieses Jungen auch so ein Mensch …

Der Sommerkimono, den die Frau trug, war zwar abgetragen, aber aus Seidenkrepp, und der Gürtel war aus einem blaugrauen Gewebe. Diese Kleidung gab mir Aufschluß über das Leben der Frau vor ihrer Heirat und ihr früheres feines Aussehen, aber auch über die Sorgen, die dann folgten.

Wir passierten Oyama. Koganei und Ishibashi. Draußen senkte sich langsam die Dunkelheit herab.

Als die Frau ihre zwei Postkarten geschrieben hatte, plärrte der Junge plötzlich los: »Mama, ich muß austreten!« Dieser Wagen hatte aber keine Toilette.

»Kannst du es nicht noch ein Weilchen aushalten?« fragte die Mutter verlegen. Der Junge schüttelte den Kopf, eine Falte stand ihm zwischen den Augenbrauen.

Die Frau umschloß ihn mit den Armen und sah sich überall um, aber ohne Erfolg.

»Wart noch ein bißchen, ein Momentchen, ja?« redete sie ihm zu. Der Junge schüttelte sich, er konnte es kaum noch aushalten.

Bald darauf fuhr der Zug in Suzunomiya ein. Aber der befragte Schaffner meinte, daß der Zug nicht lange genug halte, sie solle bis zum nächsten Bahnhof warten. In Utsunomiya habe er acht Minuten Aufenthalt.

Welche Pein war das für die Mutter bis Utsunomiya! Inzwischen war auch noch das Baby wach geworden, das bis dahin ruhig geschlafen hatte. Während sie das Kleine stillte, wiederholte sie immerzu: »Gleich sind wir da, gleich!« Ich mußte denken, daß diese Mutter entweder von ihrem jetzigen Mann zu Tode gequält oder, wenn es ihr gelänge, am Leben zu bleiben, eines Tages unweigerlich von ihrem Kind umgebracht würde.

Dann fuhr der Zug donnernd den Bahnsteig entlang in

Utsunomiya ein. Noch bevor er hielt, rief der Junge: »Schnell, schnell!« Er krümmte sich und preßte die Hände auf den Bauch.

»Komm, wir gehen!« sagte die Mutter. Sie beugte sich ganz nahe zu dem Gesicht des Babys herab, das sie auf die Bank gelegt hatte, und flüsterte: »Bleib hier, ja! Sei artig!« Danach wandte sie sich an mich: »Ich möchte Sie bitten, einen Augenblick auf das Kind achtzugeben.«

»Aber natürlich«, antwortete ich bereitwillig.

Der Zug hielt. Ich öffnete sofort die Tür. Der Junge kletterte hinaus.

»Sei brav, mein Kleines!« Aber als sich die Frau umwandte und weggehen wollte, streckte das Baby die Ärmchen nach ihr aus und begann zu schreien, als hätte es Feuer gefangen.

»Was mache ich bloß mit dir?« Die Mutter zögerte einen Augenblick, dann holte sie geschwind einen schmalen Tragegürtel aus *hakata*-Gewebe aus dem Bündel und zog ihn, ohne lange zu überlegen, dem Kind unter beiden Armen hindurch, um es sich aufzuladen. Bevor sie sich jedoch mit flinken Bewegungen das Kind auf den Rücken band, nahm sie noch ein baumwollenes Taschentuch aus dem Ärmel und legte es sich über den Kragen. So stieg sie aus. »Ich bin am Ziel«, erklärte ich und folgte ihr.

»Ach so!« meinte die Frau ziemlich erstaunt. »Vielen Dank nochmals für Ihre Freundlichkeit!« Sie verneigte sich höflich.

Als wir dann im Menschengedränge nebeneinander herliefen, bat sie mich: »Könnten Sie vielleicht diese Postkarten ...« Sie langte in den Ausschnitt, um die Karten herauszuholen, aber da der Tragegürtel über der Brust gekreuzt war, schaffte sie es nicht. So blieb sie einen Augenblick stehen.

»Mama, wo bleibst du denn?« rief der Junge gereizt und wandte sich nach ihr um.

»Warte doch mal ...« Sie drückte das Kinn auf die Brust

und versuchte die Hand in den Brustausschnitt zu schieben. Weil sie sich so sehr anstrengte, liefen ihre Ohren rot an. Da sah ich, daß ihr das Taschentuch, das sie sich unter den Kragen gesteckt hatte, verrutscht war. Es war wohl passiert, als sie sich das Baby aufgeladen hatte. Ohne ein Wort zu sagen, faßte ich ihr impulsiv auf die Schulter, um das Tuch, das dort unter dem Tragegurt steckte, zurechtzuziehen. Die Frau sah erschrocken zu mir auf.

»Das Taschentuch war verrutscht«, erklärte ich und wurde rot. »Danke schön«, sagte sie und hielt still, während ich ihr das Taschentuch wieder unter den Kragen schob.

Als ich meine Hand schweigend von ihrer Schulter zurückzog, bedankte sie sich noch einmal.

Wir trennten uns auf dem Bahnsteig, ohne daß ich nach ihrem Namen gefragt oder meinen genannt hätte.

Mit den Postkarten in der Hand ging ich zum Bahnhofseingang. Dort hing ein Briefkasten. Ich war versucht, die Karten zu lesen, und meinte, ich dürfe das tun. Ein paar Sekunden lang stand ich unschlüssig da, aber dann trat ich an den Kasten heran und warf die Karten, jede einzeln und mit der Anschrift nach oben, hinein. Gleich nachdem ich sie eingesteckt hatte, hätte ich sie gern noch einmal herausgeholt. Nur soviel hatte ich beim Einwerfen mit einem schnellen Blick erhascht: Die Karten waren an Tokyoter Adressen gerichtet, die eine an eine Frau, die andere an einen Mann.

Zum Verständnis der Erzählung muß man wissen, daß sich in Abashiri ein Zuchthaus befindet.

1910

Das Rasiermesser

Yoshisaburo aus dem Laden Tatsudoko in Roppongi lag, was selten vorkam, mit einer Erkältung zu Bett. Das fiel gerade auf die Tage vor der Herbst-Tagundnachtgleiche, an denen die Arbeit der Soldaten wegen auf Hochtouren lief. Darniederliegend dachte er, wie gut es wäre, wenn Genko und Jitako da wären, die er vor einem Monat hinausgeworfen hatte.

Yoshisaburo war, obwohl altersmäßig ein, zwei Jahre voraus, früher hier zusammen mit Genko und Jitako Lehrling gewesen. Der damalige Inhaber hatte ihm, vernarrt in sein Geschick, das Rasiermesser zu führen, seine einzige Tochter zur Frau gegeben und ihm, nachdem er gleich darauf in den Ruhestand getreten war, das Geschäft überlassen.

Genko, der insgeheim auf die Tochter gehofft hatte, verließ bald danach den Laden, der gutmütige Jitako jedoch arbeitete fleißig weiter wie zuvor, wobei er den bisherigen Yoshi-san fortan Meister nennen mußte. Der im Ruhestand lebende Schwiegervater starb etwa ein halbes Jahr, die Schwiegermutter ein weiteres halbes Jahr darauf.

Im Umgang mit dem Rasiermesser war Yoshisaburo wirklich ein Meister. Und da er obendrein ein äußerst empfindsamer Mensch war, gab er sich nicht zufrieden, solange es sich beim prüfenden Darüberstreichen auch nur ein ganz klein wenig rauh anfühlte, solange er nicht jedes einzelne Barthaar fast bis an die Wurzel wegrasiert hatte. Dennoch kam es bei ihm nie vor, daß die Haut wund wurde. Die Kunden sagten, es dauere einen Tag länger, bis der Bart nachwachse, wenn sie sich von Yoshisaburo hätten rasieren lassen. Und er selbst war stolz darauf, daß er in den zehn Jahren kein einziges Mal, auch nicht versehentlich, einen Kunden verletzt hatte.

Zwei Jahre nach seinem Weggang tauchte Genko unverhofft wieder auf. Yoshisaburo sah sich, schon aus Freundlichkeit dem ehemaligen Kollegen gegenüber, gezwungen, ihn wieder einzustellen, zumal er sich entschuldigte. Doch Genko hatte sich in den zwei Jahren sehr zu seinem Nachteil verändert. Er vernachlässigte oft seine Arbeit. Und er bewog Jitako dazu, sich mit ihm in Kasumicho bei anrüchigen Frauen, die mit Soldaten verkehrten, herumzutreiben. Schließlich verleitete er den gutherzigen Jitako sogar dazu, die Ladenkasse zu erleichtern. Yoshisaburo empfand Mitleid mit Jitako und redete ihm wiederholt gut zu. Nachdem er aber Geld aus der Kasse entwendet hatte, half alles nichts mehr. So hatte er denn vor etwa einem Monat die beiden hinausgeworfen.

Jetzt war also nur noch Kanejiro bei ihm, ein zwanzigjähriger, höchst schlafmütziger junger Mann mit blassem Gesicht, dazu kam ein zwölf- bis dreizehnjähriger Junge namens Kinko, der durch einen ungemein großen Hinterkopf auffiel. An diesen einträglichen Tagen vor dem Fest nun war mit den beiden absolut nichts anzufangen. Yoshisaburo selbst hütete, vom Fieber gepeinigt, das Bett, allein gelassen mit seiner Erbitterung.

Am Nachmittag drängten immer mehr Kunden herein. Das kreischende Öffnen und Schließen der Glastür und Kinkos schleppender Gang mit dem trockenen Knirschen der *geta*, an denen sich die Querriemen gelockert hatten, reizten zusätzlich seine überspannten Nerven.

Wieder ging die Glastür auf. »Ich komme von Yamada aus dem Ryudo. Mein Herr verreist morgen. Schleifen Sie das hier bis heute abend! Ich hole es ab.« Es war eine Frauenstimme.

»Heute ist so viel Kundschaft da. Reicht es nicht bis morgen früh?« hörte er Kanejiro sagen.

Die Frau schien einen Augenblick zu zögern, dann sagte sie: »Also gut, aber ganz bestimmt!«

Sie schloß die Glastür, öffnete sie jedoch gleich wieder und bat: »Der Meister möchte sich selbst die Mühe machen!«

»Äh, der Meister ...«, sagte Kanejiro, doch Yoshisaburo unterbrach ihn und fuhr ihn aus dem Bett heraus an: »Kane, ich mach es!« Seine Stimme, obwohl heiser, klang scharf. Ohne darauf einzugehen, sagte Kanejiro zu der Frau: »Es wird also gemacht.« Nun hatte die Frau wohl die Tür geschlossen und war gegangen.

»Verflucht!« murmelte Yoshisaburo vor sich hin, streckte die vom lila Futter der Zudecke blau gefärbten Arme heraus und starrte sie eine Weile reglos an. Sein vom Fieber erschöpfter Körper war schwer wie eine Statue. Mit abwesendem Blick betrachtete er einen verräucherten Papierhund an der Decke, auf dem zahllose Fliegen saßen.

Ohne eigentlich zuhören zu wollen, lauschte er den Gesprächen im Laden. Ein paar Soldaten äußerten ihre Meinung über die Garküchen in der Nachbarschaft, schimpften über das Essen bei der Armee, meinten dann aber, daß auch solch ein Essen irgendwie genießbar sei, wenn die augenblickliche Kühle anhalte. Während er diese Gespräche mit anhörte, begann sich Yoshisaburo ein wenig besser zu fühlen. Nach einer Weile drehte er sich mühsam auf die andere Seite.

Im weißlich-trüben Abendlicht, das durch die Tür hereinfiel, bereitete seine Frau O-Ume, das Baby im Kittel auf dem Rücken, in der Küche hinter dem Dreimattenzimmer das Abendessen vor. Mit einem Gefühl der Erleichterung schaute er ihr dabei zu.

Ich will es lieber gleich machen, dachte er, und richtete seinen schweren Körper auf der Matte auf. Ihm wurde jedoch schwindlig, so daß er eine Weile gebeugt dasaß.

»Toilette?« fragte O-Ume besorgt, mit nassen, baumelnd vorgestreckten Händen ins Zimmer tretend.

Yoshisaburo glaubte nein gesagt zu haben, doch seine Stimme war ohne jeden Klang. Während O-Ume die Bettdecke aufschlug und den Schleimtopf vom Kopfkissen wegschob, wiederholte er: »Nein, nicht deswegen.« Seine Stimme war aber so matt, daß O-Ume ihn nicht verstand. Yoshisaburos Laune verschlechterte sich wieder, von neuem befiel ihn Gereiztheit.

»Soll ich dich stützen?« O-Ume stellte sich fürsorglich hinter ihn.

»Hol mir das Schleifleder und Yamadas Rasiermesser!« stieß er hervor.

»Du willst schleifen?« fragte sie nach kurzem Schweigen.

»Red nicht herum, bring mir die Sachen!«

»Häng dir wenigstens einen Schlafkimono über, wenn du schon aufstehst!«

»Wirst du mir wohl endlich bringen, worum ich dich gebeten habe!« Er hatte ziemlich leise gesprochen, aber zitternd vor Erregung. O-Ume kümmerte sich nicht darum, sie holte einen wattierten Kimono und hängte ihn ihrem Mann, der mit gekreuzten Beinen auf der Matte saß, über die Schultern. Yoshisaburo griff mit einer Hand nach dem Kragen und riß den Kimono mit einem Ruck herunter.

Schweigend schob O-Ume die schmale *shoji*-Tür auf und stieg in den ungedielten Laden hinunter, um das Schleifleder und das Rasiermesser zu holen. Da sie nichts fand, woran sie das Leder hätte einhaken können, schlug sie einen abgebrochenen Nagel in den Pfeiler am Kopfende der Matte.

Yoshisaburo wußte, daß er bei schlechter Laune nicht gut zu schleifen vermochte. Und jetzt, da seine Hände vom Fieber zitterten, gelang es ihm erst recht nicht. O-Ume, die seine Nervosität nicht mitansehen konnte, riet ihm mehrmals, Kane-san damit zu beauftragen, aber er gab ihr keine Antwort. Schließlich ertrug er es nicht mehr. Nach etwa fünfzehn Minuten legte er sich völlig erschöpft wieder hin, fiel sogleich in einen leichten Dämmerzustand und schlief dann ein.

Das Rasiermesser wurde um die Zeit, da man das Licht anzündete, von Yamadas Dienstmädchen abgeholt, das auf dem Rückweg von einer Besorgung hereinschaute.

O-Ume hatte Reisbrei gekocht. Sie wollte, daß Yoshisaburo den Brei aß, bevor er kalt wurde, aber sie überlegte sich, daß er wieder mißlaunig werden könnte, wenn sie ihn aus seinem schweren Schlaf weckte, und so unterließ sie es. Es ging auf acht Uhr. Da sich auch das Einnehmen der Medikamente verzögern würde, wenn er noch länger schliefe, rüttelte sie ihn schließlich doch wach. Yoshisaburo war gar nicht so sehr mißgelaunt. Er setzte sich auf und aß den Brei. Dann legte er sich zurück und fiel gleich wieder in Schlaf.

Kurz vor zehn wurde Yoshisaburo der Medizin wegen nochmals geweckt. Diesmal hatte er tief und traumlos geschlafen. Sein fiebriger Atem stieß aus der Nase gegen den Kragen des Schlafkimonos, den er sich bis unter die Augen gezogen hatte, und schlug ihm von da aus unangenehm ins Gesicht. Im Laden war es inzwischen still geworden. Mit einem kraftlosen Blick sah er sich um. Am Pfeiler hing das schwarze Schleifleder. Das düstere Lampenlicht von auffällig rötlich-gelber Farbe fiel auf O-Umes Rücken, die in einer Zimmerecke das Kind stillte. Ihm kam es vor, als litte das ganze Zimmer Fieberqualen.

»Meister, Meister!« Schüchtern erklang Kinkos Stimme vor seinem etwas erhöht liegenden Zimmer.

»Ja«, antwortete Yoshisaburo, den Mund im Kragen des Kimonos vergraben, doch Kinko hörte die gedämpfte, heisere Stimme offenbar nicht.

»Meister!« rief er nochmals.

»Was denn?« Diesmal kam die Frage deutlich und scharf.

»Von Yamada ist wieder das Rasiermesser gebracht worden.«

»Ein anderes?«

»Das von vorhin. Er hat es gleich benutzt, aber es schneidet nicht gut. Es hat Zeit bis morgen mittag. Sie möchten es erst zurückschicken, nachdem Sie es selbst ausprobiert haben.«

»Ist Yamadas Bote noch da?«

»Nicht mehr.«

»Zeig her!« Yoshisaburo streckte ihm die Hand über die Bettdecke entgegen und nahm das Futteral mit dem Rasiermesser in Empfang, das Kinko ihm kniend hinhielt.

»Deine Hände zittern ja vom Fieber. Solltest du nicht besser Yoshikawa aus Kasumicho darum bitten?« meinte O-Ume und erhob sich, die entblößte Brust bedeckend. Yoshisaburo streckte stumm die Hand aus, um den Docht höher zu schrauben, zog das Messer aus dem Futteral und betrachtete es von allen Seiten. O-Ume setzte sich zu ihm ans Kopfende und legte ihm sacht die Hand auf die Stirn. Yoshisaburo stieß sie mit der freien Hand weg.

»Kinko!«

»Ja!« kam es unverzüglich vom Fußende her.

»Bring mir den Schleifstein!«

»Ja!«

Kaum hatte Kinko den Schleifstein gebracht, begann Yoshisaburo, ein Bein aufgestellt, auf dem anderen kniend, zu schleifen. Die Uhr schlug zehn.

O-Ume, die wußte, daß er sowieso nicht auf sie hören würde, saß still da und schaute ihm zu.

Nachdem er eine Weile auf dem Stein geschliffen hatte, legte er das Messer ans Leder. Die stockige Luft im Zimmer schien durch das Quietschen ein wenig in Bewegung zu geraten. Yoshisaburo versuchte zwar, das Zittern seiner Hände zu unterdrücken und in gleichmäßigem Rhythmus zu schleifen, aber es gelang ihm nicht. Da löste sich plötzlich der Nagel, den O-Ume in den Pfeiler geschlagen hatte. Das Schleifleder schnellte zurück und wickelte sich um das Rasiermesser.

»Paß auf!« schrie O-Ume und blickte ihrem Mann angstvoll ins Gesicht. Yoshisaburos Augenbrauen zuckten nervös.

Er wickelte das Lederband ab und warf es von sich. Das Rasiermesser in der Hand erhob er sich und wollte, nur im Schlafgewand, in den Laden hinuntersteigen.

»So kannst du nicht gehn.« Fast weinend hielt O-Ume ihn zurück, aber er hörte nicht auf sie. Schweigend stieg er in den Laden hinunter. O-Ume folgte ihm.

Kein einziger Kunde war da. Nur Kinko saß auf einem Stuhl vor dem Spiegel und hing seinen Gedanken nach.

»Wo ist denn Kane-san?« fragte O-Ume.

»Er will sich um Tokiko bewerben«, antwortete Kinko ernsthaft.

»Hat er das wirklich beim Weggehen gesagt?« O-Ume lachte auf.

Yoshisaburo jedoch machte nach wie vor ein verdrießliches Gesicht.

Tokiko war der Name jenes merkwürdigen Mädchens aus dem benachbarten Geschäft mit dem Aushang »Armeeartikel – Gemischtwaren«. Es hieß, sie sei Absolventin einer Mädchenschule. Keine Stunde verging, in der nicht einige Soldaten, Studenten oder junge Männer aus der Nachbarschaft in diesem Geschäft herumsaßen.

»Sag ihm, er soll kommen! Wir machen gleich zu«, befahl O-Ume dem Gehilfen.

»Es ist noch früh«, widersprach ihr Yoshisaburo. O-Ume verstummte.

Yoshisaburo begann zu schleifen. Es ging besser als zuvor im Hocken.

O-Ume holte eine wattierte Jacke, sprach beruhigend wie zu einem Kind auf ihn ein und erreichte schließlich, daß er sie sich überziehen ließ. Aufatmend setzte sie sich dann auf die Schwelle und betrachtete das Gesicht ihres emsig schleifenden Mannes. Am Fenster saß Kinko auf einem Kundensessel, ein Knie mit einem Arm umfassend, und rasierte sich rauf, runter, runter, rauf den ohnehin haarlosen Unterschenkel.

Da trat, die Glastür schwungvoll aufschiebend, ein mittelgroßer junger Mann von zweiundzwanzig, dreiundzwanzig Jahren herein. Er trug einen leicht gefütterten Kimono mit einem schlichten, vorn zugebundenen Gürtel. Seine Füße steckten in billigen *geta*, deren Riemen vorn zu eng geschnürt waren.

»Rasieren Sie mich bitte rasch. Es kann ruhig flüchtig sein«, sagte er, stellte sich vor den Spiegel, streckte, sich auf die Unterlippe beißend, das Kinn vor und strich mit zusammengelegten Fingern mehrmals darüber. Er sprach zwar betont weltmännisch, aber sein Akzent verriet den Provinzler. An seinen knotigen Fingern und dem braungebrannten Gesicht war zu erkennen, daß er tagsüber einer harten Arbeit nachging.

»Lauf schnell zu Kane-san!« befahl O-Ume erneut dem Gehilfen und sah ihn scharf an.

»Ich rasiere selbst.«

»Dir zittern ja die Hände ...«

»Ich rasiere«, schnitt Yoshisaburo ihr das Wort ab.

»Du bist ja ganz von Sinnen«, meinte O-Ume leise.

»Den Arbeitskittel!«

»Wenn du bloß rasierst, bleiben sowieso keine Haare an dir hängen. Da kannst du so bleiben, wie du bist.« O-Ume wollte nicht, daß er die warme Jacke auszog.

»Sind Sie krank, Meister?« fragte der junge Mann, befremdet von einem zum andern blickend, und zwinkerte ihm mit seinen kleinen, tiefliegenden Augen zu, als wollte er mit ihm kokettieren.

»Ein bißchen erkältet, ja ...«

»Geben Sie acht auf sich! Es soll eine bösartige Grippe sein, die jetzt grassiert.«

»Danke auch«, sagte Yoshisaburo, aber es war nur eine leere Floskel.

Als er dem jungen Mann den weißen Umhang umlegte, wiederholte der: »Es kann ruhig flüchtig sein.« Und mit einem anzüglichen Lächeln fügte er hinzu: »Ich hab's nämlich ein bißchen eilig.« Schweigend milderte Yoshisaburo die Schärfe des soeben geschliffenen Messers an der Innenseite seines Unterarms.

»Halb elf ist es jetzt, um halb zwölf kann ich also dasein«, drängte der Bursche abermals auf Eile, erpicht darauf, eine Antwort zu hören.

Da sah Yoshisaburo plötzlich im Geiste schmuddlige Frauen aus kleinen Freudenhäusern vor sich, mit Stimmen, die nicht erkennen ließen, ob es sich um Mann oder Frau handelte. Und als er sich vorstellte, daß dieser vulgäre, untersetzte Mann sich gleich dorthin begeben würde, tauchte in seinem ermatteten Gehirn eine Reihe häßlicher, Übelkeit erregender Szenen auf. Er seifte den Burschen mit dem lauwarmen Wasser ein und rieb wie irr auf dessen Wangen und Kinn herum. Der junge Mann versuchte dabei, ab und zu im Spiegel sein Gesicht zu erhaschen. Yoshisaburo hätte ihn am liebsten mit beißender, giftiger Zunge heruntergeputzt.

Noch einmal zog er das Messer am Riemen ab, dann begann er als erstes den Hals zu rasieren, aber es wollte ihm nicht recht glücken. Ihm zitterten die Hände. Im Liegen war es nicht so schlimm gewesen, aber jetzt im Stehen lief ihm das Wasser aus der Nase, sobald er nur den Kopf neigte. Ab und zu setzte er das Messer ab, um sich die Nase zu putzen, aber nicht lange, und sie begann von neuem zu kitzeln, weil das Wasser in ihr zusammenlief und hinunterzutropfen drohte.

Im hinteren Zimmer schrie das Baby, O-Ume ging zu ihm.

Der junge Bursche blieb, obwohl er mit einem nicht eben scharfen Messer rasiert wurde, gleichmütig, als ob es ihm weder weh tat noch juckte. Diese Stumpfheit ärgerte Yoshisaburo maßlos. Das gut schneidende Messer, das er sonst benutzte, wäre zur Hand gewesen, er war nur zu träge, das Messer zu wechseln. Ihm war schon alles egal. Dennoch arbeitete er nun etwas sorgfältiger. Er brachte es einfach nicht fertig, über eine sich auch nur ein wenig rauh anfühlende

Stelle hinwegzugehen. Je länger er sich dabei aufhielt, desto gereizter wurde er. Körperlich fühlte er sich immer matter werden, seine Willenskraft ließ nach. Obendrein schien auch das Fieber beträchtlich gestiegen zu sein.

Der junge Bursche, der anfangs, um ein Gespräch zu beginnen, ein Thema nach dem anderen angeschnitten hatte, schwieg nun aus Furcht vor Yoshisaburos Unmut. Und als die Rasur bei den Schläfen angelangt war, begann er, von der harten Tagesarbeit erschöpft, einzunicken. Auch Kinko schlief, den Kopf ans Fenster gelehnt. Im Hinterzimmer verstummte die Stimme, die das Kind in den Schlaf gelullt hatte, auch dort herrschte nun Ruhe. Drinnen wie draußen lag die Welt in tiefer Stille. Das Schaben des Rasiermessers war das einzige Geräusch.

Eben noch war Yoshisaburo gereizt und einem Wutanfall nahe gewesen, nun kamen ihm auf einmal fast die Tränen. Er war an Leib und Seele total erschöpft.

Nachdem er vom Hals an aufwärts Wangen, Kinn und Schläfen rasiert hatte, gelangen ihm trotz größter Mühe die weichen Stellen an der Kehle nicht. Während er sich damit abquälte, erhob sich in ihm der Wunsch, diese Stellen samt der Haut wegzuschaben. Wenn er in das Gesicht mit den vielen vom Fett verstopften, groben Poren blickte, konnte er sich dieses Gefühls einfach nicht erwehren. Der junge Bursche schlief mittlerweile fest. Sein Kopf hing schlaff nach hinten, und der Mund stand ihm in törichter Art weit offen, unregelmäßige, schmutzige Zähne bleckten den Meister an.

Yoshisaburo konnte sich nicht mehr auf den Beinen halten. Ihm war, als hätte man ihm Gift in alle Glieder gespritzt. Am liebsten hätte er alles hingeworfen und wäre auf der Stelle umgesunken. Schluß jetzt! Wer weiß, wie oft er das schon gedacht hatte. Aus Trägheit jedoch machte er weiter.

Die Klinge war an einer Stelle ein wenig hängengeblieben. Der Kehlkopf des Burschen zuckte. Yoshisaburo spürte, wie ein Blitz ihn vom Kopf bis zu den Zehenspitzen durchfuhr. Und dieser Blitz fegte alle Mattigkeit und Müdigkeit hinweg.

Die Wunde war nicht einmal fünf *bu* groß. Fassungslos stand er da und starrte sie an. Die abgeschabte Stelle sah anfangs milchig weiß aus, dann jedoch sickerte unmerklich helles Rot hindurch, und im Nu quoll das Blut hervor. Starr hielt er den Blick darauf gerichtet. Das Blut schwoll zu einer Kugel an, die größer und größer wurde, bis sie schließlich zerfiel und es in einer dünnen Spur den Hals hinunterrann. In diesem Augenblick erhob sich in Yoshisaburo ein Gefühl von Raserei. Es packte ihn, der niemals bisher das Gesicht eines Kunden verletzt hatte, mit äußerster Gewalt. Sein Herz begann zu jagen. Fast schien es, als würde er gänzlich, mit Leib und Seele, in die Wunde eingesaugt. Nun konnte er der Raserei schon nicht mehr Herr werden. Er nahm das Rasiermesser wie einen Dolch in die Hand und stieß es dem Burschen mit einem Ruck in die Kehle. So tief, daß es in seiner ganzen Länge darin verschwand. Der Bursche rührte und regte sich nicht. Im nächsten Augenblick schoß das Blut hervor. Das Gesicht des Burschen wurde zusehends erdfahl.

Yoshisaburo sank wie ohnmächtig auf den nächsten Stuhl nieder. Alle Spannung lockerte sich mit einem Mal, gleichzeitig kehrte mit ganzer Macht die Erschöpfung zurück. Wie er dasaß, müde und mit geschlossenen Augen, sah er aus wie ein Toter. Auch die Nacht war totenstill. Keine Bewegung. Alles war in tiefen Schlaf gefallen. Nur die Spiegel betrachteten von drei Seiten gelassen diese Szene.

1910

Trüber Kopf

Tsudas Stimmung heute abend überraschte mich, denn er war ein Mann, der sonst nicht viel sprach. Seine eingefallenen Wangen und seine feuchten, unsteten Augen verrieten mir die schrecklichen Träume, die ihn zwei Jahre lang im Irrenhaus heimgesucht hatten. Obwohl ich, man möge es mir verzeihen, ihm gegenüber stets eine gewisse Neugier gehegt hatte, war ich, aus Furcht, diesen noch nicht als normal zu bezeichnenden Menschen in Aufregung zu versetzen, einem Gespräch über jenen Vorfall möglichst ausgewichen. Nun aber fing Tsuda von sich aus an zu erzählen, mit der Bitte, ihn offenen Herzens anzuhören.

1

Ich bin eben nur ein schwacher Mensch. Wenn man körperlich erst einmal dermaßen herunter ist, mag das zwar egal sein, dennoch verspüre ich den Drang, mich irgendwie zu rechtfertigen. Wo ich nun so sehr von Kräften komme und sterben werde, kann ich keine Ruhe finden bei dem Gedanken, als der zu enden, den meine Verwandten, Freunde und vor allem meine Familienangehörigen in mir sehen.

Da auch ich einmal die Absicht hatte, Schriftsteller zu werden – ich habe sogar einige wertlose Sachen geschrieben –, kam mir die Idee, mein eigenes Leben in einem Roman darzustellen, aber ich habe diesen Plan aufgegeben. Dazu reicht meine Energie bei weitem nicht. Und so ist das

Höchste, was ich mir noch wünschen kann, daß ein Mensch wie Sie bereit ist, mich anzuhören.

Können Sie ermessen, wie froh ich bin, daß ein reiner Mensch wie Sie – das ist zwar eine merkwürdige Bezeichnung, aber von jemandem wie mir läßt sich das nicht anders ausdrücken –, daß also Sie, ein reiner Mensch, mit meinesgleichen freundlichen Umgang pflegen?

Sie werden sicherlich genau wissen, was am Abend nach Ihrer Ankunft in dem Gasthaus geschehen ist. Verstehen Sie meine Freude, daß ich gerade Ihnen, der Sie mir mein ungemein schändliches Betragen verziehen haben, meine Geschichte erzählen darf?

Was Tsuda mit den Worten »Am Abend nach Ihrer Ankunft in dem Gasthaus ...« meinte, sei am Schluß als Nachbemerkung angefügt.

Ich war seit meinem siebzehnten Lebensjahr sieben Jahre lang ein folgsamer Christ. All die vielen Gebote wie: »Du sollst nicht stehlen! Du sollst nicht töten! Du sollst nicht falsch Zeugnis reden!« brachten mich, der ich in friedlicher Familienatmosphäre aufgewachsen bin, im großen und ganzen kaum in Konflikte. Einzig das Gebot über den Ehebruch quälte unablässig mein ahnungsloses Herz. Bevor ich mit dem Christentum in Berührung kam, war ich geistig wie körperlich ein unbefangenes Kind. Ich trieb gern Sport: Baseball, Tennis, Rudern, Geräteturnen, eben alles. Und was das Schwimmen angeht, so habe ich einmal die Strecke zwischen Kamakura und der Insel Enoshima zurückgelegt. Bei gutem Wetter konnte man mich, wenn die Schule aus war, mit Sicherheit bis zum Abend auf dem Sportplatz antreffen.

Da man in dem Alter ja schnell wächst, mußte Jahr für Jahr der Saum meines dünnen Sommerkimonos ausgelassen werden, damit er mir wieder paßte, worüber meine Mutter sich stets lachend zu beschweren pflegte. In bezug auf das Lernen allerdings war ich weniger eifrig. Wenn ich abends nach Hause kam, war ich so hungrig, daß ich sechs bis sieben Schalen leerte. Auf meinem Zimmer hatte ich dann zu nichts mehr Lust. Der Form halber setzte ich mich zwar an meinen Tisch, schlief aber stets im Nu ein. So sah damals mein tägliches Leben aus.

Alles änderte sich jedoch von Grund auf, als ich mit dem Christentum in Berührung kam.

Das Motiv, weshalb ich an das Christentum zu glauben begann, war äußerst einfach. Ein Student, der bei uns wohnte, hatte bei einer sogenannten Missionierungsaktion die Taufe empfangen. Das allein war der Anlaß.

Von da an wandelte sich mein Lebensstil. Den Sport gab ich ganz auf. Einen besonderen Grund dafür hatte ich nicht, nur kam mir dergleichen auf einmal völlig sinnlos vor, obendrein hatte wohl auch der Wunsch mitgespielt, mich von den anderen zu unterscheiden.

Die Schule, die ich besuchte, zeichnete sich im allgemeinen durch eine ungezwungene Atmosphäre aus. Dennoch gab es auch dort eine Gruppe, die an dem schmutzigen Äußeren der auf der Hongostraße bummelnden Oberschüler Anstoß nahm und einen Verein zur sittlichen Erneuerung gründete. Es ergab sich, daß auch ich dort aufgenommen wurde und an der ersten Sitzung teilnahm, auf der Beschlüsse folgender Art gefaßt wurden: Das Haar ist nicht gescheitelt zu tragen, der Kragen darf nicht mehr als soundsoviel *sun* hervorschauen, auf dem Schulweg ist möglichst keine Rikscha zu benutzen. Am gleichen Abend noch suchte ich einen der Sekretäre auf, um ihm meinen Austritt mitzuteilen. Die sittliche Erneuerung der Schule könne nicht durch eine zentripedale Methode, die alles von außen her zu reformieren sucht, wie es in den heutigen Beschlüssen zum Ausdruck komme, erreicht werden, vielmehr müsse erst etwas in das Zentrum einfließen, um dann auf natürliche Weise zentrifugal seinen Einfluß geltend zu machen. Diese Phrasen stammten aus der Rede eines Mannes, der über Maßnahmen zur Sozialreform gesprochen hatte. Ich wiederholte sie und trat dann aus dem Verein aus. Ich triumphierte und empfand einen Stolz, wie ich ihn nie zuvor erlebt hatte. Das war das einzig Gute, was ich, der ich damals keinerlei Leid kannte, das religiöser Tröstung bedurft hätte, der Religion verdankte. Das Treiben der anderen kam mir mit der Zeit immer dümmer vor, weshalb ich nach der Schule gleich nach Hause ging, um in allerlei Büchern zu lesen. Meine Lektüre bestand zum größten Teil aus Biographien, Erbauungsschriften, Gedichten und dergleichen. Auch früher hätte man mir nicht nachsagen können, ich hätte keinen Hang zum Lesen gehabt, nur hatte es sich dabei vor allem um Romane gehandelt, seriöse Bücher hatte ich nicht gemocht.

Eine Weile ging alles gut so. Bald jedoch stellten sich Qualen ein, die Qualen des unterdrückten Triebes. Schließlich besaß ich einen gesunden Körper. Die Fleischnahrung und alles andere, was ich zu mir nahm, wirkten wie Brennstoff auf meinen Trieb. Überdies hatte ich den Sport aufgegeben und hockte Tag für Tag nur auf meinem Zimmer herum. Das erste Jahr verlief trotzdem noch leidlich, da ich Romane jeder Art mied. Im zweiten Jahr jedoch begann ich mich wieder dem Lesen von Romanen zuzuwenden.

Von einem Studenten der Hochschule für Humanwissenschaften, der damals dieselbe Kirche besuchte und schon Romane und Dramen veröffentlicht hatte, erfuhr ich manches über die neue Literatur des Auslands, und er brachte mich mit modernen Romanen in Berührung. Darunter waren auch Bücher, in denen sehr viel Sinnliches stand. Da der Student mich jedoch mit den Biographien vertraut gemacht und mir Kritiken über diese Schriftsteller gegeben hatte und ich obendrein von blinder Verehrung für sie erfüllt war, geriet ich dabei in keinen bedenklichen Widerspruch zu meiner Religion. Allem, was darin vorkam, maß ich beim Lesen eine tiefe Bedeutung bei. Diese Interpretationen jedoch änderten nichts an dem Impuls, den meine Begierde dadurch empfing. Ja, sie verstärkten ihn noch.

Diesem und dem aus der Fleischnahrung herrührenden gleichen Impuls sah ich mich ausgesetzt, wobei ich überdies ganz aufgehört hatte, mich körperlich zu betätigen. Mir war geradezu, als sei ich, der ich nicht umhin konnte, »das« in Gedanken zu verurteilen, der Folter des Schlafentzuges preisgegeben. Und unweigerlich landete ich schließlich bei der Schandtat, die man allein beging. Wie sehr habe ich deswegen gelitten! Einmal versuchte ich sogar, mir ein Messer in den Oberschenkel zu stoßen. Mehrmals habe ich mir brennende Streichhölzer auf die Schenkel gelegt.

Damals allerdings war ich ein Mensch, dem jede klare Vorstellung von religiösen Dingen fehlte. In dieser Zeit, in der ich Zerstreuung vor allem darin fand, Romane zu lesen, zeichnete ich mich durch keinerlei Vorzüge aus, weshalb ich mir auch kategorisch die Berechtigung absprach, über so große Dinge zu debattieren. Deshalb nahm ich alles, was in der Kirche gelehrt wurde, einfach nur hin und gab mir jede erdenkliche Mühe, mich anzupassen. Aber meines Triebes Herr zu werden gelang mir nicht.

Zu guter Letzt bildete ich mir sogar schon ein, ich sei vielleicht von Geburt an mit dem Makel besonders hemmungsloser Gier behaftet. Trotzdem kam es mir damals nicht in den Sinn, mich einfach damit abzufinden.

Der Pfarrer unserer Kirche war unbestritten ein liebenswerter Mann. Er hatte die Sechzig um ein weniges überschritten, war klein und fiel durch seinen kurzen, dicken Hals auf. Zwar war er von hölzernem Wesen, aber seine Stimme klang unerwartet voll. Manchmal riß er mit ernster Miene Witze. Er war ein äußerst sanfter Mensch.

Aus Gewohnheit besuchte ich einige Jahre lang folgsamen, doch lauwarmen Herzens Sonntag für Sonntag die Predigt dieses Pfarrers. Während all der Zeit schwand der erwähnte Widerspruch nicht, und von mir aus konnte ich mich nicht zu einer aktiven, von Grund auf neuen Auslegung durchringen.

2

Da passierte folgendes.

Eines Tages erwähnte der Pfarrer, daß einzig das Christentum die Unzucht wirklich energisch als Sünde verurteile. Er wiederholte uns eindringlich, daß Unzucht ein ebenso schweres Verbrechen sei wie Mord.

Für mich, der ich jene schändliche Handlung nicht unterlassen konnte, kam das einer Verurteilung als Mörder gleich. Zwar sah ich selbst eine Sünde in meinem gemeinen Betragen, dennoch vermochte ich mir nicht vorzustellen, daß sie so schwer wiegt wie ein Mord. Ich haßte den Pfarrer, der uns gesunden jungen Leuten ungerührt derlei Dinge verkündete. Ich haßte den Pfarrer, der, da er verheiratet war, es nicht nötig hatte, die Sünde der Unzucht zu begehen. Seine junge Frau war engelhaft schön. Und nur dieses Engels wegen entging der Pfarrer der Sünde, die er dem Mord gleichsetzte. Was war überhaupt Unzucht? Wo lag die Grenze zwischen zwei Handlungen, die beide der Triebbefriedigung dienten und in einem Falle als Unzucht galten, im anderen nicht. Eines stand fest: Erlaubt war es nur in Form der Ehe.

Nachdem ich einige Tage lang solchen Betrachtungen nachgehangen hatte, stellte ich dieses Problem in einer Erzählung dar, der ich den Titel »Sekiko und Shinzo« gab. Mehr Widerstand vermochte ich damals der Lehre nicht entgegenzusetzen.

Die Handlung ging dahin, daß Sekiko von ihrer Stiefmutter verdächtigt wurde, ein Verhältnis mit ihrem Cousin Shinzo zu haben, wozu es dann dieses Verdachtes wegen allmählich wirklich kam. Sekikos Vater, ein Militär, war ein Moralist, der in bezug auf das Mann-Frau-Verhältnis sehr streng dachte. So hatte er sich sogar einmal vor Jahren darüber empört, daß der damals erst fünfjährige Shinzo mit der siebenjährigen Sekiko eine Nacht zusammen in einem Zimmer schlief.

Dieser Moralist hatte insgesamt drei Frauen gehabt. Alle

drei hatten vor den kritischen Blicken seiner Eltern bestanden. Die erste jedoch wurde, weil sie sich mit der Schwiegermutter nicht gut stand, zu einer Trennung gezwungen und aus dem Haus gejagt. Die zweite Frau, Sekikos Mutter, starb an Tuberkulose, da sie von schwächlicher Konstitution war und obendrein an Blutarmut litt. Dann erschien die dritte, seine jetzige Frau, sehr gesund und von starker Sinnlichkeit. In ihr fand Sekikos Vater zum erstenmal eine passende Partnerin.

Die Blutarmut war von mir als ein Symbol dafür gedacht, daß Sekikos Mutter Opfer der heftigen Begierde ihres Mannes geworden war. Ich wollte damit die Frage aufwerfen, warum eheliche Beziehungen solcher Art keinesfalls eine Sünde darstellen, wogegen ein Verhältnis zwischen jungen Leuten, die die Zeremonie der Hochzeit nicht vollzogen haben, bei noch so großer gegenseitiger Liebe als ein Vergehen gilt, so schwer wie ein Mord. Der Vater, obwohl ein Moralist, verstößt seine unschuldige Frau, über deren Keuschheit er eine Weile verfügt hat, bloß weil seine Mutter sie mißbilligt. Seine zweite Frau, die mehr oder weniger Opfer seines Begehrens wird, treibt er in den Tod. Trotzdem erhebt er nach wie vor den Anspruch, hinsichtlich der Beziehung der Geschlechter als ein redlicher und sittlicher Mensch zu gelten. Die Liebe zweier junger Leute aber, deren Herzen sich einander zuneigen, verurteilt er als zuchtlos, noch bevor es zu einer Intimität gekommen ist. Je mehr man die Liebenden verfolgte, desto näher kamen sie sich, bis sie dann eben das Verhältnis eingingen, das man ihnen allerseits unterstellt hatte. Das etwa war der Inhalt meiner Erzählung.

Von meiner jetzigen Warte aus erscheint mir diese Erzählung als Geschreibsel, sinnlos und nichtig. Damals aber stellte sie für mich eine ungeheure Auflehnung dar.

Weiter ereignete sich folgendes.

An einem Abend zu Beginn des neuen Jahres fand in der Wohnung des Pfarrers eine Zusammenkunft statt. Der Gewohnheit gemäß mußte vor Tisch jeder der Reihe nach eine kurze, höchstens dreiminütige erbauliche Episode erzählen. Dabei erwies ich mich als am ungeschicktesten, weshalb ich, obwohl ich an sich nichts gegen diese Zusammenkünfte hatte, oft nur widerwillig daran teilnahm. Das Erzählen bereitete mir große Mühe. Unlustig machte ich mich auch an diesem Tag gegen vier Uhr auf den Weg zur Wohnung des Pfarrers.

Ich wußte überhaupt nicht, worüber ich hätte reden können. Hilflos, als müßte ich unvorbereitet zu einer Prüfung erscheinen, saß ich in der Bahn und strengte mich an, mir etwas einfallen zu lassen.

Es war ein windiger, unfreundlicher Tag. Alle Fenster des Waggons waren fest geschlossen. Die abendliche Wintersonne schien schräg durch die Glasscheiben herein und teilte das Innere in zwei Hälften. Auf der von der Sonne beschienenen Seite schwebten unzählige Staubteilchen in der Luft. Die Leute, die auf dieser Seite saßen, deckten besorgt Mund und Nase mit einem Taschentuch oder mit dem Ärmel zu. Ich befand mich auf der Schattenseite. Da wurde mir plötzlich bewußt, wie komisch es war, daß es mich überhaupt nicht kümmerte, daß auch mir Staubteilchen in derselben Dichte um Augen, Mund und Nase wirbelten. Ich musterte die Leute auf meiner Seite und gewahrte, daß sie allesamt völlig gleichmütig blieben. Die Reihe mir gegenüber jedoch hatte ihre Gelassenheit bis zur Lächerlichkeit eingebüßt.

Wenn man sich sowieso im Staub bewegt, sind immerhin die noch glücklicher dran, die ihre Ruhe aus Ahnungslosigkeit nicht verlieren. Dieser Gedanke sollte die Grundlage für meine erbauliche Geschichte abgeben.

Die auf der Sonnenseite, das sind die mit dem Glauben in Berührung gekommenen. Sie sind fähig, allen Schmutz deutlich zu erkennen, können ihm jedoch trotzdem nicht entrinnen, weshalb sie ihre Zuflucht zu einem Taschentuch oder Ärmel nehmen, um den Schmutz nicht einatmen zu müssen. Ich erzählte, daß ich dieses Benehmen in jeder

Weise als übertrieben, ja beinahe ordinär empfunden hätte. Außerdem behauptete ich, daß, wenn es sowieso keine Ausweichmöglichkeit gebe, die Unwissenden, die im Schatten, wesentlich erträglicher seien. Ich sei aber nicht willensstark genug. Wer sich als gläubig bezeichne, dürfe nicht wie ein Ungläubiger leben. Es gehe zum Beispiel nicht an, daß man sehenden Auges weiter in der von Staub erfüllten Bahn bleibt. Habe man den Schmutz erst einmal bemerkt, müsse man den Ort eigentlich unverzüglich verlassen. Auf diese Weise habe ich mich um den Schluß herumgedrückt.

Auf dem Heimweg gesellte sich mir einer der Teilnehmer zu. Er sagte, daß er die Episode, die ich vorgetragen hätte, sehr interessant finde, daß seiner Meinung nach jedoch die Menschen, die den Staub zu sehen vermögen, bereits im Besitz der Gnade seien, auch dann, wenn sie nicht aus der Bahn herauskönnten, denn sie brauchten, eben ihres Wissens wegen, bei weitem nicht soviel Staub zu schlucken wie die gänzlich Ahnungslosen.

Wenn man so argumentiert, dachte ich, findet man nirgends ein Ende. Das sah so aus, als sei man auf den Vorteil von einem *sen* oder einem *rin* bedacht.

Um diese Zeit jedenfalls keimten in mir reichlich widerspenstige Gedanken, ähnlich denen, die ich in der bereits erwähnten Erzählung gestaltet oder in meiner Erbauungsgeschichte dargelegt hatte. Im nachhinein scheint mir aber meine Auflehnung nicht mehr wert zu sein als die eines Hundes, der aufheult und eine Grimasse zieht, weil sein Herr ihm auf den Schwanz getreten hat, der aber natürlich nicht den Mut hat, deshalb auf ihn loszugehen, sogar wider Willen mit dem Schwanz wedelt und auf dem Bauch zu ihm hinkriecht, wenn er herangewinkt wird. Weiter reichte meine Auflehnung nicht.

3

Es kam eine Zeit, in der O-Natsu bei uns lebte, eine Verwandte mütterlicherseits. Sie war vier Jahre älter als ich. Sieben Jahre lang, von ihrem achtzehnten bis fünfundzwanzigsten Lebensjahr, war sie verheiratet gewesen. Dann starb ihr Mann. Die kinderlose junge Frau kehrte nach Hause zurück. Während ihre Familie nach einem zweiten Mann für sie suchte, half sie, da bei uns gerade viel zu tun war, halb aus Langerweile, wie sie sagte, in unserem Haushalt.

Sie war keine Schönheit, aber groß und stattlich, nur wenig dunkelhäutig, temperamentvoll und heiter. Obwohl sie sechsundzwanzig Jahre zählte, war sie, wohl weil sie kein Kind geboren hatte, in ihrem Wesen noch jugendlich. Und sie zeigte sich oft sehr unnachgiebig, etwa, wenn sie ungeniert ihrem toten Mann nachredete, er sei willensschwach gewesen.

Ich mochte diese Frau nicht recht. Dennoch unterhielt ich mich oft mit ihr, da sie Allgemeinbildung besaß und insbesondere von Literatur etwas verstand.

»Hast du schon selbst etwas geschrieben, Kiyomatsu?« fragte sie mich eines Tages.

»Allerdings.«

»Zeigst du es mir? Worum handelt es sich, um eine Erzählung?«

»Eine Erzählung, ja. Aber die Schrift ist so liederlich, du wirst sie nicht entziffern können. Soll ich sie dir vorlesen?«

»Oh, bitte! Wann?«

»Meinetwegen heute abend.«

»Ich komme zu dir, wenn ich hier fertig bin.«

An diesem Abend saß ich in meinem Arbeitszimmer, hielt »Sekiko und Shinzo« bereit und wartete. Um zehn Uhr kam O-Natsu herauf.

»Es ist spät geworden«, sagte sie und trat lächelnd an mich heran. Auf irgendwie kokette Art setzte sie sich dicht neben dem Tisch auf den Boden.

Vom Baden gerötet und leicht geschminkt, wie sie war, erschien sie mir ungewöhnlich schön.

»Ich wollte schon schlafen gehen, weil du nicht gekommen bist.«

»Es tut mir leid ... Dein Bett hast du noch nicht zurechtgemacht, wie ich sehe. Ich werde die Schlafmatten ausbreiten, dann kannst du dich gleich hinlegen.«

O-Natsu holte aus dem Wandschrank im Nebenzimmer mein Bettzeug und richtete alles ordentlich her.

»Das wäre in Ordnung«, sagte sie. »Wo ist es, das Manuskript?«

Diesmal setzte sie sich neben mich. Ich sah, daß sie sonderbar erregt war, was mich aber keineswegs unangenehm berührte, da ich sie an dem Abend irgendwie schön fand.

»Das ist doch sauber geschrieben. Ich kann es ohne weiteres lesen.«

»Dann lies es doch selber«, sagte ich betont kühl, und es beschlich mich eine vage Ahnung, daß Gefahr im Anzug sei.

»Aber nein – lies nur vor! Ich schaue auf die Seiten und lese mit.« Sie wirkte wahrhaft jugendlich.

Da es Herbst war, trug ich über dem Flanellkimono eine leicht gefütterte Kimonojacke, aber durch diese Kleidungsstücke hindurch spürte ich die Körperwärme der temperamentvollen O-Natsu.

»Nun lies bitte! Oder soll ich dir erst heißes Wasser holen?«

»Nein, danke!« Trotz meiner Ablehnung brachte sie gleich darauf eine Tasse heißen Wassers.

Ich fing an zu lesen.

Die Geschichte begann mit einem Gespräch zwischen Sekikos Stiefmutter und einem Lehrer der Schule. Während die Mutter Sekikos wegen ein großes Gewese macht und den Lehrer um Rat und Hilfe bittet, verteidigt dieser sie wortreich, indem er darauf hinweist, daß es nicht ratsam sei, die Freundschaft zwischen einem Jungen und einem Mädchen mir nichts, dir nichts als eine unsaubere Beziehung zu verdächtigen, denn ein solches Mißtrauen nahestehender Menschen bewirke manchmal gerade erst ein solches Verhältnis. Die Stiefmutter widerspricht dem Lehrer. Im zweiten Abschnitt wird beschrieben, wie sich die Stiefmutter abends vor dem Schlafengehen bei ihrem Mann über den Lehrer beschwert. Shinzo, der bei Sekikos Familie wohnt, um die Mittelschule in Osaka besuchen zu können, liegt bereits in tiefem Schlaf. Er war an diesem Tag, einem Sonntag, Insekten fangen gegangen und todmüde nach Hause gekommen. Sekiko dagegen sitzt noch bei einer Näharbeit, einer Hausaufgabe, die sie am nächsten Tag in der Schule abzuliefern hat.

Da ich damals noch nicht mit Selbstverständlichkeit über solche Themen schreiben konnte, schien es mir an dieser Stelle angebracht, eine Rechtfertigung einzuflechten.

»Hier steht nun etwas Komisches«, sagte ich und wandte mich O-Natsu zu. Sie, die eben noch so erregt gewesen war, blickte mir nun mit tiefem Ernst in die Augen und nickte.

»Aber ohne das zu erwähnen, würde mein Anliegen nicht klar genug herauskommen.« Nach diesem Kommentar las ich weiter.

Den Handlungsablauf habe ich ja eben schon in groben Zügen dargestellt. Ich gelangte nun zu der Stelle, wo die Beziehung zwischen Sekikos richtiger Mutter O-Kiyo und ihrem Mann beschrieben wird.

»... Es kommen jedoch auch Stunden, in denen dieser grausame Sittenprediger ausnahmsweise einmal zärtlich ist zu seiner Frau. Wann? Na, wenn in ihm die Lust des Fleisches auflodert. Daß er ein Moralist ist, ändert nichts an der sinnlichen Leidenschaft, die er seiner Frau entgegenbringt und der er mehr als andere die Zügel schießen läßt. Die fleischliche Begier überfiel ihn sehr unregelmäßig. Sie war ihm schon vom Gesicht abzulesen, dessen Ausdruck sich dann durch einen Überschuß an Kraft beinahezu ins Schrekkenerregende wandelte. Wenn er mit diesem Gesicht nach Hause kam, geriet O-Kiyo unwillkürlich ins Zittern. Nur in solchen Augenblicken brachte er zärtliche Worte für sie auf.

Wie immer, so trug sie auch diesmal ihrem Mann bei seiner Heimkehr die Sachen, die er zu Hause anzuziehen pflegte, in sein Zimmer nach, das weiter hinten lag ...«

Beim Vorlesen kam mir O-Natsu mit den Knien näher. Offensichtlich geschah das nicht mit Absicht, eher unbewußt. Unmißverständlich aber war ihr keuchendes Atmen. Nun war es also soweit. Ich hatte es fast geahnt. Zu meiner Überraschung verlor ich meine Fassung nicht. Im Gegenteil! Kühn unterbrach ich meinen Vortrag, um einen Blick auf O-Natsu zu werfen. Ihre Augen glänzten feucht, und sie atmete, die Lippen fest zusammengepreßt, schnaubend durch die Nase. Ihr volle Brust wogte auffallend. Schweigend kehrte ich meinen Blick wieder den Manuskriptseiten zu.

»O-Kiyo war noch nicht lange verheiratet.« Meine Stimme begann, während ich weiterlas, unbewußt zu vibrieren. »Anfangs, als sie zu ihm ins Haus gekommen war, empfand sie es als sehr schrecklich. Aber in dem Glauben, daß ihre Angst davor nur ihrer Verwöhntheit zuzuschreiben sei und daß jede Ehefrau es ständig erfahre, fand sie sich schließlich damit ab. Sie nahm sich danach gar nicht erst die Zeit, sich anzuziehen. Sie sammelte ihre Kleidungsstücke auf, die der Mann auf den Boden geworfen hatte, und verließ eiligst das Zimmer, denn sie wußte, daß ihr bis dahin zärtlicher Mann sehr rasch andren Sinnes wurde.«

Auch mir ging der Atem schwer. Ich wunderte mich selbst darüber. Schnell trank ich von dem heißen Wasser.

»Im allgemeinen war der Mann kein unfreundlicher Mensch. Wenn er jedoch seine körperliche Begier gestillt hatte, war er einfach unerträglich.«

An dieser Stelle schlang mir O-Natsu plötzlich die Arme um den Hals und zog mich zu sich heran. So fielen wir beide zur Seite. In dem Augenblick empfand ich kühl und in sonderbarer Schärfe, daß ich das ja nicht zum erstenmal erlebte. Ich ließ mich also von O-Natsu küssen, ohne ihr einen körperlichen Widerstand entgegenzusetzen, wahrscheinlich weil ich, ohne je eine Frau berührt zu haben, mehrmals die Liebe unter Männern erlebt hatte, allerdings, bevor ich zum Christentum übergetreten war.

An dem Abend nun enthüllte sich mir das, was mir mehr als zwanzig Jahre lang ein Geheimnis gewesen war – das andere Geschlecht, das Jugendlichen, die es nicht erfahren haben, ein ewiges Rätsel bleibt. Ich aber war nun endlich in dieses Geheimnis eingedrungen und kostete die Frucht der Weisheit.

Danach, als ich wieder allein war, packte mich ein so sonderbares Gefühl, daß ich es auch heute nicht vergessen kann. Mehr noch als die Gewissensqual, eine schwere Schuld auf mich geladen zu haben, empfand ich, ehrlich gesagt, Genugtuung darüber, daß ich das Rätsel entschleiert hatte. Bloß war ich mir dieser Tatsache damals nicht bewußt. Ich glaubte, daß Reue über diese große Sünde meine Seele beherrsche.

Der einzige Ausweg, die einzige Rechtfertigung dieser Tat wäre eine Vereinigung aus Liebe gewesen. Dann hätte es, wie ich es in »Sekiko und Shinzo« dargelegt hatte, als zulässig gelten können. Ich wäre mir jedoch als Heuchler vorgekommen, hätte ich mir einzureden versucht, ich liebte O-Natsu. Eine gewisse Entschuldigung für mich lag darin, daß ich sie an dem Abend anziehend gefunden und ihr somit bis zu einem gewissen Grade Liebe entgegengebracht hatte.

4

Ich schlief erst ein, nachdem es vier geschlagen hatte. Aber schon zwei Stunden danach war ich wieder wach.

Da der Student, der bei uns Dienstbotenarbeiten verrichtete, unbemerkt von mir die Fensterläden aufgeschoben hatte, überflutete die Sonne das ganze Zimmer. Der Morgen war friedvoll wie immer.

In mir regte sich der Gedanke, was gestern abend geschehen war, sei nur ein böser Traum gewesen. Aber ich verwarf ihn gleich wieder. Trotzdem hegte ich die leise Hoffnung, alles könnte auf Einbildung beruhen.

Ich nahm mich zusammen und stand auf. Da sah ich auf der Matte den Kamm aus ihrem Haarknoten liegen, und deutlich stand mir wieder alles vor Augen. Eine unerträgliche Qual ergriff mich.

Ich verwahrte den Kamm in einer Schublade meines Tisches und verließ das Zimmer. Da ich aber keine Lust hatte, ins Wohnzimmer zu gehen, weil ich dort O-Natsu vermutete, ging ich gleich in den Garten hinaus. Unser mehr als tausend *tsubo* großer, wild wuchernder Garten mit seinem üppigen Baumbestand bot jemandem, der sich nicht zeigen wollte, das geeignetste Versteck. Immer noch zirpten die Grillen. Grübelnd schritt ich durch das gelbe Laub, das von den Kirschbäumen herabgefallen war. Nach reiflicher Überlegung kam ich zu dem Schluß, daß der Vorfall ein schuldhaftes Vergehen sei, da ich sowohl abends wie auch morgens das übliche Gebet unterlassen hatte. War das nicht trotz aller Vernünftelei Beweis genug, daß ich meine Sünde anerkannte?

Auf einem Phönixbaum stieß ein Neuntöter schrille Rufe aus. Mir war so einsam zumute, als hätte man mich ganz allein mitten im Herbst zurückgelassen. Nachdem ich eine Weile geistesabwesend zwischen den Bäumen hin und her spaziert war, kam ich zu dem großen Krug, aus dem man Wasser für die Zwergbäume schöpfen konnte. Das Wasser war klar und durchsichtig. Auf seinem Grund schwammen, durch meinen Schatten aufgescheucht, unruhig kleine Goldfische und Karpfen hin und her. Gedankenverloren blickte ich, auf den Rand gestützt, in den Krug hinein. Die Goldfische, die ganz schwarz gewesen waren, als ich sie zu Sommeranfang gekauft hatte, sahen nun scheckig aus, da sie, vor allem auf dem Rücken, eine gelbe Farbe angenommen hatten. Die anderen waren fast durchweg rot, nur am Bauch waren einige schwarze Flecke zurückgeblieben. Ich holte aus dem Regal im Gärtnerhäuschen Futter und warf es ins Wasser. Im

Nu war es aufgefressen. Nun hob ich behutsam jeden einzelnen Topf mit Rosenstecklingen hoch, las die darunter befindlichen Regenwürmer auf und gab sie den Fischen. Meist gelang es ihnen nicht, die Würmer auf den ersten Anhieb hinunterzuschlingen. Es entstand ein großer Tumult, da ihnen die Regenwürmer immer wieder aus dem Maul schlüpften.

Hinter mir hörte ich Geta-Geklapper. Ich wandte mich nicht um. Es war O-Natsu. »Alle sind schon zu Tisch gegangen«, sagte sie.

Ihre Miene zeigte einen Ausdruck von Vertraulichkeit, wie wenn man zu einem Bekannten sagt: »Weißt du noch, neulich ...?« In mir stieg zugleich mit bitterer Reue Wut hoch. O-Natsu las mir diese Empfindungen sofort vom Gesicht ab. Sie lief ins Haus zurück.

Als ich sie so von hinten mit nach vorn gestrecktem Hals und wackelnden Hüften davontrippeln sah, fand ich sie unerträglich abstoßend.

Ich trat ins Wohnzimmer. Meine Mutter fragte mich gleich: »Was hast du denn? Du siehst ja so blaß aus.«

O-Natsu, die sich, um mich bedienen zu können, zu mir gesetzt hatte, antwortete an meiner Stelle unverzüglich, mich mit einem scheinheiligen Seitenblick streifend: »Er hat die ganze Nacht über geschrieben.« Ich erstickte fast vor Wut. Oh, was für eine widerwärtige Frau! dachte ich im innersten Herzen. Dennoch erlaubte ich ihr auch an diesem Abend, mich zu küssen, und an den darauffolgenden Abenden ebenfalls.

Nachdem es nun einmal so weit gekommen war, blieb einem charakterlosen, schwachen Menschen wie mir, unfähig zum Glauben wie zur Auflehnung gegen den Glauben, unfähig obendrein, gedankenlos und unbekümmert in den Tag hineinzuleben, nur ein Weg übrig: die Verzweiflung.

Allerdings handelte es sich bei mir um keine echte Verzweiflung, da ich nicht meine ganze Kraft aufbot, um dem zu entrinnen. Dazu hatte ich nicht Energie genug. Vielmehr sollte mir diese Verzweiflung zur Entschuldigung dienen, mir zur Klarheit über meine Probleme verhelfen. Ich war überspannt, ich leugnete Religion, Moral, Gesellschaft und Familie. Heute erscheint mir diese Haltung selbst über alle Maßen sinnlos. Obwohl ich eigentlich die Stimmung, in die ich mich hineingesteigert hatte, damals schon lächerlich fand, unterdrückte ich doch gewaltsam jeden Ernüchterungsversuch und lebte in angestrengter, mehr oder weniger künstlich aufrechterhaltener Gereiztheit dahin. Ohne kleine Unterbrechungen konnte ich eine solche gefühlsmäßige Situation natürlich nicht durchhalten. Manchmal kamen schon Stunden, in denen ich geneigt war, für die Goldfische Regenwürmer zu suchen.

An einem Vormittag, als ich gedankenverloren in meinem Zimmer hockte, brachte das Dienstmädchen mir einen Brief von meinem Freund Tajima, der in Amerika am Amherst-College studierte. Ich öffnete ihn und fand darin fünf bis sechs kleine, gepreßte weiße Blumen.

»Das sind *may flowers.* Die Berghänge und Wiesen hier sind im Frühling voll davon. Sie blühen nur zwei Wochen. Die Stauden sind etwa drei *sun* hoch und schlagen ihre Wurzeln tief und fest in Felsblöcke und alte Bäume. Ich schicke dir einige späte Blüten, die ich letzten Sonntag auf einem einsamen Spaziergang gepflückt habe. Ich weiß nicht, ob sie wohlbehalten ankommen werden, aber ich möchte sie dir gerne zeigen.«

Nach diesen einleitenden Worten schilderte er, wie er, eine Blume unter dem Hutband, auf der abendlichen Landstraße heimgeschlendert war. Plötzlich hörte er hinter sich jemanden pfeifen. Er wandte sich um. Es war aber niemand da, und ebenso plötzlich hörte auch das Pfeifen auf. Sowie er zu laufen begann, setzte das Pfeifen wieder ein.

Er schrieb, daß er einen passenden Moment abgewartet und sich überraschend umgedreht habe. In der gleichen Sekunde registrierte seine Netzhaut einen schnell zur Seite huschenden, winzigen roten Farbtupfer. Der rote Farbtupfer bewegte sich hinter dem Dachfenster eines am Straßenrand stehenden Hauses, in dem sich ein Kramladen befand.

Weiter beschrieb mein Freund Tajima ausführlich und umständlich das hübsche sechzehn- bis siebzehnjährige Mädchen aus dem Laden. Obwohl er noch kein einziges Wort mit ihr gewechselt und auch nichts bei ihr gekauft hatte, empfand er mehr als Sympathie für sie. Er freute sich auf die nächsten Sonntage. Würde er sie bei seinen Spaziergängen zu Gesicht bekommen, wollte er mit der Woche zufrieden sein. Anderenfalls wäre ihm wohl die ganze Woche verdorben. Der rote Farbtupfer war das hinter den Fenstern hin und her huschende Mädchen gewesen. Beim Lesen dieser Zeilen fühlte ich mich nach langer Zeit zum erstenmal wieder frei und unbeschwert.

Ich schrieb sofort einen Antwortbrief, in dem ich ihm zu erklären versuchte, wie schon der Bericht über sein derzeitiges ungezwungenes Leben tröstend auf meine wüste, verwilderte Seele wirke, beinahe in eben dem Maße wie Dichtung oder Musik. Wie gerne wäre ich bei ihm gewesen, um auch ein solches Leben führen zu können. An dieser Stelle hörte ich unten im Garten eine dünne, aber klare Stimme »Onkel!« rufen. Ich vermutete, daß es Makiko sei, und rief hinunter: »Mayan, bist du es?« Makiko war die jüngste Tochter meiner Schwester, ein niedliches Kind mit großen, dunklen Kulleraugen. Sie wurde Ma-chan oder Maya genannt. Ich rief sie Mayan, weil ich das noch hübscher fand.

»Jaa«, gab sie zurück.

»Bist du mit deiner Mutter gekommen?« fragte ich, ohne im Schreiben innezuhalten. Jemand schien ihr die Antwort zuzuflüstern.

»Ja, mit Mama!« sagte sie. Ich nahm an, daß meine Schwester bei ihr sei, legte die Feder aus der Hand, schob die Fenstertüren auf und trat auf die Veranda hinaus. Da sah ich O-Natsu mit Maya auf dem Arm.

»Onkel«, sagte das Kind noch einmal und blickte mich mit seinen großen Augen an.

»Hallo!« rief ich ihr zu und zog mich gleich wieder von der Veranda zurück, ich konnte nicht anders.

Von O-Natsu, die absichtlich nicht zu mir aufschaute, sah ich nur den Nacken. Sie blickte Maya, die sie auf dem Arm hielt, ins Gesicht. Ihre zu einem Lächeln verzogenen Wangen verrieten mir den Gedanken, den sie im Kopf trug. Intuitiv erfaßte ich diesen abstoßenden Liebesscherz. Ich verstand, worauf sie mit der kleinen Maya anspielte. Mißgelaunt verschwand ich unverzüglich in meinem Zimmer.

Einen halben Monat darauf. Meine Familie schien die Veränderung, die mit mir vorgegangen war, bemerkt zu haben, aber niemand sprach darüber. Meine Mutter machte sich wohl einige Sorgen, aber keiner ahnte etwas von dem Verhältnis zwischen O-Natsu und mir, das anscheinend nur bei mir von Anbeginn an Spuren hinterlassen hatte, wohingegen O-Natsu völlig gleich geblieben war. In meinen Augen verhielt sie sich ungeniert bis zur Gewagtheit, aber meine Familie war wohl in dieser Hinsicht recht einfältig. Als erste kam das jüngste Dienstmädchen, ein aufgewecktes Ding, dahinter.

Seelisch verwahrloste ich immer mehr, und O-Natsu gegenüber benahm ich mich sehr bösartig. Sie zeigte sich anfangs nur unangenehm berührt, aber mit der Zeit ließ auch sie sich ein wenig gehen, manchmal sogar in Anwesenheit von Familienangehörigen.

Eines Tages sagte sie: »Es wissen schon alle Bescheid.«

»Und was willst du tun, wenn es so ist?« erwiderte ich betont grob und lachte höhnisch.

»Du bist zu ungeschickt. Es läßt sich nicht verbergen.«

»Wenn mir jemand Vorwürfe macht, verschwinde ich einfach von hier, und zwar allein.«

»Damit wäre die Sache dann gewiß erledigt«, gab O-Natsu zurück. Sie dachte nicht daran, klein beizugeben.

Damals sagten wir uns gegenseitig verzweifelte, leicht verrückte Dinge, die jedoch im Grunde genommen nur unserer

Überspanntheit entsprangen. Ich war mir dessen zwar nicht bewußt, aber heute scheint mir, daß es nicht ernst gemeint war.

Ein großes Rätsel blieb mir außerdem, wie ich eigentlich zum christlichen Glauben stand. Das Gebot, das die Unzucht untersagte, war mir jahrelang eine Pein gewesen. Einer einzigen Schandtat wegen hatte ich mir ein Messer in den Oberschenkel jagen wollen. Die fortdauernde Sünde, die ich mit O-Natsu beging, dieses Verhältnis ohne Liebe, verursachte mir fast keine religiösen Gewissensbisse. Vielleicht läßt sich dieses Phänomen mit einem Schwerverletzten vergleichen, bei dem die Nerven an der betroffenen Stelle vorübergehend gelähmt sind. Jedenfalls verstehe ich noch heute nicht, wie schnell sich die Lehre, die mir so lange zu schaffen gemacht hatte, in nichts auflöste. Noch unverständlicher blieb mir, warum ich in immer tiefere Verzweiflung geriet, obwohl ich mich so weit von der Religion entfernt hatte. Zum Teil ließ sich das auf meine verschwommene Vernunft und meine geistige Trägheit zurückführen. Andererseits war ich wohl der Stagnation und Eintönigkeit meines bisherigen Lebens überdrüssig und in meiner Sehnsucht nach einem neuen, starken Impuls zusehends mehr geneigt, mein und O-Natsus Verhältnis als ein launenhaftes Spiel zu betreiben.

5

Eine Woche nachdem O-Natsu gesagt hatte, in meiner Familie wisse man bereits alles, kam plötzlich meine Mutter, die sich sonst kaum bei mir sehen ließ, in mein Zimmer.

»Du achtest aber wenig auf Ordnung«, sagte sie, während sie sich lächelnd umsah. Ich schwieg.

»In letzter Zeit gehst du nur recht selten zu den Vorlesungen. Ist das in Ordnung?« Sie setzte sich ans Feuerbecken und sah mir ins Gesicht. Ich dachte, sie wollte auf Umwegen auf die Sache zu sprechen kommen, deshalb gab ich eine nichtssagende Antwort: »In Ordnung ist es nicht, aber die Vorlesungen machen mir keinen Spaß.«

»Machen keinen Spaß, sagst du? Aber Vater und ich, wir machen uns Sorgen, wenn du die Universität nicht bis zum Schluß regelmäßig besuchst. Kann man denn zu Hause genausoviel lernen?«

»Wenn man will, schon.«

»Du könntest dir irgendwo ein Zimmer mieten.«

»Wieso?«

»Einen besonderen Grund habe ich nicht dafür. Ich dachte nur, du könntest dann besser lernen.«

»Ein Zimmer mieten, das laß ich lieber«, erwiderte ich schlechtgelaunt.

Warum schickt sie O-Natsu nicht weg, wenn sie mich von ihr trennen will, dachte ich. Jedenfalls waren meine Eltern wohl nach einer Beratung übereingekommen, die Angelegenheit auf diese Weise aus der Welt zu schaffen, ohne sie überhaupt berühren zu müssen.

Meine Mutter empfahl mir dringend, mich woanders einzumieten. Ich ließ mich jedoch nicht dazu überreden.

»Wenn du weiterhin so bedrückt bist, wird sich das negativ auf deine geistigen Fähigkeiten auswirken. Du könntest ja mal nach Kyoto fahren«, meinte sie schließlich.

»Ich werd es mir überlegen«, warf ich hin und verließ rasch das Zimmer.

Seit ich das Verhältnis mit O-Natsu hatte, war mein Umgang mit Freunden merklich zurückgegangen. Vor allem mied ich meine vertrautesten Freunde, mit denen ich mich ernsthaft unterhalten konnte. Eines Tages, als ich ohne festes Ziel das Haus verließ, unschlüssig, ob ich nun eigentlich gehen sollte oder nicht, geriet ich, noch während ich mich zu entscheiden suchte, auf die Rasenfläche vor dem Haus meines Freundes.

Er war ein fröhlicher Bursche.

»Was ist denn mit dir in letzter Zeit los?« fragte er mich, während er sich Tee eingoß.

»Ist es nicht erlaubt, bedrückt zu sein?«

»Ist etwas passiert?«

»Ich bin nicht gerade in bester Laune. Ich habe keine Lust, irgendwohin zu gehen.«

Ich versuchte, mich zu entschuldigen, daß ich mich beinah einen ganzen Monat lang nicht in der Kirche hatte blicken lassen. Mein Freund, den ich schon seit der Mittelschule kannte, gehörte der gleichen Kirche an.

»Du fehlst ja auch dauernd bei den Vorlesungen. Im Vergleich zu sonst insgesamt so abzufallen, das geht nicht an.«

»Insgesamt kann man wohl nicht behaupten.« Ich wich aus und schob alles auf religiös bedingte Ängste.

Eine Stunde lang sprachen wir miteinander, dann ging ich wieder.

Mein Freund hatte meinen Kummer als religiöse Zweifel ausgelegt und mich auf verschiedene Weise zu trösten versucht, was mir jedoch nicht zu Herzen ging. Ich empfand seine Worte nur als hohle Phrasen, sie weckten keinen Widerhall in meinem Herzen. Der Baum der Religion hatte bei mir zwar jahrelang Knospen getrieben, letztlich aber wohl keine Wurzeln geschlagen.

Draußen hatte der Wind Staub aufgewirbelt. Der Herbst neigte sich allmählich seinem Ende zu. Am Straßenrand hatte der Wind an einigen Stellen das abgefallene Laub zusammengefegt. Ich kehrte gemächlich nach Hause zurück.

Unterwegs dachte ich immerzu, wie gelegen es mir käme, wenn O-Natsu plötzlich an einer Krankheit oder Verletzung sterben würde. Andererseits fand ich es viel schlimmer, den Tod eines Menschen herbeizusehnen, als sich mit Mordabsichten gegen ihn zu tragen. Ich fürchtete mich vor meinen eigenen schrecklichen Gefühlen. Wenn ich ihr nun schon den Tod wünschte, dann war wohl auch anzunehmen, daß ich mich in meinen Herzlosigkeiten ihr gegenüber immer mehr steigern würde, weshalb es eben doch das beste wäre, wenn sie stürbe. Ich kam von diesem Gedanken nicht los.

Schließlich malte ich mir sogar aus, eine plötzliche

Krankheit hätte O-Natsu dahingerafft. Ich aber hätte daran nicht einmal im Traum zu denken gewagt, so daß ich aus tiefstem Herzen um sie trauern könnte. Mein Verhältnis zu O-Natsu würde nun, da es reine Vergangenheit war, wie ein Gedicht oder eine Erzählung in meinem Herzen weiterleben. Aber Abscheu vor so phantastischer Verschlagenheit und Angst vor unserer beider aussichtsloser Zukunft vermengten sich in wüstem Durcheinander und legten sich mir immer schwerer aufs Herz.

Man sollte nicht mehr darüber nachdenken, sagte ich mir kopfschüttelnd. Sobald ich Überlegungen anstellte, müßte ich auch Verantwortung übernehmen. Deshalb fürchtete ich mich fast schon, nachzudenken. Mir schien, verzweifelte Menschen, die dabei sind, ihren Verstand zu verlieren, wären von aller Verantwortung entbunden und ihnen wäre alles erlaubt. Deshalb antwortete ich am gleichen Abend auf O-Natsus Frage, was meine Mutter von mir gewollt habe: »Sie hat mir geraten, zu verreisen ... Vielleicht hat sie gemeint, ich sollte mit dir durchbrennen.«

Da sie mich stumm ansah, wiederholte ich: »Hörst du, wir sollen miteinander durchbrennen!«

Heute weiß ich, daß diese Worte nur der Laune des Augenblicks entsprangen, sie waren jedoch der Anlaß, daß wir am nächsten Tag in aller Frühe das Haus verließen.

6

Es fällt mir schwer, über unser Leben in der darauffolgenden Zeit zu sprechen. O-Natsu hatte, als sie nach dem Tod ihres Mannes das Haus ihrer Schwiegereltern verlassen mußte, zweitausend *yen* ausgehändigt bekommen und sie bei der Bank deponiert. Sie hob das Geld ab, und wir zogen von einem Kurort zum anderen, von den Strandbädern zu den heißen Quellen.

Ich war, bevor ich O-Natsu kennengelernt hatte, ein junger Bursche von hellem Verstand und klarer Seele gewesen. Nun aber trübte sich diese Seele immer mehr, während mein Geist zunächst noch davon verschont blieb. Das Schluderleben nach unserer Flucht von zu Hause war, wie schon gesagt, das Ergebnis einer »hochgespielten Verzweiflung«. Langsam und sicher aber wurde uns dieses Leben zur schrecklichen Gewohnheit, von der wir nicht loskamen. So begann sich auch mein bisher noch klarer Geist zu verdunkeln. Selbst im schwachen Sonnenschein des Winters konnte ich die Augen nicht mehr richtig offenhalten. Mein Kopf war mir immer so schwer. Wenn ich etwas sagen wollte, fand ich oft nicht die rechten Worte, so daß mich, noch während ich nach einem Ausdruck suchte, Jähzorn überfiel.

Der robusten O-Natsu ging es damals noch nicht so schlimm wie mir. Manchmal geriet sie in befremdend lustige Stimmung. Bis in die Sprache hinein verwandelte sie sich dann, indem sie modische Wendungen benutzte, die man sonst nur von Studentinnen zu hören bekam. Ich hätte sie vor Wut schlagen mögen, so zuwider war mir das.

Manchmal gebärdete sie sich auch betont unschuldig.

»Wieviel älter warst du denn als ich?« warf ich ihr unbeherrscht hin. Ihre Ausgelassenheit verschwand dann sogleich, und ihr Gesicht wurde mürrisch.

Mit der Zeit begann sich auch ihr Verstand zu trüben. Ich verfolgte genau, wie sie allmählich hysterisch wurde.

Eine wüste, unfruchtbare Zeit – das ist die treffendste Bezeichnung für unser beider Leben damals. Ich brachte es damit hin, zu beobachten, wie die Frau, die gewissermaßen zum Objekt meines Interesses wurde, nach und nach der Hysterie verfiel.

O-Natsu war unleugbar eine Frau mit starkem sinnlichem Verlangen. Sie gab keine Ruhe, wenn man sie nicht fest an die Brüste packte. Und als ich eines Tages begann, nur noch sie allein zu befriedigen, beschleunigte sich ihr Krankheitsverlauf augenfällig und unübersehbar. Sie freute sich maßlos über irgendeine Kleinigkeit, um dann eines geringfügigen Anlasses wegen in Wut zu geraten. Einem Lachen folgten unmittelbar Tränen. Und immer häufiger schrak sie ohne erkennbaren Grund zusammen.

Währenddessen nahm auch in meinem Hirn die Trübung zu.

Wir kamen wieder in eine Stadt, stiegen in einem Gasthof ab und wollten gerade zu Bett gehen, da fragte sie mich: »Hättest du nicht Lust, noch einen Stadtbummel zu machen?« Ich ahnte, daß sie sich die Medikamente kaufen wollte, die sie schon zu Hause immer vor dem Einschlafen genommen hatte. Deshalb lehnte ich ab.

»Dann gehe ich eben allein.«

Sie nahm ihren Mantel vom Kleiderhaken, hängte ihn sich über die Schultern und verließ wortlos das Zimmer.

»Bitte doch die Wirtsleute, mir einen Roman oder auch nur ein paar alte Zeitschriften zu bringen.«

O-Natsu hielt sich mit einer Hand am Rand der Schiebetür fest, fuhr in die Hauspantoffeln und sagte, ohne sich umzuwenden: »Ich werde welche kaufen.«

»Extra zu kaufen brauchst du keine.«

»Dann also nicht.« Sie schob hinter sich die Tür zu und schlurfte leise davon.

»Ich werde mir doch von dir nicht irgendeinen beliebigen Roman kaufen lassen!«

Bald darauf brachte das Zimmermädchen einen Arm voll schmuddliger Romane, Zeitschriften und Hefte herein. »Wir haben nichts Gescheites«, sagte sie. Ich besah mir jedes Buch und jede Zeitschrift, es schien aber nichts Interessantes dabei zu sein. Dann fand ich in dem Stapel den Roman »Unerwiderte Liebe« von Shimei Futabatei. Das Buch war aber über und über verschmutzt. Ich kannte den Roman noch nicht und glaubte, er sei durchaus lesenswert, aber der Schmutz hielt mich davon ab, ihn in die Hand zu nehmen.

»Möchten Sie denn etwas Bestimmtes haben?« fragte das Zimmermädchen, das an der Schiebetür kniete.

»Das schon, aber lassen Sie nur! ... Machen Sie mir bitte das Bett zurecht.«

Während das Zimmermädchen die Schlafmatten ausbreitete, suchte ich mir ein paar Bücher heraus. Zuunterst lagen in dem Stapel sieben bis acht merkwürdig feuchte alte Hefte mit der Geschichte vom »Ländlichen Genji«, allerdings unvollständig. Die Seiten waren am unteren Rand so schmierig und aufgerauht, daß man die Schriftzeichen nicht mehr erkennen konnte. Während ich in den Heften blätterte, stiegen in mir vertraute Bilder auf. Ich sah mich als fünf- bis sechsjährigen Knaben, der sich im Liegen, neben sich auf einem Blatt Papier ein Stück Kuchen, die illustrierten Bände »Das merkwürdig merkwürdige Rad« von Tanekazu oder sonstwem anschaute, die ich in einem Regal im Zimmer meiner Großmutter aufgestöbert hatte.

»Gute Nacht!« sagte das Zimmermädchen, beide Hände wohlerzogen auf den Fußboden legend, bevor sie hinausging. Die Hefte mit der Geschichte vom »Ländlichen Genji« packte ich ans Kopfende, die schmuddligen Bücher schaffte ich auf die Veranda hinaus. Weil ich die Lampe direkt über mir haben wollte, band ich ein dünnes Gürtelband von O-Natsu, das an einem Kleiderständer hing, an die Lampenschnur, zog es straff zu mir hin und befestigte es an einem Kleiderhaken. Dann legte ich mich lang.

Es fehlten zwar viele Nummern, aber es gelang mir dennoch, die Hefte ungefähr der Reihenfolge nach zu ordnen. Als das getan war, begann ich zu lesen. Dabei kehrten in mir die trauten Empfindungen meiner unbekümmerten Kindheit wieder, und weil mir der Inhalt dieser altertümlichen Geschichte so kurzweilig erschien, wurde mir zum erstenmal seit langer Zeit leichter ums Herz, zumal auch O-Natsu nicht neben mir lag. Der Roman handelt von einem anziehenden jungen Mann namens Mitsuuji, der die Bekanntschaft zahlreicher schöner Frauen macht. An Hand von Kunisadas Bildern konnte ich, auch ohne dieses Buch von Tanehiko zu lesen, den Gang der Handlung leicht verfolgen.

Die Kimonos der Frauen wiesen an den Ärmeln und der Schleppe kreisförmige Blumenmuster auf, mit Glyzinien, Veilchen und vielen anderen Blumen. Diese Frauen, die alle gleichermaßen schön aussahen, egal ob mit normalen oder abrasierten Augenbrauen und unabhängig auch von ihren verschiedenartigen Kimonos, schlossen nun eine nach der anderen Bekanntschaft mit Mitsuuji. Auf jeder Seite dieses Buches war ein Stelldichein mit einer anderen Frau beschrieben. Und aus allen Bildern gewann man den Eindruck, sämtliche Vasallen, Dienstmädchen, Pagen und Priester seien einzig und allein nur mit Mitsuujis Liebesaffären beschäftigt. Als ich mich in das Buch vertiefte, kam mir Mitsuuji mit seinem extrem freien Liebesleben auf einmal lächerlich vor. Gleichzeitig aber begann ich zu ahnen, wie extrem unfrei, fast ins Karikaturhafte verzerrt meine Beziehung zu O-Natsu war. Ohne ersichtlichen Grund amüsierte mich das. Ich bekam Lust, auf die Straße hinauszulaufen und zu rennen, was das Zeug hielt. O-Natsu mußte jeden Augenblick zurückkommen. Ich überlegte mir, ob ich ihr nicht frank und frei meinen Entschluß, mich von ihr zu trennen, mitteilen und das Gasthaus einfach verlassen sollte. Falls sie sich im Glauben, ich scherzte, einverstanden erklärte, würde ich fortgehen, um nie wiederzukommen. Was würde O-Natsu dann wohl tun? Aber dieser Entschluß würde auch für sie die Rettung bedeuten.

Während ich diesen Gedanken nachhing, durchströmte meinen Körper eine pochende Wärme. Ich hatte mich in dem dicken Wollhemd hingelegt. Als ich aufstand, um das Hemd auszuziehen und mir einen gefütterten Kimono über den nackten Körper zu streifen, streckte ich auf einmal, mir selbst ganz unverständlich, die Hand zum Schalter hin und knipste das Licht aus. Ich schrie auf, weil es so plötzlich dunkel wurde. Ich ließ mich im Dunkeln nieder und saß eine Weile fassungslos da. Warum hast du bloß das Licht ausgemacht, wo du doch aufgestanden bist, um das Hemd auszuziehen, fragte ich mich.

Ich hatte mir nur das Hemd ausziehen wollen. Etwas anderes als der dafür nötige kontinuierliche Handlungsablauf – Hemd ausziehen, Schlafkimono über den nackten Körper streifen und sich wieder hinlegen – war mir gar nicht in den Sinn gekommen. Warum aber hatte ich dann ohne jeden Zusammenhang etwas anderes getan und das Licht ausgeknipst? Es war doch wohl ausgeschlossen, daß das motorische Nervensystem einen vom Zentralhirn erteilten Befehl einfach abänderte. Es gab nur eine Möglichkeit, sich diesen Vorgang zu erklären: Ich war verrückt geworden. Auf mein Herz, das sich gerade erst etwas leichter gefühlt hatte, legte sich ein bleischwerer Klumpen. Mitsuuji, die freie Liebe und die Lust, einfach loszurennen, all das schwand auf einmal dahin.

Ich saß im Dunkeln, und die Angst fraß sich immer weiter vor. Ich machte das Licht wieder an, um mich bei brennender Lampe hinzulegen. Der ländliche Genji war mir so zuwider, daß ich das Heft nicht mehr neben mir liegen haben mochte. Ich vergrub meinen Kopf unter der Zudecke und versuchte zu schlafen, aber es gelang mir nicht. Kurz darauf kam O-Natsu zurück. Sie sprach kein Wort mit mir, sie klapperte nur mit der Tasse, als sie sich anschickte, ihr Medikament einzunehmen. Während sie das tat, schlief ich ein.

7

An einem Abend im Mai geschah es, daß ich O-Natsu schlug. Wir waren in einem Gasthaus abgestiegen, das in einer stillen Bucht dicht am Meer lag. Der frühen Jahreszeit wegen waren noch keine Sommerfrischler da. Wir beide waren die einzigen Gäste in dem einstöckigen, langgestreckten Haus.

Ich glaube, Sie können sich so ungefähr meine Abneigung gegen O-Natsu vorstellen. Vielleicht werden Sie sich fragen, warum ich sie dann nicht abschüttelte und mich allein auf und davon machte. Für mich aber bedeutete O-Natsu damals soviel wie Reiswein für einen Alkoholsüchtigen. Wie ein Süchtiger die Flasche keinen Tag aus der Hand läßt, konnte ich es ohne O-Natsu keinen Tag mehr aushalten.

An diesem Abend nun wurde mir das zum erstenmal bewußt. Ehrlich gesagt, es war so, daß ich O-Natsu liebte. Zwar entsprachen meine Gefühle für sie nicht der Vorstellung, die ich von der Liebe hegte, aber immerhin muß es sich doch wohl um eine Form der Liebe gehandelt haben. Außerdem war O-Natsu, was man auch sagen mag, die erste Frau für mich. Die erste Frau, die ein Mann liebt, scheint für ihn nicht nur einen besonderen Wert zu besitzen, sondern gleichzeitig auch eine große Macht auf ihn auszuüben. Die von mir so sehr verabscheute O-Natsu war im Besitz dieser besonderen Macht, mit der sie mich an sich fesselte.

Still war der Abend, und unmittelbar vor unserem Fenster lag das Meer. Sanft drang von der Bucht her das Rauschen der Wellen, die an die Steinmauer spülten, zu uns herauf. Von Zeit zu Zeit wurde dieses sanfte Rauschen von Männerstimmen übertönt, die sich laut in der Küche unterhielten. Wir beide sprachen wie immer kein Wort miteinander, obwohl wir uns im gleichen Zimmer aufhielten. Ich lag auf dem Rücken und döste. O-Natsu saß mit nachlässig zur Seite gestreckten Beinen an den Tisch gelehnt, auf dem ein Kuchentablett stand. Vor ihr lag aufgeschlagen die Lokalzeitung des Tages, die uns die Wirtsleute geliehen hatten. Mir war nicht klar, ob sie darin las oder nicht. Jedenfalls schweiften ihre Augen über die Seiten.

Damals stand es sehr merkwürdig um mich. Bald kam mir mein Kopf breiig vor und so qualvoll schwer wie geschmolzenes Blei, bald leicht und rauh wie ein trockener Schwamm, bewirkt durch die Leere in meinem Hirn, in dem sich nichts mehr abzuspielen schien, so daß ich fast nicht mehr wußte, ob ich überhaupt noch existierte. Ich ähnelte einem Toten, dem ein winziger Rest Bewußtsein erhalten geblieben ist. Im ersten Fall dagegen ging mir allerlei durch den Sinn. Mir war, als träumte ich in wachem Zustand. Ein Phantasiegebilde nach dem anderen jagte mir durch den Kopf, so plastisch, als handelte es sich um Realitäten. Anfangs machten mir beide Zustände unerträglich zu schaffen. Dann aber wandelten sie sich, wohl weil ich mich daran gewöhnt hatte, zu einem regelrechten Genuß. Ermattet streckte ich meinen Körper, in dem eine tiefe Müdigkeit saß, lang aus und starrte mit meinem inneren Auge auf die Szenen, die sich in meinem Hirn abspielten.

Auch an jenem Abend befand ich mich in einem solchen Zustand.

Ich lag auf dem Rücken auf meinem Bett. Da richtete sich O-Natsu plötzlich auf. Ohne ein Wort zu sagen, warf sie sich überraschend auf mich. Obwohl ein so impulsives Verhalten typisch für sie war, bekam ich diesmal einen Schreck, denn ich hatte mir gerade vorgestellt, sie würde mich umbringen.

O-Natsu hielt mich, als ich aufstehen wollte, nieder und küßte mich wild. Ich fand den Gedanken, ermordet zu werden, zwar selber dumm und wahnwitzig, dennoch packte mich eine unergründliche, unüberwindliche Angst, die, während ich mich ganz still verhielt, zusehends wuchs. Nun fürchtete ich gar, sie könnte mir die Zungenspitze abbeißen, die sie zwischen ihren Zähnen hatte. Ich ertrug es nicht mehr. Jäh versuchte ich, sie wegzustoßen. Sie spannte alle Kräfte ihres großen Körpers an, um mich nach unten zu drücken, wobei sie meine Zunge immer tiefer einsaugte. Ich stieß ihr, ohne zu wissen, was ich tat, meine Hand ins Gesicht und schob es mit aller Macht hoch. Im gleichen Moment biß mir O-Natsu ruckhaft in die Zunge. Als ich ihren merkwürdigen Schrei hörte, kam ich wieder zu mir. Ich hatte ihr mit voller Wucht ins Gesicht geschlagen.

Das Blut schoß ihr aus der Nase. Ich konnte mir nicht erklären, warum sie nichts sagte. Stumm fuhr sie sich mit Taschentüchern und weichem Papier im Gesicht herum. Ich sah ihr zu. Und auf einmal fühlte ich mich irgendwie betroffen. Ich holte ihr aus dem Waschraum einen Eimer Wasser.

Da ich nicht wußte, was ich sagen sollte, schwieg ich ebenfalls. Aber sie tat mir die ganze Zeit über leid. Mich wunderte jedoch, warum eine Frau wie O-Natsu, die sonst nicht kleinzukriegen war, sich solch eine Behandlung einfach gefallen ließ. Da brach sie plötzlich in heftiges Weinen aus. Ich versuchte sie zu trösten, indem ich mit möglichst sanften Worten auf sie einsprach, aber sie zeigte sich seltsam kühl und nahm meinen Trost nicht an, was wiederum mich ernüchterte, so daß ich abweisend wurde und mir kein freundliches Wort mehr über die Lippen kam.

Seit jenem Vorfall schienen wir uns irgendwie fremd geworden zu sein. Mir war, als hätte sich zwischen uns beiden eine unüberwindbare Kluft aufgetan. Ich versank in unsagbarer Einsamkeit. Da wurde mir zum erstenmal klar, daß ich für O-Natsu, die meine erste Frau war, doch eine ziemlich tiefe Liebe empfand.

Ich wollte sie um jeden Preis für mich zurückgewinnen. Ihretwegen hatte ich alles aufgegeben. Und sie war nun, sosehr ich sie auch haßte, alles, was ich besaß. Trennte ich mich jetzt von ihr, würde mir nichts mehr bleiben. Ich beschloß, sie mir mit allen Mitteln wieder zu eigen zu machen und mir diesen Besitz zu bewahren.

O-Natsus Herz jedoch blieb seltsam kühl. Und diese Kälte ging nicht nur von ihr aus, sondern auch von mir. Einerseits trachtete ich danach, unsere Beziehung zu erneuern, andererseits mußte ich zusehen, wie meine Gefühle sich immer mehr abkühlten.

Auch damals umarmten wir uns oft noch leidenschaftlich und lange. Trotzdem lag nach wie vor zwischen uns ein tiefes Tal, durch das ein kalter, strenger Wind fegte. Bitter empfand ich, wie sehr viel glücklicher ich früher gewesen war, als wir uns trotz unseres Hasses in stürmischer, fast an Wahnsinn grenzender Hingabe vereinten.

Trotz der seelischen Situation, in der wir uns befanden, zogen wir ziellos von einem Ort zum anderen. Inzwischen schritt die Trübung, die unseren Geist befallen hatte, ungehindert fort. O-Natsu geriet in eine echte, schwere Hysterie. Und mir ging es genauso. Wir haßten uns nunmehr aus tiefstem Herzen, und dieser Haß nahm immer wildere Formen an.

8

Wir gerieten in einen Kurort mit heißen Quellen. Durch ein Gartentor hindurch schritten wir, ich voran, auf den Eingang eines Hauses zu. Es herrschte absolute Stille. In dem Garten, der durch einen niedrigen Bambuszaun abgeteilt war, saß ein Mann, der, wohl in Vorbereitung der Sommersaison, damit beschäftigt war, die Fußbodenmatten neu zu bespannen. Als er uns kommen sah, hielt er, die Hand mit der Nadel halb erhoben, einen Augenblick in seiner Arbeit inne. Da er merkte, daß wir übernachten wollten, rief er ins Haus hinein: »He, es sind Gäste da!« Ein Dienstmädchen hieß uns willkommen und führte uns in ein Zehn-Matten-Zimmer, das dem Gebäude ein wenig vorgelagert war, so daß man von da aus eine schöne Aussicht hatte.

Nach dem Bad schlüpfte ich in die Geta und ging in den Garten hinaus. O-Natsu war mitgekommen. Die Sonne war schon untergegangen und die Luft empfindlich kühl. Wir trugen die leichten Kimonos des Gasthauses. Die Hände vorn im Kimonoausschnitt, standen wir da und sahen dem Mann, der die Matten ausbesserte, gedankenlos bei seiner Arbeit zu. Kalt glänzten im weißen Dämmerlicht die herumliegenden langen Nadeln und Ahlen.

»Ich friere«, sagte O-Natsu wie zu sich selbst und ging, in schlampiger Manier die Geta nach sich ziehend, ins Zimmer zurück. Gedankenleer starrte ich auf die lange Nadel, die knirschend in die Matten drang. Da begann ich auf einmal, mir selbst unerklärlich, am ganzen Leib zu zittern. Der Mann stach die Nadel jedesmal tief, bis an den Griff, in die Matte hinein. Wenn sie an der anderen Seite herauskam, überrieselte es mich angenehm. Je länger ich zusah, desto schneller ging ohne jeden Grund mein Atem. Ich konnte kaum noch still stehen. Aber O-Natsu mit solch einer Nadel zu erstechen, daran habe ich nicht gedacht. Vielleicht läßt sich mein Seelenzustand so erklären, daß ich mich in meinem liederlichen, müßigen Dasein nach einem Leben mit so wunderbar befreiten Gefühlen sehnte, wie ich sie erlebte, wenn die lange, glitzernde Nadel sich durch die Matte bohrte. Ich weiß nicht genau, was damals in mir vorging. Am gleichen Abend jedenfalls tötete ich O-Natsu. Ich stach ihr mit einer solchen Nadel in die Kehle.

Erst am nächsten Morgen kam ich wieder zu mir, und da befand ich mich im zweiten Stock eines schäbigen Gasthauses, das irgendwo am Rande des Bergpasses lag.

9

Auf die ungesäumten, von der Sonne rötlich gefärbten Matten fiel in einem breiten Streifen das sanfte Morgenlicht eines Spätfrühlingstages. Ein Mückenschwarm schwirrte in der Sonne. Die ganze Zeit über lauschte ich auf das Rauschen des Baches und das Schlagen einer Nachtigall. Die Seite des Berges, hinter der die Sonne stand, war in ein verschleiertes Violett gehüllt. Es war ein windstiller, seltsam dunstiger und schlaftrunkener Morgen. Auch in meinem Hirn herrschte eine schläfrige Stille. Nur manchmal griff eine dunkle Angst nach mir. Ich saß an einen Pfeiler gelehnt, so müde und matt, als wäre mein Körper aus Watte, und war außerstande, mich von der Stelle zu rühren.

Du mußt, bevor du hierherkamst, etwas Schlimmes angerichtet haben, überlegte ich, aber ich konnte mich nicht erinnern, warum ich die Flucht ergriffen hatte und wie mein jetziger Aufenthalt damit zusammenhing. Ich wußte, daß ich versuchen müßte, mir die Geschehnisse und deren Ablauf ins Gedächtnis zurückzurufen, aber es gelang mir nicht, und in meinem Zustand damals war es mir unmöglich, durch ruhiges Nachdenken das aus mir herauszuholen, was in mir schlummerte.

Ich klatschte in die Hände, um das Zimmermädchen herbeizurufen, das dann auch, bloß eine Schürze über dem ärmellosen Unterkimono und der Bauchbinde, die quietschende Treppe heraufkam.

Ich versuchte in Erfahrung zu bringen, wann ich hier angekommen war. Das Zimmermädchen starrte mir eine Weile stumm und verdutzt ins Gesicht. Dann erklärte sie mir in ihrem Dialekt, daß ich doch erst heute morgen, als es noch ganz dunkel war, an die Türen gepocht und um Einlaß gebeten hätte.

»Das hab ich mir fast gedacht«, flüsterte ich und entließ das Dienstmädchen wieder. Es war also an dem. Ich hatte O-Natsu umgebracht und war dann geflohen, die ganze Nacht hindurch, bis hierher. War das wirklich erst gestern gewesen? Es kam mir vor, als läge all das weit zurück und mir wäre der genaue Zeitpunkt entfallen. Undeutlich blieb mir überdies auch der Ort des Geschehens, die Erinnerung daran war so gut wie ausgelöscht. Nach einer Weile fielen mir schließlich die heißen Quellen ein, und vor mir sah ich den Gebirgskurort. Dann stieg vor meinen Augen auch wieder das Bild von dem Mann auf, dem ich beim Bespannen der Matten zugesehen hatte. Und mit dieser langen Nadel hatte ich an jenem Abend ... Als ich in meinen Gedanken diesen Punkt erreicht hatte, begann ich am ganzen Leib zu zittern.

Mit dieser Nadel habe ich ihr die Kehle durchbohrt.

Ich habe, das schwöre ich, mich niemals direkt mit der Absicht getragen, O-Natsu umzubringen, ich habe ihr nur manchmal den Tod gewünscht. Oft habe ich selbst um mein Leben gefürchtet. Mit eigenen Händen O-Natsu zu töten, nein, das habe ich nicht gewollt. In meinen wirren Phantasien hatte ich mir zwar gelegentlich ausgemalt, wie ich diese Frau umbringen und was ich danach tun würde, einen konkreten Mordplan aber, ich schwöre es, habe ich nicht gefaßt. Warum nur habe ich das getan?

Einen Monat zuvor ungefähr, als wir am Meeresstrand spazierengingen, hatte O-Natsu haßerfüllt zu mir gesagt: »Wenn ich dir dermaßen zuwider bin, dann bring mich doch um!« Ich erinnere mich genau an dieses Gespräch.

»Was für ein Pech, sich von einer vier Jahre älteren Frau, einer halben Großmutter, einfangen zu lassen«, fuhr sie fort.

»Schweig!« schrie ich sie an.

»Na los, bring mich um! Du willst nicht? Für mich wäre es ein Glück ... Traust du es dir etwa nicht zu?« Nach diesen Worten brach sie in ein hysterisches Lachen aus.

»Stirb du, von dir aus!« Diese Worte sollten möglichst kaltblütig klingen, statt dessen wirkten sie weinerlich. Aber auch dabei hatte keiner von uns daran gedacht, zu töten oder getötet zu werden.

Solcherlei Überlegungen stellte ich an, aber dann versuchte ich mir klipp und klar, als wenn man mit der Faust auf den Tisch haut, einzugestehen, daß ich nun trotz alledem O-Natsu umgebracht hatte.

Aus unerklärlichen Gründen jedoch blieb die erwartete Reaktion aus. Ich wunderte mich, warum mir eine so schwerwiegende Tatsache nicht tief ins Herz schnitt. Vielleicht blieben meine Empfindungen gerade deshalb so verschwommen wie im Traum, weil die Gewalt der Tatsachen mich erdrückte.

Allerdings erinnerte ich mich genau, daß ich O-Natsu die Nadel in die Kehle gestoßen hatte. Sie war ganz leicht und schnell gestorben. Ich sehe sie noch immer in aller Deutlichkeit tot vor mir liegen. Ebenso klar hatte ich im Gedächtnis, wie ich, erschrocken über meine Tat, keinen Ausweg mehr sah, die Fenstertüren aufschob und hinausrannte. Draußen, in der Nacht, lag alles ringsum in traumhaft weißblauem Mondlicht. Ein kühler Luftzug streifte meine Wange. Ich muß dann urplötzlich losgerannt, den Bergpfad hinaufgehastet und hierher geraten sein.

Als ich mich nun gründlich besah, entdeckte ich etliche Wunden an meinen Füßen und Schienbeinen, an denen das herausgeströmte Blut in schwarzen Klumpen klebte. Dennoch schien mir das Geschehnis vom Abend zuvor unwirklich wie ein böser Traum. Wenn ich alles nur geträumt hatte, was war dann jetzt? Träumte ich jetzt etwa auch?

Ob O-Natsu auch hier ist? Ich wollte das Zimmermädchen noch einmal rufen, ließ es aber sein und versuchte statt dessen, die gestrigen Vorkommnisse noch einmal in aller Ruhe zu rekonstruieren.

Zuerst wollte ich mir den Ort der Tat ins Gedächtnis zurückrufen, aber es blieb alles neblig, es gelang mir nicht. Langsam tauchte in mir der Gasthof in dem Kurort auf und das Zimmer. Dort war es passiert. Je länger ich überlegte, desto klarer sah ich das Zimmer wieder vor mir. Wie aber, wenn es sich dabei um eine von meiner eigenen Phantasie geschaffenen Szenerie handelte. Ich wurde diesen Zweifel nicht los.

Mir war, als befände ich mich in einer Bar. Ich erkundigte mich nach dem Preis eines Winterhutes. Hinter der Theke stand O-Natsu und antwortete: »Drei *yen* fünfzig.« Ich weiß noch, daß mir ihr Ton gar nicht gefiel.

»Vorhin hast du zwei *yen* fünfzig gesagt.« Das sagte ich tatsächlich laut. – »Nein, du wirst dich verhört haben.« Sie lachte höhnisch. Ich geriet in Wut und beschimpfte sie. Sie unterbrach mich grob: »Also gut, du hast dich nicht verhört, ich werde mich versprochen haben – jedenfalls kostet er drei *yen* fünfzig.« Ich verlor meine Besinnung. Blitzschnell packte ich O-Natsu an beiden Armen und zog sie mit aller Kraft über die Theke zu mir herüber. Ihr Körper plumpste mir vor die Füße. Rücksichtslos schlug ich ihr ins Gesicht. Sie gab keinen Laut von sich. Weil sie so ruhig blieb, geriet ich immer mehr in Raserei. Was konnte ich ihr noch antun? Ich blickte mich um, denn seltsamerweise muß ich gewußt haben, daß die Nadel neben mir lag, die Nadel, die der Mann tagsüber benutzt hatte. Da lag sie, die lange, spitze, glitzernde Nadel. Ohne zu überlegen griff ich danach und erstach O-Natsu.

Sofort faßte ich den Entschluß, zu fliehen. Ich verließ das Haus. Es war eine beispiellos schöne Mondnacht. Kalter Wind blies mir ins Gesicht. Weil ich im Gebirge sicherer zu sein glaubte, lenkte ich meine Schritte dorthin.

Als ich erst einmal so weit in meine Erinnerung hinabgestiegen war, kam alles weitere mühelos zum Vorschein.

Nachdem ich eine Weile vorwärtsgehastet war, wurde es ringsum auf einmal dunkel. Große Zedernbäume verdeckten den Himmel. Als ich über das Moos rannte, unter dem die Feuchtigkeit saß, war mir, als liefe ich über einen nassen Schwamm. Ich eilte höher und höher. Dabei hatte ich die ganze Zeit über das Gefühl, als verfolge mich jemand, so daß ich mich fürchtete, den gewundenen Pfad noch weiter hinaufzusteigen. Plötzlich bog ich vom Weg ab, um einen steilen, unwegsamen Hang zu erklimmen. Die Kehle war mir wie verdorrt. Und da ich mich in meinem ohnehin erschöpften Zustand unvorbereitet körperlich so sehr verausgabt hatte, klopfte mir heftig das Herz. Ich spannte meine Schenkel an. Der Schweiß lief mir über die Wangen, die sich trotzdem ganz kühl anfühlten. Alles Blut schien aus meinem Kopf gewichen zu sein, und ich glaubte jeden Moment umfallen zu müssen. Dabei war mir, als bliebe mir mein Verfolger mit Leichtigkeit dicht auf den Fersen. Ich wandte mich jäh um, ich wollte ihm entgegentreten. Natürlich war niemand hinter mir. Das wußte ich auch selber. Dennoch wurde ich die Angst nicht los, weshalb ich mich immer aufs neue umsah.

Kurze Zeit später stürzte ich. Etwas, was mir ätzend tief in der Nase gesessen hatte, floß heraus. Ich stand wieder auf. Im fahlen Mondschein erblickte ich weit unten zwischen den Bäumen den Gasthof. Kein Licht, nichts rührte sich, alles lag friedlich in tiefem Schlaf.

Man hat es noch nicht bemerkt, dachte ich, aber das machte mich nicht ruhiger. Ich setzte mich von neuem in

Bewegung, und gleich war mir wieder jemand im Rücken. Unzählige Male blickte ich hinter mich, um mich zu vergewissern.

Obwohl hier oben die Berge noch nicht mit Gras überwuchert waren, kam ich auf dem steilen Hang, wie sehr ich mich auch plagte, nicht recht voran.

An einer Stelle hatte es einen etwa ein *ken* langen Erdrutsch gegeben. Ich war verzweifelt, weil ich mit meinen müden Beinen beim besten Willen keinen Halt finden konnte. Da entdeckte ich in meiner Nähe eine aus der Erde ragende Wurzel, die weiß aussah, wie gebleicht. Bei dem Versuch, mich daran festzuhalten, blickte ich zufällig nach oben. Direkt über mir stand ein großer Mensch im Straßenanzug. Das war ja mein Lehrer Tsuchimura, der mir lange Jahre so viel bedeutet hatte. Er blickte mit seinen durchdringenden Augen, die tief eingesunken unter dichten Brauen lagen, schweigend zu mir herab.

Ein Schauer lief mir über den Rücken.

Ich entsinne mich schwach, daß ich mehrmals versuchte, unter seinen Armen hindurch an ihm vorbeizugelangen, um weiter in die Höhe zu steigen. Als ich mit meinem Erinnerungsvermögen hier angelangt war, fühlte ich mich unversehens innerlich zusammenbrechen. Es war doch unvorstellbar, daß mitten in der Nacht mein Lehrer Tsuchimura hier mitten in den Bergen stand. Was hatten dann aber die Bilder zu sagen, die ich eben in mir wachgerufen hatte? Es sah nicht danach aus, daß es sich um Erinnerungen an wirkliche Begebenheiten handelte. Alles deutete vielmehr auf einen Traum hin, der mir im Gedächtnis haftengeblieben war. Die Verletzungen an den Beinen und die Erschöpfung, die so groß war, daß ich mich kaum noch aufrecht halten konnte – woher kam das? Falls es ein Traumgespinst war, ließen sich die Wunden nicht erklären. Falls es aber Wirklichkeit war, handelte es sich bei dem Vorfall dort in den Bergen ... Vielleicht war ich doch dem Wahnsinn verfallen?

Als ich alles noch mal überdachte, kam ich zu dem

Schluß, daß sich das, von der Szenerie her gesehen – ich fragte doch nach dem Hutpreis –, keinesfalls in dem Quellbad zugetragen haben konnte. Allmählich dämmerte mir, daß der Mord an O-Natsu eine Begebenheit aus der realen Welt sein könnte. Für eine bloße Einbildung waren die Bilder zu deutlich. Ich hatte die Tür aufgeschoben und war hinausgetreten. Ich sehe noch im Garten, in dem am Nachmittag der Mann an den Matten gearbeitet hatte, die schwarze abgetrennte Borte auf den weißen Schrittsteinen liegen. Die kühle Nacht im fahlen Mondschein – das ist niemals ein Traum gewesen.

Ich konnte Traum und Wirklichkeit nicht mehr trennen. Meine Beziehung zu O-Natsu in diesem einen Jahr wird doch nicht etwa ein Phantasiegebilde gewesen sein? Oder handelte es sich hierbei vielleicht um Anzeichen von Schizophrenie?

So kam es schließlich dazu, daß die ungeheure Vorstellung, ein Mörder zu sein, nur einen schwachen Schatten auf meine Seele warf, der keine starke Wirkung auslöste. Mein Körper kam mir bleischwer vor, und in meinem Kopf war alles zu einem einzigen Brei verschmolzen, so daß ich nicht mehr die Energie aufbrachte, diese Zweifel in mir zu klären. Ich ließ mich hinfallen, wo ich stand, schaltete das Denken aus und lag so eine gute Stunde im Halbschlaf.

Die jagende Angst der letzten Nacht hatte sich gelegt, dennoch fühlte ich mich irgendwie gefährdet.

Ich riß mich aus diesem Zustand völliger Erschöpfung hoch, um auf alle Fälle erst einmal dieses Haus zu verlassen.

10

Vor mir lag der Bergpfad in den Strahlen der sanften Frühlingssonne. Im Schatten war es noch feucht vom nächtlichen Tau, aber das nur halb von Erde bedeckte Geröll reflektierte, da es trocken und weiß war, die Sonne, und dieses nur mäßig grelle Licht blendete mich schon. Eine Gruppe von Waldarbeitern stieg mit Traggestellen auf dem Rücken im lauten Gespräch an mir vorbei den Berg hinauf. Ihr Tabaksgestank hing noch eine Weile in der Luft. Ich aber hatte stolpernd die Richtung nach unten eingeschlagen.

Am Ausgang der kleinen Siedlung standen, schmutzige Handtücher um den Kopf, zwei junge Frauen auf einer niedrigen Steinmauer, die ein schmales Reisfeld abstützte, und sahen zu mir hin. Ich ging an ihnen vorbei, aber ich brachte nicht die Kraft auf, zu ihnen aufzuschauen. In meinem Kopf herrschte absolute Leere.

Bald darauf gelangte ich an einen Bach, in dem spielende Kinder eine Wassermühle aufgestellt hatten. Ich blieb stehen und sah ihrem Spiel geistesabwesend zu. Unaufhörlich schlug irgendwo eine Nachtigall. Mein starrer Blick, man hätte mich für einen Betrunkenen halten können, blieb an dem Rad hängen und verfolgte dessen Drehungen. Je länger ich hinschaute, desto mehr verschwamm mir alles und desto schneller kreiste die Mühle, schneller, immer schneller. Sie hatte sich ruckartig in Bewegung gesetzt, so daß ich anfangs noch ihre Konturen wahrnehmen konnte, aber als sie dann immer schneller lief, war einzelnes nicht mehr zu erkennen. Die Kinder waren irgendwohin verschwunden. Das Rauschen des Baches und das Schlagen der Nachtigall, kein einziges Geräusch erreichte mich mehr. Für mich war nur noch die Mühle da, deren Rad sich drehte, immerfort. Es drehte sich mit rasender Geschwindigkeit. Die Mühle wurde größer und größer und rückte mir dicht unter die Augen. Ich mußte meinen Blick abwenden, und ohnmächtig brach ich dort auf der Stelle zusammen. – Als ich wieder zu mir kam, befand ich mich in einem Irrenhaus in Tokyo.

Da ich fürchtete, ich würde, wenn ich zum Jahresende und zu Neujahr in Tokyo bliebe, nicht zum Arbeiten kommen, packte ich einige Bücher zusammen, die ich zu lesen gedachte, und fuhr nach Kowakidani, wo es zwar sicherlich kalt, dafür aber um so stiller sein würde. Ich ließ mir ein Zimmer im sonnigsten Flügel des Hauses geben. Zufällig lag es neben dem von Tsuda. Er war, wie man mir sagte, vor zehn Tagen allein hier angereist.

Unsere Zimmer waren nur durch eine verschiebbare Papierwand getrennt. Sie zierte ein zweifelhaftes Bambusbild, unter dem in schwunghafter Manier ein Spruch stand, der den Bambus zum Symbol der Tugend erklärte. Im Nachbarzimmer war es immer so still, daß ich nie wußte, ob Tsuda da war oder nicht. Nur abends, wenn er gerade eingeschlafen war, stöhnte er immer so laut und qualvoll, daß es auch mir nebenan unheimlich wurde. Manchmal dauerte es sehr lange, und ich überlegte, ob ich ihn wecken sollte. Meistens jedoch wurde er von selbst wach. Er atmete dann eine Weile tief, wie jemand, der sehr erschrocken ist, erhob sich und wanderte auf dem Korridor auf und ab. Danach schien er meistens fest schlafen zu können.

Da man für die Winterzeit das Personal reduziert hatte, standen uns nur zwei Zimmermädchen zur Verfügung, eine vielleicht fünfundzwanzigjährige Frau von unangenehmer Art und obendrein noch klatschhaft sowie ein sechzehn- bis siebzehnjähriges Mädchen mit einem melancholischen Gesichtsausdruck, wie man ihn auf Gemälden von Rosetti antrifft.

Am Tag nach meiner Ankunft bediente mich beim Abendessen auf meinem Zimmer die redselige junge Frau. Sie stammte aus Tokyo und hatte in meiner Nähe in Azabu gewohnt, wo sie sich genauestens auskannte. Sie erzählte mir in allen Einzelheiten von dem Fischhändler Uomatsu aus Hikawa-cho, der auch uns beliefert hatte, von seinem lockeren Lebenswandel, dessentwegen er den Laden verpfänden und schließlich ganz aufgeben mußte. Tsuda im Nachbarzimmer schien in Anwesenheit des jungen Mädchens Reiswein zu trinken.

Meine Bedienung wies mit einem Kopfnicken zum Nachbarzimmer hinüber und sagte: »Er verträgt nicht viel. Aber weil er immer Alpträume hat, will er sich heute einen antrinken, um im Rausch einmal fest schlafen zu können.«

Nach dem Abendessen ging ich ins Billardzimmer. Ich spielte mit dem jungen Mann, der mir jeden Abend die Lampe brachte, zwei Partien. Als ich in mein Zimmer zurückkam, trank mein Nachbar noch immer. Er schien recht munter zu sein, denn er redete pausenlos auf das Mädchen ein. Aber weil er leise und unartikuliert sprach, verstand ich nicht, was er sagte. Dann auf einmal sagte das Mädchen scharf: »Sie verwechseln mich mit jemand anders.« Es hörte sich an, als sei sie aufgestanden.

»Dummes Weibsstück!« hörte ich die Männerstimme genauso scharf antworten. Auch Tsuda war wohl aufgestanden. Dem Geräusch nach waren sie handgreiflich geworden. Plötzlich bog sich die Schiebewand zu mir hin, sprang aus der Rille und kippte sacht in mein Zimmer hinein. Das junge Mädchen schlüpfte durch die Öffnung, eilte mit hochrotem Kopf durch mein Zimmer und verschwand.

Mit betonter Gleichgültigkeit beobachtete ich, an den Tisch gelehnt, diesen Vorgang. Mein Nachbar warf mir einen starren, fast haßerfüllten Blick zu und setzte sich wieder auf seinen Platz hinter der noch stehenden Schiebewand, so daß mir die Einsicht versperrt blieb. Ich hörte ihn unverständliche Sätze murmeln und an einem leeren Reisweinbecher schlürfen.

Nun trat das ältere Dienstmädchen herein, um die Schiebewand wieder einzusetzen. Sie entschuldigte sich immerfort und erklärte sich bereit, mir am nächsten Tag ein anderes Zimmer zu geben. Es war mir peinlich, daß sie diesen Vorschlag absichtlich so laut machte, daß mein Nachbar es hören konnte. Ich brachte allerdings für diesen Mann nebenan keine freundlichen Gefühle auf. Als ich mich an dem Abend schlafen legte, war mir, als befände sich in meiner Nähe ein Haufen Schmutz. Am nächsten Morgen teilte mir das Zimmermädchen triumphierend mit: »Der nebenan zieht um!« Da tat mir mein Nachbar plötzlich leid. Ich ging, unter anderm auch, um mich an dem Zimmermädchen, dieser unangenehmen Person, zu rächen, zu ihm hinüber und redete es ihm aus. So geriet ich mit Tsuda ins Gespräch.

Aber auch danach legten sich Tsudas Alpträume nicht.

1911

Claudius' Tagebuch

Tag ...

Er ist ein äußerst kluger Kopf, ein Mensch, reich an Verstand und überdies ein Dichter. Ich muß demnächst gründlich mit ihm reden, um ihn ganz auf meine Seite zu bringen. Bedenkenlos könnte ich ihm alles anvertrauen. Aber jetzt ist nicht die rechte Zeit dafür. Er ist seelisch aus dem Gleichgewicht geraten. Das trifft allerdings auch auf mich zu. Irgendwie kann ich, schon der veränderten Umstände wegen – denn ich setzte mich gleich nach dem Tode meines Bruders auf den Thron, indem ich seine Frau heiratete –, mein Leben nicht auf die gewohnte Weise weiterführen. Mehr noch! Es ließ sich nicht vermeiden, daß mich die Freude, meine langersehnte Liebe gewonnen zu haben, eine Liebe, auf die ich kaum noch gehofft hatte, aus dem Gleichgewicht warf.

Im Moment verheimliche ich meinen Seelenzustand möglichst vor den anderen. Nicht, weil ich mich meiner Tat oder meiner Empfindungen schäme. Nur weiß ich eben, daß mein augenblicklicher Seelenzustand einige Leute unangenehm berührt. Das ist mir nicht nur bekannt, ich vermag es ihnen auch nachzufühlen.

Und der erste von ihnen ist er. Es tut mir leid, mitanzusehen, wie er in letzter Zeit merkwürdig matt und trübsinnig geworden ist. Darüber hinaus scheint er sich selbst gegenüber ein gewisses Unbehagen zu empfinden. Dafür habe ich Verständnis. Dieses Einfühlungsvermögen meinerseits ist im Verhältnis zu ihm die einzige Hoffnung. Ich muß meine Weichherzigkeit nach Möglichkeit hüten.

Tag …
Ich schäme mich meiner Tat nicht im geringsten. An Herkömmlichen gemessen ist es aber wohl keine angenehme Sache gewesen. Zumindest in den nächsten Monaten werde ich wahrscheinlich zwischen Freude und Leid hin und her irren müssen.

Es gibt wenig Menschen, deren Gemütsverfassung so sehr wie die meine von den äußeren Umständen abhängt. Wenn ich meine Stimmung unter Kontrolle zu bringen versuche, unterlaufen mir immer Fehler. Es geht nicht anders, als den Dingen ihren Lauf zu lassen und sich möglichst geschickt hindurchzulavieren.

Wie dem auch sei, im Moment ist nicht die Zeit, mit ihm zu reden. Ich bin nicht dazu aufgelegt. Würde ich jetzt mit ihm sprechen, könnten wir beide leicht in ein nie wieder gutzumachendes Verhältnis geraten.

Als ich ihn vorhin traf, fragte ich ihn, da er so sonderbar dreinblickte, ob er sich nicht wohl fühle. Seine Antwort auf diese Frage mißfiel mir. Er ist mehr ein Mensch von kindlicher Art. Wie er mir seine Abneigung bezeigte, war wirklich kindlich primitiv. So viel Abstand, daß ich mich von dieser Kindlichkeit nicht einfangen lasse, muß ich ihm gegenüber wahren.

Auf jeden Fall ist es ein Glück, daß er seinen Entschluß aufgegeben hat, zum Studium nach Wittenberg zu gehen. Trennten wir uns so, wie es jetzt mit uns steht, würde die Kluft zwischen uns beiden mit größter Wahrscheinlichkeit unüberbrückbar.

Ich vermag ihn kaum so zu lieben, wie seine Mutter ihn liebt. Das kann man von mir natürlich nicht erwarten. Selbst wenn ich es könnte, ist doch auch er nicht mehr der Mensch, meine Liebe so einfach anzunehmen. Lassen wir das!

Zwischen uns beiden kommt es jetzt weniger auf Liebe als auf Verständnis an. Und wenn wir uns gegenseitig verstehen, wird sich daraus dann auch Liebe entwickeln.

Tag …

… Ich habe einigemal nach ihm geschickt, dennoch ist er die ganze Zeit über nicht erschienen. Obwohl das Gelage heute abend selbstverständlich nicht ausschließlich für ihn veranstaltet war, fiel es mir schwer, festzustellen, daß der für ihn vorgesehene Platz neben mir bis zum Schluß leer blieb. Vielerlei Gedanken kamen mir da, so daß mein Mut tiefer und tiefer sank, soviel ich auch trank. Die Bemühungen des alten Polonius, mich aufzuheitern, stimmten mich erst recht trübsinnig. Ich wundere mich selbst, daß ich es so lange auf meinem Platz ausgehalten habe.

»Der Sitte der Saufgelage sollte man nicht folgen, damit sollte man besser brechen. Die Ausländer bezeichnen die Landsleute hier, da sie in solchen Sitten ertrinken, als Schweine.« Mit diesen Worten soll er mit seinem Freund weggegangen sein. Seine Unhöflichkeit, das am heutigen Abend zum erstenmal stattfindende Gelage mit derlei Redensarten abzulehnen, konnte ich ihm nicht ernstlich übelnehmen. Das machte die Sache jedoch nur um so schlimmer. Dennoch muß ich ihm verzeihen, da diese Worte wohl seiner Stimmung entsprangen. Wahrscheinlich hat es ihn verletzt, daß die Beerdigung seines Vaters so schlicht ausgefallen ist.

Jedenfalls werde ich bald über alles mit ihm reden. Nichts hindert mich daran, ihm sogar zu gestehen, daß ich seine Mutter schon liebte, bevor er zur Welt kam. Ihm wird das sicherlich unangenehm sein. Jedoch muß auch das gesagt werden, um jedes Mißverständnis zu beseitigen. Allerdings bedarf dieses Geständnis einer passenden Gelegenheit. So etwas begreift man nicht einmal halbwegs, wenn die Gelegenheit nicht günstig ist. Ich werde auf eine gute Gelegenheit warten.

Meine Frau scheint ihm die Leviten lesen zu wollen. Jetzt jedoch wird sie, was immer sie auch sagen mag, von ihm nur in die Enge getrieben werden. Er ist viel erwachsener, als meine Frau denkt.

Tag …

Die letzte Nacht habe ich in gräßlicher Stimmung verbracht. Ich konnte nicht schlafen, obwohl ich müde war. Jetzt noch ist mir, als hätte sich tief in meinem Bauch ein Unbehagen festgesetzt. Vielleicht nähere ich mich wieder einer schlimmen Nervenkrise. Doch das nehme ich eigentlich nicht an. Wahrscheinlich liegt es daran, daß ich in letzter Zeit ständig über irgend etwas nachgedacht habe. Das wird wohl meine Nerven geschwächt haben. Gestern aber war schon des Wetters wegen eine unheimliche Nacht. Heftiger Wind schlug immerzu gegen die Fenster. In eben dem Augenblick, als ich die Fensterläden öffnete, um meinen vom vielen Trinken schmerzenden Kopf abzukühlen, war mir, als schwebe eine kleine, in ihren Konturen unklare, weiß leuchtende Kugel durch die Spalte zwischen den Fensterläden in die Finsternis hinaus. Ich erklärte es mir damit, daß ich aus der Helligkeit des Zimmers plötzlich in die Dunkelheit geblickt hatte.

Die Luft draußen war so kalt, daß ich es keine dreißig Sekunden aushielt. Weil überdies ein heftiger Windstoß das Licht zu löschen drohte, machte ich die Fensterläden wieder zu. Da erblickte ich plötzlich noch einmal jenes leuchtende Etwas. Eigentlich habe ich es mehr gespürt als gesehen. Ich hatte das Gefühl, als kehre das Entschwebte wieder zurück, als fliege es zu der Spalte zwischen den Fensterläden, um sich dort festzusetzen und zu mir hereinzuspähen. Mir war seltsam unheimlich zumute.

Neuerdings kommt es mir so vor, als laste irgendein Fluch auf mir. Sicherlich ist das eine Folge meines Gesundheitszustandes. Wie auch immer, ich bin ein beschäftigter Mann. Mit solchen Dingen will ich mich nicht aufhalten. Zur Zeit kann ich nicht fort, aber ich denke daran, über ein Weilchen auf Wildschweinjagd zu gehen.

Tag …

Überstürzt, als hätte er ein dringendes Anliegen, kam heute morgen der alte Polonius zu mir, um zu berichten, daß seine

Tochter Ophelia offensichtlich den Jüngling liebe. Der Alte wiederholte überdies wortreich, ich brauche mir deswegen keine Sorgen zu machen, da er selbst äußerst wachsam sei.

Auch ich hatte schon gespürt, daß er das Mädchen liebt. Für dieses so weibliche, kluge Mädchen empfinde sogar ich Sympathie. Und ich finde es nicht gut, daß der Alte ihr Verhältnis mit besessenem Mißtrauen beobachtet. Heute habe ich dazu geschwiegen, aber ehrlich gesagt, wünschte ich, daß der Jüngling seine Liebe aus tiefstem Herzen genießt. In diesem Fall müßte daraus ein wenig Verständnis für meine Liebe zu seiner Mutter erwachsen.

Der Alte sieht in dieser Liebe etwas ziemlich Leichtfertiges. Das finde ich bedauerlich. Er ist (ohne ausreichenden Grund übrigens) in der Vorstellung befangen, die Bitterkeit und Süße des Lebens voll ausgekostet zu haben. Deshalb macht er sich von allem und jedem einen schnellen Begriff und tut die Dinge leichthin ab. Er allein weiß eben alles. Dabei ist er durchaus nicht ein Mensch, der die Dinge versteht. Der Jüngling ist nicht so oberflächlich, wie der Alte denkt.

... Im Winter fühle ich mich im allgemeinen wohl, in diesem Jahr aber geht es mir etwas sonderbar. Sicherlich haben die veränderten Lebensumstände meinen seelischen und körperlichen Zustand gestört. Dennoch meine ich, daß ich mich schnell mit ihm verständigen muß.

Die Haltung meiner gutherzigen Frau mir gegenüber ist in allem so wie die Haltung meinem Bruder gegenüber, als er noch lebte. Ich tue nicht recht daran, mit dieser friedfertigen, weiblichen Natur unzufrieden zu sein. In letzter Zeit denke ich immer wieder, daß die Atmosphäre in dieser Familie genau dem friedlichen Wesen meiner Frau gleichen sollte.

Eben kam wieder Polonius, diesmal mit folgender Geschichte. Es soll gestern gewesen sein. Als das Mädchen auf ihrem Zimmer nähte, trat der Jüngling ohne Kopfbedekkung, den Mantel über der Brust offen, mit blassem Gesicht herein, umfaßte überraschend das Handgelenk des Mädchens und starrte ihr lange ins Gesicht. Dann schüttelte er leicht ihre Hand, beugte sich mehrmals zu ihr herab und seufzte tief auf. Ohne ein einziges Wort zu verlieren, ging er rückwärts, den Blick auf das Mädchen geheftet, wieder hinaus. Mit theatralischen Gesten, als wäre er dabeigewesen, trug der Alte seinen Bericht vor. Er behauptete, das sei der sichere Beweis dafür, daß der Jüngling aus Liebe verrückt geworden sei. Aber ich bin nicht dieser Auffassung. Dennoch könnte etwas passiert sein. Allerdings schauspielert er in gewisser Hinsicht noch mehr als der Alte. Deshalb sollte man das, was passiert ist, nicht überschätzen.

Tag ...

Einen Brief in der Hand, den der Jüngling dem Mädchen geschrieben hatte, behauptete der Alte beharrlich, daß Liebe die Ursache der Krankheit sei. Im übrigen schilderte er, seinen Stolz nicht verheimlichend, mit beredter Zunge, wie glatt sie ihn, den Wünschen des Vaters entsprechend, zurückgewiesen habe. Aber gewisse Dinge sehe ich anders als er. So betrachtet mich der Jüngling in den letzten Tagen mit äußerst unangenehmen, sonderbar hinterhältigen, bösartigen Blicken. Wenn ich den Fluch in seinen starr auf mich gerichteten Augen sehe, ist mir, als verlöre ich meine innere Freiheit. Unversehens erinnerte ich mich an die kleine leuchtende Kugel, die gestern nacht durch die Spalte zwischen den Fensterläden lauernd in mein Zimmer gespäht hatte.

Gewiß ist das nicht der Ausdruck eines Menschen, der von Liebessehnsucht gequält wird. Wie ich beobachtet habe, richtet er ab und zu solche Blicke auch auf seine Mutter. Vielleicht denke ich das nur aus Argwohn, aber man kann es seiner Mutter ansehen, daß sie es bereut, so schnell nach dem Tode seines Vaters wieder geheiratet zu haben. Falls das kein bloßer Argwohn sein sollte, jene Blicke haben ihr ganz sicher diese giftigen Gedanken eingegeben. Sie scheint überzeugt zu sein, daß sein Wahnsinn mit unserer schnellen

Heirat zusammenhängt. Das bereitet mir unerträgliche Schmerzen.

Ich denke jedoch nicht daran, ihr deswegen Vorwürfe zu machen.

Ich kenne ihren gutherzigen, schwachen Charakter. Es bleibt mir nichts anderes übrig, als ihre Haltung jämmerlich zu finden und zu resignieren. Um so stärker muß ich an meinem anfänglichen Entschluß, nicht zu bereuen, festhalten.

... Da ich die Behauptungen des Alten nicht so ohne weiteres hinnahm, schlug er mir vor, in einem menschenleeren Gang der Wandelhalle ein scheinbar zufälliges Treffen zwischen dem Jüngling und dem Mädchen zu arrangieren. Heimliches Belauschen billige ich zwar nicht, dennoch habe ich mich erst einmal damit einverstanden erklärt.

Tag ...

Ich schäme mich dieser Heirat keineswegs. Hätte ich auch nur die geringste Scham empfunden, wäre ich bei meiner Natur nicht dazu fähig gewesen. Vielmehr wäre ich, hätte ich ohne moralisches Selbstvertrauen geheiratet, trotz meiner großen Liebe zu ihr ein Gesetzloser und außerdem ein Narr. Ich war jedoch innerlich vortrefflich darauf vorbereitet. Gerade wegen dieser inneren Vorbereitung konnte ich ihr kühn die Hand antragen und, als ich ihre Einwilligung erlangt hatte, dies gleich der Öffentlichkeit bekanntgeben. Auch fügte ich der Bekanntgabe keinerlei Rechtfertigung hinzu, die nur den Eindruck von Schwäche hätte erwecken können. Sogar mir selbst schien das ein Zeichen meines unerschütterlichen Selbstvertrauens. Eine schwache Stelle habe ich dann aber doch wohl übersehen. Ich irrte mich in bezug auf das genaue Maß meiner Kräfte. Und nun stellt sich heraus, daß er an dieser schwachen Stelle ansetzt. Ich habe aber überhaupt nicht damit gerechnet, daß er mich auf derart vulgäre, triviale, verständnis- und mitleidlose Weise angehen würde. Er setzt meine Handlungsweise fast mit einer der Ehebruchsaffären gleich, wie sie irgendwo in den Hinterhöfen passieren. Es kommen ihm keinerlei Zweifel an seiner Ansicht. Bei all meiner inneren Vorbereitung hatte ich nicht einkalkuliert, daß er uns so niedrig einschätzen würde.

Dagegen muß ich bis zum letzten kämpfen.

Bei diesem Gedanken jedoch entdeckte ich heute plötzlich eine weitere beängstigende Schwachstelle. Erst jetzt wurde sie mir richtig bewußt. Ich meine das wohlfeile, konventionelle Gewissen, das noch immer irgendwo in meinem Herzen schlummert und mich nun hereinzulegen droht.

Polonius belehrte seine Tochter in folgender Weise: »Es gibt hier und da schon Fälle, in denen jemand sein teuflisches Wesen mit frommer Miene und scheinbar lobenswerten Taten in wohlgefälliger Weise umhüllt.« Ich, der ich dabei war, hatte auf einmal den Eindruck, daß er mich meinte. Es war wie ein Peitschenhieb auf meine Seele. Und ich erschrak, als ich mir dessen bewußt wurde. Ich schalt mich selbst und fragte mich dann ausdrücklich, wofür ich mich zu schämen hätte. Aber während ich dies dachte, stieg plötzlich Zweifel in mir auf. Ich wußte nicht, ob ich mir diese Frage nur zur Beruhigung stellte oder ob ich mich wirklich im tiefsten Innern nicht schämte. Da wurde ich mir selber unheimlich.

Meine große Schwäche ist, daß ich mich aus geringfügigstem Anlaß ganz und gar in solcherlei Gefühlsregungen hineinziehen lasse und mein seelisches Gleichgewicht verliere. Es passiert nicht selten, daß mir ein bloßer Traum am Morgen für den ganzen Tag die innere Balance raubt. Doch das, was die anderen über mich denken, fürchte ich überhaupt nicht. Ich weiß genau, daß nicht wenige mich hassen. Ich weiß sogar, wer es ist. Solange das bloß ein objektiver Sachverhalt bleibt, berührt mich das nicht. Dem weiche ich nicht feige aus. Aber sobald dieses Ereignis von meiner Seele Besitz ergreift, wird meine eigene eingefangene Seele das Allerfurchtbarste für mich.

… Als ich mich mit Polonius versteckt hielt, kam der Jüngling in Gedanken vertieft auf uns zu geschritten. Still und vornehm war sein Gesicht. Fast kam ich mir in meinem Versteck wie ein gemeiner Kerl vor.

Da erzählte er dem Mädchen folgendes.

Er sei von der Anlage her ein ehrlicher, aber hochmütiger, nachtragender und äußerst ehrgeiziger Mensch, und er traue sich, falls er sich hinreißen lasse, ziemlich böse Taten zu. Nur mangele es ihm an Überlegung, diese Taten vorzubereiten, an Phantasie, ihnen konkrete Form zu verleihen, sowie an Zeit und Gelegenheit, weshalb er nichts unternehme. Er versuchte auch beharrlich, das Mädchen zum Eintritt in ein Kloster zu überreden.

Betrachte ich seine Äußerungen einfach als eine Charakterangelegenheit, so kann ich dafür durchaus Interesse und Mitleid aufbringen. Aber er scheint etwas vorzuhaben. Über diesem Plan kamen ihm solche Gedanken. Offenbar handelt es sich um mich. Es ist nicht abzusehen, wozu er fähig ist, wenn dieser Gedanke ausgebrütet wird. Was soll ich nur tun? Es ist höchste Zeit für eine Unterredung.

Falls diese Gedanken jedoch seinem Gesundheitszustand entspringen, könnte man auch ins Auge fassen, ihn nach England zu schicken.

… Meine Frau sagte – ziemlich rätselhaft – zu Polonius' Tochter: »Ich wünschte, es wäre deiner Schönheit wegen, daß mein Sohn den Verstand verloren hat. Denn dann könnte deine Sanftmut ihn auch wieder zur Vernunft bringen.«

In kenne keine andere Frau mit einer so weiblich milden und schönen Seele. Schon wegen meiner Frau möchte ich ihn nicht hassen müssen. Seine vortreffliche Begabung und seinen in dieser Art so selten anzutreffenden Charakter liebe ich noch immer. Ich muß unbedingt recht bald mit ihm zu einer Verständigung gelangen.

Ich habe gehört, daß er sich wieder dem Theater widmet. Es wäre erfreulich, würde sich sein Herz wirklich solchen Vergnügungen zuwenden.

Tag …

… Wann habe ich deinen Vater vergiftet?

Wer hat es gesehen? Wer will es gesehen haben? Gibt es einen einzigen unter euch? Wie bist du nur auf diese Idee gekommen? Hat man es dir zugetragen? Ist das Wissen oder Einbildung? Es gibt auf der Welt keinen so billigen Dramatiker wie dich. Aah, alle tun sich zusammen, um aus mir einen Verrückten zu machen! Noch nie habe ich etwas so Unheimliches erlebt.

Was für eine Genugtuung bereitet es dir denn, wenn du mich erpreßt und zu einem Verbrecher, einem Brudermörder stempelst? Deine Gedanken sind nichts weiter als schmutzige Phantasie, genau wie in der Geschichte vom Amboß des Volcanus. Bist du niemals deinen Gedankengängen gegenüber skeptisch gewesen? Diese Einbildungskraft stammt ganz sicher aus der teuflischen Schundliteratur. Hast du niemals an deiner Phantasie gezweifelt?

Kein anderer Mensch schauspielert so gerissen wie du. Willst du etwa der Held in einer Tragödie sein? Solange du die Dinge für dich allein dramatisierst, mag es hingehen. Aber du willst mir die Rolle des Schurken zuschieben, mit dem ich nichts zu tun habe. So ist es, du hast mir diese Rolle zugeschoben. Das lasse ich nicht zu.

Es gibt keinen so affektierten, so dozierenden, auf sich bedachten, derart schauspielernden und schwatzhaften Kerl wie dich.

Du hast den Alten gefragt, was für eine Rolle er früher als Student auf der Bühne gespielt habe. Der Alte antwortete, er sei als Caesar ermordet worden. Warum hast du da so verstohlen in mein Gesicht gespäht? Du glaubtest wohl, in dem Moment sehr viel Herzenswahrheit aus ihm ablesen zu können? So viel wirst du wohl bemerkt haben, daß mein Herz in dem Augenblick seine Ruhe zu verlieren drohte. Du denkst jedoch nicht darüber nach, warum meine Ruhe ins Wanken geriet. Sobald die Dinge in das Konzept passen, das du dir zurechtgezimmert hast, gibst du dir keine Mühe mehr, sie tiefer zu sehen. Ich habe sofort gespürt, warum du in dem Augenblick so verstohlen mein Gesicht betrachtet hast. Während ich intuitiv den Zweck deines Spähens erfaßte, wurde meinem Herzen die in mir steckende billige Literatur zum Verhängnis. Je mehr ich deinen Blick zu ignorieren suchte, desto mehr verlor ich meinen freien Willen. Schließlich trat auf mein Gesicht der Ausdruck, der deinen Vorstellungen entsprach. Diese einfache Tatsache hast du als willkommenen Beweis ausgelegt. Dein Benehmen geht jedoch noch an, verglichen mit dem Schauspiel »Mord an Gonzago«. Welch eine unverblümte Manipulation durch einen Menschen, der von sich behauptet, banale Redensarten zu hassen. Überdies setzt du anderen dreist zu. Du möchtest dich gern als Skeptiker aufspielen und bist dabei doch leichtgläubig genug, die Leute bedenkenlos zu bedrängen. Eine sensible Seele läßt sich leicht von deiner Unverschämtheit ins Bockshorn jagen. Und tatsächlich ließ sich meine Seele dadurch einfangen. Aber was für einen Beweis stellt das dar?

Wie verzweifelt habe ich schon bei der Pantomimenszene gegen den Teufel in mir gekämpft! Ich wäre in dem Moment am liebsten geflohen. Aber als ich mir klarmachte, wie gefährlich es sei, davonzulaufen, war ich nicht imstande, mich zu erheben. Ruhe bewahren! Immerzu habe ich mir das im stillen wiederholt. Aber Horatius' betont gefaßte Augen starrten ständig in mein Gesicht. Zuletzt begannen sogar meine Nerven das feine Zucken meiner Gesichtsmuskel zu überwachen.

Allmählich kam es mir so vor, als stammten die Äußerungen des Königs in dem Theaterstück in Wirklichkeit aus dem Munde deines Vaters. In mir erhob sich das Gefühl, als sei ich selbst ein verruchter Mensch. Fort, fort damit! Was soll das! Was für einen Beweis stellt das dar?

Ach, schrecklicher Hintergedanke! Abscheulicher Hintergedanke! Überall lauert deine Heimtücke, wohin sich mein Gefühl auch wenden mag. Ich weiß es, dennoch lassen sich meine Gedanken nicht aufhalten, bis ich schließlich auf dich hereinfalle.

Deine Hintergedanken mir gegenüber habe ich schon früher bemerkt. Nur hatte ich versucht, sie irgendwie wohlwollend auszulegen. Den in mir aufsteigenden Groll dir gegenüber habe ich nach besten Kräften zum Schweigen gebracht. Auch deiner gutherzigen Mutter gegenüber habe ich mich so verhalten. Aber mit dieser Ungewißheit kann ich nicht mehr leben. Dieses gefährliche Lavieren geht über meine Kräfte. Meine Anstrengungen, das, was mit aller Macht auftauchen will, gewaltsam in mittlerer Wassertiefe zu halten, sind allzu närrisch und qualvoll.

Ich hasse dich jetzt aus tiefstem Herzen! Ich kann aus tiefster Seele hassen.

Tag ...

Ein Giftmord läßt sich nicht verheimlichen. Wie kann man ihn vor so vielen Menschenaugen verbergen? Es braucht nur einer davon zu wissen, schon würde trotz aller noch so starken Unterdrückungsversuche dieses Wissen von einem zum anderen getragen.

Niemand kann dir, ohne zu lügen, so Übles von mir berichtet haben. Hat jemand es getan? Ist es dir gelungen, einen einzigen stichhaltigen Beweis in die Hand zu bekommen?

Zunächst einmal würde ich mich, wäre ich ein Schurke, der derart raffiniert seine bösen Taten zu verschleiern verstünde, nicht so leicht auf dein von Anfang an offenkundiges Possenspiel eingelassen haben. Außerdem hätte ich dann nicht gleich nach dem Tode meines Bruders dessen Frau geheiratet. Ich hatte das nötige Selbstvertrauen, es zu wagen.

Statt dir gescheite Späße einfallen zu lassen, solltest du lieber gründlicher nachdenken. Du mußt die Dinge direkter angehen. Nichts ist häßlicher als ein unverschleierter Hintergedanke. Selbst das, was einem, geht man es direkt an, begreiflich ist, entwickelt sich bei umständlicher Klügelei zu einer irreführenden Scheinwahrheit.

Trotz allem – du bist das heißgeliebte Kind meiner heißgeliebten Frau.

Deinetwegen bin ich jetzt nicht einmal in der Lage, ihr hinlänglich meine Gedanken anzuvertrauen.

Heute fühlte sich mein Herz überaus besänftigt. Einmal wird die Gelegenheit zu einer Aussprache und zum Verstehen kommen. Ich bete im stillen, daß bis dahin nichts passieren möge.

... Eben ist Polonius ermordet worden. Welch ein Wahnsinn! Welch ein verrückter Teufel!

Tag ...

Nun hat er also seine Mutter doch soweit gebracht, zu bereuen, dieser Kerl, der auf die Welt gekommen ist, um eine Tragödie zu inszenieren. Seine Erziehung nutzt er, sich eine Fabel auszudenken. Seine Philosophie setzt er ein, dieser Fabel einen Anstrich von Bedeutung zu geben. Die weitschweifigen Phrasen und die seichte Ironie dienen dem Zweck, den Rollentext abwechslungsreich zu gestalten. Weiter nichts! Dann übernimmt er selbst die Heldenrolle, und mir gedenkt er die Rolle des Schurken zuzuteilen. Als positiver Held einer Tragödie kann jeder Schauspieler die Frauen leicht zum Weinen bringen. Bei seiner unschuldigen, naiven Mutter hat er sich das zunutze gemacht.

... Als er seine Mutter zur Rede stellte, soll er sich verhalten haben, als sehe er die Erscheinung seines Vaters vor sich. Seine Mutter hielt ihm vor: »Zu Zeiten geistiger Gestörtheit bildet man sich manches ein, was überhaupt nicht existiert.« Da soll er sehr wütend geworden sein. Es ist kaum zu glauben, wie phantasievoll er schauspielert. So gesehen ist er vielleicht wirklich verrückt geworden. Womöglich entstammt der seltsame Gedanke, sein Vater sei ermordet worden, der gleichen Phantasie.

Jedenfalls ist er kein normaler Mensch mehr. Für einen normalen Menschen verwickelt er sich zu ungehemmt in offene Widersprüche. Während er sich in bezug auf den Tod seines Vaters eine Menge unbilliger Visionen erlaubt, verschwendet er keinen Gedanken an die Kinder des Polonius, den er aus Versehen, wegen einer Verwechslung, erstochen hat. Er soll nur kurz hingeworfen haben: »Bist selber Schuld. Was hab ich da Jämmerliches angerichtet! Aber auch das ist eine göttliche Fügung. Der Himmel züchtigt mich, indem er mich als provisorisches Werkzeug zur Bestrafung dieser Übeltäter benutzt.« Wann eigentlich hat Polonius eine Sünde begangen, die den Tod verdient?

Was soll aus Laertes und dem Mädchen werden, nun, da der Vater ermordet wurde?

Meine Frau meinte zwar: »Obwohl er wahnsinnig ist, bereut er den Mord sehr.« Aber ich glaube es nicht mehr.

Die Leiche des Alten hat er irgendwo versteckt.

Keinesfalls kann ich ihn noch in meiner Nähe dulden.

Tag ...

Da er seiner Zungenfertigkeit und seines klugen Blickes wegen in gewissen Kreisen geachtet wird, kann man ihn in diesem Lande nicht bestrafen. Seine Krankheit ist jedoch schon tödlich. So darf es nicht weitergehen. Langmütig auf gegenseitige Verständigung zu warten ist unmöglich geworden. Ich muß zu einer drastischen, gefährlichen Behandlung greifen. Ich denke nun doch daran, ihn nach England zu schicken.

Stirbt der positive Held, ohne daß der Schurke umgebracht wird, ist es um so tragischer ...

Tag ...

Das liebenswerte Mädchen ist dem Wahnsinn verfallen. Ich habe nicht geahnt, daß ein plötzlich im Herzen eines Menschen auftauchender »Gedanke« so viele Menschen ins Unglück zu stürzen vermag. Ich verfluche den Jüngling aus tiefstem Herzen.

Tag …

Ein Unglück kommt selten allein. Er hat die Leiche des Alten heimlich begraben. Das hat dem unwissenden Volk einen merkwürdigen Argwohn eingeflößt. Sogar Laertes, aus Frankreich zurückgekehrt, ist diesem Gerücht aufgesessen und verdächtigt offensichtlich mich.

Tag …

… Es ist doch eigentlich natürlich, daß ich den Tod meines Bruders nicht von Herzen bedauert habe. Falls das dem Lauf der Natur entspricht, stellt es eine ausreichende Rechtfertigung dar, für mich jedenfalls Rechtfertigung genug. Aber da begann er, mir dieses Gebäude zu zerstören. Das allein wäre nicht so schlimm gewesen. Nur wohnte zu meinem Leidwesen dieser »er« auch in mir.

Denke ich an die damaligen Geschehnisse zurück, fühle ich mich heute noch unbehaglich. Der Tod meines Bruders, mit dem ich von Kindheit an zusammen gelebt hatte, stimmte mich wirklich traurig. Aber mehr als Trauer war in mir eine gewisse Freude. Die Seele ist frei. Gedanken lassen sich nicht fesseln. Sicher, angenehm war das nicht, aber unvermeidbar. Oft genieße ich still für mich die Freiheit meiner Seele. Manchmal jedoch empfinde ich sie auch als qualvoll. In dieser Hinsicht ist für mich nichts so unfrei wie meine eigene Seele. Schrecklicher als er, der mir nach dem Leben trachtet, ist mir in der Tat gegenwärtig mein eigenes Herz. Ich kenne fast keine Grenze zwischen »denken« und »handeln«. (Was jedoch nicht bedeutet, daß ich jeden Gedanken gleich in die Tat umsetze.)

Trotzdem kann ich klipp und klar sagen, ich habe mir niemals einfallen lassen, meinen Bruder umzubringen. Ich erinnere mich nicht, jemals einen solchen Gedanken gehegt zu haben. Allerdings ist es schwer, sich gegen eine plötzlich aufkommende Vorstellung zur Wehr zu setzen.

Vor etwa drei Jahren begann das Mißtrauen meines Bruders gegen die Beziehungen zwischen ihr und mir. Sie aber, die nicht einmal wahrnahm, daß ich sie liebte, dachte nicht im Traum daran, daß mein Bruder mißtrauisch sein könnte.

Mein Herz und das meines Bruders fochten von Zeit zu Zeit heimliche Kämpfe gegeneinander aus. Seitdem ließ mein Bruder mich nie allein zu Hause. Auf Reisen und zur Jagd nahm er mich jedesmal mit. Natürlich vermochte ich mich weder an den Reisen noch an den Jagden zu erfreuen. Vor allem ärgerte mich die ständig spionierende Seele meines Bruders. Jetzt allerdings finde ich, daß es gut so war. Denn gerade das verlieh mir den Mut, seiner Witwe die Heirat anzutragen.

... Es war ein kalter, mondheller Herbstabend. Die in der Scheune angebundenen Jagdhunde bellten pausenlos. Auf der ungewohnt harten Bettstatt des Jagdlagers konnte ich lange nicht einschlafen. Ich lag neben meinem Bruder. Eine düstere Lampe am Bettende warf einen schwachen, trübsinnigen Schein. Während ich über etwas nachsann, sank ich vor Erschöpfung, wie unmerklich eingesaugt, in Schlaf. Ich spürte es noch zwischen Traum und Wachsein, da riß mich plötzlich ein merkwürdiges Stöhnen aus dem Halbschlaf. Ich schlug die Augen auf. Wie spät mochte es sein? Die Lampe war ausgegangen. In der Dunkelheit hörte ich meinen Bruder stöhnen. Sofort wußte ich, daß ein Alptraum ihn quälte. Das Stöhnen war gräßlich, so, als würde er erwürgt. Mir graute. Um ihn zu wecken, setzte ich mich auf und schlüpfte halb aus dem Bett. Im selben Augenblick tauchte plötzlich, mir ganz unerklärlich, eine absonderliche Vorstellung in mir auf. Ich erschrak. Denn mir schoß durch den Kopf, daß es mir bestimmt sei, meinen Bruder in seinem Traum zu erwürgen. Und in der Dunkelheit schwebte unverkennbar meine eigene schreckliche Gestalt vor mir. Ich vermochte sogar, die Gefühlsregungen dieser Erscheinung mitzuempfinden. Oh, grausames Wesen! Eine fürchterliche Tat ist begangen ...

Der Gedanke, es sei bereits geschehen, bewirkte, daß ich ihm, einem Wahnsinnigen ähnlich, erst recht mit ganzer

Kraft die Kehle zudrückte. Es stand mir deutlich vor Augen, wie es jenem von mir losgelösten Wesen erging.

Mein Bruder fuhr fort in seinem heulenden Stöhnen. Ich wußte nicht, was ich tun sollte.

Bei hellem Licht hätten mich solche Phantasien niemals heimgesucht. Da ich öfter darunter leide, treffe ich auf meinem Zimmer immer Vorkehrungen dagegen. Ich zünde gleich ein Licht am Kopfende an. Und so, etwas Sichtbares vor mir, kann ich all das, auch wenn ich aus einem bösen Traum erwache oder sich häßliche Einbildungen verdichten, mit Leichtigkeit verjagen. Überdies habe ich einige Landschaftsbilder in freundlichen Farben in meinem Zimmer hängen, damit sie mir dabei zu Hilfe kommen. Betrachte ich diese Bilder bei hellem Licht, ändert sich schlagartig meine Gemütsverfassung. Das Unbehagen verliert sich im Nu. Da ich fast niemals traumlos schlafe, vergesse ich zu keiner Zeit, solche Vorkehrungen zu treffen. Doch in dem Bauernhaus war das nicht möglich gewesen. Vor meine im Dunkeln weit geöffneten Augen traten lauter Phantasiegebilde. Ich vermochte weder Augen noch Hirn davon loszureißen.

Das Gesicht im Kopfkissen vergraben, hielt ich eine Weile den Atem an. Ich mußte versuchen, diesen Zustand mit irgendeinem anderen meiner Sinne abzuwenden. Deshalb biß ich mir kräftig in den Arm. Mein Bruder schlief inzwischen wieder friedlich.

Dem nächsten Morgen sah ich mit einiger Besorgnis entgegen, doch mein Bruder, der von seinem Alptraum offensichtlich gar nichts wußte, erklärte mir, was für diesen Jagdtag vorgesehen war. Zunächst fühlte ich mich erleichtert. Nun kommen mir diese Phantasien seitdem immer wieder aus nichtigem Anlaß plötzlich in den Sinn. Jedesmal spüre ich dann eine Art von Schmerz.

Tag ...

Jetzt wird er wohl schon in England angekommen sein. In mir machen sich neuerdings Schwächegefühle geltend. Mitleid mit jemandem, der mir nach dem Leben trachtet, kann ich jedoch nicht gutheißen.

Tag …

Wenn ich daran denke, daß jeden Augenblick die Nachricht von seinem Tod eintreffen kann, steigt in mir eine schreckliche Angst auf. Ich kann es kaum ertragen, mir meine Frau oder mich selbst dabei vorzustellen. Nichts ist unerfreulicher als tatenloses Warten auf ein schlimmes Ereignis. Die Zeit rückt es naturgemäß näher. Man darf keine Schwäche aufkommen lassen und muß nur unentwegt die Augen geschlossen halten …

(Hier brechen die Tagebuchaufzeichnungen ab. Das Schicksal dieses Claudius muß nicht unbedingt mit dem aus dem »Hamlet« übereinstimmen. – Der Verfasser)

1912

Seibee
und die Kürbisflaschen

Diese Geschichte handelt von einem Kind namens Seibee und seinen Kürbisflaschen.

Nach jenem Vorfall verlor sich Seibees Interesse an den Kürbisflaschen, aber er fand bald einen Ersatz dafür. Er begann zu malen und war davon so besessen wie zuvor von seinen Kürbisflaschen.

Daß Seibee sich manchmal einen Kürbis kaufte, wußten seine Eltern. Er besaß an die zehn ungeschälte Kürbisse, die jeweils drei oder vier, manchmal bis zu fünfzehn *sen* gekostet hatten. Ohne fremde Hilfe und mit großem Geschick schnitt er die Kürbisse an einem Ende auf und höhlte sie aus. Auch die Stöpsel verfertigte er selbst. Nachdem er mit abgestandenem Tee den üblen Geruch aus den Kürbissen herausgespült hatte, putzte er sie hingebungsvoll mit den *sake*-Resten aus den Bechern seines Vaters, die er dafür aufbewahrt hatte.

Seibee war auf Kürbisflaschen ganz versessen. Eines Tages, als er, wie immer in Gedanken mit seinen Kürbisflaschen beschäftigt, die Küstenstraße entlanglief, fiel sein Blick plötzlich auf die Glatze eines alten Mannes, der aus einer der dicht bei dicht am Strand stehenden Verkaufsbuden hervorgeschossen kam. Seibee stockte der Atem, denn er hielt den kahlen Kopf für einen Kürbis.

Was für ein Prachtexemplar, dachte er und bemerkte seinen Irrtum anfangs gar nicht. Als er begriff, war er selber baß erstaunt. Der alte Mann verschwand in einer Seitengasse, sein Kopf mit der glänzenden Glatze wackelte hin und her. Seibee fand das so komisch, daß er aus vollem Halse zu lachen begann. Er konnte sich nicht halten und rannte lachend ein halbes *cho*. Aber selbst danach kam er aus dem Lachen nicht heraus.

Seibee hing mit ganzem Herzen an den Kürbisflaschen, so sehr, daß er bei einem Stadtbummel vor jedem Geschäft haltmachte, in dem eine Kürbisflasche ausgehängt war, egal, ob bei einem Antiquitäten- oder Gemüsehändler, in einem Haushaltswaren-, Kuchen- oder Fachgeschäft. Reglos stand er da und betrachtete die Flaschen.

Seibee war zwölf Jahre alt und ging noch zur Grundschule. Wenn er von der Schule nach Hause kam, spielte er nicht etwa mit den anderen Kindern, sondern beschäftigte sich mit den Kürbissen oder machte sich allein auf den Weg in die Stadt, um sich Kürbisse anzusehen. Den ganzen Abend hockte er in einer Ecke des Wohnzimmers und putzte seine Flaschen. Wenn er damit fertig war, goß er *sake* hinein, umwickelte sie mit einem Handtuch und verwahrte sie in einem Blechkasten, den er in den *kotatsu* stellte. Dann ging er schlafen. Morgens, gleich nach dem Aufstehen, öffnete er als erstes den Kasten, um nachzusehen. Die Kürbisflaschen waren außen ganz verschwitzt. Er konnte sich nicht satt an ihnen sehen. Bevor er zur Schule ging, verschnürte er sie sorgfältig und hängte sie unter das sonnige Vordach.

Der Ort, in dem Seibee wohnte, ein Handels- und Anlegeplatz, galt zwar als Stadt, war aber verhältnismäßig klein und langgestreckt. Für die längste Entfernung brauchte man zu Fuß zwanzig Minuten. Obwohl es zahlreiche Läden gab, die Kürbisse anboten, hatte Seibee, da er fast täglich deswegen umherlief, bestimmt alle in Augenschein genommen.

An alten, fertigen Kürbisflaschen war er nicht sehr interessiert. Ihn fesselten noch nicht aufgeschnittene, ungeschälte Kürbisse. Die meisten Stücke seiner Sammlung waren Kürbisse von ziemlich normaler Form.

»Einem Kind wie ihm gefallen wohl nur flaschenförmige«, meinte ein Zimmermann, der bei Seibees Vater zu Besuch war und dem Jungen zusah, wie er in der Nähe eifrig seine Flaschen putzte. Der Vater erwiderte mit einem mißbilligenden Seitenblick auf Seibee: »Es ist unkindlich, sich damit zu befassen.«

»Seiko, nur so gewöhnliche Kürbisse, das ist doch nichts. Du mußt dir ausgefallenere kaufen«, riet der Zimmermann dem Jungen.

»Die hier sind gut«, antwortete Seibee ungerührt.

Seibees Vater und sein Besucher begannen, sich über Kürbisflaschen zu unterhalten.

»Bakins Kürbisflasche auf der diesjährigen Frühjahrsausstellung war wirklich ein Meisterstück!« sagte Seibees Vater.

»Ein riesiges Exemplar.«

»Groß und derart lang.«

Seibee hörte ihrer Unterhaltung zu und lachte heimlich in sich hinein. Über Bakins Kürbisflasche wurde damals viel geredet, aber Seibee, der zudem gar nicht wußte, wer Bakin war, hatte die Kürbisflasche nach einem flüchtigen Blick für schlecht befunden und auf der Stelle kehrtgemacht.

»Mir hat die Flasche nicht gefallen. Sie war nur groß und lang«, warf Seibee ein.

Der Vater riß die Augen auf, als er das hörte, und meinte wütend: »Was du nicht sagst! Davon verstehst du nichts. Halt deinen Mund!«

Seibee schwieg.

Eines Tages, als Seibee durch eine Hintergasse schlenderte, gewahrte er an einer Stelle, wo er sonst nie einen Händler angetroffen hatte, eine alte Frau, die vor der Tür eines Wohnhauses getrocknete *kaki* und Mandarinen feilbot. Und hinter ihr, an den Gitterstäben des Hauses, sah er an die zwanzig Kürbisse hängen.

Ohne Zögern trat er näher und fragte: »Kann ich sie mir einen Moment anschauen?« Er betrachtete sich jedes einzelne Stück. Ein Kürbis war darunter, etwa fünf *sun* groß, der auf den ersten Blick ganz gewöhnlich aussah, ihm jedoch so sehr gefiel, daß er ihn am liebsten fest an sich gedrückt hätte.

Mit klopfendem Herzen fragte er: »Was kostet der Kürbis?«

Die alte Frau antwortete: »Dir geb ich ihn für zehn *sen*, weil du noch ein Kind bist.«

»Also, abgemacht! Heben Sie ihn bitte ganz bestimmt für mich auf! Ich hole sofort das Geld«, sprach er hastig auf sie ein. Dann rannte er nach Hause.

Bald darauf kam er, rot im Gesicht und ganz außer Atem, zurück, nahm den Kürbis in Empfang und lief wieder davon.

Seitdem konnte er sich nicht mehr von dem Kürbis trennen. Er nahm ihn selbst in die Schule mit und putzte ihn sogar öfter während des Unterrichts unter dem Tisch. Dabei erwischte ihn der Klassenlehrer, besonders erbost darüber, daß es gerade im Moralunterricht war.

Diesem Lehrer, einem Zugewanderten, gefiel es überhaupt nicht, daß sich die Ortsansässigen für Dinge wie Kürbisflaschen interessierten. Er liebte es, über den *samurai*-Geist zu dozieren, und wenn Kumoemon kam, hörte er sich drei von vier Aufführungen in der Schauspielbude im neuen Stadtviertel an, während er sonst seinen Fuß kaum in diese Gegend zu setzen wagte. Er verfuhr milde mit den Schülern, die Kumoemon auf dem Schulhof nachahmten, wegen Seibees Kürbisflasche jedoch geriet er in einen solchen Zorn, daß ihm die Stimme zitterte.

»Nie wird etwas aus dir werden«, erklärte er und nahm ihm die Kürbisflasche weg, die Seibee mit soviel Sorgfalt gehegt und gepflegt hatte. Seibee weinte nicht einmal.

Mit blassem Gesicht kam er nach Hause, steckte die Füße in den *kotatsu* und blieb wie betäubt dort sitzen.

Da erschien der Lehrer mit einem Packen Bücher unter dem Arm, um Seibees Vater zu besuchen. Der Vater aber war noch nicht von der Arbeit zurück.

»In dieser Hinsicht sollte er eigentlich zu Hause beaufsichtigt werden«, warf der Lehrer Seibees Mutter an den Kopf, die sich immerzu entschuldigte.

Seibee bekam plötzlich Angst vor der Rachsucht des Lehrers und verkroch sich mit zitternden Lippen in eine Zimmerecke. Am Pfeiler, direkt hinter dem Lehrer, hing eine Anzahl gut gepflegter Kürbisflaschen. Seibee stand große Angst aus, der Lehrer könnte sie entdecken.

Endlich, nachdem er Seibee tüchtig ausgeschimpft hatte, ging er weg, ohne die Kürbisflaschen bemerkt zu haben. Seibee atmete erleichtert auf, aber seine Mutter fing an zu weinen und brach in ein endloses, wehleidiges Lamentieren aus.

Kurze Zeit darauf kam Seibees Vater von der Arbeit zurück. Als er von der Sache erfuhr, griff er sich stillschweigend den Sohn, der in der Nähe herumstand, und verprügelte ihn nach Strich und Faden. Wieder bekam Seibee zu hören: »Aus dir wird nie etwas werden.« Der Vater fügte noch hinzu: »So einer wie du! Mach, daß du aus dem Hause kommst!« Da bemerkte er die Kürbisflaschen am Pfeiler, holte einen Hammer und zerschlug sie Stück für Stück. Seibee sah blaß und sprachlos zu.

Der Lehrer schenkte, wie um sich eines schmutzigen Gegenstandes zu entledigen, die Kürbisflasche, die er Seibee abgenommen hatte, dem alten Schuldiener. Der nahm sie mit nach Hause und hängte sie an einen Pfeiler seines winzigen, rußgeschwärzten Zimmers.

Zwei Monate später etwa, als der Schuldiener wegen einer kleinen Summe Geldes in Verlegenheit geraten war, kam ihm die Idee, die Kürbisflasche zu verkaufen. Er suchte einen Antiquitätenhändler in der Nähe auf und zeigte sie ihm. Der prüfte sie eingehend, setzte dann eine kühle Miene auf, schob die Flasche dem Schuldiener hin und sagte: »Für fünf *yen* würde ich sie nehmen.«

Der Schuldiener war überrascht, aber geistesgegenwärtig genug, sich nichts anmerken zu lassen. »Fünf *yen* ist doch kein Preis dafür«, erwiderte er. Der Händler ging, ohne lange zu überlegen, auf zehn *yen* herauf. Der Schuldiener war auch damit nicht einverstanden. Schließlich erwarb der Antiquitätenhändler die Kürbisflasche für fünfzig *yen.* Der Schuldiener freute sich über sein Glück, das ihm das vierfache Monatsgehalt des Lehrers in die Hände gespielt hatte. Er verschwieg es selbstverständlich vor dem Lehrer und auch vor Seibee. Deshalb erfuhr nie jemand, was aus der Kürbisflasche geworden war.

Aber nicht einmal der schlaue Schuldiener hätte sich vorstellen können, daß der Händler die Kürbisflasche an einen der Honoratioren der Provinz für sechshundert *yen* weiterverkaufte.

Seibee malt jetzt mit Begeisterung Bilder. Seit er damit begonnen hat, ist der Haß auf den Lehrer und seinen Vater, der ihm alle seine geliebten Kürbisflaschen zerschlagen hatte, verflogen.

Neuerdings jedoch beginnt sein Vater, ihn auch seiner neuen Beschäftigung wegen zu schelten.

1913

Das Verbrechen des Han

Das Unglück geschah ganz unerwartet. Han, ein junger chinesischer Artist, durchschlug während einer Vorstellung beim Messerwerfen die Halsschlagader seiner Frau. Das Messer hatte die Größe eines Küchenmessers. Die junge Frau war auf der Stelle tot. Han wurde sofort verhaftet.

Augenzeugen des Geschehens waren der Direktor des Zirkus, der Assistent des Artisten, der Ansager und schließlich die über dreihundert Zuschauer. Zugesehen hatte sogar ein Polizist, für den am Rande des Zuschauerraums ein etwas erhöhter Sitz reserviert war. Obwohl sich dieser Vorfall unter so vielen Blicken abgespielt hatte, blieb unklar, ob es sich um eine vorsätzliche Tat oder um ein Versehen gehandelt hatte.

Die Nummer des Artisten bestand darin, aus einer Entfernung von zwei *ken* unter lauten Ausrufen mit langen Messern nach der Frau zu werfen, die vor einem dicken, türähnlichen Brett stand, und in Abständen von nicht einmal zwei *sun* ihre Konturen abzustecken.

Der Richter fragte den Direktor: »Ist das eigentlich eine schwierige Nummer?«

»Nein, für einen erfahrenen Artisten nicht so sehr. Allerdings braucht man für jede dieser Vorstellungen ruhige Nerven und Konzentration.«

»Dann ist also ein solcher Vorfall aus Versehen undenkbar?«

»Das ist natürlich Voraussetzung. Man könnte diese

Nummer nie zulassen, wenn nicht äußerste Sicherheit gewährleistet wäre.«

»Sie glauben demnach, daß es sich um eine vorsätzliche Tat gehandelt hat?«

»Das meine ich nicht, denn bei einer Entfernung von zwei *ken* ist das schließlich eine Kunst, die nur mit Übung und intuitiven Fähigkeiten ausführbar ist. Es läßt sich nicht voraussagen, ob es auch ganz bestimmt gelingt. Ein Mensch verfügt schließlich nicht über die Präzision einer Maschine. Es ist wahr, wir haben, bevor das Unglück passierte, ein solches Versagen für unmöglich gehalten. Es geht jedoch schlecht an, jetzt, da es einmal geschehen ist, Kritik zu üben und zu behaupten, man hätte es im voraus geahnt.«

»Wofür halten Sie diesen Vorfall?«

»Das weiß ich eben nicht.«

Der Richter war ratlos. Hier war ein Mensch getötet worden. Es existierte jedoch keinerlei Beweis dafür, daß es sich um einen Totschlag oder einen vorsätzlichen Mord gehandelt hätte. (Der Richter fand, daß man es, falls es sich um einen Mord gehandelt haben sollte, nicht geschickter hätte anstellen können.) Er ließ als nächsten den chinesischen Assistenten zum Verhör holen, der schon lange vor Hans Eintritt in der Gruppe gearbeitet hatte.

»Was für ein Leben führte Han gewöhnlich?«

»Er war ein Mann von einwandfreiem Lebenswandel. Er mied das Glücksspiel, die Frauen und die Zechgelage. Außerdem ist er im vorigen Jahr zum christlichen Glauben übergetreten. Er ist der englischen Sprache kundig und liest, sobald er Zeit erübrigen kann, in Predigtsammlungen.«

»Und wie führte sich seine Frau?«

»Auch ihr Benehmen war eigentlich stets ohne Tadel. Fahrende Artisten haben, wie Sie wissen, nicht immer die beste Moral. Manche brennen mit fremden Frauen durch, und auch Hans Frau sah sich wohl, zierlich und hübsch wie sie war, hin und wieder solchen Anfechtungen ausgesetzt. Sie ließ sich jedoch niemals auf derartige Geschichten ein.«

»Und der Charakter der beiden?«

»Beide verhielten sich zu anderen sehr sanftmütig und freundlich. Sie konnten sich gut beherrschen und brausten Fremden gegenüber nie auf. Allerdings ...« Hier unterbrach sich der Chinese, dachte eine Weile nach und fuhr dann fort: »Ich fürchte, daß das, was ich vorzutragen habe, Han schaden könnte, aber wenn ich ehrlich sein soll, so muß ich sagen, daß die beiden, die so sanftmütig, freundlich und beherrscht zu anderen Leuten waren, in ihrer gegenseitigen Beziehung erstaunlich grausam sein konnten.«

»Aus welchem Grunde wohl?«

»Ich weiß nicht.«

»War das immer so, seit Sie die beiden kannten?«

»Nein. Vor zwei Jahren bekam die Frau ein Kind, angeblich eine Frühgeburt. Das Kind starb schon nach drei Tagen. Es blieb uns nicht verborgen, daß sich ihr Verhältnis von da an zusehends verschlechterte. Aus nichtigem Anlaß stritten sie sich mitunter heftig. Han wurde dann immer sofort bleich im Gesicht. Aber er schwieg stets als erster, was auch vorgefallen sein mochte, und es passierte nie, daß er sich an seiner Frau vergriff. Wahrscheinlich ließ das auch sein Glaube nicht zu. Aus seinem Gesicht jedoch sprach zuweilen eine kaum zu bändigende, furchterregende Wut. Ich meinte einmal zu ihm, daß sie doch nicht ewig zusammenbleiben müßten, wenn sie sich so gar nicht verstünden. Aber Han erwiderte, seine Frau hätte vielleicht einen Grund, die Scheidung zu fordern, er sähe keinen. Han führte alles ausschließlich auf seinen Egoismus zurück. Er erklärte mir, daß er seine Frau beim besten Willen nicht lieben könne, und so sei es ganz natürlich, daß auch sie aufhöre, ihm Liebe entgegenzubringen. Das war auch der Anlaß dafür, daß er begonnen hatte, in der Bibel und in Sammlungen christlicher Predigten zu lesen. Er wollte wohl seine eigenen Gefühle irgendwie besänftigen und seiner wilden Regungen grundlosen Hasses auf seine Frau Herr werden. Seine Frau war wirklich zu bedauern. Seit ihrer Heirat mit Han war sie nun schon fast drei Jahre lang mit den Wanderartisten von Ort zu Ort gezogen. Da ihr Bruder in der Heimat ein liederliches Leben führte, war das Vermögen aufgebraucht, so daß sie kein Zuhause mehr hatte. Angenommen, sie hätte sich scheiden lassen und wäre in ihre Heimat zurückgekehrt, es hätte sich kein Mann gefunden, der bereit gewesen wäre, Vertrauen in eine Frau zu setzen und sie zu heiraten, die sich vier Jahre lang herumgetrieben hatte. So blieb ihr nichts anderes übrig, als trotz ihres Zerwürfnisses bei Han zu bleiben.

»Wie also beurteilen Sie nun diesen Vorfall?«

»Sie meinen, ob es ein Versehen oder Absicht war?«

»Ja.«

»Ich habe immer wieder hin und her überlegt, doch je mehr ich darüber nachdenke, desto unverständlicher wird mir das Ganze.«

»Wieso?«

»Was weiß ich. So ist es eben. Wahrscheinlich geht es allen so. Auch der Ansager, den ich danach gefragt habe, meinte, er wisse nicht mehr, was er denken soll.«

»Und wie dachten Sie über die Tat in dem Moment, als sie geschah?«

»Mein erster Gedanke war: Nun hat er sie umgebracht.«

»So sahen Sie das also.«

»Dem Ansager allerdings schoß durch den Kopf: Oh, was für ein Ungeschick!«

»Hm … Aber es könnte ja sein, daß sich ihm die Sache nur deshalb so darstellte, weil er über die Beziehungen der beiden zueinander kaum etwas wußte.«

»Das ist gut möglich. Andererseits wäre jedoch auch denkbar, daß mir gleich der Gedanke an Mord kam, weil ich in das Eheleben der beiden so tief eingeweiht war. Nachträglich mindestens könnte man es sich so erklären.«

»Wie verhielt sich Han in dem Augenblick?«

»Han stieß einen leisen Schrei aus. Da bemerkte ich erst, was geschehen war, und dann sah ich aus dem Hals der Frau

Blut hervorquellen. Eine Weile stand sie noch aufrecht da, dann knickten ihr die Knie ein. Das Messer, das sie durchbohrt hatte, hatte sie festgenagelt, und erst als es sich lokkerte, brach sie zusammen. Ihr Körper fiel vornüber. Die ganze Zeit unternahm keiner von uns etwas. Wir sahen nur wie gelähmt zu. Genaues vermag ich nicht anzugeben, denn ich war in dem Moment so aus der Fassung, daß ich nicht beobachtete, wie Han sich verhielt. Ich nehme jedoch an, daß es auch ihm einige Sekunden lang so ging wie uns. Erst danach fuhr mir der Gedanke durch den Kopf: Nun hat er sie doch umgebracht. Han stand in dem Augenblick totenbleich und mit geschlossenen Augen da. Als wir den Vorhang zuzogen und die Frau aufhoben, war sie schon tot. Han murmelte mit vor Entsetzen verzerrtem Gesicht: ‚Wie konnte das nur passieren!' Dann kniete er, wo er stand, nieder und betete lange und stumm.«

»Er sah nicht sehr bestürzt aus?«

»Ein wenig schon.«

»Es ist gut, ich lasse Sie rufen, wenn ich weitere Fragen habe.«

Nachdem der Assistent gegangen war, ließ der Richter schließlich Han selbst vorführen. Hans Gesicht war angespannt und blaß. Er sah klug aus. Der Richter begriff auf den ersten Blick, daß er mit seinen Nerven total am Ende war. Und als Han Platz genommen hatte, sagte der Richter: »Ich habe soeben den Direktor und den Assistenten vernommen. Das weitere möchte ich nun von Ihnen hören.« Han nickte dazu.

»Haben Sie Ihre Frau niemals auch nur ein wenig geliebt?«

»Doch. Ich liebte meine Frau herzlich vom Tage der Hochzeit an, bis sie das Kind gebar.«

»Warum gerieten Sie deswegen in Streit?«

»Weil sich herausstellte, daß das Kind nicht von mir war.«

»Wissen Sie, von wem sie das Kind bekam?«

»Ich kann es mir denken. Von dem Vetter meiner Frau.«

»Kennen Sie ihn?«

»Er war mir ein vertrauter Freund. Er war es, der uns beiden die Heirat vorschlug. Er hat mir sehr zugeredet.«

»Da hatte sie wohl ein Verhältnis mit ihrem Vetter, bevor sie zu Ihnen kam?«

»So war es. Das Kind wurde acht Monate nach unserer Hochzeit geboren.«

»Der Assistent erzählte mir, es sei eine Frühgeburt gewesen.«

»Das habe ich ihm eingeredet.«

»Das Kind ist gleich gestorben, sagt man.«

»Ja, sehr bald.«

»Und woran?«

»Es erstickte an der Brust.«

»Hat Ihre Frau das etwa absichtlich getan?«

»Sie selber behauptete, es sei ein unglücklicher Zufall gewesen.«

Der Richter schwieg und sah Han aufmerksam ins Gesicht. Han schlug die Augen nieder, ohne den Kopf zu senken. Er wartete auf die nächste Frage.

Der Richter fuhr in seinem Verhör fort: »Hat Ihre Frau Ihnen ihr Verhältnis gestanden?«

»Sie hat mir nichts gestanden. Ich habe ihr auch nie irgendwelche Fragen gestellt. Da mir überdies der Tod des Kindes wie eine Sühne für alles Begangene erschien, glaubte ich mich möglichst großmütig zeigen zu müssen.«

»Kann man das so verstehen, daß Sie dann letzten Endes doch nicht soviel Großmut aufbrachten?«

»Es ist, wie Sie sagen. Ich wurde das Gefühl nicht los, daß durch den Tod des Kindes nicht alle Schuld gesühnt war. Wenn ich nicht in ihrer Nähe war, nur so in Gedanken, gelang es mir, ziemlich großmütig zu sein. Erschien sie indessen vor meinen Augen, sah ich sie körperlich vor mir, wie sie dies und jenes tat, erhob sich in mir eine unüberwindbare Abneigung gegen sie.«

»Eine Scheidung haben Sie nicht in Betracht gezogen?«

»Ich habe oft daran gedacht. Aber ich habe diesen Wunsch nie über meine Lippen gebracht.«

»Was hinderte Sie?«

»Ich war zu schwach. Meine Frau drohte, sich das Leben zu nehmen, falls ich mich von ihr trennen würde.«

»Ihre Frau liebte Sie?«

»O nein, sie liebte mich nicht.«

»Aus welchem Grunde tat sie dann solche Äußerungen?«

»Unter anderem wohl, weil sie auf den Lebensunterhalt angewiesen war. Das Haus hatte ihr Bruder verschleudert, und sie wußte genau, daß kein ernsthafter Mann die Frau eines wandernden Artisten zu sich nehmen würde. Und um selber zu arbeiten, waren außerdem ihre Füße zu klein.«

»Wie stand es um Ihr körperliches Verhältnis?«

»Es war wahrscheinlich nicht viel anders als bei jedem normalen Ehepaar.«

»Hat Ihre Frau nicht einmal Sympathie für Sie empfunden?«

»Sympathie kam nicht in Frage ... Für sie muß wohl unser Zusammenleben eine äußerste Qual gewesen sein. Mit welch großer Geduld sie jedoch diese Qual ertrug, überstieg jedes Vorstellungsvermögen eines Mannes. Mit grausamen Augen sah sie nur zu, wie mein Leben zerbrach. Mit kühlem Abstand und mit einem Herzen, das sich keine Blöße gab, beobachtete sie, wie ich krampfhaft darum rang, mein Ich zu retten und mein wahres Leben wiederzugewinnen.«

»Warum konnten Sie sich nicht zu einem entscheidenden Schritt entschließen?«

»Allerlei Überlegungen hinderten mich.«

»Was waren das für Überlegungen?«

»Ich wollte mir nichts vorwerfen müssen ... An diesem Wunsch scheiterte letzten Endes jede Lösung.«

»Ist Ihnen nie der Gedanke gekommen, Ihre Frau zu töten?«

Han schwieg. Der Richter wiederholte seine Frage. Han zögerte noch immer mit der Antwort. Schließlich sagte er:

»Ich habe mir vorher oft ausgemalt, wie gut es wäre, wenn sie stürbe.«

»Soll das heißen, Sie hätten Ihre Frau getötet, wenn das Gesetz es zugelassen hätte?«

»Wenn ich auf ihren Tod gehofft habe, so nicht, weil ich mich vor dem Gesetz fürchtete, sondern nur, weil ich eben ein schwacher Mensch bin. So schwach ich auch sonst bin, meine Sehnsucht nach einem wahrhaften Leben erwies sich als stärker.«

»Haben Sie später einmal daran gedacht, Ihre Frau umzubringen?«

»Entschließen konnte ich mich nicht. Gedacht allerdings habe ich daran.«

»Wie lange liegt das zurück?«

»Am Abend zuvor war es. Oder vielmehr bei Tagesanbruch.«

»Hatten Sie sich vorher gestritten?«

»Ja.«

»Weswegen?«

»Wegen einer belanglosen Angelegenheit.«

»Wollen Sie es mir nicht trotzdem sagen?«

»Der Anlaß war das Essen. Wenn ich Hunger habe, neige ich zum Jähzorn. Und weil meine Frau sich soviel Zeit mit den Vorbereitungen ließ, packte mich die Wut.«

»War Ihr Zorn heftiger als sonst?«

»Nein, das nicht. Meine Erregung hielt jedoch ungewöhnlich lange an. Wahrscheinlich, weil ich gerade so unerträglich darunter litt, daß ich in letzter Zeit kein richtiges Leben mehr hatte. Ich ging zu Bett, konnte jedoch beim besten Willen nicht einschlafen. Allerlei wilde Gedanken bewegten mich. Langsam entwickelte sich in mir die Vorstellung, daß alles von dem Verhältnis zu meiner Frau herrühre, mein Wankelmut und mein ständiges zaghaftes Zaudern, die mich hinderten, zu erlangen, wonach ich begehrte, mich hinderten, das unerträglich Widerwärtige entschieden zurückzuweisen, dieses lasche Dahinvegetieren, dieses Leben, das so sehr in der Schwebe hing. Für meine Zukunft sah ich keinen Lichtschimmer mehr. Trotzdem brannte ich vor Sehnsucht nach einer hellen Zukunft. Falls dieses Feuer noch nicht in mir gebrannt haben sollte, so hatte ich es doch geschürt. Der Grund, warum die Flamme nicht lodern konnte, lag in der Kettung an meine Frau. Dabei ging das Feuer auch nicht ganz aus. Es schwelte häßlich weiter. So etwas führt dazu, daß man sich an dem Unbehagen und den Leiden vergiftet. Hat man sich total vergiftet, so bedeutet das schließlich den Tod. Ein lebender Leichnam! Obwohl ich diesen Punkt erreicht hatte, gab ich mir immer noch Mühe, das Unleidliche zu tragen. Dabei kam mir ständig aufs neue der häßliche, böse Gedanke, meine Frau möge doch sterben. Warum ich es dann nicht fertiggebracht habe, sie zu töten? Die Folgen eines Mordes bedeuten mir in diesem Augenblick nichts. Sicher hätte man mich ins Gefängnis gesteckt. Vielleicht jedoch wäre ein Leben im Gefängnis besser gewesen als das, das ich zuletzt geführt habe. Aber später ist später. Was dann geschieht, kann man schon irgendwie durchstehen. Es ist durchaus möglich, daß man trotz aller Versuche nicht mehr ausbrechen kann. Bemühte ich mich jedoch bis zu meinem Tode darum, würde das mein eigentliches Leben sein ... Ich hatte fast vergessen, daß meine Frau neben mir lag. Langsam überkam mich eine tiefe Erschöpfung, die jedoch nicht so tief war, daß ich schlafen konnte. Mein Bewußtsein verschwamm. In dem Maß, wie die Spannung nachließ, löste sich auch der schattenhafte Gedanke auf, einen Menschen töten zu wollen. Wehmut überfiel mich wie nach dem Erwachen aus einem Alptraum. Ich empfand zugleich Trauer über meine Schwäche, die es zuließ, daß ein so hart errungener Entschluß über Nacht dahinschmolz ... So brach schließlich der Tag an. Ich vermute, daß meine Frau ebenfalls nicht geschlafen hat.«

»War nach dem Aufstehen zwischen Ihnen alles wie immer?«

»Wir wechselten kein einziges Wort miteinander.«

»Warum sind Sie nur nicht auf die Idee gekommen, sich von Ihrer Frau zu trennen?«

»Wollen Sie sagen, daß ich damit das gleiche erreicht hätte?«

»Ja.«

»Ich sah da einen großen Unterschied.«

Han blickte den Richter an und verstummte. Der Richter nickte voller Milde.

»Zwischen diesen Überlegungen und dem tatsächlichen Mordgedanken lag noch ein breiter Graben«, fuhr Han fort. »Ich war an jenem Tag schon vom frühen Morgen an grundlos aufgeregt gewesen. Infolge meiner körperlichen Erschöpfung waren meine Nerven bis zum Zerreißen gespannt. Meine Unruhe trieb mich schon am frühen Morgen hinaus. Ich lief umher, bemüht, niemandem zu begegnen. Dabei kam ich nicht von dem Gedanken los, daß ich um jeden Preis etwas unternehmen müßte. Aber sie zu töten, wie ich es in der Nacht vorgehabt hatte, kam mir nicht in den Sinn. Und wegen meiner Vorführung an dem Tag machte ich mir nicht die geringste Sorge. Ich glaube, ich hätte mich nicht für diese Nummer entschieden, wenn ich noch irgendeinen solchen Gedanken mit mir herumgetragen hätte. Wir verfügten ja noch über eine Anzahl anderer Nummern. Dann kam an diesem Abend schließlich die Reihe an uns, und wir mußten auf die Bühne. Selbst da noch war ich völlig unbefangen. Wie gewöhnlich durchschnitt ich, um dem Publikum die Schärfe der Messer vorzuführen, Papier und stieß die Messer in den Fußboden. Gleich darauf erschien meine Frau, dick geschminkt und in ein auffälliges chinesisches Gewand gehüllt. Sie sah genauso aus wie immer. Sie begrüßte die Gäste mit einem gewinnenden Lächeln und stellte sich aufrecht vor das dicke Brett. Ich stand, eines der Wurfmesser, Spitze nach unten, in der Hand, in einiger Entfernung ihr gegenüber. Da trafen sich seit der letzten Nacht zum erstenmal unsere Blicke. Und genau in dem Moment spürte ich, welche Gefahr darin lag, daß ich für diesen

Abend die Messer-Nummer gewählt hatte. Ich begriff, daß ich mit äußerster Konzentration arbeiten mußte. Ich mußte meiner Erregung Herr werden, die mich den ganzen Tag über gefangengehalten hatte, und meine schwachen, überreizten Nerven zur Ruhe zwingen. Aber es gelang mir trotz aller Mühe nicht, denn eine Müdigkeit, die mir bis ans Herz griff, hinderte mich daran. Da begann ich unbestimmt meinen Fertigkeiten zu mißtrauen. Ich schloß einen Moment die Augen und versuchte den Aufruhr in mir zu besänftigen. Ich fühlte, wie ich schwankte.

Es war soweit. Zuerst schleuderte ich ein Messer über den Kopf meiner Frau. Es bohrte sich ein *sun* höher als sonst in das Brett. Als nächstes warf ich ihr, sie hielt die Arme in Schulterhöhe ausgebreitet, je ein Messer unter die Achseln. Jedesmal, wenn ein Messer sich aus meinen Händen löste, fühlten sich meine Fingerspitzen irgendwie klebrig an, als sei etwas hängengeblieben. Ich wußte schon nicht mehr, wohin die Messer flogen. Nach jedem Wurf dachte ich: Gut gegangen! Ruhig bleiben, nur ruhig bleiben, sagte ich mir. Je mehr mir jedoch meine Nervosität bewußt wurde, desto mehr verloren meine Hände an Sicherheit. Ein Messer schlug links neben ihrem Hals ein. Und als ich mit dem nächsten nach rechts zielte, trat plötzlich ein sonderbarer Ausdruck in ihr Gesicht, wie bei einem Anfall gräßlichster Angst. Ob meine Frau geahnt hat, daß dieses Messer, so geworfen, ihren Hals treffen würde? Das bleibt im dunkeln. Ich spürte nur, wie mit gleicher Heftigkeit ihre große Angst auch auf mich überging. Ein Schwindel erfaßte mich. Und ich schleuderte das Messer, das ich in der Hand hielt, mit voller Wucht einfach irgendwohin, ziellos, als würfe ich ins Dunkel ...«

Der Richter schwieg.

»Jetzt habe ich sie umgebracht, war mein erster Gedanke.«

»Wie meinen Sie das? Soll das heißen, Sie hätten es absichtlich getan?«

»Ja. Es kam mir plötzlich so vor, als wäre es Absicht gewesen.«

»Sie sollen danach neben dem Leichnam niedergekniet sein und ein stummes Gebet verrichtet haben.«

»Das war ein Trick, der Gedanke keimte in dem Moment ganz von allein in mir auf. Ich wußte doch, daß alle mich für einen ehrlichen Christen hielten. Ich hatte es aber mit dem Beten nur darauf abgesehen, Zeit zu gewinnen, um überlegen zu können, wie ich mich verhalten sollte.«

»Sie waren also von der Überzeugung durchdrungen, Sie hätten es mit Absicht getan?«

»Absolut. Doch kam mir gleich der Gedanke, daß es möglich sein müßte, alles als ein verhängnisvolles Versagen darzustellen.«

»Was brachte Sie eigentlich zu der Annahme, Sie hätten sie vorsätzlich getötet?«

»Meine völlig aus der Fassung geratene Seele.«

»Und Sie glaubten, mit dieser List die Leute getäuscht zu haben?«

»Wenn ich später daran dachte, erschauderte ich. Ich heuchelte möglichst natürlich Entsetzen, Bestürzung und Traurigkeit. Wäre jedoch nur ein einziger Mensch mit scharfer Beobachtungsgabe zur Stelle gewesen, er hätte unbedingt das Unechte meines Tuns bemerken müssen. Bei der Erinnerung daran läuft mir noch jetzt der kalte Schweiß über den Rücken … Ich war an jenem Abend entschlossen, komme, was wolle, für meinen Freispruch zu sorgen. Erstens, so empfand ich mit tiefster innerer Überzeugung, gab es für diesen Mord keinen einzigen stichhaltigen Beweis. Natürlich wußte jedermann um das Zerwürfnis zwischen mir und meiner Frau, weshalb nicht zu vermeiden war, daß der Verdacht eines Mordes auf mich fallen würde. Wenn ich selbst jedoch hartnäckig dabei bliebe, daß es sich um ein Versagen gehandelt habe, würde schwer etwas gegen mich auszurichten sein. Unsere unharmonische Ehe würde den Leuten sicherlich Anlaß zum Argwohn geben, aber als Beweis könnte das nicht gelten. Letzten Endes glaubte ich, aus Mangel an Beweisen freigesprochen zu werden. Ich ließ den ganzen Vorgang noch einmal in aller Ruhe an mir vorüberziehen, um mir eine Darstellung des Vorfalls zurechtzulegen, die ihn möglichst einleuchtend als Versehen erscheinen ließ. Indessen kamen mir inzwischen Zweifel, warum ich diese Tat als einen Mord ansah. Ich meinte die Tatsache, daß ich mich am Abend zuvor mit Tötungsabsichten getragen hatte, stellte keinen ausreichenden Grund zu der Annahme dar, ich hätte einen Mord begangen. Mit der Zeit verstand ich mich selbst nicht mehr. Ein Anfall von Erregung überkam mich. Die Erregung war so groß, daß ich nicht mehr an mich zu halten vermochte. Ich fühlte mich übermäßig froh. Am liebsten hätte ich laut hinausgeschrien.«

»Sie gelangten also zu der Meinung, daß es sich doch um ein Mißgeschick gehandelt habe?«

»Nein. Soweit ging ich noch nicht. Nur wußte ich allmählich selbst nicht mehr, was die Wahrheit war. Ich hoffte auf einen Freispruch, wenn ich alles rückhaltlos darstellte. Für mich kommt es jetzt einzig und allein darauf an, als Unschuldiger aus dieser Sache hervorzugehen. Um dieses Ziel zu erreichen, schien es mir günstiger, alles ehrlich zu bekennen und zuzugeben, daß ich die Wahrheit nicht wüßte, als sich zu täuschen und auf einem Unglücksfall zu beharren. Ich bestehe längst nicht mehr darauf, es sei ein Unglücksfall gewesen. Dafür aber behaupte ich auch in keiner Weise, ich hätte diese Tat absichtlich begangen. Für mich kommt ein Geständnis sowieso nicht mehr in Frage.«

Han verstummte. Auch der Richter schwieg eine Weile. Dann sagte er wie zu sich selbst: »Im großen und ganzen ist das wohl keine Lüge.« Und er fragte ihn: »Empfanden Sie denn gar keine Trauer über den Tod Ihrer Frau?«

»Überhaupt nicht. Auch in meinen bisher schlimmsten Haßgefühlen auf meine Frau habe ich mir nicht ausgemalt, daß ich fähig sein könnte, so heiteren Gemüts über ihren Tod zu reden.«

»Ist gut. Sie können gehen«, sagte der Richter. Han schwieg und verließ mit leicht gesenktem Kopf den Raum.

Der Richter fühlte eine unbeschreibliche Erregung in sich aufsteigen. Im nächsten Augenblick ergriff er die Feder und schrieb, ohne zu zögern: »Unschuldig!«

1913

Geschichte einer Kindesentführung

Eines Morgens warf mir mein Vater verächtlich hin: »Du lungerst hier nur herum! Wie denkst du dir eigentlich deine Zukunft?« Er sagte sogar: »Warum wurde in dieser Familie nur so ein Taugenichts wie du geboren? Wofür soll das die Strafe sein?« Mich anzusehen genüge schon, Verdruß zu empfinden, und meine bloße Anwesenheit im Haus beeinträchtige die Erziehung meiner jüngeren Geschwister, fuhr er fort zu lamentieren und behauptete, ich sei ein Mensch, der alle Laster der Zeit in sich vereinige, und so sei nicht zu vermeiden, daß ich beziehungsweise die ganze Familie aus der Gesellschaft ausgestoßen würden. Er schleuderte mir diese Worte ins Gesicht, als versetze er mir mit der flachen Hand schallende Ohrfeigen. Da sagte auch ich ihm Grobheiten. Nach langer Zeit zum erstenmal weinte ich wieder.

Obwohl ich mich durch diese Äußerungen nicht allzu tief getroffen fühlte, verließ ich am Tag darauf bei Sonnenuntergang mit einem Handwagen, auf den mein Gepäck verladen war, mitten in einem heftigen Regenguß das Haus. Die älteste meiner kleinen Schwestern, der ich immer beigestanden hatte, weinte, als ich wegging.

Zunächst verbrachte ich etwa einen halben Monat in einem kleinen Gasthaus im Stadtbezirk Kyobashi, dann faßte ich den Entschluß, mich noch mehr von allen zurückzuziehen, und so gelangte ich Ende September in eine kleine Stadt an der Inlandsee, fünfhundert Meilen von Tokyo entfernt.

Ich kannte dort niemanden. Nachdem ich eine Zeitlang in einem Gasthaus gewohnt hatte, fand ich ein kleines Mietshäuschen, das mir gut gefiel. Es stand auf einem Berghang, von wo aus man mit einem Blick die ganze Stadt, das Meer und die Inseln erfassen konnte.

Ich wollte dort ganz allein wohnen. Allerdings fragte ich, als ich bei einem Spaziergang zufällig bei einer Stellenvermittlung vorbeikam, doch einmal an, ob man ein Dienstmädchen für mich hätte. In dem Haus saß eine große, alte Frau ganz allein an einer Flickarbeit. Nachdem sie in Erfahrung gebracht hatte, daß ich wirklich und wahrhaftig alleinstehend war, fragte sie mich, welches Alter erwünscht sei. Auf meine Antwort, daß ich gern ein junges Mädchen hätte, erwiderte sie mit einem scharfen Blick über den Rand ihrer Brille hinweg, dann hätte sie keines. So verzichtete ich darauf, ein Dienstmädchen einzustellen.

Ich nahm vom Hausbesitzer die Schlüssel entgegen und öffnete die Schiebetüren vor den Fenstern. Auf den stockigen Fußboden-Matten lagen, reglos und abstoßend, eine Menge Grillen, deren Rücken an Krabben erinnerten. Auf Zehenspitzen trat ich ein. Da hüpfte auf einmal ein Dutzend Grillen gleichzeitig im Zimmer herum. Schließlich sprangen sie alle an die angeschimmelten Wände, wo sie klebenblieben.

Ich bestellte aus der Stadt jemanden zum Ausbessern der Matten und beauftragte ein Lampiongeschäft, die Schiebetüren neu mit Papier zu bespannen. Auch ließ ich bei der Elektrizitätsgesellschaft anrufen. Da aber an dem Tag keiner kommen konnte, lieh ich mir vom Hausbesitzer eine Öllampe. Außerdem beschloß ich, mir Gas installieren zu lassen. Und an diesem Abend legte ich mich in dem saubergemachten Sechs-Matten-Zimmer mit einem Gefühl von Behagen und Zufriedenheit schlafen. Ich fühlte mich sehr wohl, hoffnungsvoll und frei. Sicherlich entsprang diese Stimmung meinem Alleinsein. Ich las noch in einem Buch, das ich gerade angefangen hatte, dann schlief ich, von der

Arbeit tagsüber erschöpft, bei brennender Lampe unmerklich ein. Plötzlich fuhr ich hoch. Erschrocken sah ich, wie ein drei *sun* langer, dunkelblauer Tausendfüßler unter meinem Kopfkissen hervorkroch. Er bewegte sich auf seinen vielen Füßen wellenförmig und geräuschlos vom Laken auf die Matten hinunter. Ich schlug mit dem Buch nach ihm, verfehlte ihn aber. Er wurde auf einmal flinker und verkroch sich in einer Ritze zwischen den Matten und der Schwelle. Danach konnte ich nicht wieder einschlafen, und so begann ich erneut, in dem Buch zu lesen. Bald darauf schlug die Glocke in dem Bergtempel hinter dem Haus zwölf.

Soweit ich mich erinnern kann, war ich nie zuvor länger als drei Wochen von Tokyo weg gewesen. Genau vor drei Jahren, im Herbst, hatte ich es plötzlich nicht mehr zu Hause ausgehalten. In der Absicht, einige Monate in Kyoto zu verbringen, packte ich ausreichend Sachen ein und verließ, mit großen Gepäckstücken beladen, mit einem Nachtzug Tokyo. Am nächsten Morgen traf ich in Kyoto ein. Das Gepäck ließ ich vorerst auf dem Bahnhof. Den ganzen Tag über lief ich auf der Suche nach einem Quartier umher, fand aber nur schmutzige Zimmer. Dabei bekam ich Kyoto rasch satt. Und so fuhr ich, ohne ein einziges Mal dort übernachtet zu haben, noch am selben Abend mit dem vielen Gepäck nach Tokyo zurück.

Im Vergleich zu damals hatte nicht nur ich mich beträchtlich geändert, auch die Umstände waren diesmal ganz anders. Dennoch trachtete ich danach, möglichst alle Unannehmlichkeiten, die sich aus einem unvollständigen Lebensstil ergeben, zu vermeiden. Ich besorgte mir allerlei Haushaltsgegenstände, schaffte mir einen Tisch an, Eßschälchen, eine Geschirrkiste, Küchenmesser, große und kleine, und sogar ein Rettich-Reibeisen. An den Eingang klebte ich meine Visitenkarte. Darunter nagelte ich einen Briefkasten an, den ich mir aus einer Schokoladenkiste zurechtgezimmert hatte. Über die vielen Löcher und Flecke an den Wänden hängte ich schön bedruckten, speziell dafür gekauften

Kattun. An den Stellen, die ich auf diese Weise nicht zu verdecken vermochte, befestigte ich mit Stecknadeln Blätter aus Satin, den man sonst für Kunstblumen verwendet.

Landschaftlich gesehen lag das Haus sehr schön. Vorn heraus bot sich ein weiter Ausblick, so daß man sogar im Liegen allerlei sehen konnte. Direkt vor mir lag eine Insel mit einer Werft. Schon am frühen Morgen drang von dort der Hammerschlag zu mir herüber. Linker Hand erblickte ich auf derselben Insel mitten auf einem mit Kiefern bestandenen Berghang einen Steinbruch. Die Männer dort sangen während der Arbeit ohne Unterlaß Lieder. Hoch über die Stadt hinweg klang aus der Ferne ihr Gesang bis zu mir. Abends saß ich in behaglicher Stimmung auf der Veranda und genoß die Aussicht. Weit unten konnte man auf dem Dach eines Ladens winzig klein ein Kind erkennen, das, der sinkenden Sonne zugewandt, einen Knüppel schwang. Darüber flatterten aufgeregt einige weiße Tauben. Um sechs Uhr läutete auf dem Berg hinter mir die Tempelglocke. Dem dumpfen Glockenton folgte gleich darauf sein Echo, das weit entfernt seinerseits ein schwaches Echo auslöste. An stillen Tagen war der Widerhall der Glocke vier- bis fünfmal zu hören. Um diese Zeit ging vor mir auf der Insel Hyakkanjima das Licht im Leuchtturm an, von dem ein dreieckiges Stückchen zwischen den Bergen hervorschaute. Alle dreißig Sekunden blinkte es auf. Von der Werft her spiegelte sich im Wasser das dort brennende Feuer, es sah aus wie geschmolzenes Kupfer. Um zehn Uhr tutete die Dampfsirene des Fährschiffes, das von Tadotsu zurückkam. Es glitt langsam heran, am Bug eine rote und eine grüne Lampe und an Bord ein paar gelbe Lichtpunkte, die sich wie schwingende Seile, schön anzusehen, im Meer spiegelten. Von der Stadt her drang dann kein Lärm mehr herauf, so daß man die lauten Gespräche der Seeleute wie in unmittelbarer Nähe verstehen konnte.

Ich hatte meine Freude an diesem Leben, das so ganz anders war als das in Tokyo. Ich fand meine innere Ruhe wieder und machte mich an eine größere Arbeit, die ich eine Zeitlang unterbrochen hatte. Dafür hatte ich die Stunden zwischen Mitternacht und Tagesanbruch bestimmt. Nachts, wenn ich das Rauschen in meinen Ohren deutlich zu vernehmen glaubte, gab ich mich mit meinem ganzen Körper einem Zustand wohliger Erregung hin. Mir war, als stünde ich abgesondert der ganzen übrigen Welt gegenüber.

Nach einem halben Monat fühlte ich mich durch diese Nächte erschöpft. Ein schwerer Kopf und steife Schultern führten zu einer undefinierbaren Verstimmung. Wenn ich gegen Morgen einschlief, hatte ich oft Alpträume, ein Zeichen, daß ich nicht mehr richtig schlafen konnte.

... Ein Mädchen von zwölf, dreizehn Jahren, dessen Teint einer ungepflegten, fleckigen Kürbisschale glich, saß unter üppig ausladenden Bäumen auf der Veranda eines kleinen Tempels und starrte mir unentwegt mit einem gespenstischen Lächeln ins Gesicht. Ich wußte, daß das bloß ein Traum war. Dennoch dachte ich, das Mädchen käme auf mich zu. Jedesmal, wenn ich das dachte, näherte sie sich mir ein Stück. Ich wollte etwas anderes denken, aber es gelang mir nicht. Bei jedem Gedanken an sie rückte sogleich das Mädchen dichter an mich heran. Je näher es kam, desto größer wurde es, und schon stand es vor meiner Nase. Auf einmal bekam ich keine Luft mehr. Ich schlug um mich, aber vergebens. Da senkte das Kind jäh den Kopf, so daß seine kurzen Haare nach vorn fielen. Es war ein wilder, steifer Haarschopf, so als hätte das Mädchen sich einen Strohsack übergestülpt. Das Gesicht konnte ich nicht erkennen. Unter dem wirren Haar sah ich nur die unheimlich rote Unterlippe, die wie eine herausgestreckte Zunge schlaff nach unten hing. Auf einmal war es gar kein Mädchen mehr, sondern eine fünfzigjährige, häßliche Alte. Obwohl ihr Gesicht verdeckt war, wußte ich, daß sie hinter dem Vorhang ihrer Haare lachte. Auch da war mir klar, daß ich träumte. Aber das änderte nichts an der Qual, auf solche Art bedroht zu werden. Ich rang verzweifelt darum, den Schlaf abzuschüt-

teln. Wenn ich dann schließlich erwachte, verspürte ich eine unangenehme seelische Erschöpfung. Geistesabwesend lag ich eine Zeitlang da und atmete tief durch. Ich war aber noch müde. Ich knipste die Lampe am Kopfende des Bettes an und massierte mir nach einer selbsterdachten Methode den Kopf von der Schläfe bis zur Stirngegend. Wenn das nicht genügte, klopfte ich mir mit der flachen Hand längere Zeit auf dem Schädel herum. Dabei wurde ich wieder schläfrig. Aber es gelang mir beim besten Willen nicht, erneut in tiefen Schlaf zu sinken ... Eine riesenhafte, rötliche Schattengestalt erhob sich vor meinen Augen. Sie schien mir so groß wie ein kleiner Berg. Zugleich redete ich mir ein, sie sei gar nicht so groß. Ich machte mich darauf gefaßt, wieder von einem Alptraum heimgesucht zu werden, und setzte alles daran, mich möglichst nicht in einen Traum hineinziehen zu lassen. Das ist doch nichts weiter als deine eigene Nase, sagte ich mir und versuchte, die Augen auch im Schlaf ein wenig offen zu behalten. Mit noch größerer Aufmerksamkeit betrachtete ich die unheimliche Gestalt. Es mußte doch meine Nase sein. Und dann unternahm ich wieder für eine Weile jene unbehaglichen Anstrengungen, wach zu werden. Wo gibt es denn so etwas, dachte ich, daß man der eigenen Nase wegen einen Alptraum bekommt. Beim Einschlafen wiederholte sich das jedoch zwangsläufig. Also stand ich auf.

Nacht für Nacht ging das nun so. Schließlich war ich total erschöpft. Meine Arbeit hatte ich fast zur Hälfte geschafft. Trotz meines Mißmutes und meiner Erschöpfung hielt ich durch, denn ich wollte sie um jeden Preis vollenden. Das Resultat aber gefiel mir allmählich nicht mehr. Immer häufiger kam es vor, daß ich dösend im Zimmer herumlag. Die Sehnsucht nach Tokyo hatte mich gepackt. Sinnlos lief ich manchmal zum Bahnhof oder zum Postamt.

Mittlerweile hatte ich so heftige Schulterschmerzen, daß ich kaum eine Viertelstunde an meiner Arbeit sitzen konnte. Gleich mußte ich mich langlegen. Wenn ich mir ins Genick faßte, knirschte es dort widerwärtig.

Die angenehme Erregung stellte sich auch nicht wieder ein. Die Arbeit wurde zusehends stumpfsinniger. Und irgendwie war ich von einer solchen Unruhe erfüllt, daß ich nicht mehr stillsitzen konnte.

Jede Kleinigkeit jagte mir nun schon einen Schrecken ein. Eines Abends legte ich ein Papiertaschentuch, mit dem ich mir die Nase geputzt hatte, neben mich hin. Etwas später kippte es von selbst vornüber. Ich schrak zusammen. Das war aber gar nicht zum Verwundern. Das steife japanische Papier, das ich eng zusammengefaltet hatte, war an den Faltstellen von allein auseinandergeschnellt. Um diese Zeit war ich auch schon wegen des Küchenmessers so nervös. Ich wickelte es in Zeitungspapier und packte es in einen Strohkoffer.

Am Ende entschloß ich mich, die Arbeit abzubrechen. Von da an führte ich Tag für Tag ein müßiges Faulenzerleben, dabei verwischten sich die Grenzen zwischen den einzelnen Tagen. Ich zeichnete deshalb auf einem Bogen Manuskriptblätter einen Kalender für die nächsten vier Monate, klebte ihn an die Wand und strich mit Tinte jeden beendeten Tag aus. Zwei Wochen waren bereits vergangen, seit ich die Arbeit eingestellt hatte. Dennoch trat in meinem körperlichen Befinden und meinem seelischen Zustand keine Besserung ein. Der Kopf war mir schwer, und die Schultern wurden immer steifer. Nichts half gegen die Schulterschmerzen, weder Schlaf noch Sport, weder Massage noch Salbe, auch nicht der Reiswein, den ich reichlich trank. Ich bot wohl oftmals einen törichten Anblick, wenn ich so dasaß, den Kimonokragen nachlässig nach hinten geschoben und den Hals weit vorgereckt.

Das Herumhocken bringt nichts ein, sagte ich mir. So faßte ich den Entschluß, zu verreisen. Da man von meinem Haus aus bei schönem Wetter immer die Berge von Shikoku sehen konnte, wollte ich dorthin fahren. Ich bestieg eines Morgens den Dampfer nach Tadotsu und fuhr von dort nach Kompira. An seinen Kunstschätzen hatte ich große Freude.

Aber auf dem Bergpfad, der vom Hauptschrein tiefer ins Schreingelände führte, bedrohten die großen, jahrhundertealten Bäume mit ihren geschälten Stämmen meine geschwächten Nerven. War man sich erst einmal dessen bewußt, wurde es immer schlimmer.

Am Tag darauf begab ich mich nach Takamatsu. Meine Stimmung hatte sich jedoch nicht gebessert. Mit Grausen dachte ich an die Nacht, die ich in einem Gasthaus der Stadt zubringen mußte. Von da aus war es, wie ich hörte, nicht mehr sehr weit nach Yashima, und so machte ich mich dorthin auf. Gerade an dem Tag veranstaltete der Zeitungsverlag der Stadt zusammen mit der Eisenbahngesellschaft eine Schatzsuche und einen Maskeraden-Wettbewerb der Geishas. Auf dem Weg von der Bahn zum Berg begegnete ich vielen Ausflüglern. Als es dann allmählich bergan ging, traf ich nur noch wenige Menschengruppen. Ich ließ mir Zeit und legte immer wieder eine Rast ein. Mit zunehmender Höhe kamen unten an der Küste die Salzfelder in Sicht. Über den Dächern der Hütten, in denen man das Salzwasser siedete, stand wie eine dicke Säule der Wasserdampf, der langsam zum stillen weißen Himmel aufstieg. Etwa ein *ri* lang reihten sich diese Hütten punktförmig aneinander, was sogar auf mein Gemüt tröstlich wirkte.

Als ich aber im Gasthaus ankam, sank meine Stimmung wieder. Es war mehr eine Gaststätte als ein Gasthaus. Ich war dort der einzige Gast, der über Nacht blieb. Man führte mich im Garten in einen leicht zusammengezimmerten kitschigen Raum, der offenbar besonders elegant sein sollte. Aber der Ausblick war schön. Im Abendnebel lag vor mir die Insel Shodoshima. Da und dort schwammen mir unbekannte Inseln. Weiter unten waren Segelboote vor Anker gegangen. Sie lagen still, mit Lampen an den Masten. Über dem Kiefernwald hinter mir ging der Mond auf. Obwohl ich die Aussicht schön fand, konnte ich mich nicht daran erfreuen.

Eigentlich hatte ich noch vorgehabt, nach Tomonotsu zu

fahren, um mir auf der Insel Sensuijima den Mond zu betrachten. Aber mir verging die Lust dazu, und ich kehrte von Takamatsu gleich nach Hause zurück. Die Reise war also letzten Endes doch nutzlos gewesen.

Eines Tages hörte ich, daß unten an der Steintreppe des Tempels Kongoji ein geschickter Masseur wohne, ein eingebildeter Kerl, der niemals zu den Kranken ging. Abends machte ich mich auf den Weg zu ihm.

Er war hochgewachsen und nahe an die Fünfzig. Das Gerücht stimmte. Er nahm in seiner Anmaßung kaum von mir Notiz, als ich eintrat, hörte sich wortlos an, was ich vortrug, und sagte bloß: »Hm, hm«, wie ein Arzt, wenn ihm die Patienten ihre Beschwerden klagen. Er schwieg auch, als ich nichts mehr sagte. Als er nach langem Herumtasten seine Pfeife gefunden hatte, begann er, mit krummen Rücken über das Kohlenbecken gebeugt, genüßlich zu rauchen.

In dem großen, verrußten Zimmer brannte nur eine schwache Glühlampe von fünf Watt. Am Türrahmen hingen an einem Kleiderständer aus Bambus unordentlich übereinander schmutzige Kinderkimonos. Hinten führte aus der Zimmerecke eine große, schwarzpolierte Treppe in das obere Stockwerk. Vor der Treppe stand ein *kotatsu*, neben dem zur Zimmerecke hin die Schlafmatten ausgebreitet waren. Erst da bemerkte ich, daß dort eine Frau auf dem Rücken lag. Sie war etwa vierzig Jahre alt und hatte ziemlich vornehme Gesichtszüge. Vielleicht war es die Frau eines Großhändlers.

Schließlich legte der Masseur seine Pfeife behutsam neben das Kohlenbecken und rutschte auf den Knien zum *kotatsu* hinüber. Nachdem er die darüber gebreitete Decke ein wenig zurechtgezogen hatte, forderte er mich auf, dort Platz zu nehmen. Ich zog den Überkimono aus und setzte mich. Der Masseur legte seine Hände auf meine Schultern und begann sanft zu massieren.

»Ach, und das nennen Sie steife Schultern«, sagte er voller Hohn. Dann benutzte er irgendein Wort für noch viel schlimmere Schulterschmerzen. »So, nun wollen wir uns mal ans Gehirn machen«, fuhr er fort und drückte immer stärker zu.

Da ich häufig an Schulterschmerzen litt, liebte ich an sich kräftige Massagen, aber das war nun wirklich eine so schmerzhafte Behandlung, daß sie einen fast rasend machte. Ich spannte meine Bauchmuskeln an, um der Tortur zu widerstehen, aber es schmerzte unerträglich. Zwischendurch stieß er Rufe aus »He-hopp!« Manchmal kniff er mir in die Muskeln, was unheimlich knackte. In mir regte sich Auflehnung. Ich hielt aber durch, weil ich wußte, daß ich ohne eine solche Tortur die Schmerzen wohl nicht loswerden würde.

»Na, wie fühlen Sie sich? Ist Ihnen ein bißchen leichter?« fragte er. Da ich den Atem angehalten hatte, konnte ich nicht sogleich antworten. »Vati, Vati!« erscholl da draußen eine plärrende Mädchenstimme. Der Masseur rief mit seinem kraftvollen Organ über meinen Kopf hinweg: »Was ist?«

Das Mädchen murrte und murmelte leise etwas vor sich hin, was ich nicht verstand.

»Was macht denn Mutti, hä?«

Das Kind murrte noch immer, es beschwerte sich wohl über jemanden.

»Komm rein! Und mach die Tür hinter dir zu!«

Da die Aufforderung drohend klang, trat das Mädchen fügsam ein. Es war ein fünfjähriges niedliches Kind von dunklem Teint, aber so dick angezogen, daß man befürchten mußte, es könnte bei einem Stoß kopfüber hinfallen, da es sich nicht zu bücken vermochte. Das Mädchen schimpfte noch immer, es sprach ein wenig durch die Nase. Nachdem es näher getreten war, lehnte es sich an den Rücken des Masseurs, der gerade meinen Arm knetete, und steckte sacht seine vor Kälte starren Händchen am Genick des Vaters unter den Kimonokragen.

»Na, ich soll dir wohl fünf *rin* geben?« fragte der Masseur.

»Hm!« Das Mädchen nickte und hörte auf zu murren.

Der Mann massierte mit der einen Hand weiter, während er mit der anderen in seinem Kimonoärmel stöberte. Als er eine Fünf-*rin*-Münze gefunden hatte, warf er sie auf die Matten und sagte: »Da hast du!«

Still ließ das Kind den Vater los und hob die Münze auf. Dann trat es abermals heran, wobei es wieder leise vor sich hin schimpfte.

»Na los, nun geh schon!« Nach diesem Anschnauzer verließ das Kind schließlich den Raum.

In dieser Nacht machte ich mich wieder an meine Arbeit. Einen Tag später begriff ich jedoch, daß ich nicht in der Lage war, sie weiterzuführen. Wenn ich sie liegenließ, empfand ich die tägliche Monotonie nur noch qualvoller. Mehr als die Eintönigkeit entnervte mich jedoch die Isoliertheit. Ich bekam Sehnsucht nach Tokyo. Manchmal war ich nahe daran, ein Ferngespräch zu führen, nur um mich mit jemandem unterhalten zu können. Meine Wangenmuskeln schienen mir erschlafft. Kaum konnte ich noch die Augen aufhalten. Ich merkte, daß ich schon seit Wochen den ganzen Tag nur mit finsterer Miene herumlief und hatte sowohl das Ärgern als auch das Lachen verlernt. Und vor allem hatte ich die ganze Zeit über kein einziges Mal in tiefen Zügen geatmet.

Eines Abends, als ein starker Nordwind blies, ging ich an den Strand, ein Stückchen weg von der Stadt. Ich hatte die Absicht, an einer menschenleeren Stelle aus vollem Hals zu schreien. Dort standen drei Öfen, in denen Ziegel gebrannt wurden. Das harzige Kiefernholz flammte, von den heftigen Windstößen entfacht, zischend auf, und ein greller Feuerschein loderte im Abenddunkel. Ich stellte mich mit dem Gesicht zum Meer hin. Ein Lied, das ich in dieser Gemütsverfassung hätte singen können, kannte ich nicht. Also versuchte ich laut zu brüllen, aber es wurde nur ein kraftloses Wimmern. Die Stimme trug nicht. Auch wenn ich mein Letztes an Stimmkraft hergab, gelang mir nur ein seltsam trauriges Krächzen. Stürmisch blies mir der kalte Nordwind in den Rücken. Der schwarze Rauch aus den Brennöfen trieb, vom Wind tief auf die wilden Wellen des Meeres gedrückt, in Fetzen davon. Wie ein Kind verfiel ich in eine weinerliche Stimmung.

Einige Tage darauf verließ ich bei mildem, schönem Wetter nachmittags gegen zwei Uhr das Haus, um durch die Stadt zu schlendern. Auf dem Weg dorthin mußte ich die Eisenbahnlinie überqueren. Am Bahnübergang trippelte zwischen den Schienen eine weiße Taube, die fortwährend mit dem Kopf auf und ab ruckte. Ich blieb stehen und sah ihr gedankenlos zu. Riskant, dachte ich, wenn ein Zug kommt ... Dabei war mir nicht ganz klar, ob ich die Taube oder mich meinte. Dann fiel mir aber ein, daß ja der Taube keinerlei Gefahr drohte und auch mir nicht, da ich außerhalb der Schienen stand. Ich überquerte die Gleise und ging weiter in Richtung Stadt, darüber nachsinnend, daß ich niemals Selbstmord begehen würde.

Mein Leben war zu dieser Zeit auf kein Ziel gerichtet. Tag für Tag lungerte ich nur müßig herum. Dennoch beabsichtigte ich nicht, nach Tokyo zurückzukehren. Mir war klar, daß sich auch dort an dem täglichen Einerlei nichts ändern würde.

Als in einer kleinen Schauspielbude der Stadt Erzähler auftraten, die komische Geschichten vortrugen, ging ich eines Abends hin. Unter ihnen befand sich auch ein echter Tokyoter. Seine Sprechweise hatte für mich, da ich die ganze Zeit über nur den Dialekt dieser Gegend gehört hatte, etwas sehr Erfrischendes. Ich besuchte diese Veranstaltung mehrmals.

Eines Abends sah ich dort ein etwa sechsjähriges Mädchen in Begleitung zweier Frauen. Die eine schien die Großmutter zu sein, die andere die Mutter. Es saß, einen Schal aus weißen Federn um die Schultern, auf dem Schoß der Mutter und spielte mit dem Schal. Hin und wieder nahm es ihn ab und wickelte ihn sich um den Hals. Die Kleine lachte laut mit, wenn die Leute lachten, obwohl sie den Sinn sicherlich gar nicht erfaßte. Sie hatte einen hellen Teint und einen Ausdruck großer Lieblichkeit um Augen und Mund. Ich hörte den Erzählern auf der Bühne kaum zu und sah nur immerfort zu dem Kind hinüber. Da es an dem Abend nicht sehr voll war, gab es vorn ziemlich viel leere Plätze. Die Kleine schlenderte mit einer Mandarine in der Hand auf die Bühne zu, stellte sich direkt vor dem Erzähler hin, hob ihr Gesichtchen zu ihm auf und lachte herzhaft und ungeniert, wenn er an eine komische Stelle gelangte, so als gäbe es außer ihr keine Zuhörer. Jedesmal dann wandte sie sich um und blickte zu ihrer Mutter hin. Die Mutter winkte sie heran, aber die Kleine schüttelte den Kopf, wollte nicht gehorchen.

Ich fand das Kind sehr niedlich. Aber es war nicht nur niedlich, sondern auch von großer Schönheit. Außerdem erinnerte es mich an ein Mädchen aus der Nachbarschaft, in das ich als kleiner Junge verliebt gewesen war, die dann aber wegzog, als ich fünfzehn war. Sie hatte als Kind so ähnlich ausgesehen wie das Mädchen hier im Saal.

Auf dem Heimweg dachte ich immerzu an die Kleine aus der Schauspielbude.

Am nächsten Abend suchte ich die Veranstaltung noch einmal auf. Ich hatte nicht damit gerechnet, aber die Kleine saß mit ihrer Großmutter, einem Mann, vermutlich ihrem Vater, und dem Dienstmädchen auf demselben Platz wie am Vortag. Ich freute mich. Nur hatte ich das Gefühl, daß ich sie nicht dauernd so unschuldig ansehen konnte wie am Abend zuvor. Ich empfand Neid auf den Vater. Ich konnte mir nicht vorstellen, daß mir, wenn ich heiratete, eine solche Tochter geboren würde. Mir schien, ich könnte mich als Vater nicht zufriedengeben, wenn mein Kind nicht in allem diesem Mädchen gliche. Ich dachte daran, ihnen nachzugehen, um herauszufinden, wo das Kind wohnte. Es wäre mir ein leichtes gewesen, wenn ich es gewollt hätte, aber es kam mir irgendwie schwierig vor, aber eigentlich ohne Grund, denn der Ort war ja ziemlich klein.

Danach änderte sich meine Stimmung. Gefühle, wie man sie bei einer beginnenden Liebe verspürt, erregten mein Herz. Es war ein reines, klares, gutes Gefühl. Ich begriff jedoch nicht genau, um was für eine Empfindung es sich hier handelte. Im tiefsten Innern wußte ich zwar Bescheid, doch ich konnte es nicht in Worte fassen. Leugnen ließ sich auf keinen Fall der Wunsch, daß ich das Mädchen für mich haben wollte. Angenommen, ich setzte diesen Wunsch in die Tat um, so lag doch völlig im dunkeln, was dann weiter geschehen sollte. Das Kind zu adoptieren wäre sicherlich unmöglich. Ich konnte mir gut vorstellen, wie sehr die Eltern und die Großmutter es liebten. Es war offenbar das einzige Kind.

In meiner Phantasie verstieg ich mich sogar dazu, das Mädchen zu rauben. Als ich mir ausmalte, wie es nach dem Raub weinen und traurig sein würde, vermochte ich diese phantastischen Träume nicht fortzuspinnen. Doch dann war ich wieder überzeugt, daß die Traurigkeit verfliegen werde. Eines stand fest: Ich würde jede Verantwortung, der ein Mensch gerecht werden kann, für die Zukunft des Kindes übernehmen. Zumindest in bezug auf die Ausbildung und die Lebenshaltung sowie später bei der Suche nach einem Ehemann würde ich alles viel vollkommener regeln können als die Eltern. Ich begann, in meinen Traumgespinsten unaufhörlich über den Raub des Mädchens und über die Art der Ausführung nachzusinnen. In der völligen Abgeschiedenheit, in der ich lebte, überschritten solche Phantastereien fast schon das Reich der Vorstellung.

Ich ging auch danach noch ein paarmal in die Schauspielbude. Das Mädchen aber traf ich dort nicht mehr an. Ich unternahm dann oft Spaziergänge durch die Stadt. Das Kind erblickte ich dort ebenfalls nicht. Meine Wahnidee, das Kind entwenden zu wollen, schrumpfte mit jedem Tag mehr zusammen. Warum aber mußte ich meinen Wunsch, der so intensiv in mir aufgeflammt und aus reiner Liebe erstanden war, unbedingt unterdrücken? Ich ärgerte mich bei diesem

Gedanken. Es mag eine böse Tat sein, ein fremdes Kind zu rauben, aber so absolut kann man das auch wieder nicht sagen. Es kommt vor, daß eine junge Frau, die man liebt, einen gegen jede Vernunft heiratet, selbst wenn sie einem nicht gerade Sympathie entgegenbringt und sich ihre Eltern überdies noch der Heirat widersetzen. Man muß die Frau nur richtig lieben. Und vielfach gibt das Resultat einem dann recht. Sehr groß war der Unterschied zu dem Fall mit dem Mädchen nicht, fand ich.

In der Stadt begann der Ausverkauf zum Jahresende. Fünf Tage lang herrschte in der Stadt ein reges Treiben. Am zweiten Tag dieses Ausverkaufs suchte ich wieder den Masseur unten an der Steintreppe auf. Es war gegen zwei Uhr nachmittags. Das fünfjährige, dunkelfarbige Mädchen schlief fest, die Beine unter dem *kotatsu.* Neben ihm saß ein zwölf- bis dreizehnjähriges Mädchen, vermutlich die ältere Schwester, und nähte an einem Putzlappen. Während der Massage ließ ich das schlafende Kind nicht aus den Augen, und ich stellte mir vor, wie ich es entführen würde. Es konnte sich nicht vergleichen mit dem Mädchen aus der Schauspielbude, aber es zog mich an mit seinen etwas groben Reizen.

An dem Abend brachte ich Ordnung in meine wirren Träume bezüglich des Kindesraubs. Zur Ausführung der Tat konnte ich mich allerdings lange nicht entschließen. Nur gab ich mich nun nicht mehr damit zufrieden, immer wieder die gleichen Phantasien zu wiederholen. Nicht ohne Furcht besorgte ich mir Spielzeug und Süßigkeiten, wie Kinder sie mögen. Meine Schultern schmerzten zwar nach wie vor, aber ich empfand eine frohe innere Spannung. Wie jeden Abend ging ich wieder in die Stadt zum Ausverkauf. Auch diesmal hoffte ich, dem Mädchen aus der Schauspielbude zu begegnen, ohne jedoch eine klare Vorstellung zu haben, was ich tun würde, wenn ich es sähe.

Am letzten Abend des Ausverkaufs sah ich vor mir im Menschengedränge die Frau des Masseurs mit ihrer Tochter. Ich folgte ihnen etwa zehn Minuten lang. Da die Mutter ganz von ihren Einkäufen in Anspruch genommen war, ging ich mit dem Mädchen unbemerkt davon. Ich weiß nicht, ob ich es geschickt angestellt habe, aber ich betrachtete es immerhin als einen Erfolg, daß ich es unbemerkt von der Mutter fertiggebracht hatte. Sehr günstig war dabei gewesen, daß das Kind mich vom Sehen her kannte und mir ohne jede Angst gefolgt war. Kein Mensch, der uns sah, hatte sich gewundert.

Ich führte das Mädchen gleich in eine abgelegene Gasse und kaufte ihm Kuchen.

»Deine Mutti wird schon nach Hause gegangen sein. Ich werde dich auf diesem Weg hinbringen«, sagte ich und bog von der Gasse zu den Bahnschienen ab, wo es noch dunkler war. So machten wir uns auf den Weg zu mir nach Hause. Erst da wurde mir richtig bewußt, daß ich dieses Kind entführt hatte. Hätte mich bis zu jenem Zeitpunkt jemand, der das Kind kannte, angesprochen, hätte ich mich einfach dumm gestellt und das Kind ganz bestimmt zu Hause abgeliefert.

Auf einmal fühlte ich mich merkwürdig gehetzt. Ich nahm das Mädchen auf den Rücken. Es roch penetrant, typisch für ein Kind vom Lande. Flüchtig tauchte der Gedanke in mir auf, wie mir wohl zumute sein würde, wenn mir später irgendwann einmal das Kind über wäre. Ich wandte mich um und drückte meine Lippen auf die Stirn des Mädchens. Wenn ich dem Kind jedoch meine Liebe entgegenbringen wollte, müßte ich es mit Gelassenheit tun, sagte ich mir, in Maßen, damit es sich nicht beunruhigt fühlte. Immerhin hatte es doch schon eine Vergangenheit. Ich hielt es für problematisch, Gefühle in ihm zu wecken, die allzusehr davon abwichen.

Wir kamen zu Hause an.

»Ich werde die Nachbarn bitten, deine Mutter zu holen. Du wartest artig, bis sie kommt! Hast du gehört?« sagte ich und ging auch tatsächlich zum Schein hinaus.

»Also, die Nachbarn holen Sie«, sagte ich, als ich wieder

hereinkam. »Ich habe zu tun. Bleib schön dort sitzen!« redete ich geflissentlich auf sie ein und setzte mich allein an den Tisch. Ich hatte mein seelisches Gleichgewicht verloren und spürte eine Spannung in mir wie schon seit langem nicht mehr. Um das Gleichgewicht wiederzuerlangen, griff ich zur Feder und begann zu schreiben.

»Endlich habe ich es vollbracht, etwas Schreckliches! Ich freue mich, daß ich mich überwunden habe. Die Sache kann nicht mehr rückgängig gemacht werden. Nun bleibt mir nichts anderes übrig, als vorwärts zu blicken und die Angelegenheit zu Ende zu führen. Noch weiß ich nicht, was zu tun ist. Auf jeden Fall aber ist geschehen, was geschehen ist, etwas, was ich früher nie hätte tun können. Ich bin zu weichlich und nehme zuviel Rücksicht. Diese Rücksicht habe ich bezwungen.«

Das Mädchen nieste.

»Ach so, du frierst. Vorhin auf meinem Rücken hast du es ja warm gehabt. Mir ist nicht kalt, deshalb bin ich nicht darauf gekommen.« Ich zündete den Gasofen an, der hinter mir stand. Das Kind erschrak, als er aufflammte.

»Ich werde dir heißes Wasser machen«, sagte ich, griff nach dem Teekessel neben mir und setzte ihn auf den Ofen. Das Mädchen blickte neugierig in die blauen Gasflammen.

Ich nahm wieder die Feder zur Hand.

»Meine Tat ist an sich nichts weiter als ein böser, launischer Einfall. Ob es eine Laune bleibt oder nicht, wird die Zukunft zeigen. Ich darf nicht versuchen, mich dieser Sache wegen vor anderen zu entschuldigen. Und es läßt sich wohl auch nicht entschuldigen …«

Das Mädchen sagte etwas. Unauffällig hatte ich auf dem Strohkoffer in der Zimmerecke das Spielzeug aufgebaut, das ich gekauft hatte. Das Mädchen zeigte mit dem Finger darauf.

»Was ist?« fragte ich.

»Könnten Sie mir das da nicht leihen?« Sie wählte die Worte wie ein Erwachsener.

»Sicher.« Ich nickte. »Bring's mal her! Kannst du denn damit umgehen?«

»Eben nicht«, sagte sie und brachte mir eine Puppe aus Zelluloid mit einem europäischen Gesicht, die alleine lief, wenn man sie aufzog. Das Mädchen sah ernsthaft zu, wie ich, an den Tisch gelehnt, die Puppe aufzog.

»Paß auf, sieh gut zu!« Ich ließ die Puppe auf dem Tisch laufen, von dem ich alles heruntergeräumt hatte. Sie kippte beim Laufen ruckartig von einer Seite zur anderen. Als sie den Tischrand erreicht hatte, fiel sie kopfüber hinunter. Das Mädchen, das bisher mit leicht geöffnetem Mund wie hypnotisiert zugesehen hatte, lachte plötzlich vergnügt auf. Die Puppe lag unter dem Tisch, und das Federwerk lief schnarrend ab.

»Machen wir's noch einmal!« Ich drehte erneut den Schlüssel. Diesmal stellte ich die Puppe auf der gegenüberliegenden Tischseite auf und ließ sie los. Sie lief nicht geradeaus, schwankte nach links und rechts und machte einen Bogen. Als sie am Tischende anlangte, hielt ich die Hand darunter, um sie aufzufangen, aber das Mädchen stieß meine Hand weg. Die Puppe stürzte wieder kopfüber hinunter. Die Kleine lachte herzhaft und schallend.

»Na, so was!« Ich umschloß mit meiner großen Hand den Kopf des Kindes und schüttelte ihn. Die Kleine erstickte fast vor Lachen.

»Nun versuch's mal selber!« sagte ich. Sie hob die noch immer schnarrende Puppe auf und hielt sie mir wortlos hin.

»Was, kannst du das etwa nicht? Du hast wohl Angst. Warte, du bekommst ein Glas heißes Wasser.« Ich holte aus der Geschirrkiste im Nebenzimmer ein Glas und goß aus dem Kessel, der auf dem Ofen stand, Wasser hinein.

»Es ist heiß. Laß es da stehen, bis es ein bißchen abgekühlt ist.«

Ich nahm aus einem Blechkasten Fruchtschokolade, um sie dem Kind zu geben. Nach einer Weile faßte ich selber das Glas an, um zu sehen, ob es sich schon abgekühlt hatte, und reichte es der Kleinen. Ihre Hände waren total verschmutzt und rotangeschwollen, als wären sie erfroren. Erst einmal müßte ich sie gründlich waschen, dachte ich. Aber es ging nicht an, sie ins nächste öffentliche Bad mitzunehmen. Die Stadt hier würde ich wohl verlassen müssen. Und wenn ich schon weg mußte, so schien mir das große Tokyo noch am sichersten.

Schließlich sprach das Mädchen doch von zu Hause und fing an zu weinen. Ich log ihm vor, die Mutter werde am nächsten Morgen kommen. Die Kleine war ganz bedrückt. Nicht lange darauf schlummerte sie ein. Ich hielt sie jedoch gewaltsam wach, indem ich sie zum Spielen verleitete. Erst gegen Morgen legte ich sie hin.

Auch ich war erschöpft. Aber als ich mich dann neben sie niederlegte, konnte ich lange nicht einschlafen. Ich machte immer wieder die Augen auf. Als ich das kleine Mädchen mit dem stinkenden Haar betrachtete, das im selben Bett mit mir schlief und leise schnarchte, und als ich um mich herum den Zustand im Zimmer gewahrte, wurde mir erst richtig bewußt, was da für ein seltsames Wesen in mein Leben eingedrungen war. Gleichzeitig empfand ich, wie unharmonisch es in dieser Umgebung wirkte. Nach einiger vernünftiger Überlegung keimte schwächliche Reue über die Tat in mir auf. Ich empfand deutlich, das mich keineswegs brennende Leidenschaft zu dieser Tat getrieben hatte. Das berührte mich peinlich. Aber ich durfte mich solch einer weichlichen Reue, die eine Anpassung an die gültigen Normen war, nicht mit Leib und Seele ausliefern. Vor der Welt war meine Tat zwar unentschuldbar, aber nicht vor mir. Angesichts meiner Gemütsverfassung in der letzten Zeit war es sehr fraglich, was aus mir geworden wäre, wenn ich diese Tat nicht begangen hätte. Ich hatte noch immer sehr steife Schultern. Aber nun, wo ich innerlich zu neuem Leben erwacht war, litt ich nicht mehr so sehr darunter. Nur fürchtete ich, daß sich das Verhältnis zwischen mir und dem Kind unharmonisch gestalten und irgendwie gefährdet sein könnte.

Ich lauschte auf das Pladdern des Regens draußen, und gegen acht Uhr schlief ich endlich ein. In einem quälenden Traum verfolgte mich der eigensinnige Masseur. Ich floh so schnell als möglich mit dem Mädchen auf dem Arm, das nun blind war. Ich hatte Angst, er würde mich umbringen, wenn er mich erwischte. Der Masseur war der irrigen Annahme, ich mißbrauchte das blinde Mädchen körperlich. Ich wollte dieses Mißverständnis aufklären, aber der Masseur ließ mir keine Zeit dazu. (Im Traum war nicht der Masseur, sondern das Mädchen blind.) Ich rannte durch einen korridorähnlichen Gang, bis ich hoch oben vor einem Abgrund stand und nicht mehr weiter konnte. Die Gegend ähnelte der in Tomonotsu beim Kannon-Tempel. Unten auf dem Meer wogten in sanftem Rhythmus weiß schäumende Wellen. Ich wurde von jäher Furcht gepackt. Ein Schauer überlief mich. In dem Augenblick merkte ich, daß ich träumte. Kurz entschlossen stürzte ich mich in den Abgrund und … erwachte. Es war mittags gegen ein Uhr. Das Mädchen schlief fest.

Ich stand auf und schob, möglichst jeden Lärm vermeidend, die Fenstertüren auf. Es nieselte leicht. Ich hockte mich auf die Veranda und betrachtete das Meer und die dunstigen Inseln vor mir. Da stiegen von unten einige Männer herauf, jeder von ihnen trug einen großen Kasten oder ein Bündel. Ich bekam ein bißchen Angst. Aber gleich darauf begriff ich, daß sie in das Teehaus oben wollten. Der Besitzer des Teehauses, ein reicher Kimonohändler, veranstaltet wohl zum Abschluß des Ausverkaufs eine Feier, überlegte ich.

Gegen drei Uhr kamen allerlei Leute, wahrscheinlich die Gäste, den Hang hinauf. Auch Geishas waren darunter. Männer kamen und gingen. Sie brachten offenbar das Essen aus den Gaststätten. Nach einer Weile hörte man eine *shamisen*, zu der jemand sang.

Es hörte auf zu regnen, im Osten spannte sich über die Landzunge ein großer Regenbogen.

Die Kleine, die endlich erwacht war, schaute eine Weile verwundert drein. Ich sagte so munter wie möglich: »Na, dann wollen wir dir mal das Gesicht waschen.« Ich führte sie in die Küche an das Abwaschbecken und wusch ihr das Gesicht. Dabei fing sie an zu weinen und jammerte: »Ich will nach Hause, nach Hause.«

»Du darfst nicht weinen. Gleich nach dem Essen bringe ich dich heim«, schwindelte ich.

Ich öffnete eine Wurstbüchse. Das Mädchen schüttelte den Kopf und ließ die Wurst unberührt. Aber von dem Seetang und dem Gemüse in Soyasoße aß es beträchtliche Mengen. Und als ich eine Büchse Kondensmilch aufmachte, schleckte es sie bis auf den Grund aus.

Weil ich nicht gegen die Kleine ankam, verließ ich mit ihr das Haus. Es war schon spät am Abend. In der Stadt herrschte, da der Ausverkauf inzwischen beendet war, überraschende Stille. Durch dunkle Straßen nahe am Strand machte ich mich auf den Heimweg. Als die Kleine merkte, daß ich sie wieder zu mir nach Hause bringen wollte, weigerte sie sich plötzlich weiterzugehen und wehrte sich mit Händen und Füßen. In mir meldeten sich erneut mit aller Macht jene weichlichen Vernunftsgründe. Gewaltsam verdrängte ich sie, fühlte mich aber bezüglich meiner Empfindungen und meiner Haltung dem Mädchen gegenüber unsicher und wankelmütig werden. Die Kleine hatte Verdacht geschöpft, und ihr Mißtrauen blieb nicht ohne Wirkung auf mich.

»Oben im Teehaus geht es hoch her. Komm, wir sehen es uns an. Und dann kannst du nach Hause. Du hast ja vorhin die *shamisen* gehört!« So brachte ich das Mädchen schließlich doch wieder ins Haus hinein.

In dem Teehaus oben sangen die Leute der Reihe nach ein Lied, wozu alle im Takt in die Hände klatschten. Es waren Volkstanz-Lieder. Ich hob das Kind hoch, damit es durch das geöffnete Küchenfenster ab und zu etwas von dem erhaschen konnte, was in dem Teehaus vor sich ging.

Mir war klar, daß ich die Stadt hier unbedingt sobald wie möglich verlassen mußte.

Ich fand das Kind nicht mehr niedlich. Angesichts all der Schwierigkeiten, die sich in Zukunft ergeben könnten, blieb mir wohl nichts anderes übrig, als die Sache energisch zum Abschluß zu bringen. Mir fiel wieder ein, daß ich das Kind von Anfang an nicht so recht gemocht hatte. Aber als ich mir vorstellte, daß es mir auch mit dem schönen Mädchen aus der Schauspielbude so hätte ergehen können, empfand ich ein weitaus tieferes Unbehagen.

Um zehn Uhr brachen die Gäste im Teehaus auf. Die Kleine fing wieder an zu jammern. Sie wollte nach Hause. Als dann um elf Uhr vor den Fenstern geräuschvoll die Holztüren zugeschoben wurden und sie wahrnahm, daß die letzten Gäste gingen, schrie und weinte sie so laut, als wollte sie die Leute auf sich aufmerksam machen. Ich setzte zum erstenmal eine drohende Miene auf und fuhr sie in gedämpftem, aber scharfem Ton an. Sie war ganz fassungslos vor Schreck. Ihr stockte der Atem. Gerade gingen die letzten Leute den schmalen Pfad unter uns hinunter.

»Komm zu mir, o Liebster mein …«, hörte ich eine angeheiterte Geisha deklamieren, worauf eine tiefe Männerstimme erwiderte: »Du gefallenes Mägdelein!«

Ich zeigte mich gleich wieder friedfertig und tröstete das Kind. Aber da es mich nun durchschaut hatte, gebärdete es sich ausgesprochen widerspenstig. Obwohl ich mich zu mäßigen versuchte, schließlich war es ja ein Kind, konnte ich nicht umhin, mich nun auch meinerseits starrsinnig zu zeigen.

Ich mußte mir eingestehen, daß dies die natürliche Folge war, und überlegte, warum ich nichts unternommen hatte, um diese selbstverständlichen Folgen zu vermeiden. Ich sagte mir ferner, daß ich mich auf das Unumgängliche hätte gefaßt machen müssen. Auch da drängte sich mir wieder der Gedanke auf, daß ich dieses Kind eigentlich gar nicht hatte haben wollen.

Das Mädchen schwieg verstockt. Die Lippen fest aufeinandergepreßt, starrte es mit verzweifelten, tränenfeuchten Augen vor sich hin und holte von Zeit zu Zeit durch die Nase tief Luft, als ersticke es an seiner würgenden Traurigkeit. Bei diesem Anblick erkannte ich, wie unentschuldbar egoistisch ich gehandelt hatte. Trotzdem hegte ich nicht die Absicht, das Mädchen einfach wieder nach Hause zu lassen. Ich war überzeugt, es gebe einen Weg, das Kind bei mir zu behalten und es letzten Endes dennoch glücklich zu machen.

Ich wurde immer nachgiebiger. Ich zog die Schublade des Tisches auf, kramte den Zettel mit den Aufzeichnungen hervor, die ich am Abend zuvor gemacht hatte, und zerriß ihn in kleine Fetzen. Fast wäre ich in Tränen ausgebrochen.

»Bist du nicht müde?« fragte ich. Das Mädchen blieb stumm und wandte sich nicht einmal zu mir um. Ich nahm es auf den Arm, es sträubte sich nicht. Tränen verschleierten meine Blicke. Ich drückte die Kleine fest an mich und gab ihr einen Kuß auf die Wange, voll Mitleid mit ihr und auch mit mir selber. Nun brach ich vollends in Tränen aus. Auch sie weinte plötzlich laut los. Ich brachte kein Wort mehr heraus. Etwas später schlug ich vor, zu Bett zu gehen. Sie sah an mir vorbei und nickte.

Mit ganz anderen Empfindungen als am Abend zuvor legte ich mich schlafen. Das Mädchen hielt ich an meine Brust gedrückt. Am Abend zuvor war ich bei aller Angst doch noch heiteren Sinnes gewesen. Diese Gefühle jedoch waren ganz verflogen. Wir sprachen beide kein Wort. Das Mädchen lag wie erstarrt in meinen Armen und schlief lange nicht ein.

»Soll ich dir Bonbons geben?« fragte ich, erhielt aber keine Antwort. Ich stand auf, holte die Fruchtschokolade, die das Mädchen gestern abend so gern gegessen hatte, und drückte sie ihm in die Hand. Es nahm die Schokolade gehorsam entgegen, aß sie aber nicht. Bald darauf schlief es mit der Schokolade in der Hand ein.

Durch den Mangel an Schlaf fühlte ich mich erschöpft, dennoch konnte ich nicht fest schlafen, weil ich fürchtete, das Mädchen könnte weglaufen, während ich schlief. Ich träumte immer wieder, es schlüpfe aus dem Bett, und jedesmal erwachte ich dann.

Am Morgen, als ich geistesabwesend durch die Glasscheiben der Schiebetür in die Landschaft vor mir starrte, sah ich zwei Polizisten in Begleitung eines Mannes, vermutlich eines Detektivs, den steilen Hang erklimmen, wobei sie ständig zu mir heraufspähten. Ihnen folgte eine etwa vierzigjährige, braunhäutige Frau von festem Fleisch – die Mutter des Mädchens. Sie sah vor Erregung furchteinflößend aus. Ich spürte, wie mir das Blut ins Gesicht stieg.

Eine Weile stand ich unschlüssig da. Dann sagte ich mir, daß ich nach besten Kräften Widerstand leisten sollte. Wenn ich das Kind jetzt so ohne weiteres hergab, wozu hatte ich es dann überhaupt geraubt? So holte ich aus dem Strohkoffer, der in der Zimmerecke stand, rasch das große Küchenmesser, packte es wie einen Dolch und stellte mich in der Mitte des Zimmers auf.

Doch ich kam gar nicht dazu, das Messer zu schwingen, ich konnte mich nicht dazu aufraffen. Ehrlich gesagt, hatte mich auch schon, als ich das Messer hervorsuchte, nicht die Leidenschaft getrieben. Schrecklich gewöhnlich muß ich ausgesehen haben, wie ich so dastand, das Messer in der Faust.

Die Mutter nahm das Mädchen hoch, das in dem angrenzenden Drei-Matten-Zimmer schlief, und zeterte wie eine Wahnsinnige. Weinend und mit wütenden Schmähungen fiel sie über mich her. Ich blieb stumm. Das Kind auf dem Arm, trat sie hinter mich und versetzte mir einen heftigen Stoß in den Rücken. Die Polizisten versuchten die ganze Zeit vergebens, sie zu besänftigen. Man brachte mich auf die Polizeistation.

1914

In Kinosaki

Kurz nach einem Unfall – eine Bahn der Yamanote-Linie hatte mich gestreift, wobei ich mir eine Verletzung zugezogen hatte – fuhr ich zur Wiederherstellung meiner Gesundheit allein in das Bad Kinosaki bei Tajima. Der Arzt hatte mir erklärt, daß meine Verletzung am Rücken durchaus lebensgefährlich werden könne, falls sich eine Rückenmarkskaries daraus entwickle, was jedoch nicht zu vermuten sei. Träten in den nächsten Jahren keine solchen Folgen auf, sei nichts mehr zu befürchten. Vorsicht hielt er aber auf jeden Fall für geboten, weshalb ich mich nach Kinosaki begeben hatte, wo ich drei, wenn möglich sogar fünf Wochen auszuharren gedachte.

Noch immer befand ich mich in einem leichten Dämmerzustand. Ich war äußerst vergeßlich. Aber ich lebte in so wohlig ruhiger, gelassener Stimmung dahin wie schon seit Jahren nicht mehr. Es war zu Beginn der Reisernte, und das Wetter war schön.

Weil ich allein gekommen war, war niemand da, mit dem ich mich hätte unterhalten können. Ich brachte die Zeit mit Lesen und Schreiben zu oder saß auf einem Stuhl vor meinem Zimmer und sah gedankenlos auf die Berge und Straßen. Wurde mir das zu langweilig, ging ich spazieren. Es gab dort einen herrlichen Wanderweg, der von der Stadt her an einem Bach entlang allmählich bergan führte. Wo der Bach den Berg umfloß, staute sich an einer tiefen Stelle das Wasser, und dort sammelten sich stets viele Forellen. Sah man aufmerksam hin, entdeckte man manchmal auch große, an den Beinen behaarte Flußkrabben, die reglos wie ein Stein im Wasser lagen. Vor dem Abendessen wanderte ich oft diesen Weg entlang. Wenn ich am kühlen Abend dem Lauf des schmalen, klaren Baches durch die herbstlich einsame Bergschlucht folgte, kamen mir mitunter schwermütige Gedanken, überfiel mich Trauer. Dennoch war in mir ein stiller Frieden. Ich dachte viel über meinen Unfall nach. Um ein weniges, und ich ruhte jetzt, das Gesicht bleich, kalt und starr nach oben gewandt, Wunden an Kopf und Rücken, in der Erde des Aoyama-Friedhofes. Mir zur Seite lägen, ohne jede Beziehung zu mir, die Skelette meines Großvaters und meiner Mutter. Es waren traurige Gedanken, über die ich nachsann, aber sie entsetzten mich nicht allzusehr. Einmal würde mir das geschehen, es fragte sich nur, wann. Bisher hatte ich an den Tod stets nur als an etwas gedacht, was in weiter Ferne lag, unbekümmert um dieses Wann. Nun aber überkam mich die neue Erkenntnis, daß dieses »einmal« jeden Augenblick Realität werden könnte. Ich war gerettet worden, obwohl ich eigentlich hätte sterben sollen. Eine unbestimmte Macht hatte mich dem Tod entrissen. Es gab noch eine Aufgabe, die ich zu erfüllen hatte. In dem Buch »Lord Clive«, das ich in der Mittelschule gelesen hatte, war beschrieben, wie der Gedanke an eine noch zu erfüllende Aufgabe diesen Lord zum Leben ermutigt hatte. Und mir schien, daß eigentlich auch ich gesonnen war, die Lebensgefahr, in der ich mich befand, von dieser Warte aus zu sehen. Seltsamerweise jedoch war mein Herz ganz ruhig. Und es wuchs in mir eine Art Vertrautheit mit dem Tode.

Mein Zimmer lag im ersten Stock. Es war ziemlich ruhig, weil es das einzige Zimmer dort war. Oft, wenn ich vom Lesen und Schreiben ermüdet war, nahm ich einen Stuhl und setzte mich auf die Veranda. Sie grenzte an das Dach der Vorhalle. Die Hauswand am Ende dieses Daches war mit Brettern verkleidet. Und unter diesen Brettern schienen sich Wespen eingenistet zu haben. Tag für Tag, wenn das Wetter es nur zuließ, waren die gestreiften, großen, plumpen Wespen vom Morgen bis in die Abendstunden emsig am Werk. Die Wespen, die aus den Ritzen zwischen den Holzbrettern hervorkrochen, ließen sich zunächst auf dem Dach der Vorhalle nieder, um dort mit Vorder- und Hinterfüßen sorgfältig ihre Flügel und Fühler abzutasten. Einige von ihnen krochen erst ein wenig herum, aber die meisten spannten gleich ihre langen, schmalen Flügel aus und schwirrten mit einem tiefen Summen los. Sobald sie sich in die Luft erhoben hatten, flogen sie mit überraschender Schnelligkeit davon. Die Fatsie-Stauden im Ziergarten hatten gerade zu blühen begonnen, weshalb sich die Wespen dort tummelten. Wenn ich Langeweile hatte, lehnte ich oft am Geländer und sah ihrem Ein- und Ausschwärmen zu.

Eines Morgens erblickte ich auf dem Dach der Vorhalle eine tote Wespe. Ihre Beine waren dicht an den Leib gedrückt, und die Fühler hingen schlaff nach vorn über den Kopf. Die anderen Wespen nahmen keinerlei Notiz von ihr. Sie krochen um die tote Gefährtin herum. Ihre rastlose Geschäftigkeit erlaubte ihnen nicht, sich bei ihr aufzuhalten. Die emsig arbeitenden Wespen waren für mich ein Sinnbild äußerst betriebsamen Lebens. Der Anblick der einen toten Wespe jedoch mahnte mich jedesmal, wenn ich sie abseits immer noch an der gleichen Stelle reglos und steif liegen sah, eindringlich an den Tod. Drei Tage währte das nun schon. Morgens, mittags und abends, zu jeder beliebigen Tageszeit, fiel mein Blick auf die tote Wespe, und eine ungewöhnliche Stille erfüllte mein Herz. Einsamkeit hüllte mich ein. Abends, wenn die anderen Wespen ins Nest zurückgekehrt waren, lag auf den kalten Dachziegeln, alleingelassen, der tote Wespenkörper, ein Bild, das Trauer in mir weckte, gleichzeitig aber auch tiefen Frieden versprach.

In der Nacht hatte es heftig geregnet. Am Morgen klärte es sich wieder auf. Das Laub, der Erdboden und auch das Dach sahen sauber gewaschen aus. Der tote Wespenkörper war verschwunden. Die anderen Wespen waren wieder munter bei der Arbeit. Die tote Wespe war wohl durch die Dachrinne nach unten gespült worden, wo sie nun wahrscheinlich mit gekrümmten Beinen und am Kopf klebenden Fühlern irgendwo reglos im Dreck lag. Starr und steif würde sie dort so lange liegenbleiben, bis dieser Zustand sich durch erneute Einwirkung von außen änderte. Oder die Ameisen schleppten sie fort! Dennoch ging von der Wespe ein großer Frieden aus. Ihr ganzes Leben hatte sie nur emsig gearbeitet, nun lag sie still da, endlich zur Ruhe gekommen. Ich fühlte mich hingezogen zu dieser Stille. Kurz zuvor hatte ich die Erzählung »Das Verbrechen des Han« geschrieben, in der ein Chinese namens Han aus Eifersucht, wegen eines früheren Verhältnisses seiner Frau mit seinem Freund, und unter psychologischem Druck seine Frau ermordet hatte. Diese Erzählung rankte sich um die Gefühle des Han. Jetzt jedoch würde ich gern, um die große Stille beschreiben zu können, die Gefühle seiner Frau in den Mittelpunkt rücken, die ja schließlich ermordet wurde und nun tief im Grabe ruht.

Diese Erzählung, die »Die ermordete Frau des Han« heißen sollte, schrieb ich dann doch nicht, weil sich eine solche Stimmung nicht mit den Gedanken des Helden in meinem Roman vertrug, an dem ich gerade arbeitete. Ich wäre in Verwirrung geraten.

Wenige Tage nachdem der Regen die tote Wespe weggeschwemmt hatte und sie aus meinem Blickfeld verschwunden war, machte ich mich eines Vormittags auf den Weg zum Higashiyama-Park, von wo aus man den Maruyama-Fluß und seine Einmündung ins Japanische Meer sehen konnte. Vor der Ortschaft Ichinoyu floß mitten in der Straße gemächlich ein Bach, der in den Maruyama-Fluß mündete. Ich ging den Fluß ein Stück entlang. Auf einer Brücke und am Ufer gewahrte ich eine Menschenansammlung. Alle lärmten durcheinander und blickten dabei auf das Wasser, in dem etwas trieb. Es war eine große Ratte, die man in den Fluß geworfen hatte und die nun unter verzweifelten Anstrengungen wegzuschwimmen versuchte. In ihrem Hals steckte ein etwa sieben *sun* langer Fischspieß, der zu beiden Seiten zwei bis drei *sun* weit aus dem Hals herausragte. Die Ratte wollte eine Steinmauer erklimmen. Ein paar Kinder und ein etwa vierzigjähriger Mann warfen Steine nach ihr, trafen sie aber nicht. Die Steine schlugen polternd gegen die Mauer und prallten von ihr ab. Die Zuschauer lachten laut. Schließlich gelang es der Ratte, sich mit den Vorderfüßen in einer Mauerritze festzukrallen. Als sie aber in die Spalte hineinzukriechen versuchte, behinderte sie der Spieß, der ihr im Hals steckte, und sie fiel ins Wasser zurück. Die Ratte wollte sich um jeden Preis retten. Ihr Augenausdruck blieb uns Menschen verborgen, aber ihre Bewegungen verrieten, wie sehr sie um ihr Leben kämpfte. Sie schien sich für gerettet zu halten, wenn es ihr gelang, sich irgendwo zu verkriechen, weshalb sie, den langen Spieß im Hals, wieder mitten in den Fluß hinausschwamm. Den Kindern und dem Mann bereitete es immer mehr Vergnügen, mit Steinen nach ihr zu werfen. Einige Enten, die nebenan auf der Waschstelle ihr Futter suchten, reckten, aufgescheucht durch diese Steinwürfe, den Hals und äugten zu uns herüber. Die Steine zischten ins Wasser, und die Enten schwammen, eilig mit den Füßen paddelnd, mit langem Hals und aufgeregtem Geschnatter stromaufwärts davon. Ich hatte keine Lust, mir das Ende der Ratte mitanzusehen. Erstaunlich tief war mir das Bild in die Seele gebrannt, wie das Tier, obwohl es das Schicksal des sicheren Todes mit sich trug, dennoch nicht umgebracht werden wollte und unter Aufbietung der letzten Kräfte irgendwie zu entrinnen versuchte. Ein Gefühl lähmender Einsamkeit überkam mich. So also sah die Wirklichkeit aus! Was für furchtbare Qualen mußten vor der Geborgenheit, wie ich sie mir ersehnte, ausgestanden werden. Zwar fühlte ich mich zu der Stille nach dem Tod hingezogen, aber vor den Kämpfen, die zu bestehen waren, bevor der Tod eintrat, graute mir. Die Tiere müssen, da sie den Selbstmord nicht kennen, so lange um ihr Leben kämpfen, bis der Tod sie schließlich erlöst. Wie würde ich mich wohl verhalten, befände ich mich jetzt in einer Lage wie die Ratte? Zweifellos würde ich mich genau wie dieses Tier gegen den Tod wehren. Mir drängte sich der Gedanke auf, wie nahe ich selbst durch meinen Unfall einem solchen Schicksal gewesen war. Ich hatte alles, was in meinen Kräften stand, für mich getan. Ich hatte selber das Krankenhaus bestimmt und Anweisungen erteilt, wie ich dorthin zu bringen sei. Ich hatte zum Beispiel auch darum gebeten, den Arzt vorher anzurufen, denn es wäre ja denkbar, daß er nicht da war und ich nicht gleich operiert werden könnte, was ungünstig für mich gewesen wäre. Nachträglich hatte ich mich selbst darüber gewundert, wie ich in halbbewußtlosem Zustand das Wichtigste noch recht vernünftig geregelt hatte. Vor mir hatte die Frage gestanden, ob die Verletzung tödlich war. Dabei fand ich es merkwürdig, daß ich, obwohl ich mich mit dieser Frage trug, fast keine Angst vor dem Tod empfand. »Ist die Verletzung tödlich? Was meint der Arzt?« fragte ich meinen Freund, der bei mir war. »Es soll keine tödliche Verletzung sein«, erhielt ich zur Antwort. Bei diesen Worten kehrte mir plötzlich alle Lebenskraft zurück. Vor Aufregung verfiel ich in große Munterkeit. Wie wäre mir wohl zumute gewesen, hätte ich von ihm vernommen, die Verletzung sei tödlich? Ich kann es mir kaum vorstellen. Sicherlich hätte ich den Mut sinken lassen. Aber wahrscheinlich hätte ich keine so große Todesfurcht empfunden, wie ich es mir immer ausgemalt hatte. Und wäre ich auf die Gefahr hingewiesen worden, hätte ich erst recht geglaubt, mit dem Leben davonzukommen, und mich in jeder Weise um meine Rettung bemüht. Zweifellos unterschied ich mich hierin kaum von der Ratte. Angenommen, es träte jetzt eine solche Situation ein – ich würde mich auch dann wohl kaum anders verhalten. Der rein gefühlsmäßige Wunsch, sich widerstandslos dem Lauf der Natur zu überlassen, bleibt in Wirklichkeit ohne direkten Einfluß. Aber beides existiert, der Wunsch, sich zu retten, wie der Wunsch, sich aufzugeben. Es sollte mir recht sein, wenn mein Lebenswille sich auswirkte, doch wenn nicht, dann eben nicht. Ich hätte mich in das Unvermeidliche geschickt.

Einige Zeit nach diesem Erlebnis wanderte ich abends, von der Stadt kommend, den Bach entlang, gemächlich bergan. Nachdem ich vor dem Tunnel der Sannin-Linie die Schienen überquert hatte, wurde der Pfad eng und steil. Auch der Bach wurde reißender. Von Häusern keine Spur mehr. Obwohl ich eigentlich umkehren wollte, lief ich aus Neugier weiter, von einer Biegung zur anderen. Bleich lag alles um mich her. Es wurde auch empfindlich kühl. Und gerade das Schweigen der Natur machte mich unruhig. Am Wegrand stand ein großer Maulbeerbaum. An einem Zweig dieses Baumes, der quer über den Weg hing, flatterte in ständig gleichem Rhythmus ein einziges Blatt. Kein Windhauch ging, und bis auf das Plätschern des Baches lag alles in regloser Stille, in der nur dieses eine Baumblatt sich unruhig flatternd bewegte. Ich war davon seltsam berührt. Ein wenig war mir auch unheimlich zumute. Die Neugier jedoch überwog. Ich stellte mich unter den Zweig und beobachtete eine Weile das Blatt. Da kam plötzlich ein Wind auf, und das zitternde Blatt hörte auf zu flattern.

Ich wußte, warum! Im tiefsten Innern ahnte ich wohl mehr von diesen Dingen.

Allmählich fiel die Dämmerung herein. Und der Pfad machte immer neue Biegungen, wie lange ich auch weiterlaufen mochte. Ich wollte nun endlich umkehren. Da fiel mein Blick zufällig auf den Bach zu meiner Seite. Auf einem etwa anderthalb Quadratmeter großen Stein, der am anderen Ufer schräg ins Wasser ragte, entdeckte ich einen kleinen schwarzen Aalmolch. Er war naß und glänzte schön. Den Kopf nach unten über den Bach geneigt, lag er unbeweglich da. Von seinem Körper tropfte das Wasser auf den dunklen, trockenen Stein, von wo es in einem kleinen Rinnsal abfloß. Ich kauerte mich unwillkürlich hin, um ihn mir anzusehen. Ich ekelte mich nicht so sehr davor wie früher. Eidechsen mag ich beinah. Am abscheulichsten finde ich

Geckos. Aalmolche sind mir weder angenehm noch widerwärtig. Vor zehn Jahren hatte ich am Ashinoko-See in den Abwasserrinnen meines Quartiers oftmals eine Ansammlung von Aalmolchen beobachtet. Dabei empfand ich jedesmal, wie unerträglich es wäre, ein Aalmolch zu sein. Was sollte ich tun, falls ich als Aalmolch wiedergeboren würde? Ich wollte sie damals nicht sehen, weil ich bei ihrem Anblick oft auf solche Gedanken verfiel. Jetzt dachte ich nicht mehr an derlei Dinge. Ich hatte Lust, das Tier zu erschrecken und es ins Wasser zu jagen. Ich stellte mir vor, wie der Aalmolch unbeholfen, mit plumpen, ruckartigen Körperbewegungen davonhasten würde. Im Hocken hob ich einen Stein von der Größe eines kleinen Balles auf und warf. Aber ich zielte dabei nicht. Da ich im Werfen so ungeschickt war, daß ich nie traf, auch wenn ich zielte, kam ich überhaupt nicht auf den Gedanken, ich könnte ihn treffen. Der Stein plumpste ins Wasser. Bei diesem Geräusch sprang der Aalmolch etwa vier *sun* zur Seite, zumindest sah es so aus, als springe er. Er krümmte den Schwanz und richtete ihn dann steil auf. Was hat er nur, dachte ich. Anfangs merkte ich gar nicht, daß ich ihn getroffen hatte. Der aufgestellte Schwanz des Molches sank ganz sacht nach unten. Die Vorderbeine, die er seitwärts herausgestemmt hatte, um den Körper abzustützen, knickten nach innen weg, und er fiel kraftlos vornüber. Sein Schwanz lag platt auf dem Stein. Der Aalmolch rührte sich nicht mehr. Er war tot. Was hatte ich da nur Schlimmes angerichtet! Ich töte zwar oft Insekten, aber daß ich den Aalmolch ohne jede Absicht umgebracht hatte, peinigte mich auf merkwürdig unangenehme Weise. Es war unbestreitbar meine Tat, aber doch auch wiederum ein Zufall. Für den Aalmolch war der Tod ganz überraschend gekommen. Ich blieb noch ein paar Minuten dort hocken. Mir war, als existierten auf der Welt nur der Aalmolch und ich. Ich hatte sogar das Gefühl, ich wäre in den Aalmolch verwandelt. Mitleid erfaßte mich, und ich empfand gleichzeitig die Verlassenheit aller Kreaturen. Ich selbst war durch einen

Zufall am Leben geblieben, und der Aalmolch war durch einen anderen Zufall tot. Einsamkeit umfing mich.

Auf Wegen, auf denen schon die Dunkelheit lag, so daß ich gerade noch bis zu meinen Fußspitzen sehen konnte, kehrte ich in mein Quartier zurück. Weit in der Ferne sah ich am Stadtrand die ersten Lichter aufleuchten. Was mochte wohl aus der toten Wespe geworden sein? Der Regen hatte sie wahrscheinlich bereits unter die Erde gespült. Und wie mochte es der Ratte ergangen sein? Vielleicht war sie ins Meer hinausgetrieben worden, und die Wellen warfen eben jetzt ihren aufgedunsenen Körper zusammen mit allerlei Unrat an den Strand. Und ich, der ich mit dem Leben davongekommen war, ging hier so meines Weges. Als ich über all das nachsann, fand ich, daß ich meinem Schicksal dankbar sein müsse. In Wirklichkeit aber regte sich in mir kein Gefühl von Freude. Leben oder Totsein – das waren keine so entgegengesetzten Pole. Einen sehr großen Unterschied sah ich da gar nicht.

Nun war es doch schon ziemlich dunkel. Außer den Lichtern in der Ferne konnte ich überhaupt nichts mehr sehen. Unsicher stolperte ich weiter, da das Seh- und Gehvermögen sich nicht mehr ergänzten. All das lockte mich noch tiefer in derartige Gefühlszustände.

Drei Wochen verbrachte ich in Kinosaki, dann reiste ich ab. Das liegt nun schon mehr als drei Jahre zurück. Von der Rückenmarkskaries bin ich zum Glück verschont geblieben.

1917

Ein friedfertiges Ehepaar

1

Es war an einem stillen Abend spät im Herbst. Über den Weiher flogen schreiende Wildgänse. Die Frau saß unter der Lampe, die sie bis an den Rand des Eßtischchens zu sich herangezogen hatte, und nähte. Der Mann lag rücklings neben ihr und starrte verloren zur Decke. Lange Zeit schwiegen beide.

»Wie spät ist es jetzt?« fragte die Frau, über die Näharbeit gebeugt – die Uhr hing oben am Pfeiler.

»Dreiviertel zwölf.«

»Wir sollten schlafen gehen«, sagte sie, ohne den Kopf zu heben.

»Ein Weilchen noch«, entgegnete der Mann.

Dann sprachen sie wieder eine Weile nichts.

Weil ihr Mann sich so still verhielt, hob die Frau schließlich den Kopf und fragte, mit der Rechten die Naht glättend: »Was machst du denn da? Die Augen so weit aufgerissen ...«

»Ich denke nach.«

»Du denkst nach?«

Wieder schwiegen beide. Da die Arbeit fürs erste fertig war, schnitt die Frau den Faden ab, steckte die Nadel in das Nadelkissen und begann, die Sachen wegzuräumen.

»Hör mal! Ich verreise.«

»Was sagst du? Ach so, das war es also, worüber du die ganze Zeit nachgedacht hast?«

»Ganz recht.«

»Wieviel Tage willst du denn wegbleiben?«

»Zwei Wochen, vielleicht auch einen ganzen Monat.«

»So lange?«

»Allerdings. Von Westjapan fahre ich nach Kyushu und dann vielleicht bis nach Korea zum Geumgang-San-Berg.«

»Eine so lange Reise? Das gefällt mir nicht.«

»Darauf kann ich keine Rücksicht nehmen.«

»Mit der Reise könnte ich noch einverstanden sein – nur solltest du nicht wieder solche Dinge tun.«

»Versprechen möchte ich das nicht.«

»Dann bin ich eben dagegen. Die Reise an sich, das ginge noch an, aber ich soll hier einsam und allein zu Hause sitzen, während du zur gleichen Zeit irgendwo ...« Sie seufzte und stieß dann heftig hervor: »Manchmal reicht es mir!«

»Wie dumm du bist!« Der Mann warf seiner Frau einen giftigen Blick zu, den sie nicht gerade freundlich zurückgab.

»Wenn du unmißverständlich erklären würdest, dich nicht auf solche Geschichten einzulassen, würde ich es hinnehmen und zu Hause bleiben. Du wolltest ja schon seit langem verreisen. Ein bißchen verlassen werde ich mich zwar fühlen.«

»Ich sage doch nicht, daß ich mich in dieser Hinsicht mit festen Absichten trage. Vielleicht denke ich gar nicht daran. Wenn die Sache so steht, dann laß ich es wahrscheinlich. Ich werde mir alle Mühe geben, aber ganz sicher versprechen kann ich es nicht.«

»Siehst du! Ich sage es ja. Du bist ein ganz unmöglicher Mensch!«

Der Mann lachte auf.

»Erkläre klipp und klar, daß du es sein läßt!«

»Ich weiß es doch selber nicht.«

»Dann bin ich dagegen, daß du verreist.«

»Ich fahre trotzdem.«

Die Frau wiederholte noch einmal: »Wenn du mir versprechen würdest, derlei Dinge nicht zu tun, könnte ich beruhigt auf dich warten ... Warum sind die Männer bloß so?«

»Nicht alle sind so.«

»Alle, ausnahmslos. Das steht fest. Und du auch!«

»Das ist nicht wahr. Bis vor acht Jahren traf es auf mich nicht zu.«

»Und warum kannst du jetzt nicht anders?«

»Jetzt? Ich habe mich eben geändert. Ich bin auch heute nicht der Meinung, daß es völlig in Ordnung ist. Aber ich halte es auch nicht mehr für so schlimm wie früher.«

»Sehr schlimm ist es«, erwiderte aufgeregt die Frau. »Ganz furchtbar ist es für mich.«

In ihren Worten lag eine solche Kraft, daß der Mann aus seiner Trägheit aufschrak und sich ihren Gefühlen öffnete.

»Ja, ja, du hast sicher recht«, stimmte er ihr im Brustton tiefster Überzeugung zu.

»Wenn du mir schon recht gibst, dann könntest du ruhig ein klares Versprechen ablegen, diese Dinge zu unterlassen.«

»Wie? Moment mal! Ein Versprechen soll ich ablegen?«

»Du machst nur Ausflüchte. Es ist ja alles zwecklos.«

»Gut, dann fahre ich eben nicht.«

»Wieso denn?«

»Sag, was du willst, ich verzichte auf die Reise.«

»Das sollst du nicht. Du kannst verreisen. Ich habe nichts dagegen. Schließlich hast du ja gesagt, daß du es wahrscheinlich lassen wirst. Ich will nicht, daß du die Reise meinetwegen aufgibst. Fahr nur! Wenn du nach Westjapan willst, könntest du bei meiner Großmutter in Osaka bleiben. Ich werde sie bitten, ein Auge auf dich zu haben.«

»Ich reise nicht. Es macht mir keinen Spaß, bei deiner Großmutter zu übernachten. Und vor allem wollte ich mich nicht auf Westjapan beschränken.«

»Sei nicht böse! Fahr bitte! Wo du doch nun einmal den Entschluß gefaßt hast, hörst du?«

»Du bist unausstehlich! Ich habe mich bereits anders entschlossen.«

»Nach Akagi möchtest du nicht vielleicht? In dem Fall

würde ich mir keine Gedanken machen. Das bunte Herbstlaub wirst du zwar nicht mehr zu sehen bekommen.«

»Sei still! Hör endlich auf!«

»Jetzt bist du wohl ärgerlich?«

»Ich bin nicht ärgerlich.«

Die Frau glaubte dennoch, ihr Mann sei ärgerlich, und hielt aus Angst, er könnte noch wütender werden, wenn sie weiterredete, lieber den Mund. Dabei war ihr Mann überhaupt nicht ärgerlich. Er fand nur auf einmal, so eine Reise sei viel zu umständlich.

»Wie geht es eigentlich deiner Großmutter in Osaka? Hast du ihr in letzter Zeit mal geschrieben?«

»Heute morgen erst. Es ist das Übliche. Besondere Sorgen braucht man sich um sie nicht zu machen, denke ich.«

»Wie alt ist sie jetzt?«

»Vierundachtzig.«

Die Frau erhob sich, nahm den Nähkasten und den zusammengefalteten Stoff auf die Arme und ging ins Nebenzimmer. Gleich darauf kam sie mit dem Schlafkimono des Mannes zurück. Er stand auf und zog sich aus. Sie stellte sich hinter ihn und hielt ihm den Kimono. Dabei sagte sie: »Ich weiß nicht, ich werde mit der Zeit immer eifersüchtiger. Ich wundere mich noch nachträglich, wie ich es damals, als O-Sen zu uns nach Kyoto kam, fertiggebracht habe, einfach wegzufahren und dich allein zu lassen.«

»Die Reise in Seelenruhe anzutreten war das klügste, was du tun konntest. Als du weg warst, wußte ich gar nicht, worüber ich mich mit O-Sen unterhalten sollte. Es war mir sehr peinlich.«

»Jetzt könnte ich das auf keinen Fall mehr.«

»So unzuverlässig bin ich also in deinen Augen?«

»Das wollte ich damit nicht sagen.«

»Dann heißt es, daß die Gefahr von anderen ausgeht.«

»Das auch.«

»Reines Wunschdenken! Die Frauen mögen mich nicht allzusehr.«

»Aber man weiß doch vorher nie, ob sich auf einer Reise etwas abspielt.«

Die Züge des Mannes verrieten, daß er sich getroffen fühlte. »Wie dumm! Da liegt doch die Sache ganz anders.«

»Wieso?«

»Schweig! Schluß damit!«

2

Am nächsten Morgen traf ein Brief aus Osaka ein. Er war an den Mann gerichtet, der aber lag, da er ein Langschläfer war, noch im Bett.

Wenn ein Brief kam, von dem die Frau annahm, er sei auch für sie bestimmt, öffnete sie ihn meistens, selbst dann, wenn sie als Adressat namentlich nicht genannt war. Auch in diesem Fall tat sie es ohne Zögern.

Der Brief war von ihrer ältesten Schwester, die anderswo verheiratet war. Sie schrieb, daß es zur Zeit recht bedenklich um die Großmutter stehe. Die rate zwar mit Rücksicht auf deren Mann davon ab, die jüngste Enkelin herzurufen, aber aus ihren Augen spreche die Sehnsucht nach ihr. Die Großmutter sei um so mehr zu bedauern, als sie wegen ihrer traditionellen Denkweise ihre Wünsche nicht offen aussprechen könne. Falls es die Umstände erlaubten, möge ihr Mann ihr doch gestatten, zumindest für zwei, drei Tage herzukommen. Schließlich habe die Großmutter sie im Gegensatz zu den anderen Geschwistern von Kindesbeinen an fast allein großgezogen. Wenn die alte Frau nun für ewig die Augen schließen sollte, ohne sie gesehen zu haben, wäre das nicht nur für die Großmutter, sondern auch für sie, die jüngste Schwester, wie überhaupt für alle Geschwister äußerst bedauerlich. So ungefähr lautete der Brief.

Meine Schwester schreibt wieder so viel Überflüssiges, dachte sie bei sich, und da tropften aus ihren Augen schon große Tränen auf den Brief.

Im Schlafzimmer rief ihr Mann nach ihr. Sie ging ins Badezimmer, um sich die verweinten Augen ein wenig mit Wasser zu kühlen. Dann trat sie mit dem Brief und der Morgenzeitung in der Hand ins Schlafzimmer.

»Meiner Großmutter scheint es nicht gut zu gehen«, sagte sie und reichte Zeitung und Brief dem Mann, der auf dem Rücken lag, beide Arme auf der Zudecke.

Der Mann sah ihre geröteten Augen.

»Du kannst sofort fahren«, sagte er, als er den Brief gelesen hatte.

»Wirklich? Na ja, wenn ich schon fahre, dann wohl am besten gleich.«

»Der Meinung bin ich auch. Bereite alles vor, damit du noch heute abend den Eilzug nehmen kannst.«

»Ich packe rasch meine Sachen. Es ist in der Tat richtig, sofort zu fahren und bald zurückzukommen.«

»Du mußt nicht sofort wiederkommen. Du kannst dir Zeit nehmen, um dich richtig um deine Großmutter zu kümmern.«

»Sie wird mich bestimmt bald zur Heimreise drängen. Es war gut, wird sie sicher sagen, dich gesehen zu haben, und nun solle ich mich schleunigst wieder nach Hause begeben. Und ich selbst möchte ja auch nicht zu lange von hier wegbleiben.«

»Wenn sich ihr Zustand bessern sollte, dann komm rasch zurück. Andernfalls ist es angebracht, möglichst lange bei ihr zu bleiben. Du und deine Großmutter – ihr steht euch doch besonders nahe.«

»Du erlaubst es mir? Ich danke dir«, sagte die Frau, und ihr traten aufs neue die Tränen in die Augen.

»Du wirst dich ziemlich zusammennehmen und viel Willenskraft aufbringen müssen, um nicht vor ihr die Beherrschung zu verlieren.«

»Ich komme aber bald wieder. Mein eigenes Zuhause macht mir auch Sorgen.«

Obwohl der Mann wußte, daß sie damit nicht auf ihn angespielt hatte, entschlüpfte ihm doch die scherzhafte Entgegnung: »Ich werde mich auch anständig benehmen.«

»So war das nicht gemeint«, erwiderte die Frau und wischte sich lächelnd die Tränen ab. »Trotzdem bin ich sehr froh, daß du es ausgesprochen hast.«

Die Frau traf in Eile ihre Vorbereitungen und reiste ab.

Hin und wieder kamen Briefe von ihr. Die Großmutter litt an einem Emphysem, das sich durch eine verschleppte Erkältung gebildet hatte. Bei dieser Krankheit sammelt sich in den Lungen Schleim an, so daß die Atmungskapazität abnimmt und der Kranke durch Husten den Schleim abzusondern versucht. Die Großmutter hustete zwar viel, aber ohne jeden Auswurf, so daß sie schließlich keine Luft mehr bekam und große Qualen erdulden mußte. Man konnte es gar nicht mitansehen. Die Krankheit als solche war zwar nicht besonders gefährlich, aber die Großmutter verlor durch die Anstrengung zusehends an Kräften. Das machte der Frau, wie sie schrieb, große Sorgen. Aber sie brachte auch ihre Freude darüber zum Ausdruck, daß die alte Frau in ihrer Willensstärke der Krankheit Widerstand leistete, obwohl das andrerseits manchmal auch grausam anmutete.

Die Frau kam und kam nicht wieder. Der Zustand ihrer Großmutter, die sich wirklich einzig durch ihre Willenskraft aufrecht zu halten schien, verbesserte sich zwar nicht, wurde aber auch nicht schlimmer.

Vier Wochen nach der Abreise der Frau fuhr der Mann zu ihr. Um diese Zeit jedoch ging es mit der Kranken schon langsam bergauf. Ihre Willenskraft hatte schließlich den Sieg davongetragen. Der Mann hielt sich etwa zehn Tage dort auf, dann fuhr er mit seiner Frau zurück. Es war kurz vor Silvester.

Die Großmutter mußte noch weitere zwei Monate das Bett hüten. Anfang März jedoch erhielt das Ehepaar aus Osaka eine Postsendung, ein Geschenk anläßlich ihrer Genesung.

3

Es war am Vormittag eines heiteren Frühlingstages, der sich in seiner ganzen jungen Schönheit darbot. Der Mann war gerade dabei, im Hühnerstall für die Henne, die seit einigen Tagen auf ihrem Nest brütete, das Stroh zu wechseln, um ihr dann neue Eier unterzuschieben. Da hörte er plötzlich ein merkwürdiges Krächzen, wie wenn sich jemand erbricht. Es war Taki. Sie hielt den Kopf aus dem Fenster des Dienstmädchenzimmers und versuchte verzweifelt, sich zu übergeben. Da sie sich trotz größter Anstrengung nicht erbrechen konnte, spie sie nur Speichel aus.

Behutsam nahm er ein Ei nach dem anderen aus einer mit Reisspreu gefüllten Kuchenschachtel und tat sie in das Hühnernest. Dabei überlegte er, wo er solch ein Erbrechen schon einmal mitangehört hatte. Ihm fiel ein, daß sich die Pförtnersfrau im Haus seines Vaters manchmal in ähnlicher Weise gequält hatte. Als er damals seiner Mutter davon erzählte, vermutete sie, daß die Pförtnersfrau wohl ein Kind bekäme und es sich bei ihr sicherlich um ein Schwangerschaftserbrechen handele. Die Mutter hatte mit ihrer Vermutung recht gehabt.

Als er sich daran erinnerte, kam ihm der Gedanke, Taki könnte ebenfalls schwanger sein. Am nächsten Morgen vernahm er wieder das Krächzen und am übernächsten ebenfalls.

4

Der Mann dachte, daß, wenn Taki ein Kind erwarte, der Verdacht zuerst auf ihn fallen würde, denn er blickte schließlich auf keine tadelfreie Vergangenheit zurück. Außerdem hatte er nicht nur einmal, allerdings als er noch ledig war, ein Verhältnis mit einem Dienstmädchen gehabt. Deshalb müßte er sich als Heuchler vorkommen, wollte er Erstaunen oder Empörung äußern, falls seine Frau ihn verdächtigte. Er fand, eigentlich hätte er allen Grund, sich zu schämen.

Schon bei der Heirat war er sich in dieser Frage nicht ganz sicher gewesen. Das hatte er seiner Frau auch gesagt. Er könne nicht für sich garantieren, wenn er allein ins Ausland fahre oder ein, zwei Monate verreise. Seine Frau hatte ihm damals in dem Sinne geantwortet, sie würde ein solches Verhalten bis zu einem gewissen Grad akzeptieren.

Seitdem äußerte der Mann halb zum Spaß des öfteren, daß diese Gefahr in ihm lauere. Und bei anderer Gelegenheit tat er sogar so, als wäre es bereits geschehen, und schlug dabei, wenn auch unbewußt, einen boshaften Ton an, um sie zu treffen. Das war ein hinterhältiges Spiel. Es ging ihm darum, ein Geständnis abzulegen. Er sprach jedoch in einer Art, die den Zuhörer annehmen ließ, er hätte es darauf angelegt, ihn zu verletzen. Sobald der andere nämlich die Boshaftigkeit herausspürt, beginnt er das Gesagte mehr oder weniger in Zweifel zu ziehen. Der Mann tat das jedoch nicht vorsätzlich. Er verfiel ohne Absicht in diesen Ton. Und die Frau ihrerseits fürchtete sich vor einem rückhaltlosen Geständnis. Das gab sie selbst zu. Sie, die anfangs so getan hatte, als nehme sie es innerhalb bestimmter Grenzen hin, weigerte sich nun, sich damit abzufinden.

Falls es sich auf Grund einer ärztlichen Untersuchung herausstellen sollte, daß das mit Taki während der Abwesenheit der Frau passiert war, könnte die Sache noch peinlicher werden. Er könnte sich nur schwer wehren, wenn ein Verdacht auf ihn fiele. Und es ließ sich auch nicht behaupten, daß er keine solche Versuchung gespürt hätte, wenn es auch in Wirklichkeit nicht so weit gekommen war.

Er konnte Taki gut leiden. Während der Abwesenheit seiner Frau war es zum Beispiel ein paarmal geschehen, daß er auf dem engen Flur beinahe mit Taki zusammengeprallt wäre. Ein wenig verlegen waren sie im letzten Moment ausgewichen und aneinander vorbeigeschlüpft. In solchen Situationen spürte er, wie sein Blut pochend zum Herzen strömte. Ihn überkam eine seltsam wohlige Qual, eine Art Erregung, die ihm, wenn sie sein Herz durchdrang, die Röte ins Gesicht trieb. Das geschah urplötzlich. Zu einer moralischen Kritik sah er sich außerstande. So schnell, wie es gekommen war, verging es auch wieder. Es war durchaus noch im Rahmen des Zulässigen geblieben.

Allerdings lief es nicht immer so harmlos ab. Zum Beispiel kam Taki der Gewohnheit des Hauses gemäß ihm gute Nacht sagen, wenn er abends auf seinem Zimmer ein Buch las oder schon im Bett lag. Dann hatte er oft das Gefühl, daß es nicht ausreiche, einfach immer nur ein Ja zu brummen. Manchmal schlichen seine Gefühle Taki, die wieder auf den Flur hinaustrat, nach. Dann erteilte er ihr irgendeinen Auftrag. »Hol mir doch schnell die Feder aus dem Arbeitszimmer!« oder »Deck mir bitte eine Wolldecke über, ich friere!« Er war dann stets verlegen, weil ihm der Hintergedanken wegen seine Worte gekünstelt klangen. Hin und wieder schien es ihm, daß Taki ihn durchschaute. Er vermutete sogar, daß sie, obwohl sie ihn in Kenntnis seiner verborgenen Wünsche unheimlich fand, dabei ebenfalls ein Lustgefühl verspürte. So jedenfalls kam es ihm vor. Er glaubte, Taki werde in solchen Fällen von den gleichen Empfindungen heimgesucht wie er. Manchmal erhob sich in ihm die Frage, ob Taki eigentlich noch Jungfrau sei.

Nachdem seine Frau nach Osaka gefahren war, mußte Taki notwendigerweise mehr Arbeiten für ihn erledigen. Sie tat ihren Dienst gewissenhaft. Auch als sie, wie er annahm, seine Absichten erraten hatte, änderte sich nichts an ihrer Treue. Im Gegenteil, sie schien noch treuer geworden zu sein. Diese Treue ließ sich nicht als Entgegenkommen einer liederlichen Frau auslegen. Dennoch handelte es sich seiner Meinung nach bestimmt um eine Art Lasterhaftigkeit.

Während er solche Überlegungen anstellte, erinnerte er sich an die qualvoll wohligen Schauer, die ihn in solchen Momenten überrieselt hatten. Doch diese Empfindungen als Lasterhaftigkeit auszulegen war er nicht bereit. Im Grunde genommen handelte es sich in beiden Fällen um die gleichen Erregungen. Aber man konnte sie, wie er meinte, dennoch nicht auf eine Stufe stellen.

Taki zählte achtzehn Jahre. Sie war zwar ein wenig dunkelhäutig, aber in seinen Augen sah sie hübsch aus. Vor allem gefiel ihm der Klang ihrer Stimme. Ihre volle und weiche, für eine Frau verhältnismäßig tiefe Stimme wirkte beruhigend auf ihn.

Er war jedoch nicht geneigt, sich in Taki zu verlieben. Wäre er nicht verheiratet gewesen, hätte er es vielleicht getan. Der unbewußte Wunsch, die Harmonie des Ehelebens nicht zu stören, hielt ihn davon ab. Die Versuchung, die von Taki ausging, war nicht groß genug, diese Hemmung zu überwinden. Es war auch denkbar, daß er sich unbewußt befahl, nichts Derartiges zu empfinden. Er hielt das bis zu einem gewissen Grad für möglich.

5

Der Mann dachte, er müsse von sich aus auf die Sache zu sprechen kommen. Wenn er es sich recht überlegte, war seine Frau seit einigen Tagen irgendwie bedrückt. Ob sie von Schwangerschaftserbrechen etwas wußte, obwohl sie selbst kein Kind zur Welt gebracht hatte? Er würde es bedauern, wenn der Grund für ihre mangelnde Munterkeit in einem Verdacht läge. Und es wäre auch sehr schlimm, wenn Taki, wie es auf dem Lande oft passierte, zu unnatürlichen Mitteln greifen würde. Er überlegte, wer als Takis Geliebter in Frage käme. Ihm fiel beim besten Willen niemand ein. Er hoffte, es möge jemand sein, der einen möglichst guten Eindruck auf ihn und seine Frau machte. Eine leichte Eifersucht regte sich in ihm, die jedoch nicht stark genug war, ihm zuzusetzen.

Der Mann nahm an, daß seine Frau ihm weitgehend Glauben schenken würde. Sollte das nicht der Fall sein, könnte die Situation unangenehm werden. Er würde sich letztlich nicht einmal angemessen wehren können. Ernsthaft verteidigen kann man sich nur, wenn man sich zu Unrecht verdächtigt fühlt. Bei einem Verdacht, der ihn als Vater des Kindes in Betracht zog, würde es sich zwar um einen Irrtum handeln, betrat man aber das Feld seiner Gefühle, ließ sich das nicht mehr mit solcher Sicherheit behaupten.

Auf jeden Fall durfte die Sache nicht so weiterlaufen, sagte er sich und verließ das Arbeitszimmer.

Die Frau legte in einem Raum neben dem Wohnzimmer die Wäschestücke zusammen, die Taki vom Trockengestell genommen hatte: Unterkimonos, Handtücher und Laken. Dem Mann fiel auf, daß sie den Kopf nicht hob, als er das Zimmer betrat.

»Hör mal!« Es gelang ihm, sie in lockerem Ton anzusprechen.

»Was ist?« Ihre Stimme klang rauh. Sie blickte mit erloschenen Augen zu ihm auf.

»Warum machst du so ein betretenes Gesicht?«

»Ach, ist nichts weiter.«

»Es wäre schön, wenn das stimmte, aber ... Hast du übrigens bemerkt, daß Taki sich manchmal auf so merkwürdige Weise erbricht?«

»Allerdings.«

Der Mann glaubte bei dieser Antwort in ihren düsteren Augen ein Aufblitzen bemerkt zu haben.

»Was hast du nur?« fragte er.

»Ich habe ihr gesagt, sie soll sich ärztlich untersuchen lassen, aber sie geht einfach nicht.«

»Was fehlt ihr eigentlich?«

»Weiß ich nicht.« In den Zügen der Frau spiegelte sich leichter Mißmut. Sie senkte den Blick.

»Du weißt doch Bescheid«, bohrte der Mann weiter.

Die Frau hob nicht den Kopf. Sie gab auch keine Antwort.

Der Mann fuhr fort: »Wenn du es weißt, um so besser. Aber ich war es nicht.«

Die Frau blickte erschrocken zu ihm auf. Diesmal hatte er ohne Zweifel in ihren Augen ein Aufblitzen bemerkt. Während sein Blick auf ihr ruhte, begann ihre Brust zu wogen.

»Ein Mensch wie ich ist durchaus dazu imstande. Aber in diesem Fall ... Ich war es nicht.«

Die Frau sah ihrem Mann eine Weile unverwandt in die Augen, dann wandte sie den Blick ab und starrte ziellos und schweigend in die Ferne.

»Nun?« drängte der Mann.

Die Lippen der Frau zitterten, als sie schließlich hervorpreßte: »Ich danke dir.« Aus ihren weit geöffneten Augen rannen Tränen.

»Ist ja gut, ist ja gut. Das wäre also in Ordnung.« Er setzte sich und nahm seine Frau auf den Schoß. Sein Herz war voller Scham – obwohl er es ja wahrhaftig nicht getan hatte –, weil er ähnliche Wünsche gehegt hatte. Doch jetzt war nicht der Augenblick, das zu beichten.

»Wenn es so ist, bin ich sehr erleichtert. Warum hast du nur so lange mit dieser Erklärung zurückgehalten?« fragte die Frau unter Tränen.

»Du hast mich also doch verdächtigt?«

»Nein, ich habe dir vertraut, nur habe ich mich gefürchtet, dich zu fragen.«

»Siehst du! Du hast mich ganz bestimmt in Verdacht gehabt.«

»Nein, wirklich nicht. Ich habe mich auf dich verlassen.«

»Du lügst. Wenn du Vertrauen in mich gesetzt hast, so deshalb, weil du gehofft hattest, das könnte Einfluß auf die Wirklichkeit nehmen. Es war ja auch richtig so. Du bist eben doch eine kluge Frau. Ich hatte damit gerechnet, daß du mir Glauben schenken würdest. Wenn du mir jedoch mißtraut und mich verdächtigt hättest, hätte ich wehrlos dagestanden. Deshalb bin ich über dein Vertrauen sehr froh. Fängt man erst einmal mit dem Mißtrauen an, dann findet sich bei den vielen Möglichkeiten, jemandem zu mißtrauen, kein Ende. Wir hätten beide recht unerfreulichen Gedanken nachhängen müssen. Eine eindeutige Lüge möchte ich nicht in den Mund nehmen. Vielleicht werde ich aus Spaß oder, um dich zu ärgern, Dinge äußern, die einer Lüge sehr nahe kommen, aber eindeutig lügen, das tue ich nicht ...«

»Du brauchst dich nicht weiter zu rechtfertigen, ich habe verstanden«, schnitt die Frau ihrem Mann, von der ungewohnten Aufregung verwirrt, das Wort ab.

Der Mann lachte verlegen. »Und was soll nun werden?« fragte er nach kurzem Schweigen.

»Darüber brauchen wir jetzt nicht zu reden ... Wäre es nicht das beste, sie zusammenzugeben, vorausgesetzt, daß Taki den Mann mag?«

»Meinst du, daß das so einfach geht?«

»Ich habe doch eben erst gesagt, das hat Zeit ... Lassen wir das! Fremde Angelegenheiten sollen uns jetzt nicht kümmern.«

»Das sind keine fremden Angelegenheiten.«

»Ist schon gut ... Ich will nur nicht, daß du mir in Zukunft wieder solche Sorgen bereitest.« Die Frau heftete ihren feuchten Blick auf den Mann.

»Ja, ja. Gut, daß du jetzt Bescheid weißt. Solch eine unvernünftige Aufregung schadet dir nur.«

»Warum hast du es mir nicht früher gesagt? Du bist ein unmöglicher Mensch. Sich so über die Gefühle anderer hinwegzusetzen!«

»Hast du denn überhaupt ein Schwangerschaftserbrechen gekannt?«

»Wie sollte ich nicht! Vor Kiyoshis Geburt hatte meine Schwester ziemlich heftige Beschwerden.«

»Du hast also davon gewußt?«

»Das ist anzunehmen. Viel merkwürdiger ist, daß du darum gewußt hast. Du, als Mann!«

»Bei mir hat das seinen Grund.«

»Nun sagst du schon wieder so häßliche Sachen.«

»Wann hast du das mit Taki bemerkt?«

»Vor vier, fünf Tagen.«

»Und ich vorgestern. Da hast du aber die ganze Zeit über fein geschwiegen. Eben, weil du mich in Verdacht hattest.«

»Du hast es auch drei Tage lang für dich behalten.« Während sie das sagte, zitterte sie am ganzen Leib.

»Was ist mir dir?« Der Mann streckte die Hand aus und legte sie seiner Frau, die ihm gegenübersaß, auf die Schulter.

»Irgendwie hat mich ein merkwürdiges Zittern befallen. Es ist mir selbst peinlich«, sagte die Frau. Sie zog das Kinn an und versuchte, sich auf Brust und Schultern zu sehen.

»Das kommt von der Aufregung, du Dummerchen.«

»Was ist das nur? Es will gar nicht aufhören.«

»Du solltest ein wenig schlafen. Leg dich doch ein Weilchen hin!«

»Ich werde einen Schluck heißes Wasser trinken«, meinte die Frau, erhob sich und ging ins Teezimmer hinüber. Während sie eine Tasse aus dem Schrank nahm, sagte sie: »Wir wollen Taki helfen, soweit es geht.«

»Sicher. Das ist recht. Nimm du die Sache in die Hand! Und wenn du schon mit ihr sprechen willst, dann möglichst bald. Es wird wohl nichts passieren, aber bevor sie etwas unternimmt, was dann nicht mehr rückgängig zu machen ist ...«

»Ich stimme dir zu. Gleich morgen früh werde ich sie zum Arzt schicken. – Nanu, was ist das bloß! Das Zittern will sich nicht legen«, sagte sie verärgert und goß sich heißes Wasser aus dem Eisenkessel ein, der auf dem Feuerbecken stand. Als sie die Tasse an die Lippen führte, zitterte ihre Hand so sehr, daß es fast lächerlich wirkte.

1917

Ein Nachmittag im November

Südwind wehte, was im Spätherbst selten vorkommt. Der Kopf war mir merkwürdig schwer, und die Haut fühlte sich feucht an. Es war ein unbehaglicher Tag. Ich lag allein im Zimmer und blätterte in einem Reiseführer. Vorläufig hatte ich zwar keine festen Pläne, die bloße Vorstellung jedoch wirkte an einem solchen Tag wie ein Erfrischungsmittel. Ein kurzer Schlummer wäre mir recht gewesen. Da kam mein Cousin, der in Nedo wohnte, zu Besuch.

Ich stand auf und trat auf die Veranda. Mein Cousin wusch sich am Brunnen im Garten die Füße und sagte dabei: »Heute waren so viele Geschütze zu hören.«

»Von dorther, ja. Vielleicht aus der Gegend von Koganegahara.«

»Das Manöver hat demnach angefangen. Als ich gestern zum Bahnhof ging, standen dort eine Unmenge Pferde.«

Mein Cousin trocknete sich die Füße ab und kam herein. Wir gingen in das Zimmer mit den Stühlen. Als er den Reiseführer in meiner Hand sah, fragte er: »Du hast doch wohl nicht etwa irgendwelche rebellischen Pläne, da du in so was nachschlägst?«

Wir unterhielten uns über Reisen, zum Beispiel darüber, daß es interessanter sei, nicht die Eisenbahn zu benutzen, sondern ein Schiff, wenn man nach Kyushu wolle, etwa eins, das nach Australien fährt. Dann verglichen wir in dem Buch, was es mit der Bahn nach Nagasaki kostete und was mit dem Dampfer.

Ein paar Bienen umschwirrten uns mit dumpfem Summen. Jedes Jahr zur gleichen Zeit sammelten sich von der Kälte klammgewordene Bienen an der Decke des sonnigen Zimmers. Dieses Jahr hatte ich sie, sobald ich welche sah, mit der Fliegenklatsche totgeschlagen, da unser kleines Kind sie sonst womöglich mit bloßen Händen zu fangen versucht hätte. Auch jetzt schlug ich, während ich mit meinem Cousin sprach, nach ihnen und warf sie raus.

»Heut sind dreiundsiebzig Grad.«

»Dreiundsiebzig Grad? Was willst du damit sagen?«

»Dreiundsiebzig Grad jetzt ist doch heiß! Im Gebirge wäre das Hochsommer.«

»Und obendrein so schwül. Deshalb bin ich auch so durchgedreht«, sagte mein Cousin stirnrunzelnd. »Ich habe eben noch ein Mittagsschläfchen gehalten.« Er fuhr sich mit beiden Händen durch den schon etwas nachgewachsenen Igelschnitt.

»Wie wäre es nach so langer Zeit mal wieder mit einem Spaziergang?«

»Ist mir recht.«

»Wir könnten in Shibasaki eine Ente kaufen.«

»Warum nicht!«

Ich ließ mir von meiner Frau den Geldbeutel und ein Taschentuch geben. Sie fragte: »Was wird aus deiner Besorgung in der Stadt? Für heute abend ist die Ente wohl nicht?«

»Für heut abend nicht.«

Wir verließen den Garten und gingen auf den dahinter liegenden Berg zu. Der Himmel war im Norden drohend bewölkt. Durch die Felder gelangten wir auf den Nenokami-Weg, und nach einer Weile bogen wir, wieder durch die Felder, in Richtung Grundschule ab. In der Ferne sahen wir einen Kavallerietrupp den Bahnübergang der Narita-Linie überqueren. Alle trugen um die Mützen ein weißes Band.

Wenig später überquerten auch wir den Bahnübergang. Hinter uns kam eine weitere Abteilung, diesmal Infanterie. Sie war jedoch noch ziemlich weit entfernt. Wir schenkten ihr kaum Beachtung und setzten unseren Weg fort. Die Abteilung aber hatte uns mit überraschender Schnelligkeit schon bald darauf eingeholt.

»Sie setzen sicher dem Feind nach«, sagte mein Cousin.

Trotz der Schwüle trugen sie alle einen Mantel. Auf Grund eines Befehles durften sie wohl die Mäntel auch bei noch so großer Hitze nicht ausziehen. Nur ihre Mützen, ebenfalls mit einem weißen Band versehen, trugen sie in der Hand. Als sich jedoch der an der Spitze marschierende junge Offizier kurz umwandte und einen knappen Befehl erteilte, setzten sie alle die Mütze wieder auf. Schweißperlen rannen ihnen über das Gesicht wie bei Leuten, die eben aus dem Dampfbad kommen. In tiefes Schweigen gehüllt, eilten sie dahin. Ein seltsamer Gestank nach Schweiß und Leder zog mit ihnen an uns vorüber.

Bald hatte uns die zwölf bis dreizehn *ken* lange Abteilung überholt. Ein Soldat schleppte sich völlig erschöpft ein paar Schritt hinterher. Mein Cousin meinte: »Irgendwie passen ihm all die Sachen nicht. Es sollte doch möglich sein, beim Anpassen ein bißchen sorgfältiger zu sein.«

»Haben die etwa zwei Mäntel bei sich?«

»Das am Tornister sind wohl Decken«, erwiderte mein Cousin.

Die Soldaten verschwanden in der Ferne. Auf dem Weg lagen ungewöhnlich viel frische Pferdeäpfel. Wir unterhielten uns im Weitergehen über die Gewaltmärsche, die wir als Mittelschüler unternommen hatten.

Nachdem wir vom Bahnübergang der Joban-Linie aus einen sanft ansteigenden Hang hinaufgewandert waren, sahen wir drüben, in den Maulbeerplantagen verteilt, die Soldaten liegen. An einigen Stellen standen dicht zusammengedrängt Grüppchen von Bauern und sahen zu.

Dort, wo ein Pfahl einen kürzeren Weg zu dem Tempel Togenji anzeigte, der einer großen Nußeibe wegen berühmt war, bogen wir von der Chaussee ab. Links von uns ritten auf dem Feldweg in gemächlichem Trab sieben bis acht Kavalleristen in einer Reihe. Kurz darauf gingen wir den schmalen, matschigen Weg durch einen Bambushain hinunter und kamen bei unserem eigentlichen Ziel, dem Entenhändler, heraus.

Es gab jedoch keine einzige Ente, weil man, wie man uns mitteilte, gerade an dem Morgen nach Tokyo geliefert habe. Es seien lediglich noch Mandarinenenten da. Wir sahen sie uns an. Sie waren kein bißchen zahm. Zusammengekauert hockten sie in der Umzäunung, richteten ein Auge auf uns und schienen sehr verängstigt.

»Der Erpel ist noch jung. Wir haben sie einzeln gefangen. Das Weibchen ist nicht das Muttertier. Es verdrängt den Erpel«, meinte der Händler, wie um zu entschuldigen, daß die Ente mit dem Bauch platt auf dem Boden lag und, wenn überhaupt, auf unsicher wegrutschenden Beinen watschelte.

Da es in der Nachbarschaft Enten geben sollte, bat ich, uns eine zu besorgen. Während der Händler sie holen ging, schlenderten wir weiter bis zum Deich des Tone-Flusses. Das Wort Deich trifft eigentlich nicht ganz zu, denn das Flußbett war noch etwa ein *ri* entfernt. Dazwischen lag ein weites, von Binsen überwuchertes Sumpfgebiet.

Ein paarmal knallten Gewehrschüsse. In unserer Nähe erhob sich erschrecktes Entengeschnatter, und weiter weg stob ein Schwarm kleiner Enten auf. Das Schießen hielt an. Die aufgejagten Enten flogen höher und höher.

Auf dem Deich kamen uns in großer Eile an die zwanzig berittene Soldaten entgegen. Bald darauf hörten die Gewehrschüsse auf. Wir stiegen den Deich hinunter, um zurückzukehren.

Vor uns an der Kreuzung erkundigte sich ein Offizier, in der Hand eine Landkarte und in Begleitung mehrerer Soldaten, lauthals nach dem Weg. Von der anderen Seite des kleinen Reisfeldes her antwortete ihm genauso laut die alte Frau des Entenhändlers. Der Offizier und die Soldaten schritten rasch in die ihnen gewiesene Richtung.

Als wir an der Kreuzung anlangten, stießen wir auf den

Händler, der eine Ente mit blauem Hals an den Flügeln hielt. Beim Anblick der Ente mit ihren unschuldigen Augen und ihrem vorgestreckten Hals kam es mir schrecklich vor, sie jetzt, in einigen Minuten, zu töten. Ich wußte wohl, daß man es sich überlegen mußte, eine nicht gerade possierliche, von Menschen aufgefütterte Ente, die wir zum Schlachten gekauft hatten, zu Hause zu halten, beschloß jedoch, sie erst einmal lebend mitzunehmen.

Der Händler lief mit der Ente durch die Diele hinter das Haus. Einen Moment lang dachte ich, er wolle sie vielleicht schlachten. Das war mir zwar ein wenig zuwider, aber gleichzeitig empfand ich vage, daß, wenn er ihr den Garaus machte, es auch recht sei.

Da bemerkte mein Cousin: »Ob er ihr vielleicht den Hals umdrehen will?«

Da rief ich dem Mann laut nach: »He, he, nicht totmachen!«

»Wollen Sie sie so mitnehmen?« Der Händler kam in die Diele zurück, die Hände noch um den Hals der Ente.

Die Ente hielt still und gab keinen Laut von sich. Wir ließen sie in ein Tuch einschlagen und gingen fort.

Als wir wieder zu dem Pfahl kamen, der die Abkürzung zum Tempel anzeigte, sahen wir, daß vor dem Bauernhaus dort einige Armeepferde angebunden waren.

»Da liegt ein Soldat. Was mag ihm wohl passiert sein?« sagte mein Cousin und spähte zu dem Haus hinüber. Im Vorbeigehen konnten wir durch die Hecke einiges erkennen.

»Ob er sich ausruht? Er hat kein Band um die Mütze. Demnach müssen die von vorhin auf der Flucht gewesen sein«, sagte mein Cousin.

Wir kamen auf die Chaussee. Am Wegrand, etwa fünf *ken* vor uns, lag ein Soldat, den Oberkörper entblößt, mit dem Rücken an seinen Tornister gelehnt. Ein anderer kümmerte sich um ihn. Er legte ihm ein Taschentuch auf die Brust und goß ein paar Tropfen Wasser aus der Feldflasche darauf. Der Soldat schien nicht bei klarem Bewußtsein zu sein. Die

Augen hielt er geschlossen, sein Mund stand vor Erschöpfung offen. Sein Gesicht war rot und verschwitzt. Ich fühlte mich unangenehm berührt und hatte keine Lust, stehenzubleiben und mir das anzusehen.

Als wir den langsam abfallenden Hang hinunterstiegen, kam uns eine wohl zweihundert Mann starke Infanterie-Abteilung entgegen. Sie schritten in ziemlich scharfem Tempo aus. Auf halber Höhe der Kolonne fiel mein Blick auf einen Soldaten, der völlig erledigt war. Zwei Mann stützten ihn unter den Achseln und schleppten den total Erschöpften im Marschtempo der Abteilung mit. Der Soldat konnte die Augen nicht mehr aufhalten. Wie bei einem Betrunkenen wackelte sein Kopf, als schiene er nicht mehr fest auf den Schultern zu sitzen, bei jedem Schritt nach oben, nach rechts und links.

Noch ein solcher Soldat zog vorbei. Sein Gesicht war völlig leer. Es schien ihm so schlimm zu gehen, daß sich nicht einmal mehr ein Ausdruck seiner Qualen darin spiegelte. Auf dem Bahnübergang blieb er mit einem Fuß in der Schienenrille stecken und fiel, als hätte man ihn gestoßen, vornüber. Auch in den Armen der beiden, die ihn stützten, war keine Kraft mehr. Der gestürzte Soldat sagte kein Wort. Er blieb einfach liegen.

Die Abteilung wurde an dieser Stelle aus irgendeinem Grund in ihrem scharfen Tempo gehemmt, so daß sich von hinten her immer mehr Soldaten stauten.

»Nicht stehenbleiben!« rief laut der Offizier. Die Kolonne spaltete sich in zwei Reihen, wie Flußwasser sich an einem Felsen teilt. Die Augen der Soldaten richteten sich auf den Gestürzten. Aber sie schwiegen. Mit einem Blick auf ihn eilten sie alle stumm vorbei.

» Los, steh auf! Wirst du wohl aufstehen!« brüllte ein Gefreiter, der neben ihm stand. Einer versuchte, ihn am Arm hochzuziehen. Der Gefreite schrie pausenlos auf ihn ein. Der Soldat gab sich Mühe, aufzustehen. Er zog seinen bäuchlings hingestreckten Körper zusammen und hob die

Hüfte ein wenig an. Aber er besaß keine Kraft mehr. Sofort erschlaffte er wieder. Mehrmals wiederholte er diese Bewegung. Die in Theaterstücken umgebrachten Bösewichter vollführen im Liegen oft ähnliche Bewegungen, ging es mir mit flüchtigem Mißbehagen durch den Sinn. Der gestürzte Soldat war ein Einjährig-Freiwilliger. Verglichen mit den anderen Soldaten sah er klein und schwächlich aus.

»Es geht nicht. Nehmt ihm die Sachen ab!« befahl der Offizier. Die Frau des Bahnwärters füllte Wasser in einen Kübel und kam rasch herbei. Ich konnte es nicht mehr mitansehen. Mich überkam fast ein Wutanfall. Tränen traten mir in die Augen.

Mein Cousin, der hinter mir lief, erzählte: »Er soll nicht einschlafen, hat man ihm immerzu gesagt.«

Einige *ken* weiter sahen wir einen weiteren Soldaten am Boden liegen. Die Augen vor Mattigkeit halb geschlossen, versuchte er aufzustehen und weiterzumarschieren. Auch er sprach kein Wort.

»Laß nur sein, laß nur sein!« Ein Soldat, der bei ihm geblieben war, hinderte ihn am Aufstehen. Ein anderer schöpfte unten aus dem Reisfeld Wasser in die Feldflasche. Mein Cousin wies mich mit seltsamen Blicken darauf hin.

Zehn *ken* vor uns war wieder einer umgefallen. Ausnahmslos alle wirkten verstört und völlig apathisch.

Ein junger, nicht sehr großer Soldat kam uns entgegen. Auf seinen Tornister hatte er zwei weitere geladen, und über beide Schultern hing ihm ein Gewehr. Stumm marschierte er einher.

Bald darauf stießen wir erneut auf einen Soldaten, der zusammengebrochen war.

»Habt ihr ein bißchen Wasser für uns?« bat der Soldat, der seinem erschöpften Kameraden beistand, zu einem zufällig vorbeikommenden Trupp von vier Soldaten aufblikkend. »Wir haben beide keinen Tropfen mehr.«

»Ein Rest wird wohl noch drin sein«, meinte einer der vier, blieb stehen und hielt ihm seine Feldflasche hin.

Der Soldat träufelte seinem Kameraden, der mit geschlossenen Augen auf dem Rücken lag, eine kleine Menge Wasser in den Mund. Und nachdem er ihm fast wie bei einer Zeremonie einige Tropfen auf die Stirn und auf die mit einem Taschentuch bedeckte Brust geschüttet hatte, darauf achtend, daß er das wenige Wasser nicht ganz verbrauchte, gab er dem Soldaten, der abwartend dastand, die Feldflasche mit Dank zurück. Der Soldat nahm die Feldflasche entgegen und rannte seinen Kameraden nach.

Solche Szenen sahen wir noch mehrmals auf der weiteren Strecke.

Vor der Grundschule verabschiedete ich mich von meinem Cousin. Und in der Abenddämmerung eilte ich auf dem Feldweg nach Hause.

Als ich allein war, überkam mich wieder die Erregung. Ich hielt das, was wir da gesehen hatten, für viel zu rigoros. Früher oder später würde das wohl jedem klar werden. Auf jeden Fall war es zu rücksichtslos. Schuld daran, dachte ich, ist die totale Unwissenheit.

Ohne es gewahr zu werden, hatte ich mich verlaufen. Wo ich eigentlich hätte abbiegen müssen, war ich geradeaus gegangen. Ich lief bis zu der Abzweigung des Nenokami-Wegs zurück und von da aus heimwärts.

Zu Hause nahm ich sogleich die Ente aus dem Einschlagtuch. Sie hatte den Kopf unter die auf dem Rücken gekreuzten Flügel gesteckt. Ich setzte sie in einen Verschlag, in dem wir bis vor kurzem Tauben gehalten hatten. Aber die Ente war schon halbtot. Sie versuchte mit den Flügeln zu schlagen und auf der Erde herumzurennen, konnte jedoch den Kopf nicht mehr hochhalten. Das Laufen geriet nur zu einem hilflosen Zappeln. Ich nahm sie aus dem Verschlag und tat sie in den Teich. Aber sie konnte nicht mehr aufrecht schwimmen, kippte sofort um, so daß wir ihre weiße Bauchseite sahen, und paddelte wie wild. Abermals empfand ich Unbehagen.

»Sieh doch, Vater hat eine Ente gekauft, ein Entlein«,

sagte meine Frau, die mit unserer kleinen Tochter auf dem Arm aus dem Haus trat.

»Sieh nicht hin! Geh weg!« rief ich grundlos gereizt. Dann schickte ich unser Dienstmädchen mit der Ente zu dem Bauern nebenan, um sie töten zu lassen. Wir hatten jedoch keine Lust mehr, sie zu essen. Am nächsten Tag verschenkte ich sie.

1919

Der Gott des Lehrlings

1

Senkichi war Lehrling in einem Geschäft in Kanda, das Waagen verkaufte.

Es ging auf den Herbst zu. Milde, klare Sonnenstrahlen fielen friedvoll unter dem blauen, schon ziemlich ausgeblichenen Türvorhang hindurch in den Laden. Kein einziger Kunde war da. Der Prokurist, der hinter dem Kontorgitter saß und aus Langeweile eine Zigarette rauchte, meinte zu seinem jungen Kollegen, der am Kohlenbecken Zeitung las: »Du, Ko-san, jetzt wird es wohl bald wieder den fetten Thunfisch geben, den du so magst.«

»Wird wohl so sein.«

»Wie wär's denn heute abend? Nach Geschäftsschluß könnten wir doch essen gehen.«

»Können wir.«

»Um den Außengraben herum dauert's nur fünfzehn Minuten.«

»So ist es.«

»Wenn du dort mal Thunfisch gegessen hast, schmeckt dir hier keiner mehr.«

»Wird schon so sein.«

Senkichi, der Lehrling, der, beide Hände unter der Schürze, wohlerzogen in gebührendem Abstand von dem jungen Prokuristen saß, dachte, als er das hörte: Ach, das *sushi*-Restaurant meinen sie. In Kyobashi gab es auch ein Waagengeschäft. Da Senkichi manchmal als Bote dorthin geschickt wurde, wußte er genau, wo dieses *sushi*-Restaurant lag. Senkichi wünschte sich, möglichst bald selbst Prokurist zu werden, um sich als Feinschmecker aufspielen und nach Lust und Laune in einem solchen Haus ein und aus gehen zu können.

»Ko-san, man sagt, daß Yohees Sohn in der Nähe des Matsuya ein Restaurant eröffnet hat. Hast du auch davon gehört?«

»Mir ist nichts zu Ohren gekommen. Welches Matsuya meinst du denn?«

»Genaues weiß ich nicht. Sicher das an der Imagawa-Brücke.«

»Ach so. Und da gibt es so leckere Sachen?«

»Sagt man.«

»Und das Restaurant führt auch den Namen Yohee?«

»Nein. Wie heißt es gleich, wie heißt das Restaurant nur? Ich hab's gehört, hab's aber vergessen.«

Senkichi, der sich diese Unterhaltung anhörte, dachte: Es scheint mehrere so berühmte Restaurants zu geben ... Lekkere Sachen. Er überlegte, wie solche Sachen wohl schmekken mochten, und schluckte den Speichel, der sich in seinem Mund angesammelt hatte, vorsichtig hinunter, damit es keiner hörte.

2

Einige Tage später wurde Senkichi gegen Abend in jenes Geschäft nach Kyobashi geschickt. Bevor er losging, bekam er von dem Prokuristen das genau abgezählte Geld für die Hin- und Rückfahrt mit der Straßenbahn. Er fuhr um den Außengraben herum und stieg in Kajibashi aus. Absichtlich ging er an dem *sushi*-Restaurant vorbei. Sein Blick blieb an dem Türvorhang hängen, und er stellte sich vor, wie die Prokuristen mit einem Ruck den Vorhang auseinanderteilen und dort eintreten würden. Er hatte gerade ganz schönen Hunger. Seine Phantasie gaukelte ihm ein *sushi* mit einem fettgelben Thunfisch vor, und er dachte bei sich: Eines wenigstens möchte ich schon mal essen.

Von dem Geld für die Hin- und Rückfahrt hatte er bereits früher manchmal das Fahrgeld für eine Strecke eingesteckt und war zurück gelaufen. Auch diesmal klimperten die restlichen vier *sen* in seiner Brusttasche.

Vier *sen*, dafür könnte ich eines essen, sagte er sich. Aber nur eines kann man wohl schlecht verlangen. Resigniert ging er weiter.

Im Waagengeschäft war alles schnell erledigt. Man übergab ihm eine kleine, aber unerwartet schwere Pappschachtel mit winzigen Messinggewichten, worauf er das Geschäft wieder verließ. Er ging den Weg zurück, den er gekommen war. Es zog ihn einfach dorthin, und als er sich anschickte, an der Kreuzung zu dem *sushi*-Restaurant abzubiegen, entdeckte er plötzlich in der Querstraße auf der anderen Seite einen *sushi*-Stand mit dem gleichen Namen auf dem Vorhang. Unsicher steuerte er auf die andere Seite hinüber.

3

Dem jungen Senator A. hatte sein Kollege B. wiederholt beteuert, er verstünde nichts von *sushis*, wenn er sie nicht an einem Stand probiert hätte, wo man sie gleich vom Brett weg mit der Hand ißt. A. hatte sich vorgenommen, irgendwann einmal *sushis* im Stehen zu essen. Und er ließ sich einen Stand nennen, wo es sehr gut schmeckende geben sollte.

Eines Tages, kurz nach Sonnenuntergang, überquerte er, von der Ginza her kommend, die Brücke Kyobashi und ging zu dem *sushi*-Stand, den er sich hatte nennen lassen. Unter dem Vordach standen schon drei Kunden. Er zögerte einen Augenblick, doch dann bückte er sich kurz entschlossen und trat unter dem Vorhang hindurch erst einmal näher. Weil er sich nicht vordrängen wollte, blieb er hinter den dreien stehen.

Da schlängelte sich plötzlich ein dreizehn- bis vierzehnjähriger Junge, offenbar ein Lehrling, hindurch. Er stieß A. beiseite, stellte sich in die Lücke vor ihm und ließ seine Blicke geschwind über das halbe Dutzend *sushis* auf dem dicken Brett aus *keyaki*-Holz gleiten. »*Norimaki* haben Sie wohl nicht?«

»Heute leider nicht.« Der dicke Händler, der die *sushis* formte, sah den Lehrling prüfend an.

Der Lehrling schwankte einen Augenblick, streckte dann aber forsch, als wolle er zeigen, daß es nicht das erste Mal sei, die Hand aus und nahm sich mit Daumen und Zeigefinger einen Thunfisch-*sushi* von dem Brett. Im Vergleich zu der Selbstsicherheit, mit der er die Hand ausgestreckt hatte, zögerte er auffällig, als er sie zurückzog.

»Eins kostet sechs *sen*«, sagte der Händler.

Der Junge hätte das *sushi* beinah fallen lassen. Stumm legte er es auf das Brett zurück.

»Was soll das! Wieder hinzulegen, was man schon angefaßt hat.« Mit diesen Worten nahm der Händler das *sushi* an sich und legte ein neues, das er gerade geknetet hatte, hin.

Der Lehrling sagte nichts. Mit betretenem Gesicht stand er da. Aber dann raffte er sich auf und lief unter dem Vorhang hindurch weg.

So ist es, auch die *sushis* sind teurer geworden. Ein Lehrling kann sie sich beim besten Willen nicht leisten«, rechtfertigte sich der Händler ein wenig verlegen. Und als er ein neues fertig hatte, warf er sich mit der freien Hand das *sushi*, das der Lehrling angefaßt hatte, geschickt in den Mund und schluckte es rasch hinunter.

4

»Neulich war ich in dem *sushi*-Laden, den du mir empfohlen hast.«

»Und, wie war's?«

»Hat gut geschmeckt. Aber mal was anderes. Wenn man genau zusieht, haben alle so eine Art, sich die *sushi* mit einer Handbewegung, den Fisch nach unten, in den Mund zu werfen. So machen's wohl Kenner?«

»Thunfisch-*sushis* werden meist so gegessen.«

»Warum aber den Fisch nach unten?«

»Weil es auf der Zunge brennt, wenn der Fisch verdorben ist, und man es auf diese Art gleich merkt.«

»Wenn ich das so höre, kommen mir einige Zweifel an deinen Kenntnissen.« A. lachte auf. Daraufhin erzählte er von dem Lehrling. »Irgendwie tat er mir leid. Ich hätte gern was für ihn getan.«

»Warum hast du ihn nicht eingeladen? Er hätte sich bestimmt gefreut, wenn du ihm gesagt hättest, er solle nur essen, soviel er kann.«

»Der Lehrling hätte sich vielleicht gefreut, aber mir wäre der kalte Schweiß ausgebrochen.«

»Kalter Schweiß? So wenig Courage hast du also?«

»Ob man Courage dazu sagen kann, weiß ich nicht, jedenfalls habe ich mich einfach nicht getraut. Wenn ich ihm gleich nachgegangen wäre und ihn woandershin eingeladen hätte, das wäre vielleicht noch gegangen.«

»Ja, das mag sein«, stimmte B. zu.

5

A. hatte die Absicht, sich für sein Badezimmer eine kleine Personenwaage anzuschaffen, damit er das Heranwachsen seines Kindes, das noch den Kindergarten besuchte, festhalten konnte. Und zufällig suchte er eines Tages eben das Geschäft in Kanda auf, in dem Senkichi tätig war.

Senkichi wußte nichts von A, aber A. erkannte den Jungen wieder.

In dem Gang, der vom Geschäft nach hinten führte, standen auf dem zementierten Fußboden der Größe nach sieben bis acht Gepäckwaagen aufgereiht. A. wählte sich die kleinste aus. Er stellte sich vor, wie sich seine Frau und sein Kind über die hübsche Waage freuen würden, die genau so beschaffen war wie die auf den Bahnhöfen und bei den Speditionen, nur eben kleiner.

Der Prokurist nahm ein altmodisches Notizbuch zur Hand und fragte: »Wohin darf ich sie liefern?«

»Ja ...« A. überlegte, während er Senkichi betrachtete, einen Augenblick lang und meinte dann: »Hat der Lehrling jetzt Zeit?«

»Im Moment ja ...«

»Könnten Sie ihn mir dann vielleicht gleich mitschicken? Ich hab es eilig.«

»Wie Sie wünschen. Dann werden wir sie auf dem Handwagen festbinden, und er kann gleich mitgehen.«

A. hatte die Absicht, den Lehrling, den er neulich nicht bewirtet hatte, irgendwohin einzuladen.

»Wenn Sie nun noch Ihren Namen und Ihre Adresse hier aufschreiben könnten?« bat der Prokurist, als A. bezahlte, und zog ein zweites Notizbuch hervor.

A. war einen Augenblick lang verwirrt. Er hatte nicht gewußt, daß es beim Kauf einer Waage üblich war, neben der Nummer der Waage auch die Adresse des Käufers einzutragen. Auch diesmal wäre ihm wieder der kalte Schweiß ausgebrochen, hätte er den Lehrling eingeladen, nachdem er sich zu erkennen gegeben hatte. Das war nun einmal so. Er überlegte kurz und schrieb dann irgendeine Adresse hin.

6

A. nahm Rücksicht und lief langsam. In einem Abstand von zwei bis drei *ken* folgte ihm Senkichi mit dem Handwagen und der Waage darauf.

Vor einer Riksha-Station ließ A. den Jungen halten und ging hinein.

Kurz darauf war alles geklärt, und die Waage wurde auf eine Riksha umgeladen.

»Also, wie gesagt. Und das Geld bekommen Sie dort. Das steht auch auf der Visitenkarte.« Mit diesen Worten trat A. aus der Station. Dann wandte er sich Senkichi zu und sagte:

»Auch dir schönen Dank! Ich möchte dir gern irgend etwas anbieten. Wir gehen noch ein Stück zusammen!«

Das hörte sich zwar sehr schön an, kam Senkichi jedoch nicht ganz geheuer vor. Auf jeden Fall freute er sich. Er verbeugte sich mehrmals tief. An einem Nudel-, *sushi-* und Hühnerhändler gingen sie vorüber.

Wohin will er wohl mit mir? fragte sich Senkichi ein wenig beklommen. Am Bahnhof Kanda gingen sie unter der Hochbahn hindurch und kamen beim Matsuya heraus. Nachdem sie dann die Straßenbahn überquert hatten, gelangten sie in eine Querstraße, und da machte A. vor einem kleinen *sushi*-Restaurant halt.

»Warte einen Augenblick!« sagte er und ging allein hinein. Senkichi legte die Deichsel des Handwagens ab und wartete.

Bald darauf erschien A. wieder, gefolgt von der jungen Wirtin des Restaurants.

»Komm herein, Lehrling!« rief sie.

»Ich gehe schon. Iß recht viel!« sagte A. und lief eiligen Schrittes, als sei er auf der Flucht, zur Hauptstraße hin.

Senkichi aß für drei Personen. Er schlang alles hinunter wie ein ausgehungerter Hund, der unversehens einige Bissen bekommen hat. Da außer ihm keine Gäste da waren und die Wirtin extra seinetwegen die *Shoji* zugeschoben hatte, konnte sich Senkichi ungehemmt den Bauch vollschlagen.

Als die Wirtin, während sie ihm Tee nachgoß, fragte, ob er noch mehr haben wolle, wurde Senkichi rot und schlug die Augen nieder. »Nein danke«, sagte er. Dann brach er eilig auf.

»Also, du kannst ruhig wiederkommen. Er hat mir nämlich sehr viel Geld dagelassen.«

Senkichi schwieg.

»Bist du schon lange mit dem Herrn bekannt?«

»Nein.«

»Soo?« sagte sie und tauschte mit ihrem Mann, der eben hinzugetreten war, einen Blick. »Er ist ein taktvoller Herr. Du mußt unbedingt wiederkommen, sonst wär es uns peinlich.«

Senkichi zog sich die *geta* an und verbeugte sich dabei immerzu.

7

Als A. die Hauptstraße erreicht hatte, rief er ein gerade vorbeikommendes Taxi heran, stieg ein und fuhr unverzüglich zu B.

A. kam sich merkwürdig verloren vor. Sein Mitleid mit dem Lehrling, als er ihn neulich in der bedauernswerten Lage gesehen hatte, war ehrlich gewesen. Nun hatte er heute durch Zufall die Gelegenheit gehabt, seine Absicht, etwas für ihn zu tun, zu verwirklichen. Sowohl der Lehrling als auch er selbst hätten eigentlich zufrieden sein müssen. Jemandem eine Freude zu bereiten ist doch nichts Schlechtes. Und ebenso natürlich ist es, selbst irgendeine Art von Freude zu empfinden. Indessen – was sollte das nur, dieses seltsam unangenehme Gefühl. Warum war er traurig? Woher kam diese Stimmung? Seine Empfindungen ähnelten denen, die man nach einer heimlich begangenen schlechten Tat hat.

Vielleicht lag es daran, daß das Bewußtsein, etwas Gutes getan zu haben, von seinem ehrlichen Herzen kritisiert, entlarvt und verspottet wurde. Vielleicht hatte das bei ihm jenes Gefühl von Schwermut hervorgerufen. Er sollte dieser Einladung nicht ein so großes Gewicht beimessen, dann wäre womöglich alles ganz bedeutungslos. Aber ungewollt beschäftigte ihn das alles doch sehr. Jedenfalls hatte er nichts getan, dessen er sich schämen müßte. Ein ungutes Gefühl brauchte er nicht zu haben, sagte er sich.

Da er sich für diesen Tag angekündigt hatte, erwartete B. ihn bereits. Und abends fuhren sie gemeinsam mit dem Wagen ins Konzert der Frau Y.

A. kam erst spät nach Hause. Seine unerklärliche Melancholie war nach der Begegnung mit B. und dem eindrucksvollen Solovortrag der Frau Y. fast verschwunden.

»Ich danke dir für das Geschenk.« Wie er vermutet hatte, freute sich seine Frau über die zierliche Waage. Das Kind schlief zwar schon, aber seine Frau erzählte ihm, daß es ganz glücklich gewesen sei.

»Übrigens hab ich den Lehrling wiedergetroffen, weißt du, den ich neulich beim *sushi*-Stand gesehen habe.«

»Tatsächlich? Wo denn?«

»Er ist Lehrling in dem Waagengeschäft.«

»Was für ein Zufall!«

A. erzählte, daß er den Lehrling mit *sushis* bewirtet hätte, und berichtete auch von dem Gefühl merkwürdiger Verlorenheit, das ihn danach befallen habe.

»Warum denn? Warum deswegen traurig sein?«

Die gutherzige Frau zog sorgenvoll die Augenbrauen zusammen. Sie schien einen Moment in Gedanken versunken. Dann sagte sie plötzlich: »Doch, ich verstehe dich. So etwas gibt es. Ich glaube, ich hab das auch schon erlebt.«

»Wirklich?«

»Ja, so etwas gibt es tatsächlich. Was hat denn B. dazu gesagt?«

»B. habe ich nichts von dem Zusammentreffen mit dem Lehrling erzählt.«

»Ach so! Aber der Lehrling hat sich bestimmt sehr gefreut. Über eine so unerwartete Einladung freut sich wohl jeder. Ich jedenfalls hätte sie angenommen. Kann man dort auch telefonisch *sushi* bestellen?«

Senkichi kam mit dem leeren Wagen zurück. Er war rundum satt. Zwar hatte er sich auch früher schon mehrmals satt essen können, aber er konnte sich nicht erinnern, daß es je so gut geschmeckt hätte. Plötzlich fiel ihm ein, wie er sich neulich an dem *sushi*-Stand in Kyobashi blamiert hatte. Alles stand ihm wieder deutlich vor Augen. Erst da ging ihm ein Licht auf. Er meinte, daß die heutige Bewirtung irgendwie mit seiner Blamage zusammenhängen könnte. Vielleicht ist er dabeigewesen, dachte er. So könnte es gewesen sein. Aber wie hatte er ihn aufzufinden gewußt? Das fand er reichlich merkwürdig. Wenn er es sich recht überlegte, so war auch das Restaurant, in das der Mann ihn heute eingeladen hatte, dasselbe, über das sich die Prokuristen neulich unterhalten hatten. Wieso eigentlich wußte der Kunde sogar von diesem Gespräch?

Senkichi fand das alles höchst merkwürdig. Es ging ihm nicht in den Kopf, daß A. und B. sich genauso über ihren *sushi*-Händler hatten unterhalten können wie die Prokuristen. In ihm setzte sich die Idee fest, es müsse so sein, daß der Kunde das Gespräch der Prokuristen mitangehört und ihn deswegen heute eingeladen hatte. Andernfalls, dachte er, wäre es unverständlich, daß sie, obwohl auf ihrem Weg einige *sushi*-Läden gelegen hatten, an ihnen vorbeigegangen waren.

Jedenfalls kam es ihm allmählich so vor, als wäre der Kunde kein gewöhnlicher Mensch. Er hatte ihn deshalb so reichlich bewirtet, weil er sowohl von seiner Blamage an dem *sushi*-Stand wie auch von dem Gespräch der Prokuristen gewußt hatte, vor allem aber, weil er ihm tief ins Herz zu schauen vermochte. Das überstieg nach seiner Vorstellung das menschliche Vermögen. Vielleicht war er eine Gottheit? Wenn nicht, so zumindest ein Heiliger? Vielleicht der *inari*-Gott?

Ihm fiel dieser Gott ein, weil er eine Tante hatte, die

durch den *Inari*-Glauben zeitweilig dem Wahnsinn verfallen war. Sie machte merkwürdige Prophezeiungen und sah, was an anderen, weit entfernten Orten geschah, wobei ihr vom *inari*-Gott besessener Körper zitterte und bebte. Er hatte das einmal miterlebt. Für einen *inari*-Gott jedoch war der Kunde zu modisch gekleidet gewesen. Das paßte nicht gut zusammen. Auf jeden Fall verstärkte sich sein Eindruck immer mehr, daß es sich um ein übernatürliches Wesen gehandelt haben mußte.

9

Das Gefühl merkwürdiger Verlorenheit, das A. empfunden hatte, verschwand mit der Zeit, ohne eine Spur zu hinterlassen. Aber irgendwie brachte er es nicht fertig, an dem Waagengeschäft in Kanda vorbeizugehen. Es wäre ihm peinlich gewesen. Nicht nur das, er spürte auch kein Verlangen, dieses *sushi*-Restaurant wieder aufzusuchen.

»Ist doch gut so. Dann lassen wir uns eben *sushi* bringen. Auf diese Weise können wir alle welche essen«, sagte lachend seine Frau.

»Ein schüchterner Mensch wie ich sollte wirklich nicht so unbesonnen handeln«, erwiderte A. ernst.

10

Dem Jungen ging »sein Kunde« nicht aus dem Sinn. Er fragte sich nun kaum noch, ob es sich um einen Menschen oder um ein übernatürliches Wesen gehandelt hatte, er war ihm einfach nur dankbar. Obwohl ihn die Wirtsleute so eindringlich dazu aufgefordert hatten, verspürte er keine Lust, noch einmal dorthin zu gehen. Es wäre ihm schrecklich gewesen, so unverschämt zu sein.

Wenn er traurig war oder Kummer hatte, dachte er an

»seinen Kunden«. Nur an ihn zu denken war ihm schon ein Trost. Er war überzeugt, »sein Kunde« würde irgendwann einmal wieder segenbringend vor ihm auftauchen …

Hier legt der Verfasser die Feder aus der Hand. Eigentlich wollte er noch schreiben, daß sich der Lehrling, da es ihn übermächtig verlangte, das wahre Wesen »seines Kunden« aufzuspüren, von dem Prokuristen dessen Name und Adresse geben ließ. Und der Lehrling sollte auch wirklich hingehen. Indessen hätte er unter dieser Adresse zu seinem Schrecken keine menschliche Wohnung, sondern einen kleinen Schrein des *inari*-Gottes gefunden. – So sollte eigentlich diese Geschichte enden. Aber dann schien dem Verfasser ein solcher Schluß dem Lehrling gegenüber doch ein wenig zu grausam. Deshalb beendet er die Geschichte schon etwas früher.

1920

Lagerfeuer

Es hatte an diesem Tag seit dem frühen Morgen geregnet. Bis in den Nachmittag hinein hatten wir, meine Frau und ich, mit dem Maler S. und dem Wirt K. Karten gespielt. Das Zimmer war voller Tabaksqualm, und wir waren alle ein wenig erschöpft. Das Kartenspielen war uns über geworden, und vom Gebäck hatten wir auch zuviel gegessen. Es war gegen drei Uhr.

Einer erhob sich und öffnete die Fenster. Es hatte aufgehört zu regnen, und die angenehm kühle Bergluft strömte, nach frischem Grün duftend, herein. Tabakschwaden hingen verloren im Raum. Wir blickten uns an wie neu belebt.

K., der Wirt, der sich erhoben hatte und, beide Hände tief in die Hosentaschen vergraben, zaudernd dastand, meinte: »Ich werd ein bißchen an der Hütte weiterarbeiten.«

»Und ich werd dann wohl malen gehen«, sagte der Maler S.

Beide verließen den Raum.

Ich setzte mich ans Erkerfenster und sah zu, wie sich die weißen Wolken langsam verzogen und allmählich einem blaßgrünen Himmel Platz machten. Da erblickte ich S. mit dem Malkasten über der Schulter und K., der sich nur rasch eine Joppe übergeworfen hatte. In ein Gespräch vertieft, stiegen sie zur Hütte hinauf. Vor der Hütte machten sie halt und sprachen noch eine Weile miteinander, dann ging S. allein in den Wald hinein.

Ich legte mich hin, um ein Buch zu lesen. Als mir auch

das Lesen über war, fragte meine Frau, die neben mir saß und nähte: »Hättest du nicht Lust, mit mir zur Hütte zu gehen?«

Die Hütte, das war eine kleine Holzbaracke, die der junge Wirt K. und der alte Köhler Haru für uns bauten, damit wir in Bälde dorthin übersiedeln könnten.

K. und der Köhler waren gerade beim Bau der Toilette, als wir ankamen.

»Ist recht hübsch geworden«, meinte K. Ich half mit. Auch meine Frau packte hin und wieder zu. Eine halbe Stunde später kam S., durch das feuchte Vorjahrslaub stapfend, aus dem Wald zurück.

»Das sieht ja gut aus! Mit diesem Anbau wirkt es fast wie ein richtiges Haus«, lobte er die Art, wie man die Toilette angebaut hatte.

»Die Toilette hat uns viel Kopfzerbrechen bereitet. Aber gerade dadurch ist das Haus so schön geworden«, sagte K. mit strahlendem Gesicht. Ich hatte alles, was mit der Hütte zusammenhing, K. überlassen. Ihn interessierte das Bauen. Er dachte nicht nur an das Zweckdienliche, ihm war auch darum zu tun, das Haus möglichst wohnlich zu gestalten, weshalb er viel Wert auf die Formgebung legte und auf die Auswahl des Materials.

Ein Ziegenmelker meldete sich. Es klang, als schlügen harte Holzstücke heftig aufeinander. Da es dunkel wurde, machten wir Schluß mit der Arbeit. Der Köhler meinte, während er in der hohlen Hand seine Pfeife neu anzündete: »Jetzt kommen die Kühe und Pferde bis hier herauf. Wir müssen schnell einen Zaun errichten.«

»Das ist wohl wahr! Wäre ja eine schöne Bescherung, wenn uns die halbfertige Hütte aufgefressen würde«, erwiderte K.. Wir lachten bei der Vorstellung, die Hütte könnte aufgefressen werden. Da es hier in den Bergen keinen Lehm für die Wände gab, bestanden auch sämtliche Wände unseres Gasthauses aus Holz. Für unsere Wände ließen wir uns ein Flechtwerk anfertigen in der Art, wie man Holzkohlensäcke flicht, nur viel größer, und zwischen das zweischichtige Flechtwerk wurden Strohmatten geschoben.

»Für Kühe und Pferde ist diese Hütte nämlich ein Leckerbissen«, meinte Haru mit ernstem Gesicht. Alle lachten. Wenn der Abend einfiel, war es in den Bergen immer angenehm. Besonders schön war es nach einem Regen. Und wenn man nach der Arbeit eine Weile verschnaufte und auf sein Tagewerk zurückschaute, zog in die Brust eine leise Freude ein und alle waren heiteren Herzens.

Auch am Tag zuvor hatte es bis zum Nachmittag geregnet. Die Abenddämmerung war ungewöhnlich schön gewesen. Der große Regenbogen, der sich vom Torii-Paß bis hin zum Gipfel des Kurobi spannte, sah aus wie gemalt. Wir hatten uns eine Zeitlang in der Nähe der Hütte vergnügt. Zum Spaß waren wir auf die hohen japanischen Eichen rings um die Hütte geklettert. Jemand rief, von dort oben sei der Regenbogen besonders gut zu sehen. Daraufhin wollte auch meine Frau auf einen der Bäume klettern. K. und ich zogen sie gemeinsam hinauf.

Meine Frau, K. und ich saßen auf demselben Baum. S. war auf den Baum nebenan gestiegen. S. und K. kletterten um die Wette bis in eine Höhe von fünf bis sechs *ken*, weil jeder von ihnen am höchsten sitzen wollte.

»Wie auf einem Schaukelstuhl«, meinte K. Er saß, den Oberkörper weit zurückgelehnt, hoch oben in einer bequemen Astgabel, rauchte eine Zigarette und schaukelte demonstrativ auf seinem Ast wie auf Meereswellen.

Ichiya, ein schwachsinniger Junge mit einem viel zu großen Kopf, kam uns zum Abendessen holen. Er trug K.'s zweites Kind auf dem Rücken. Als wir dann von den Bäumen herunterstiegen, war es unten bereits so dunkel, daß wir den Kamm, der meiner Frau vom Baum heruntergefallen war, ohne Licht nicht mehr suchen konnten.

In Erinnerung an diesen Spaß schlug ich für heute abend eine Bootspartie vor. Alle waren einverstanden.

Nachdem wir Abendbrot gegessen hatten, kamen wir vier

unten an der großen Feuerstelle wieder zusammen. K. war gerade dabei, mit dem Wasser aus dem großen Teekessel, das in der Feuergrube kochte, die Kondensmilch für das Baby zu verdünnen. Er schaffte dann aus dem Eiskeller ein dickes Eichenbrett herbei. Und zu viert schritten wir durch das dunkle, von hohen Tannen bestandene Schreingelände. Als wir an der Tempeltanzbühne vorbeikamen, forderte K. den Mann, der dort Weihzettel verkaufte, auf: »Kommen Sie doch nachher in unser Gasthaus baden!« Zwischen den dikken Tannenbäumen sahen wir silbern den See glitzern.

Das Boot lag zur Hälfte auf dem sandigen Strand. Während K. das Regenwasser aus dem Boot schöpfte, standen wir drei anderen auf dem feuchten, dunklen Sand herum.

K. legte das dicke Brett, das er mitgebracht hatte, auf den Bootsrand und forderte uns auf, einzusteigen. Zuerst ließen wir meine Frau einsteigen. Dann schoben wir das Boot ins Wasser.

Es war ein stiller Abend. Im Westen lag der Himmel noch im Nachglanz der scheidenden Sonne. Die Berge ringsum aber waren dunkel wie der Rücken eines Bergmolchs.

»Der Kurobi sieht so niedrig aus, finden Sie nicht auch?« meinte S. vom Bug her zu K.

»Abends sehen die Berge immer niedrig aus«, erwiderte K., der am Heck saß und geräuschlos das kurze Ruder bewegte.

»Da macht jemand ein Feuer«, sagte meine Frau. Es blinkte von einer Stelle des anderen Ufers her, die von der Insel Kotorijima noch nicht verdeckt war. Durch die Spiegelung im stillen Wasser sahen wir das Feuer doppelt.

»Um diese Jahreszeit ist das allerdings merkwürdig«, meinte K. »Vielleicht hat da ein Farnknospensammler sein Lager aufgeschlagen. Kann sein, daß er in dem alten Holzkohlenmeiler schläft, der dort steht. Wollen wir hinrudern?«

K. griff kräftig ins Ruder, um die Bugrichtung zu ändern. Leise glitt das Boot über das Wasser. K. erzählte uns allerlei Geschichten, zum Beispiel, wie er einmal zu seinem Erschrecken im See auf eine Schlange gestoßen war, als er von der Insel Kotorijima zum Schrein hinüberschwamm.

Das Feuer brannte, wie K. vermutet hatte, vor der Meileröffnung. »Ob da wirklich einer drin ist?« wandte S. sich fragend an K.

»Bestimmt ist einer drin. Falls keiner da sein sollte, müßten wir das Feuer ausmachen. Wollen wir an Land gehen?«

»Ich möchte gern an Land gehen«, sagte meine Frau.

Wir gelangten ans Ufer.

Als erster sprang S. mit dem Seil heraus und zog den Bug des Bootes zwischen den Steinen hindurch ans Ufer. Dann hockte er sich vor den Meiler und spähte lange und angespannt hinein. »Er schläft.«

Da es kühl war, kam uns das Feuer sehr gelegen.

S. hob einen Zweig von der Erde auf und stocherte damit in der Glut herum, um seine Zigarette anzuzünden.

Aus dem Meiler war ein Rascheln und Stöhnen zu hören.

»Da drinnen zu schlafen, muß aber warm sein«, sagte S.

K. schichtete herumliegende Zweige auf das Feuer und meinte dabei: »Irgendwann geht das Feuer doch aus. Wenn man einschläft, friert man gegen Morgen bestimmt ganz schön.«

»Erstickt man nicht so dicht am Feuer?«

»Wenn im Meiler selbst kein Feuer brennt, nicht. Eher kann es passieren, daß so ein Meiler, wenn er zu alt ist, einstürzt. Besonders gefährlich ist es nach einem Regen.«

»Da bekommt man ja Angst. Sie müssen es ihm sagen!« Auch S. meinte zu K.: »Wirklich, Sie sollten ihn darauf aufmerksam machen.«

»Das brauche ich wohl nicht extra zu tun«, erwiderte K. lachend. »Er hört doch alles, so laut, wie wir hier reden.«

Im Meiler raschelte es wieder, es klang wie von trockenen Blättern. Wir lachten alle gleichzeitig.

»Wir sollten gehen«, mahnte ängstlich meine Frau. Als wir unser Boot erreicht hatten, sagte S., der als erster eingestiegen war: »Jetzt werde ich rudern.«

Zwischen der Insel Kotorijima und dem Ufer herrschte ungewöhnliche Stille. Der klare, sternenübersäte Himmel spiegelte sich, wenn man sich über den Bordrand beugte, in seiner ganzen Pracht in der Wasserfläche unter uns.

»Wollen wir uns auch ein Feuer machen?« fragte K.

S. pfiff, wie es seine Angewohnheit war, beim Rudern die Donauwellen.

»Also dann, wo wollen wir anlegen?« erkundigte sich S. bei K. K. wandte sich zu ihm um und antwortete: »Die Gegend hier ist gerade richtig.« Daraufhin schwiegen wir alle eine Weile ohne ersichtlichen Grund. Geräuschlos glitt das Boot dahin.

»Könntest du so eine Strecke bis zum Ufer schwimmen?« fragte ich meine Frau.

»Ich weiß nicht, vielleicht würde ich es schaffen.«

»Können Sie denn schwimmen?« fragte K. mit einem Ausdruck von Erstaunen.

»Ab wann kann man hier baden?« fragte ich K.

»An wärmeren Tagen auch jetzt schon. Voriges Jahr habe ich um diese Zeit bereits gebadet.«

»Es scheint noch ein bißchen kalt zu sein«, sagte ich und tauchte meine Hand probeweise ins Wasser.

»Als ich einmal wegen der bunten Herbstwälder am Ashinoko-See war, bin ich frühmorgens noch im See geschwommen, und ich fand es nicht so schlimm. Ich habe sogar schon einmal Anfang April im Ashinoko-See gebadet.«

»Früher warst du ja auch ein Mordsbursche!« Das war eine spöttische Anspielung meiner Frau darauf, daß ich so leicht friere.

»Ist es hier recht?«

»O ja, bitte!«

S. tat einige kräftige Ruderschläge, und der Bug stieß knirschend auf Sand.

Wir kletterten alle an Land.

»Kann man denn auf so nassem Boden ein Feuer machen?«

»Mit Birkenrinde. Sie ist ölhaltig und brennt deshalb leicht, auch wenn sie naß ist. Ich werde Holz lesen. Sammeln Sie recht viel Birkenrinde!«

Wir gingen in den dunklen Wald, in dem Farnkraut, Ginster und Aralien wucherten. Jeder von uns suchte für sich allein. Wo K. und S. waren, sahen wir an ihren Zigaretten, die rot aufglühten, wenn sie einen Zug machten.

Ich zerrte an einer alten, abblätternden Birkenrinde, die an einem Stamm herunterhing. Immer, wenn K. einen dürren Ast abbrach, hörte man in der Stille des Waldes ein Knacken.

Sobald wir beide Arme vollhatten, trugen wir die Rinde auf den sandigen Strand. Der Haufen war schon ziemlich groß.

Plötzlich kam K. angstvoll aus dem Wald gerannt.

»Was ist denn los?«

»Da! Eine Raupe! Die Viecher, die hinten glühen. Soo schwenkte sie ihr Hinterteil. Ekelhaft!« K. fürchtete sich ungemein vor Spannraupen und ähnlichem Getier. Er war ganz außer Atem. Wir gingen uns die Raupe ansehen. S., der voranging, wandte sich zu K. umd fragte: »Hier ungefähr?«

»Da glüht es doch! Sehen Sie nicht?«

»Aha, da ist sie!« S. riß ein Streichholz an und besah sich die Raupe. Sie war etwa ein *sun* lang, hielt ihre unverhältnismäßig großen hinteren Segmente hoch und schwenkte sie langsam hin und her. Das Ende glühte bläulich.

»Davor also haben Sie so große Angst«, sagte S.

»Um diese Zeit kriechen diese Viecher überall herum, da kann man nicht mehr ruhig durch den Wald laufen«, erklärte K. Dann sagte er: »Wir haben genug. Wollen wir nun ein Lagerfeuer machen?«

Wir kehrten an den Sandstrand zurück.

Als wir die nasse Birkenrinde anzündeten, stieg Rauch auf, rußschwarz wie aus einer Laterne. Aber bald loderte es auf. K. schichtete anfangs kleine, dann immer größere Zweige auf die Birkenrinde, und entfachte im Nu ein mächtiges Feuer. Die ganze Gegend war auf einmal hell erleuchtet. Der Feuerschein reichte bis zum Wald der vor uns liegenden Insel Kotorijima.

K. brachte aus dem Boot das dicke Eichenbrett herbei und schuf uns damit eine Sitzgelegenheit.

»Was Ihre Angst vor Raupen angeht, so sehen Sie nicht gerade aus wie einer, der im Gebirge aufgewachsen ist«, sagte S.

»Stimmt«, gab K. zu. »Wenn ich darauf gefaßt bin, ist es nicht so schlimm, nur so plötzlich, da bekomme ich immer einen ziemlichen Schreck.«

»Gibt es denn in den Bergen nichts besonders Schreckliches?«

»Nein, nichts.«

»Riesenschlangen etwa?«

»Gibt es nicht.«

»Vipern?« fragte ich.

»Unten bei Minowa findet man zuweilen welche, aber hier oben bin ich nie einer begegnet.«

»Früher soll es hier wilde Hunde gegeben haben«, sagte S.

»Als Kind habe ich sie oft heulen gehört. Ich erinnere mich, daß mir schaurig zumute war, wenn nachts ihr Heulen zu mir drang.«

K. erzählte uns, daß sein verstorbener Vater, der gern nachts angeln ging, einmal von wilden Hunden eingekreist wurde und sich nur dadurch rettete, daß er am Ufer entlang im Wasser watete. Und er hatte erlebt, daß in dem Jahr, als man den Berghang zum erstenmal als Weide benutzte, der halbe Pferdebestand von wilden Hunden gerissen wurde.

»In dem Jahr versetzten wir Fleisch mit Dynamit. Innerhalb einer Woche waren alle ausgerottet.«

Ich erzählte, daß ich vor einigen Tagen im Höllental den Schädel eines kleinen Wildtiers gefunden hätte. Da meinte K.: »Sicher von einem Bambusbär. Vielleicht ist er einem Adler zum Opfer gefallen. Der Bambusbär ist nämlich ein wehrloses Tier.«

»Also gibt es hier im Gebirge nichts, wovor man Angst haben müßte?« erkundigte sich nachdrücklich meine furchtsame Frau. Daraufhin sagte K. laut lachend: »Einmal hab ich ein Ungeheuer gesehen, liebe Frau.«

»Ich weiß«, erwiderte sie triumphierend. »Im Nebel hat sich Ihr eigener Schatten gezeigt, nicht wahr?« Sie hatte es selbst erlebt, als sie eines frühen Morgens den Torii-Paß erstieg, um sich das Wolkenmeer anzusehen.

»Nein, das meine ich nicht.«

Er behauptete, als Kind auf dem Heimweg von Maebashi in einem großen Kiefernwald so etwas gesehen zu haben. Ein schwaches Licht hätte mehrmals die Umgebung erhellt, und jedesmal hätte dann in dem Lichtschein vor ihm etwas Dunkles, Riesenhaftes gestanden, über ein *jo* groß. Etwas später jedoch habe er am Wegrand einen Mann mit einem großen Bündel sitzen sehen, der dort rastete und von Zeit zu Zeit ein Streichholz anriß, um seine Pfeife anzustecken.

»Mysterien erweisen sich meist als harmlos«, sagte S.

»Ich glaube doch, daß Wunder vorkommen«, erwiderte meine Frau. »Ich weiß zwar nicht, ob es Ungeheuer gibt, aber Verkündigungen im Traum zum Beispiel schließe ich nicht aus.«

»Das ist wieder etwas anderes«, gab S. zu. Und als sei ihm plötzlich etwas eingefallen, sagte er zu K.: »Ja, all die Schwierigkeiten, die Sie voriges Jahr im Schnee zu überstehen hatten, waren schließlich solch ein Wunder.« Und zu mir gewandt: »Hat er es Ihnen nicht erzählt?«

»Nein.«

»Das war wirklich eine merkwürdige Sache«, stimmte K. zu.

Folgendes war ihm passiert:

Im vorigen Jahr, als in den Bergen der Schnee schon zwei bis drei *shaku* hoch lag, brach K. auf die Nachricht, seine in Tokyo lebende Schwester sei schwer erkrankt, eilig auf.

Aber um seine Schwester stand es nicht so schlimm, wie er angenommen hatte, weshalb er schon drei Tage darauf zurückkam. Um drei Uhr nachmittags traf er in Mizunuma ein. Er änderte seinen ursprünglichen Plan, erst am nächsten Tag den Berg zu ersteigen, denn er wollte wegen dieser kleinen Strecke von drei *ri* nicht noch übernachten. Er verließ also Mizunuma und nahm sich vor, am Fuß des Berges um Herberge zu bitten, falls es sich als unmöglich erweisen sollte, hinaufzugelangen.

Als die Nacht hereinbrach, hatte er schon fast das zweite *shinto*-Tor erreicht. Körperlich fühlte er sich ausgezeichnet, und er hatte auch Energie genug. Überdies schien der Mond. Er entschloß sich also, weiterzugehen. Aber je höher er kam, desto tiefer wurde der Schnee. Er lag zweimal so hoch wie drei Tage zuvor, als er den Berg hinabgestiegen war. Der Schnee hätte ihm nichts ausgemacht, wenn es sich um begangene Wege gehandelt hätte, denn dann wäre er festgestampft gewesen. Da jedoch keine Seele diesen Weg benutzte, versank er bis zur Hüfte in dem weichen Schnee. Außerdem konnte er in der verschneiten Landschaft den Weg nicht erkennen, so daß selbst ihm, der hier im Gebirge aufgewachsen und mit der Umgebung vertraut war, allmählich die Kräfte schwanden.

Im Mondschein war dicht über ihm der Torii-Paß zu erkennen. Da der im Sommer dicht belaubte Wald jetzt kahl war, schien ihm der Paß in unmittelbarer Nähe zu sein. Außerdem wirkt bei Schnee weit Entferntes täuschend nahe. Jetzt noch kehrt zu machen, hatte er keine Lust. Einer Ameise gleich, kroch er weiter hinauf. Das so greifbar Nahe war gar nicht so leicht zu erreichen. Würde er umkehren, könnte er Glück haben und seinen eigenen Spuren folgen. Falls er jedoch vom Weg abkäme, wäre er genauso schlimm dran wie jetzt auf dem Weg nach oben. Und ein Blick zum Paß hinauf ließ ihn glauben, gleich da zu sein.

Noch ein bißchen, noch ein bißchen, sagte er sich und stieg weiter bergan. Er empfand weder Furcht noch Angst, fühlte sich mit der Zeit nur ein wenig betäubt.

»Wenn ich nachträglich darüber nachdenke, war es doch

recht gefährlich. Leuten, die im Schnee umkommen, ergeht es meistens so, und dann schlafen sie ein. Im Schlaf kommt der Tod.«

K. wußte das natürlich, aber seltsamerweise überkam ihn damals überhaupt keine Angst. Jedenfalls bot er all seine Willenskraft auf. Schließlich besaß er einen kräftigen Körper. Außerdem war er an Schnee gewöhnt. Endlich, nach mehr als zwei Stunden, erreichte er mit letzter Kraft die Paßhöhe.

Der Schnee wurde immer tiefer. Aber von dort ging der Weg anfangs nur wenig bergab, und dann blieb er eben. Er schaute auf die Uhr. Es war schon eins vorbei.

In der Ferne gewahrte er zwei Lampions. Um diese Zeit? K. wunderte sich. Auf jeden Fall freute er sich, in dieser Einsamkeit Menschen zu begegnen, wenn sie auch nur an ihm vorbeigingen. Mit frischer Kraft stieg er bergab. In der Gegend von Kakumanbuchi stieß er auf die Leute. Es waren U., K.'s Schwager, und drei Männer, die zu der Zeit in K.'s Haus wohnten, um Eisblöcke zu schneiden. »Gut, daß du da bist. Es muß schlimm gewesen sein«, sagte U.

K. fragte: »Wohin wollt ihr so spät in der Nacht?«

»Deine Mutter hat uns geweckt und dir entgegengeschickt«, antwortete U. mit großer Selbstverständlichkeit.

K. lief ein Schauer über den Rücken.

»Ich hatte sie nämlich gar nicht benachrichtigt, daß ich an dem Tag nach Hause käme. Später erzählte man mir, daß meine Mutter, die, offenbar ohne recht zu schlafen, neben Mii-chan, K.'s ältestem Kind, gelegen hatte, plötzlich U. geweckt und ihn gebeten habe, mir entgegenzugehen, da ich mich auf dem Heimweg befände und um Hilfe riefe. Da sie alles mit großer Sicherheit vortrug, weckte U., ohne sich lange zu wundern, die Männer. Sie trafen ihre Vorbereitungen und zogen los. Ich erfuhr, daß das genau in dem Augenblick geschah, als ich am meisten erschöpft war und in eine leichte Betäubung hinüberzugleiten drohte. Im Gebirge geht man nämlich früh schlafen, um sieben oder acht Uhr. Alle lagen also um diese Zeit bereits in tiefem Schlaf. Und auf einmal rüttelte meine Mutter die vier wach, um sie mir zu Hilfe zu schicken. Sie muß es sehr deutlich vernommen haben.«

»Haben Sie gerufen?« fragte meine Frau.

»Keineswegs. Ich war doch auf der anderen Seite des Passes. Da hätte man mein Rufen auch gar nicht gehört.«

»Das ist wohl wahr«, sagte meine Frau, Tränen in den Augen.

»Allein einer dunklen Ahnung wegen kann man nicht mitten in der Nacht alle Leute wachmachen, um sie in den hüfthohen Schnee hinauszujagen. Erstens sind die Vorbereitungen sehr umständlich. Wenn man zum Beispiel die Gamaschen irgendwie nicht richtig wickelt und sie sich unterwegs lösen, dann gefrieren sie und werden hart wie Knüppel, so daß es nicht mehr gelingt, sie neu zu wickeln. Die Vorbereitungen dauern mindestens zwanzig Minuten. Meine Mutter machte inzwischen, ohne im geringsten an sich zu zweifeln, Reisklöße zurecht und Feuer an.«

Dieser Bericht wirkte um so stärker auf uns, als wir K.'s Verhältnis zu seiner Mutter kannten. K.'s verstorbener Vater, den man einer Ähnlichkeit wegen Ibsen nannte, war, obwohl im allgemeinen kein schlechter Mensch, nicht gerade ein guter Ehemann gewesen. Er lebte in Maebashi mit einer jungen Mätresse, und im Sommer kam er mit ihr in die Berge, um die Erträge, die das Gebirge abwarf, einzuheimsen. K., der diesen Lebenswandel seines Vaters mißbilligte, hatte oft Auseinandersetzungen mit ihm gehabt. Diese Erlebnisse waren der Anlaß gewesen, daß er sich seiner Mutter besonders verbunden fühlte und er ein enges Verhältnis zu ihr hatte.

Von der Insel Kotorijima her hörte man schon eine ganze Zeitlang den Ruf einer Eule. Es klang wie der Name Gorosuke und dann wie *hoko*, Dienst.

Das Feuer war heruntergebrannt. K. holte seine Uhr aus der Tasche.

»Wie spät ist es?«

»Elf durch.«

»Dann sollten wir allmählich nach Hause«, sagte meine Frau.

K. warf mit energischem Schwung ein brennendes Holzscheit weit in den See. Funken zeichneten seine Flugbahn. In der Wasserspiegelung sah es aus, als flöge es auch durchs Wasser. In dem Augenblick, als es, in der Luft und in der Spiegelung des Wassers den gleichen Bogen beschreibend, auf die Wasseroberfläche traf, erlosch es zischend. Der See hüllte sich wieder in Finsternis. Das machte Spaß. Nun warfen wir allesamt. K. löschte dann die restliche Glut, indem er mit dem Ruder geschickt Wasser darauf spritzte.

Wir stiegen ins Boot. Das Feuer des Farnkrautsammlers war am Ausgehen. Das Boot umfuhr die Insel Kotorijima und glitt geräuschlos auf den Wald zu, der den Schrein umgab. Der Ruf der Eule klang immer entfernter.

1920

Manazuru

Das Jahr neigte sich seinem Ende zu. Die Landschaft war von den Strahlen der sinkenden Sonne übergossen und in ein bläuliches Licht getaucht. Hoch oben auf der Steilküste der Halbinsel Izu, von wo aus man auf das tiefe Meer hinabsehen konnte, ging, einen sinnenden Ausdruck im Gesicht, ein zwölfjähriger Junge, an der Hand seinen kleinen Bruder hinter sich herziehend. Dieser war völlig erschöpft und folgte nur widerwillig, die Stirn so mürrisch gekraust, wie ein Kind es nur vermochte. Der große Bruder aber ging, ganz mit sich beschäftigt, seinen Gedanken nach. Er litt an der Liebe, obwohl er das Wort noch gar nicht kannte.

Vor noch gar nicht so langer Zeit war er in seiner Arglosigkeit einem Lehrer seiner Schule nachgegangen, an dessen Seite eine neu eingetroffene junge Lehrerin schritt. Da hatte sich der Lehrer plötzlich umgedreht und »He, du!« gerufen. »Verstehst du das?« hatte er ihn gefragt und danach ein Gedicht vorgetragen: »Wie ein kleiner Kahn auf bodenlosem Meere treibt meine Liebe, den Wellen preisgegeben, kein Hafen in Sicht.« Dabei hatte er der Lehrerin von der Seite her lächelnd ins Gesicht gesehen. Die aber hatte den Kopf gesenkt und geschwiegen, bis über beide Ohren errötend.

Auch den Jungen überkam eine unverständliche Scham. Fast war ihm zumute, als hätten sich diese Worte auf ihn bezogen, oder er selbst hätte sie gesprochen.

»Nun, verstehst du das?« wiederholte der Lehrer, und wie zuvor die Lehrerin senkte nun der Junge den Kopf und schwieg. Unwillkürlich sah er wie auf einem Bild einen kleinen Kahn schaukelnd auf hoher See treiben. Da sich ihm der Sinn des Wortes »Liebe« noch nicht erschlossen hatte, mußte ihm dieses Gedicht unverständlich bleiben.

Er war ein Fischerkind aus Manazuru, dunkelhäutig, mit einem großen Kopf. Und auf diesem großen Kopf saß eine verhältnismäßig kleine Matrosenmütze, die wie die Mütze eines Wanderpriesters aussah. Die zu kurze Gummischnur schnitt ihm tief in den Hals. Solch ein Aussehen paßte nicht zu einem, der an der Liebe litt, es wirkte lächerlich. Wie unpassend, komisch und belustigend jedoch diese Matrosenmütze auch sein mochte – ihm bedeutete sie viel.

An diesem Tag hatte der Vater den Kindern das übliche Taschengeld zum Jahresende gegeben. Und so hatten sie sich auf den Weg nach Odawara gemacht, um sich dort *geta* zu kaufen. Aber noch bevor sie zu dem *geta*-Laden gelangt waren, hatte der Junge zufällig im Schaufenster eines Geschäftes für Importwaren jene kleine Matrosenmütze entdeckt. Urplötzlich überkam ihn das Verlangen, sie zu besitzen. Ohne an die Folgen zu denken, gab er sein ganzes Geld dafür her.

Ein Onkel des Jungen, der früher in den Steinbrüchen von Nebukawa gearbeitet hatte und jetzt erster Deckoffizier bei der Marine war, hatte ihm oft von seinem Leben erzählt. Und eines Tages hatte der Junge den Entschluß gefaßt, ebenfalls Matrose zu werden, wenn er groß war.

»Na, wie findest du den Dampfkessel? Winzig, was! Fast wie ein Küchenherd.« So hatte der Onkel einmal über die Lokomotive des Kleinbahnzuges nach Atami gespottet, die wie ein runder Backofen mit aufgesetztem Schornstein aussah. Da der Junge noch keine andere Lokomotive kannte, reichten diese Worte schon aus, in ihm Bewunderung für den Onkel zu wecken. Er steigerte sich in eine immer größere Begeisterung für die Marine hinein. Deshalb war für ihn keine größere Freude denkbar als der Besitz einer Matrosenmütze. Doch gleichzeitig empfand er Reue. Sein kleiner Bruder tat ihm leid, der ja extra der *geta* wegen mitgekommen war. Wenn er daran dachte, wie böse sein ungeduldiger Vater sein würde, weil er von dem Geld für sie beide nur für sich allein etwas gekauft hatte, sank ihm der Mut. Als er dann aber durch die belebten, für das Neujahrsfest mit Kiefern geschmückten Straßen schritt, war alles rasch wieder vergessen. Er wollte dem Schrein des Sontoku Ninomiya, von dem er schon so viel hatte reden hören, einen Besuch abstatten und machte sich mit seinem Bruder auf den Weg dorthin. Da stießen sie an einer Ecke auf Straßenmusikanten, die lärmend dahergezogen kamen.

Sie waren zu dritt. Ein schwachsichtiger Mann von etwa vierzig Jahren spielte die *koto*. Neben ihm stand eine Frau, wahrscheinlich seine Ehefrau, das Gesicht und die Arme auffällig weiß geschminkt. Sie sang aus vollem Hals mit merkwürdig schriller Stimme und zupfte dabei die *gekkin*-Laute. Schließlich war da noch ein Mädchen, etwa im gleichen Alter wie er. Ihr unscheinbares Gesicht war fleckig und dick geschminkt. Sie schlug den Takt mit zwei kleinen Holzklötzchen und sang dazu mit lauter, weinerlicher Stimme.

Der Junge war wie verzaubert von der Frau mit der Laute. Ein Tuch, das sie hinten zusammengebunden um die Stirn trug, ließ ihre Augen schräg erscheinen, und dieser Effekt wurde noch dadurch verstärkt, daß ihre inneren und äußeren Augenwinkel rot gefärbt waren. Die Ärmel hatte sie mit einem quer über den Rücken gezogenen, leicht verschmutzten Männergürtelband aus weißem Seidenkrepp bauschig hochgebunden. Nie zuvor hatte der Junge eine so schöne, so weiße Frau gesehen. Er war ganz hingerissen von ihr und folgte der Gruppe auf Schritt und Tritt.

In einer Seitengasse verschwanden die drei in einem Speiselokal. Treu wie ein Pudel blieb der Junge, seinen kleinen Bruder an der Hand, davor stehen.

Klar zeichnete sich im abendlichen Zwielicht weit draußen auf dem Meer die Halbinsel Miura vor dem Horizont ab, flach und langgestreckt, als reiche sie ins Unendliche. In der Nähe, wo schon die Schatten lagen, schien es um so dunkler. Sanft wiegte sich ein Fischerboot, an einem fünf bis sechs *ken* langen Seil befestigt, am Ufer. An seinem Bug leuchtete ein roter Feuerschein. Gedämpft drang das Rauschen der Wellen, die an die Küste spülten, zu den Kindern herauf. Dem Jungen klang es wie zuvor die *koto* und die *gekkin*-Laute der Musikanten. Wenn er sich konzentrierte, hörte er aus dem Getöse eine Weile das Schlagen der Wellen heraus, und er erkannte, daß es die Brandung des Meeres war. Sobald er aber seiner Schläfrigkeit ein wenig erlag, glitt er unmerklich wieder in seine Träumereien hinüber, verwandelte sich das Rauschen der Wellen in die Musik der *koto* und der *gekkin*-Laute. Deutlich vernahm er die Stimme der Frau. Er verstand sogar einzelne Worte wie »Pflau-men-blüten«.

»Mein Liebster ist unterwegs zu mir«, hatte sie ohne die Laute zu schlagen gesungen, hatte die Fingerspitzen der in Hüfthöhe angewinkelten Hände aneinander gelegt, den Kopf hin und her gewiegt und sich mit wippenden, nach außen gedrückten Knien bewegt, wobei sie die Füße immer wieder vorn ein wenig anhob. Bei dem Schwerttanz »Der Findling« hatte sie mit den weißgeschminkten Armen die Augen verdeckt, um ein Weinen anzudeuten. In einer anderen Szene hatte sie eine verblichene Puppe an die Wange gedrückt.

All diese Bilder tauchten vor dem Jungen auf, und ihm wurde seltsam schwer ums Herz.

Als er sich oben auf der Steilküste umdrehte, sah er hinter sich weit entfernt im Abendnebel die Küste von Odawara liegen. Wie groß war nun schon die Entfernung, die ihn von dieser Frau trennte. Was sie jetzt wohl tun mochte?

Er empfand heftige Eifersucht auf das Leben des Mädchens mit der weinerlich kreischenden Stimme. Dem Mädchen selbst brachte er keine Sympathie entgegen. Sie hatte ihm, als er vor dem Lokal ausharrte, von Zeit zu Zeit böse Blicke zugeworfen und schließlich sogar, ohne ihn aus den

Augen zu lassen, der Frau, die mit dem Mann becherweise Reiswein trank, etwas zugeflüstert. Ein Schauer hatte ihn überrieselt. Die Frau jedoch hatte, völlig uninteressiert, nur flüchtig zu ihm hingesehen, um gleich wieder in ihrem Gespräch mit dem Mann fortzufahren. Er hatte erleichtert aufgeatmet.

Langsam brach die Nacht herein. Nun sah man draußen auf dem Meer auch schon als kleine, glitzernde Punkte die Lichter der Fischerboote. Der blaß-weiße Halbmond, der hoch am Himmel hing, schien heller als zuvor. Bis Manazuru war es noch ein *ri*. Gerade überholte der Kleinbahnzug, der nach Atami fuhr, die beiden Jungen. Die Lokomotive fauchte und versprühte einen gewaltigen Funkenregen. Aus den Fenstern der zwei Wagen, die der Zug nur hatte, fiel trübes Lampenlicht und erhellte flackernd das Profil der Kinder.

»Im Zug eben haben die Musikanten gesessen«, sagte nach einer Weile der kleine Bruder, den der Junge an der Hand hinter sich herzog. Der Junge vernahm das Pochen seines Herzens. Nun war ihm auch so, als hätte er sie an sich vorüberhuschen sehen. Der Zug hatte inzwischen die Landzunge vor ihnen umfahren, so daß sein Fauchen nicht mehr herüberklang.

Da erst merkte der Junge, wie erschöpft sein kleiner Bruder war, und er empfand Mitleid mit ihm.

»Bist du müde?« fragte er, und als er keine Antwort erhielt, bot er ihm an, ihn auf den Rücken zu nehmen. Ohne ein Wort zu erwidern, wandte der Kleine sich ab und heftete seinen Blick auf einen Punkt weit draußen auf dem Meer. Er wußte, daß er in Tränen ausbrechen würde, sobald er den Mund auftat, vor allem wenn sein Bruder freundlich zu ihm sprach.

»Na, komm! Ich trage dich«, sagte der Junge, ließ die Hand des Kleinen los und kniete vor ihm nieder. Wortlos, dem Umfallen nahe, ließ der sich von seinem Bruder auf den Rücken nehmen. Tapfer unterdrückte er die aufsteigenden Tränen. Eine Wange an den Nacken des Bruders geschmiegt, schloß er die Augen.

»Frierst du nicht?«

Er schüttelte schweigend den Kopf.

Wieder schweiften die Gedanken des Jungen zu der Frau. Als er sich vorstellte, daß sie eben im Zug an ihm vorbeigefahren war, wurde seine Phantasie wach. In allen Einzelheiten malte er sich aus, wie der Zug, als er die Landzunge umfuhr, entgleiste, sich überschlug und die Klippen hinabstürzte. Er sah die Frau unten auf die scharfen Kanten der Felsblöcke prallen und mit zerschmettertem Schädel liegenbleiben. Dann wiederum bildete er sich mehrmals ein, die Frau plötzlich am Wegrand auftauchen zu sehen. Er hatte das untrügliche Gefühl, sie warte irgendwo auf ihn.

Der kleine Bruder auf seinem Rücken war inzwischen eingeschlafen. Sein Körper kam dem Jungen auf einmal so schwer vor, und er schob ihn im Laufen mehrmals nach oben. Allmählich wurde ihm die Last zur Qual. Ihm war, als würden ihm die Arme herausgerissen, aber er hielt aus und schritt tapfer voran. Er sagte sich, er müsse das unbedingt durchstehen. Was es mit diesem »unbedingt« auf sich hatte, war ihm selbst nicht recht klar. Jedenfalls lief er weiter, den Kopf wie eine Schildkröte vorgestreckt.

Schließlich erreichte er die Landzunge. Einen Unfall hatte es allerdings dort nicht gegeben. Als er die Landzunge umgangen hatte, erblickte er plötzlich vor sich die Gestalt einer Frau, die mit einer Laterne auf ihn zukam. Er erschrak, aber im gleichen Augenblick rief die Frau ihn an. Es war seine Mutter, die ihnen entgegenkam. Sie hatte sich Sorgen gemacht, weil die Kinder so spät noch immer nicht zurück waren.

Der Junge lud seinen fest schlafenden Bruder der Mutter auf den Rücken. Da erwachte der Kleine, und kaum hatte er die Mutter erkannt, brach all sein aufgestauter Zorn aus ihm heraus. Er stammelte sinnloses Zeug und gebärdete sich wie wild. Als die Mutter ihn schalt, wurde er erst recht trotzig.

Die beiden waren ratlos. Plötzlich kam dem Jungen eine Idee. Er nahm die Matrosenmütze vom Kopf und setzte sie dem Bruder auf.

»Da hast du sie! Nun sei aber artig!« sagte er, und es tat ihm schon gar nicht mehr so leid um die Matrosenmütze.

1920

Laubfrösche

Yoshio Nagayo gewidmet

Im Norden der Stadt A. liegt, drei *ri* von ihr entfernt, die kleine Ortschaft H., die sich mit vielen Heckenzäunen und nur wenigen Läden lang und schmal an einer Straße hinzieht. Die Einwohner entstammen zumeist alteingesessenen Familien, die sich zu immer neuen Nebenfamilien verzweigt haben, deren Anzahl schließlich auf über hundert angewachsen ist, so daß heute fast alle dort einen der etwa fünf bis sechs üblichen Familiennamen tragen. Die Einheimischen nennen sich traditionsgemäß nur: »Der an der Straßenecke«, »Die vor dem Wäldchen« oder »Der aus dem Holzstangen-Laden«. Obwohl das Wäldchen vor zehn Jahren gerodet und der Holzstangen-Laden bereits vor einer Generation aufgegeben wurde, nennen sich die Leute weiterhin so, um sich von den anderen Familien gleichen Namens unterscheiden zu können.

In der Siedlung gibt es von alters her einen Verband der gegenseitigen Hilfe. Wer ihn gegründet hat, weiß heute kaum noch jemand. Die Straße, die durch die Siedlung führt, ist viel schöner als die Präfektur-Straße. Kleine, mit Steinplatten ausgelegte Pfade und Stege, auf denen man bequem laufen kann, münden in sie von beiden Seiten. Nur wenn es nach dem Winterfrost taut oder in der Regenzeit der Boden aufweicht, ist gegen den Schlamm nichts auszurichten.

Falls jemandem das Haus abbrennt, hat er bestimmt nicht einmal die Hälfte der üblichen Kosten für den Wiederaufbau zu tragen. Holz erhält er umsonst aus dem Gemeindewald, und es gehört dort zu den Gepflogenheiten, Arbeitskräfte in einer bestimmten Anzahl pro Haushalt zur Verfügung zu stellen.

Doch selbst hier kommt es vor, daß Leute mit dem Leben am Ort nicht zufrieden sind. Sie gehen in die Großstadt, um dort zu arbeiten. Und wenn sie scheitern und zurückkehren, scheuen sich die Einwohner nicht, ihnen zumindest so viel Beistand zu leisten, daß die Familie vor dem Untergang bewahrt bleibt. Mit Einwilligung des Verbandes kann man sogar Kredite zu einem niedrigen Zinssatz aufnehmen. So sieht das Leben in dieser Siedlung aus.

Mitten in der Ortschaft befindet sich eine Reiswein-Brennerei, die den Namen Minoya führt und im traditionellen Stil eines soliden, feuerfesten Speicherhauses erbaut ist. Der junge Hausherr Sanjiro, der einzige Sprößling, sollte eigentlich eine Agrarhochschule besuchen, um danach Haus und Geschäft zu übernehmen. Zumindest war das vom Vater so gedacht, als Sanjiro noch zur Mittelschule ging. Doch der Vater starb vor einigen Jahren, so daß Sanjiro über Nacht zum Haushaltsvorstand avancierte. Da schon von den Zeiten des Großvaters her ein Prokurist namens Okazo bei den Minoyas diente, lief im Geschäft alles seinen geregelten Gang. Aber die Großmutter war der Meinung, daß ein Haus einen Herrn brauche, deshalb wurde Sanjiro aus dem Internat in der Stadt zurückgeholt. Er hatte nichts dagegen einzuwenden, weil er meinte, daß er den Leuten aus der Siedlung mit einem Diplom für Agrarwissenschaft in der Tasche kaum besseren Reiswein als bisher würde vorsetzen können. Auch fand er es angenehmer, wenn man ihm nicht nachsagen konnte, er sei ein eingebildeter Studierter.

Sanjiros bester Freund, Shigeo Takeno, studierte nach Abschluß der Mittelschule an der schöngeistigen Fakultät einer Tokyoter Privatuniversität. Er schrieb Gedichte und sandte sie unter dem Pseudonym Seiyo an Literaturzeitschriften. Er kannte sich unter den Literaten aus und erzählte Sanjiro mancherlei aus diesen Kreisen. Sanjiro allerdings dachte niemals daran, Gedichte zu schreiben. Er hielt sich dazu für unfähig und brachte auch kein Interesse dafür auf. Außerdem las er nicht besonders gern. Deshalb hatte er auch Takenos Berichten immer nur mit halbem Ohr zugehört. Als ihm jedoch nach seiner Rückkehr in die Siedlung das Leben dort allmählich zu eintönig wurde, gewann bei ihm auf einmal Takenos Einfluß die Oberhand. Jedesmal, wenn er in die Stadt fuhr, kaufte er allerlei literarische Erzeugnisse und brachte sie nach Hause mit.

Takeno war eine Brieffreundschaft mit einer Frau eingegangen, die ebenfalls für Zeitschriften schrieb. Schon einige Zeit später trugen sich beide mit Heiratsabsichten. Die Frau, Tochter eines Obsthändlers in Tokyo, war zwar keine Schönheit, trotz ihrer Jugend aber innerlich recht gefestigt. Takeno hatte sich, da er der dritte Sohn und demnach sehr ungebunden war, die Heirat leicht vorgestellt. Wider Erwarten war er jedoch auf den Widerstand seines ältesten Bruders gestoßen, von dem ihn viele Jahre trennten. Dem Bruder gefiel die Frau schon deshalb nicht, weil sie sich mit Literatur befaßte. Da Takenos Eltern bereits im Ruhestand lebten und alles dem ältesten Sohn überlassen hatten, war dessen Widerspruch dem der ganzen Familie gleichzusetzen. Takeno war empört, brach mit seiner Familie und verdiente sich fortan seinen Lebensunterhalt selbst, indem er zusammen mit dieser Frau in der Stadt A. eine Obsthandlung eröffnete.

Um die gleiche Zeit heiratete auch Sanjiro. Das Mädchen, das er zur Frau nahm, stammte aus einer Bauernfamilie, mit der er weitläufig verwandt war. Seine Großmutter hatte die Heirat vorgeschlagen, und da er dem Mädchen schon früher gewogen gewesen war, hatte er sich ohne Zaudern einverstanden erklärt.

Sie hieß Seki, war wortkarg, fast ein wenig träge, außerdem ungebildet, eben ein Mädchen vom Lande. Aber sie war wirklich schön. Zwar litt sie darunter, daß sie von kleiner Gestalt war, aber sie hatte einen gut proportionierten Körper, so daß sie alles andere als unansehnlich genannt werden konnte. Ihr zartes Gesicht, umrahmt von vollem Haar mit einem rötlichen Schimmer, die glatte Haut, die gerade Nase und die elastische Figur mit den festen Rundungen verliehen ihr insgesamt ein gesundes Aussehen, das bei allen ein Wohlgefühl weckte. Der einzige Mangel, dessen Seki sich jedoch nicht bewußt war, bestand darin, daß ihre hellbraunen Augen keinen Glanz ausstrahlten.

Nach einiger Zeit war Seki guter Hoffnung. Als der Herbst zu Ende ging und sie im fünften Monat war, griff eine Grippeepidemie um sich, von der auch Seki nicht verschont blieb. Schwangerschaft und Grippe – Grund genug zur Sorge. Und tatsächlich hatte sie eine Fehlgeburt. Seki erholte sich ziemlich schnell, während ihre Schwiegermutter, die sich am meisten um sie gesorgt hatte, die gleiche Grippe bekam und obendrein eine Lungenentzündung, der sie schließlich erlag.

Drei Jahre waren seitdem vergangen. Seki war nicht wieder schwanger geworden. Die ungeduldige Großmutter schwieg dazu nicht. Sanjiros Miene zeigte dann einen gequälten Ausdruck, während Seki sich nichts daraus machte.

Der Prokurist Okazo, die treue Seele, mußte eines Schlaganfalls wegen in seine Heimat zurückkehren. Für Sanjiro wäre es nun an der Zeit gewesen, die Zügel selbst in die Hand zu nehmen. Indessen schwang zum Glück die energische Großmutter mit ihren langjährigen Erfahrungen im Haus wie im Geschäft das Zepter.

Allmählich nahm Sanjiros Interesse für Literatur zu. Er stellte sich einen großen Bücherschrank ins Zimmer und freute sich über die Neuanschaffungen, die mit der Zeit die Regale füllten. Schließlich verfaßte er sogar selber kurze Sachen und zeigte sie Takeno.

Er wollte auch Seki für diese Art von Bildung gewinnen. Allein machte es ihm keinen Spaß. Seki war jedoch ein hoffnungsloser Fall. Sanjiro dachte daran, wie er selbst früher gewesen war. Er konnte sich gut in ihre Lage versetzen, weshalb er nicht sonderlich enttäuscht war. Aber er gab auch nicht auf.

Eines Tages bekam er eine Karte, mit der Takeno ihn aufforderte, unbedingt zu den Vorträgen zu kommen, die der Dramaturg S. und der Schriftsteller G. in einigen Tagen in der Stadthalle halten würden. Sanjiro wollte Seki mitnehmen. Er erwähnte das in seinem Antwortschreiben und bat seiner Begleiterin wegen um eine Übernachtungsmöglichkeit.

Der Tag kam heran. Das Wetter war klar, was im Oktober selten der Fall ist, aber es wehte ein widerwärtiger lauwarmer Wind. Die Veranstaltung sollte um drei Uhr beginnen. Sie hatten ein wenig früher als sonst zu Mittag gegessen, und die jungen Eheleute wollten gerade aufbrechen, als die Großmutter, die ihnen bei den Vorbereitungen geholfen hatte, auf einmal aus unerklärlichen Gründen umkippte. Das Wetter hatte ihr offenbar zugesetzt. Es war nichts Schlimmes, nur konnte man sie nicht einfach den Bediensteten überlassen.

Sanjiro sagte zu Seki: »Was gedenkst du zu tun? Takeno erwartet uns sicher. Wäre es nicht besser, wenn wenigstens du hinfahren würdest? Dann kannst mir du nachher erzählen, wie es war. Was meinst du?«

Sie war einverstanden.

»Wegen der Großmutter brauchst du dir keine Sorgen zu machen. Ich bleibe ja hier. Du kannst getrost fahren und dir auch Zeit lassen.«

»Ja«, antwortete Seki mit einem unschuldigen Blick.

Kurz darauf stieg sie in die bereits wartende Riksha und fuhr ab. Sanjiro stand vor dem Haus und blickte ihr nach. Ohne sich noch einmal umzusehen, entfernte sie sich immer mehr auf der langgestreckten Straße mit den Heckenreihen. Ihre hochgesteckte Frisur, die man derzeit selbst auf dem Lande kaum noch antraf, zitterte und schwankte.

Die Großmutter hatte ein wenig Fieber, und ihr Gesicht war leicht gerötet. Sie lag im Halbschlaf. Sanjiro saß am

Kopfende und las ein Buch. Ab und zu tauchte er das Handtuch ins Wasser, wrang es aus und legte es ihr wieder auf die Stirn.

Vor dem Lagerhaus banden Männer Reifen um große Fässer. Das trockene Klopfen der Hämmer drang mit dem Brausen des Windes zu ihm herein. Zwischendurch mußte er immer mal einen Kontrollgang machen.

Ab und zu dachte er, was wohl Seki jetzt tun mochte. Wenn er sich seine Frau vorstellte, wie sie eingeschüchtert mitten unter den vielen Zuhörern saß, mußte er sich eingestehen, wie wenig sie eigentlich in solch einen Rahmen paßte.

Am Abend begab er sich zeitig zur Ruhe. Sein Lager bereitete er neben der Großmutter. Ihm fiel ein, wie viele Jahre er schon nicht mehr mit der Großmutter im gleichen Zimmer geschlafen hatte.

Nachts legte sich der Wind, dafür hörte man nun auf dem Vordach die ersten Regentropfen. Die Nacht war ungewöhnlich schwül, so daß man nicht recht schlafen konnte. Aber die Kranke, deren Fieber offenbar ein wenig gesunken war, schlief tief und fest. Allmählich begann der Regen heftiger zu prasseln.

Als Sanjiro am Morgen erwachte, war der Himmel klar und heiter. Der Wind hatte gedreht, er kam jetzt von Norden. Es war ein herbstlich kühler, frischer Morgen. In der Küche arbeitete schon die Großmutter, die früher aufgestanden war als er. Das ergraute Haar hatte sie sauber und adrett zu einem Knoten geschlungen.

»Ich möchte gern in die Stadt fahren. Es sind einige Einkäufe zu erledigen, außerdem möchte ich Seki abholen. Fühlst du dich wieder ganz bei Kräften?«

»Fahr ruhig. Ich bin wieder auf dem Posten.«

Gleich nach dem Frühstück machte er sich mit dem Rad auf den Weg zur Stadt. Da es wesentlich kühler war als am Vortag, packte er für Seki einen Schal in ein Umschlagtuch und hängte das Bündel an den Lenker.

Solch ein Morgen war wirklich eine Freude. Die Kieselsteine auf der Straße sahen sauber gewaschen aus, und auf Bäumen und Büschen glitzerten Wassertropfen. Die purpurfarbenen Blüten der Schalotten wirkten auf der nassen, dunklen Erde der Felder ungemein schön. Fern am Himmel bewegte sich ein vager Strich, wahrscheinlich ein Zug Wildgänse. Fröhlich und frei radelte Sanjiro dahin.

Als er vor der Obsthandlung vom Fahrrad stieg, war Takeno gerade dabei, auf den Steinplatten der Abwässerrinnen eine Kiste mit Äpfeln zu öffnen, die von weither gekommen zu sein schien. Er hob das Gesicht, das rot angelaufen war, weil er in gebückter Haltung gearbeitet hatte, und erklärte ihm mit einem Ausdruck von Verlegenheit, Seki habe die Nacht im »Geiunkan« zugebracht und sei deswegen nicht hier. Sanjiros Augen weiteten sich. Seki und das Geiunkan – dieser Kontrast kam ihm äußerst komisch vor, da es sich bei dem Geiunkan um das vornehmste Gasthaus der Stadt handelte, das zu betreten er für seinesgleichen bisher für ausgeschlossen gehalten hatte. Irgend etwas in Takenos Verhalten ließ ein unbestimmtes Gefühl von Beunruhigung in ihm aufkeimen.

Takeno warf den Schurz, den er trug, beiseite und führte ihn die im Dunkeln liegende Treppe in den ersten Stock hinauf in einen niedrigen Raum. Dort berichtete er ihm ausführlich, was er wußte.

Nach der Veranstaltung, die Dunkelheit war schon hereingebrochen, hatte der Zeitungsverlag der Stadt im Teehaus »Seiseien«, dem Landhaus des früheren Fürsten, einen Empfang gegeben, an dem auch Takeno teilnahm. Die beiden Frauen, die den Schriftstellern am Nachmittag im Aufenthaltsraum hinter der Bühne von Yoshie Yamazaki, einer Musiklehrerin an der Pädagogischen Mädchenhochschule, vorgestellt worden waren, warteten verabredungsgemäß im Gasthaus Geiunkan zusammen mit ihr auf die Rückkehr von S. und G.

Erst nach zehn Uhr, mitten in einem heftigen Regenguß,

setzte ein Auto die beiden vor dem Gasthaus ab. Sie waren ziemlich angetrunken, benahmen sich aber anfangs der Frauen wegen recht maßvoll.

S. war ein Mann von hellem Teint. Er hatte sanfte Augen, und sein weiches Haar fiel ihm schräg in die breite Stirn. Er sprach höflich und leise, und seine Art, sich zu bewegen, hatte etwas Feminines. Bei G. dagegen waren Augen, Nase, Kinn und Hals, alles in allem robust und in kräftigen Linien gezeichnet. Er hatte breite Schultern und einen stämmigen Körper und schien vor Kraft zu strotzen. Sein Aussehen jagte Frau Takeno einen unerklärlichen Schrecken ein.

Speziell für die Frauen wurden süßer Reiswein und Früchte aufs Zimmer gebracht, die allerdings fast unberührt blieben. Nur Yoshie leerte Becher um Becher und benahm sich laut und ungezwungen.

Um sie gab es ihrer Männergeschichten wegen allerlei Gerüchte. Auch ihr Verhältnis mit S. war in bestimmten Kreisen ein offenes Geheimnis. Zwar stand sie in der Stadt in keinem guten Ruf, aber ihres üppigen Körpers, ihrer Stimme und ihres extravaganten Wesens wegen galt sie zur Zeit unter den jungen Leuten als eine stadtbekannte Persönlichkeit.

Man unterhielt sich unbeschwert. Was S. und G. erzählten, war interessanter als das, was sie in ihren Vorträgen gesagt hatten. Insbesondere G. sprach freimütig über alles, auch über Themen, die man im Beisein von Frauen besser meidet, wobei er jedoch Anstößiges geschickt zu vertuschen verstand.

Seki war überwältigt. Die Wangen zu einem maskenhaften Lächeln verzogen, richtete sie ihren verlorenen Blick abwechselnd auf den einen oder anderen. Frau Takeno, die Mitleid mit Sekis Hilflosigkeit empfand, traf, obwohl es noch regnete, mehrmals Anstalten, aufzubrechen, wurde aber von der angetrunkenen Yoshie immer wieder zurückgehalten. Da Frau Takeno vermutete, daß Yoshie daran gelegen war, allein zurückzubleiben, maß sie ihrem Gerede kein besonderes Gewicht bei. Nun aber bestand Yoshie aus

Rechthaberei um so aufdringlicher darauf, daß beide noch blieben. Frau Takeno kannte Yoshies Anfälle grundlosen Trotzes, ignorierte sie deshalb und schickte sich an, zu gehen. Da wurde Yoshie ernsthaft böse. In geheuchelter Verzweiflung rief sie aus: »Dann geh ich eben mit!« Sie zog ein Gesicht, als wollte sie gleich in Tränen ausbrechen, und meinte dann in zuckersüßem Ton und mit einem Seitenblick auf die Männer: »Also, Herr G., ich verabschiede mich dann auch.«

»Ja, wirklich?« gab G. betont uninteressiert zurück. »Aber hatte S. nicht noch eine Angelegenheit mit Ihnen zu besprechen?«

»Laß deine Späße!« erwiderte S. schmunzelnd.

»Oder hat vielleicht Fräulein Yoshie ein Anliegen an dich?«

Unerwartet sprang Yoshie auf, rannte zu G. hinüber und versetzte ihm mit aller Kraft zwei Schläge auf den Rücken. G. verzog keine Miene.

Frau Takeno konnte das nicht länger ertragen. Als sie mit der schockierten Seki den Raum verlassen wollte, trat Yoshie ihnen mit einem bösen Blick in den Weg. »Sie, Frau Takeno, will ich dann nicht länger aufhalten. Aber Seki bleibt hier, sage ich Ihnen. Für sie ist es doch einerlei, wo sie übernachtet, meinen Sie nicht? Sie muß doch nicht unbedingt mit Ihnen hinaus in den Regen!«

»Sie können hier übernachten, wenn es Ihnen recht ist«, mischte sich nun auch S. ein.

Seki lächelte und nickte kaum merklich.

»Sie übernachten also hier?« fragte Frau Takeno.

»Mir ist es egal, wo.«

Frau Takeno war fassungslos, und während sie noch überlegte, was sie sagen sollte, schob die kräftige Yoshie sie bereits in den Korridor hinaus. S. erhob sich, um sich von ihr zu verabschieden. Hinter ihm rief Yoshie triumphierend: »Auch bei Frauen ist Sittsamkeit nicht die einzige Tugend!« ...

Soweit Takenos Bericht. Sanjiro begriff nicht, wie schwer diese Sache wog. Er war sich nicht im klaren, ob er das Ganze als eine harmlose oder als eine peinliche Angelegenheit zu betrachten habe. Allerdings ließ die Eindringlichkeit, mit der Takeno ihm das alles erzählt hatte, nicht auf eine Belanglosigkeit schließen.

Vor dem Haus hielt eine Riksha. Takeno lief schnell hinunter. Kurz darauf hörte man ihn an der Treppe auf seine Frau schimpfen.

»Man hat ihr eine unmögliche Frisur aufgezwungen.« Mit diesen Worten kehrte der erbitterte Takeno zurück.

»Was für eine Frisur?«

»Ich werde sofort veranlassen, ihr das Haar wieder richtig aufzustecken.«

»Laß nur, ich möchte sie doch auch so sehen. Ihre Frisur war eben zu altmodisch. Ein bißchen moderner könnte sie schon sein.« Sanjiro sprach betont leichthin und erhob sich, um hinunterzugehen. Unten an der düsteren Treppe standen sich Seki und Frau Takeno verwirrt gegenüber.

»Na, nun zeig mir mal deine Frisur!« Sanjiro zog Seki in den Laden, wo es heller war. Die Frisur, die zur Zeit Mode war und bei der das Haar die Ohren verdeckte, wie auch die rotgeschminkten Wangen standen Seki überraschend gut.

»Schön, sehr schön.« Sanjiro faßte mit den Fingerspitzen unter das dreieckige kleine Kinn seiner Frau, die beschämt die Augen niedergeschlagen hielt, und wollte ihr Gesicht zu sich herumdrehen. Er fand das mit der Frisur im Grunde gar nicht weiter schlimm. Seki jedoch schüttelte Sanjiros Hand ab und senkte wieder den Blick.

»Du siehst müde aus. Wollen wir gleich nach Hause?«

Seki nickte.

»Hast du die Vorträge verstanden?«

Seki schüttelte den Kopf.

»Nein? Das tut mir leid. Aber da war ja auch noch Fräulein Yamazaki mit ihren Liedern. Sie hat eine schöne Stimme, findest du nicht?«

Sie nickte.

»Warst du die Nacht im Geiunkan mit Fräulein Yamazaki zusammen?«

Sie schüttelte den Kopf.

»Haben sie dich etwa allein gelassen?«

Bei dieser Frage erschien auf Sekis noch immer zur Seite gewandtem Gesicht ein rätselhaftes Lächeln. Sanjiro fühlte einen Stich im Herzen. Unwillkürlich blickte er sie an. Aus stumpfen Augen, auf deren oberem Lid sich eine Falte abzeichnete, starrte sie wie abwesend auf einen fernen Punkt der Straße. Er wagte es nicht, sie weiter auszufragen. Es schien ihm nicht schicklich, und zugleich fürchtete er sich, tiefer in sie zu dringen. Seine Angst war um so größer, als Seki auf jede Frage ohne Umschweife ehrlich Antwort gab.

Sanjiro war verwirrt. Er beschloß, sofort heimzukehren, und stieg wieder die Treppe hinauf. Oben unterhielten sich die Takenos im Flüsterton. Auf seine Schritte hin stand Frau Takeno eilig auf, wartete am Treppenabsatz, um ihn vorbeizulassen, und ging dann hinunter. Sanjiro gab sich alle Mühe, ruhig zu bleiben.

Bis die Riksha kam, saßen sich beide Männer stumm gegenüber. Sanjiro stützte sich in gezwungener Haltung mit beiden Händen auf das unbenutzte, im chinesischen Stil gearbeitete Feuerbecken und kämpfte gegen die Leere in seinem Herzen an. Durch das Fenstergitter fiel sein Blick auf das Obergeschoß des gegenüberliegenden Billigwarengeschäftes. Eine große rote Fahne, auf der in weißer Farbe die Zeichen »Trikotagen« prangten, wehte, in herbstlich mildes Sonnenlicht getaucht, weit schwingend hin und her. Ach, ich hab ihr ja den Schal mitgebracht, fiel ihm plötzlich ohne jeden Zusammenhang ein.

»Die Riksha ist da!« hörte er von der Treppe her Frau Takeno rufen. Ihr Mann eilte bereits hinunter. Sanjiros Augen wanderten ziellos durch das Zimmer, als fürchte er, etwas vergessen zu haben. Dann stieg er vorsichtig Schritt um Schritt die steile, finstere Treppe hinab.

Im Laden wartete Seki zwischen den ausgelegten Weintrauben, Äpfeln und Bananen. Takeno stand, beide Hände in den Brusttaschen, mit verdrießlicher Miene in der Tür. Sanjiro bückte sich, um sich die Schuhe anzuziehen, wobei er in der Enge an Takenos Füße stieß. Frau Takeno suchte aus den Sägespänen der Kiste ein paar Äpfel heraus, tat sie in einen grobmaschigen Korb und reichte ihn dem Rikshamann.

»Ihr seid uns jederzeit wieder willkommen«, sagte sie zu Seki und Sanjiro.

»Danke«, antwortete Sanjiro mit klangloser Stimme, hob den Saum seines Kimonos hinten an und steckte ihn in den Gürtel.

Am Morgen war es ihm nicht so kühl vorgekommen, aber nun, wo es gegen den Wind ging, spürte er die Kälte. Seki schwieg. Sie gab auch keine Antwort, als Sanjiro sie ansprach, vergrub ihr Gesicht nur noch tiefer in den Schal. Eine niedergedrückte, einsame Seele, die aus Furcht, ein Wort könnte einen Aufruhr auslösen, in stummer Verdrießlichkeit verharrte. So jedenfalls erklärte sich Sanjiro ihr Verhalten. Im hellen Licht der sonnigen Landstraße sahen die modische Frisur und die rot geschminkten Wangen, die er eben noch gutgeheißen hatte, häßlich aus.

Sanjiro hätte sich auch gerne in Schweigen gehüllt, aber der bejahrte Rikshamann ließ es nicht zu. Er kam von einem Thema aufs andere. Er fragte ihn, was es mit der Lebensversicherung bei der Post auf sich habe, erzählte, daß jetzt der Gemüseanbau mehr Geld einbringe als Reis, weil in einem Vorort der Stadt eine neue Fabrik errichtet werde, und wollte wissen, ob der Sohn von Herrn Soundso aus Sanjiros Ortschaft nach seinem Medizinstudium in Niigata im Stadtkrankenhaus arbeiten oder in der Siedlung eine Praxis aufmachen werde. Für Sanjiro wurde es immer qualvoller, auf die Fragen des Rikshamanns einzugehen. Deshalb schlug er vor, obwohl er Sekis Erschöpfung wegen in Sorge war, das letzte Stück zu laufen.

Wo der Weg von der Präfekturstraße zur Siedlung abzweigte, stand ein großer chinesischer Nesselbaum. Das Laub, das bei den Regengüssen am letzten Abend abgefallen war, bedeckte ringsum die Erde. An dieser Stelle stieg Seki aus der Riksha. Sanjiro lud den Obstkorb auf das Fahrrad um, das er nun schob, und so gingen die beiden Schulter an Schulter nebeneinander her. Die ausgereiften Reiskörner strömten einen starken Geruch aus. Überall zu ihren Füßen sprangen Heuschrecken herum. Eine hatte sich auf Sekis Schulter verirrt und gab ihnen eine Weile das Geleit.

Seki sprach kein Wort. Sie schritt dahin, als wäre sie sich der Anwesenheit Sanjiros gar nicht bewußt, den Blick geistesabwesend in weite Ferne gerichtet. Ihr Benehmen rief in Sanjiro den Eindruck hervor, sie sähe dort ein Phantom, das ihr, solange sie es nicht aus den Augen ließ, einen Rausch völliger Entrücktheit gewähre. Für eine bedrückte, einsame und mürrische Seele waren ihre Augen zu trunken vor Glück. Ein süßer Traum, so schien es ihm, der sie entzückte und in eine Art Geistesabwesenheit entführte. Sanjiro vermochte ihre Gefühle erstaunlich deutlich nachzuempfinden. Er spürte, wie ihm das Blut ins Gesicht schoß und sein Herz klopfte. Die Beziehung, die seine schöne, üppige Seki zu dem kraftstrotzenden G. eingegangen war, löste auf rätselhafte Weise eine heftige körperliche Begierde in ihm aus. In seiner Vorstellung handelte es sich schon nicht mehr um die Liebesaffäre mit einem anderen.

»Sag mal«, begann er sanft und außer Atem, »du warst doch in der Nacht nicht allein! Ist jemand bei dir gewesen?«

»Zuerst hat Yoshie bei mir geschlafen.«

»Und dann?«

»Auf einmal war sie verschwunden, und G. kam herein.«

»Und dann?«

»G. sagte, S. und Yoshie hätten ihn hinausgejagt.«

»Und dann?«

Seki blickte jäh zu Boden.

Ihn überfiel der brennende Wunsch, sie auf der Stelle fest

in die Arme zu schließen. Sie war von einem fast unerträglichen Liebreiz. Beinahe hätte er seinen impulsiven Regungen nachgegeben, aber im letzten Augenblick besann er sich und nahm, verwundert über seine verirrten Gefühle, abrupt Abstand davon.

Was bin ich bloß für ein Mensch, sagte er sich. Stumm wartete er, daß seine Erregung sich legte. Sein Herz jedoch war erfüllt von einer unklaren Zärtlichkeit für seine Frau.

Ein Stückchen weiter stellte er das Fahrrad an einem Laternenmast ab, um im Gras am Wegrand sein Wasser abzuschlagen. Auf der einen Seite der Straße lagen Reisfelder, auf der anderen war Wald. Als er bei seinem ziemlich langen Geschäft zufällig einmal nach oben blickte, gewahrte er am Laternenmast in halber Höhe etwas Grünes. Was mochte das wohl sein? Als er genauer hinsah, bemerkte er, daß es Laubfrösche waren. Er wunderte sich, daß sie sich ausgerechnet diesen Laternenmast als Behausung gewählt hatten, wo doch der Wald so nahe war. Sie hockten zu zweit – fast sah es aus, als lägen sie übereinander – in einer kleinen, nabelähnlichen Vertiefung, aus der wohl früher ein kleiner Ast geragt hatte, als der Mast noch ein Baum im Wald gewesen war. Der Ast war abgeschlagen worden, und die Asthöhle war verfault und vermodert, und so hatte sich diese Einbuchtung gebildet. In ihm regte sich bei diesem Anblick ein starkes Gefühl heimatlicher Vertrautheit. Oberhalb der Vertiefung schaute von einem verrosteten Eisenarm und hinter einem dichten Netz von Spinnengewebe eine Glühlampe auf den Weg herab. Um die Insekten zu fangen, die durch das Licht angezogen wurden, hatten die Frösche hier ihr bescheidenes Lager aufgeschlagen. Sie waren sicherlich ein Ehepaar. Er zeigte Seki die Frösche, aber sie bekundete keinerlei Interesse. Kurz darauf langten sie in ihrer Siedlung an. Es war dort genauso still und anspruchslos wie am Tag zuvor. Sanjiro hatte ja die Ortschaft erst vor wenigen Stunden verlassen. Dennoch war ihm zumute, als kehre er nach langer Abwesenheit zurück.

An diesem Abend zog Sanjiro eine Anzahl Erzählungsbände und zwei Bände mit Theaterstücken aus dem Bücherschrank heraus, trug sie heimlich zu einer Mulde auf dem Berg hinter dem Haus und verbrannte sie dort wie ein Verbrecher. Ihm war, als fiele eine große Last von ihm.

1924

Erinnerung an Yamashina

1

Er war auf dem Heimweg und folgte dem Lauf des schmalen Yamashina-Flusses. Der Mond stand hoch am Himmel, und ein kalter Wind strich über die abgeernteten Felder. Die Zigarette, die er sich im Auto angezündet hatte, rauchte er auf, den Stummel warf er weg. Da er es nicht gewagt hatte, sich bis nach Hause fahren zu lassen, war er auf der Chaussee, die nach Otsu führte, ausgestiegen, und die Frau war gleich weitergefahren. Während er so dahinschritt, weilten seine Gedanken noch bei der Frau, von der er sich soeben getrennt hatte. Es ist eine Lust, nach einem Abschied an die Geliebte zu denken, eine doppelte Lust. Aber als er sich seinem Hause näherte, überkam ihn düstere Ratlosigkeit, denn er sah voraus, daß er seiner Frau etwas vorlügen müsse. Diese Verlegenheit empfand er jedesmal, wenn er auf der anderen Seite des Flusses das Licht seines Hauses erblickte, das dort ganz abgeschieden stand. Es ärgerte ihn auch, daß er offenkundig die Position des Schwächeren einnahm.

Er liebte seine Frau. Das änderte sich auch nicht, als er für eine andere Frau Liebe zu empfinden begann. Nur hatte er sehr selten Beziehungen zu anderen Frauen gehabt. Und gerade deswegen war die Verführungskraft so groß, daß er der Verlockung nicht widerstehen konnte. Er glaubte, daß ein solches Erlebnis seinem Lebensmut irgendwie frische Energie zuführen könnte. Ein egoistischer Gedanke zwar, den er jedoch nicht als durchweg schlecht zu verwerfen bereit war.

Er ging über die Brücke mit dem festgestampften Lehmboden und trat durch das Tor. Am Tor hing ein Glöckchen. Er fürchtete, daß selbst das Läuten sein schlechtes Gewissen verraten könnte. Möglichst unbefangen schob er das Tor auf, und genauso unbefangen schob er es wieder zu. Was verdüsterte sein Gemüt so sehr? Ihm war es nicht gleichgültig, daß er seine Frau, die ihm Vertrauen schenkte, betrog.

Er öffnete die von innen hell erleuchtete Eingangstür aus Glas. Seine Frau, die ihm sonst immer sofort entgegentrat, ließ sich nicht sehen. Nun schob er auf der Diele die *shoji* auf. In einer Zimmerecke lag, zusammengerollt und in eine dünne wattierte Bettdecke gewickelt, seine Frau. Ihre Konturen wirkten so regellos wie ein hingeschleudertes Bündel. So hatte er sie nie zuvor gesehen. Sie sah seltsam elend aus, und er fühlte sich tief betroffen. So also behandelst du deine Frau? Fühlt sie sich so von dir behandelt? Dieser Gedanke preßte ihm das Herz ab. Mit dem einen Auge, das unter dem Kragen der kimonoförmigen Bettdecke hervorschaute, starrte sie ihn verweint an. Und aus diesem Auge sprach ein grollendes Lächeln.

Er begriff, daß sie alles wußte. Er regte sich auf. War wütend. Schweigend erwiderte er den Blick seiner Frau. Er brachte kein Wort über die Lippen, ging ins Wohnzimmer nebenan und knipste das Licht an. In dem runden metallenen Kohlenbecken glühte noch rot die Holzkohle und hielt in einem Eisenkessel das Wasser am Kochen.

»Es war mir so komisch vorgekommen«, brach sie das Schweigen. »Deshalb hab ich angerufen, und es stimmte dann ja auch.«

Er gab keine Antwort. Ohne die Kleidung abgelegt zu haben, hockte er neben dem Kohlenbecken.

»›Das würde ich niemals tun.‹ Mit solchen schönen Redensarten hast du mich betrogen«, sagte die Frau, erhob sich und kam ins Wohnzimmer hinüber. Er hätte sie am liebsten angeschrien. Aber was sollte er sagen? Er fand keine Worte. Finster sah er sie an. Ihr Gesicht, obwohl es lächelte, verriet ihren Zorn. Angesichts der ungewöhnlichen Röte meinte er, sie müsse Fieber haben.

»Du hast ja Fieber«, sagte er und legte ihr, nachdem sie sich neben ihn gesetzt hatte, die Hand auf die Stirn. Sie schob sie heftig weg und sagte: »Ist mir ganz egal, ob ich Fieber habe.«

Schon bei dieser kurzen Berührung hatte sich ihre Stirn ganz heiß angefühlt. Er stand auf, holte den dicken gefütterten Kimono, der über sein Bett gebreitet war, und zog ihn ihr über.

Seiner Frau war es bitterernst. Ihre Augen, die sonst keinen besonderen Glanz ausstrahlten, funkelten. Sie sah ihm in die Augen.

Er wäre ihren Blicken gern ausgewichen. Dennoch sagte er mit betonter Festigkeit: »Das geht dich nichts an. Mit dir hat das gar nichts zu tun.«

»Wieso? Mich geht das doch am meisten an. Wieso soll ich nichts damit zu tun haben?«

»Wenn du nichts davon weißt, braucht es dich nicht zu kümmern. Selbst wenn so eine Person existiert, ändert das nichts an meinen Gefühlen zu dir.« Er wußte, daß er egoistisches Zeug redete. Aber da er nun eben diese andere liebte, war er schon froh, daß sich an seiner Liebe zu seiner Frau nichts geändert hatte.

»Das stimmt nicht. Das kann gar nicht wahr sein. Was bisher eins war, wird jetzt durch zwei geteilt. Die Gefühle, die du auf sie verwendest, müssen mir ja abgehen.«

»Gefühlsangelegenheiten sind doch keine Mathematik!«

»O doch, ich denke schon.«

Seine Frau wurde hysterisch und schlug ihm ein paarmal klatschend auf den Handrücken.

Er beteuerte noch einmal, daß er ihr in seinen Gefühlen nicht die Treue gebrochen habe.

»Wenn du nicht treulos wärst, könnte so etwas ja nicht passieren.«

Er log ihr nichts vor. Doch er fand es selber peinlich, daß

er sich, sobald er den Mund auftat, auf Spitzfindigkeiten einließ.

»Solche Regungen kann man nicht das ganze Leben lang mit sich herumschleppen. Ich darf dich nur nicht dadurch unglücklich machen.«

»Es gibt kein größeres Unglück.« Die schlimmste Armut wolle sie ertragen, aber so etwas könne sie niemals gleichmütig hinnehmen. »Hab ich dir das nicht immer wieder gesagt? Und nun erklärst du: Ich darf dich nur nicht unglücklich machen. Was für eine Unverschämtheit, so etwas zu sagen!«

Für ihn war es eine Entschuldigung, daß er es mit der anderen ernst meinte. Aber gerade dieser Ernst erboste seine Frau. Sie war ihrer Veranlagung nach in jeder Beziehung ziemlich nachsichtig, weshalb er die leise Hoffnung gehegt hatte, sie werde vielleicht auch in dieser Angelegenheit Toleranz zeigen. Doch das erwies sich nun als unmöglich. Genauso unmöglich war es, ihr im einzelnen seine Gefühle für die andere Frau darzulegen. Und als sich der hysterische Anfall seiner Frau steigerte, hatte er nichts weiter zu sagen.

2

Fünf Minuten lang herrschte Schweigen. Jeder hing seinen Gedanken nach. Ihm gingen Erinnerungen an die Geliebte durch den Sinn.

Nachdem seine Frau sich etwas beruhigt hatte, begann sie unvermittelt von sich zu erzählen: »Als ich zum Beispiel voriges Jahr im Krankenhaus lag, dachte ich, verlieb dich nur nicht in den Doktor! Dabei befriedigte es mich voll und ganz, nur an dich zu denken ...«

»Hm.« Er fühlte sich merkwürdig berührt und erinnerte sich genau an den jungen Mann, den sie Doktor nannte. »Das weiß ich. Wie hieß der Arzt doch? Ich hatte es mir damals aufgeschrieben.«

Seine Frau wurde plötzlich ernst und blickte ihn scharf an. Er begriff nicht, was in ihr vorging, aber daß es sich um nichts Unlauteres handelte, spürte er deutlich.

»Wie hieß er nur?«

»Allerdings lag die Sache bei mir damals ganz anders als bei dir. Das mußt du mir wohl zugestehen.«

»Ich glaube nicht, daß deine Gefühle damals so viel anders waren als meine jetzt. Dennoch nehme ich nicht an, du hättest dich zum Leichtsinn verführen lassen.«

Er erhob sich, nahm ein Notizbuch von seinem Schreibtisch und las vor: »Eine gewisse Frau A. Sie ist eine sittsame Ehefrau und umsichtige Mutter. Nur ein einziges Mal in ihrem Leben empfand sie eine Neigung zu einem Mann, die ihr Herzklopfen verursachte. Nur ihr Mann ahnte es. Und der, den es anging. Es geschah jedoch nichts, es ergab sich auch keine Gelegenheit dazu. So wurde alles vergessen und begraben. Heute denkt auch Frau A. schon nicht mehr daran. Da ist noch eine gewisse Frau B. Ihr erging es ähnlich. Aber diese Frau B. war sich selbst dessen gar nicht bewußt.« Frau B. war in diesem Fall seine eigene Frau.

»Sieh mal hier! A., das ist Hiroko.«

Arglos nahm sie das Notizbuch entgegen, machte jedoch keine Anstalten, darin zu lesen.

»Merkwürdig ist es allerdings«, sagte sie mit einem Ausdruck, als wollte sie prüfend in ihr eigenes Herz schauen. »Wäre ich nur im geringsten mit einem schlechten Gewissen belastet, hätte ich dir das alles nicht erzählt.« In der Tat hatte sie jedesmal, wenn er sie im Krankenhaus besuchte, in freudiger Erregung von diesem Doktor gesprochen.

»Das mag sein.«

»Bestimmt. Ich wollte wohl, daß du dich mitfreust über die Freundlichkeit, mit der er mich behandelte.«

»Aber das war doch der Arzt, in den du dich auf keinen Fall verlieben wolltest ... Ich hatte geglaubt, wie ich mir hier auch notiert habe, dir wäre das gar nicht bewußt gewesen.«

»...«

»Hier steht das Datum. 16. April. Mai, Juni, Juli, August, September, Oktober, November, Dezember: Acht Monate lang hast du dieses Thema nicht berührt. Deshalb habe ich mir auch nichts daraus gemacht. Ich bin nun einmal so, daß ich nicht den Mund halten würde, wenn ich in dir auch nur ein Körnchen entdeckte, das mir unangenehm sein könnte. Das war aber nicht der Fall. Ich empfand nichts, was an Eifersucht erinnert. Eher hatte ich irgendwie Mitleid mit dir. Ich wußte sehr genau, was in dir vorging. Du hast ja auch, nachdem du dann aus dem Krankenhaus entlassen warst, hartnäckig darauf bestanden, dir dort den Verband wechseln zu lassen, obwohl wir, Ryuko und ich, auf dich einredeten, daß so etwas auch Doktor Hattori machen könne.«

Sie unterbrach ihn. »Das ist nicht wahr. Da mir noch die Sache mit Yamada aus Abiko im Kopf herumging, war ich der Meinung, bei Doktor Hattori wäre es irgendwie nicht sauber genug. Die Wunde war doch gerade erst geheilt, sollte sie wieder anfangen zu eitern? Das wäre eine schöne Bescherung gewesen. So war das gemeint. Derart argwöhnisch zu sein, finde ich wenig freundlich.«

»Na ja, ich weiß nicht, was den Tatsachen entspricht, ich glaube aber, daß auch Ryuko es so aufgefaßt hat. Sie hat mich betreten angesehen. Mir wiederum wäre es peinlich gewesen, noch viel Worte darüber zu verlieren. Deshalb habe ich auch gesagt, daß du machen kannst, was du willst, wobei ich jedoch davon ausging, daß du nur unbewußt von solchen Regungen getrieben wurdest.«

»Wirklich, ich bin keineswegs wegen des Arztes ins Krankenhaus gegangen.«

»Nicht nur ich habe das so gesehen, auch der Doktor war sich wohl darüber im klaren.«

»Warum hast du mir dann nicht verboten, zu ihm zu gehen? Ich weiß zwar, daß mich keine solchen Gefühle beherrschten, dennoch hättest du mich, wenn dir solche Zweifel gekommen wären, ausdrücklich davon abhalten können. Das war nicht recht von dir.«

»Erstens einmal habe ich nicht angenommen, daß du einen Fehltritt begehen könntest, außerdem wußte ich, daß du noch sehr weit davon entfernt warst, etwas zu tun, worauf ich hätte achtgeben müssen. Daß ich nicht zu den Menschen gehöre, die darüber hinwegsehen können, bildete ebenfalls einen Grund zur Beruhigung. Und schließlich wird es mir wohl zuwider gewesen sein, einer solchen Kleinigkeit wegen einen heftigen Wortwechsel herbeizuführen.«

Erst jetzt, als er so sprach, stellte er fest, daß er dem Lauf der Dinge erstaunlich gelassen zugesehen hatte. Er erklärte es sich damit, daß sich die Reinheit der Gefühle seiner Frau in ihm widerspiegelt hätten.

Er hatte zwar mit dem jungen Arzt, einem lebhaften, sympathischen Mann, kaum ein Wort gewechselt und dennoch keinerlei Abneigung ihm gegenüber empfunden. Wenn er zu seiner Frau ins Krankenzimmer trat, ging der junge Arzt oft eilig an ihm vorbei hinaus. An solchen Tagen war seine Frau besonders aufgekratzt. Einmal, als die jüngste Tochter, die bei der Mutter im Krankenhaus war, mitten in der Nacht plötzlich trotzig nach Hause wollte, brachte seine Frau sie zur Überraschung aller mit dem Auto heim. Der junge Arzt hatte ihr die Genehmigung erteilt unter der Bedingung, daß sie am Morgen zur Visite wieder da sei. Lachend erzählte sie, daß der Arzt sie wegen der Nacht, die sie zu Haus verbringen würde, geneckt hatte. Und früh am Morgen war sie mit dem Auto ins Krankenhaus zurückgefahren. Er glaubte nicht, daß der Arzt sich in einen Liebeshandel mit ihr einlassen wollte. Aber ihm schien, der Arzt wäre sich der Gefühle seiner Frau so bewußt gewesen wie er selber.

Seine Frau, die bei der Entlassung noch unschlüssig gewesen war, ob sie sich im Krankenhaus ambulant weiter behandeln lassen sollte, entschloß sich letzten Endes widerwillig, sich den Verband vom Arzt in Yamashina wechseln zu lassen. Und als sie diesen Arzt am Tag darauf aufsuchte, fand sie, daß es bei ihm überraschend sauber war, und freute sich über ihre Entscheidung.

3

Es war ein Glück für ihn, daß die Sprache auf diese Affäre seiner Frau gekommen war. Sie hatte sich beruhigt. Aber das bot noch keine Handhabe, sie in der Angelegenheit ihres Mannes zur Nachsicht zu bewegen. Sie bestand hartnäckig darauf, er solle versichern, daß er sich auf jeden Fall von der Geliebten trenne. So unnachgiebig hatte sie sich sonst nie gezeigt. Er sah keine andere Möglichkeit, als sich vorerst damit einverstanden zu erklären.

1926

Platonische Liebe

Draußen tobte seit Tagen der Schneesturm. Auf dem Fluß, der nur in der Mitte seines steinigen Bettes Wasser führte, schäumten die Wellen gegen den Strom. Nahezu waagerecht über sie hinweg jagte das Schneegestöber. Es schneite und schneite, aber die Bäume auf den Bergen waren kahlgefegt. Nackt schwankten sie im Wind.

Nach meiner Ankunft fand ich, wegen dieses Wetters reichlich bedrückt und in scheußlicher Stimmung, keine Ruhe. Wenn der Sturm besonders heftig blies, tanzten die Schneeflocken sogar ins Zimmer herein. Durch die Risse in dem papiernen Fenstervorhang vor meinem Schreibtisch, durch die Ritzen an den Fenstertüren – von überall her wehte feiner Schneestaub. Als ich sah, wie er sich auf die aufgeschlagenen Seiten des Buches setzte, das auf dem *kotatsu* lag, und dort wegschmolz, meinte ich, da ich von Natur aus leicht friere und mir schnell eine Erkältung hole, es hier nicht lange auszuhalten. Drei Tage verbrachte ich in dieser Verfassung, ohne mich an meine Umgebung zu gewöhnen.

Mir gefielen aber die heißen Quellen, von denen es hieß, sie stünden mit ihrem Radiumgehalt an zweiter Stelle in der Welt. Die Dichte des Wassers, seine Geschmeidigkeit und die pochende Wärme, die noch lange nach dem Bad anhielt, auf all das mochte ich nicht so ohne weiteres verzichten. Auch wollte ich die Annehmlichkeiten des Gasthauses nicht missen, in dem man mir alle meine Bitten, die ich ungeniert und hemmungslos vortrug, bereitwilligst erfüllte. Nur war es für einen wie mich, der schreiben wollte, schwer zu ertragen, daß die in Gruppen anreisenden Pilger, die zum Großen Schrein in Izumo wollten, Abend für Abend Geishas einluden und lärmende Feste mit ihnen feierten, was allerdings in einem solchen Ort gang und gäbe war, so daß es widersinnig gewesen wäre, sich darüber zu beschweren. Deswegen ließ ich mir ein anderes, recht gemütliches Zimmer geben, das abseits lag, so daß ich keine Nachbarn hatte. Ich versuchte, mir auch sonst den Aufenthalt möglichst angenehm zu gestalten, indem ich meine Wünsche in angemessenem Rahmen frei heraus äußerte. Zum Beispiel ließ ich meine Zudecke gegen eine leichtere, erst in diesem Jahr angeschaffte umtauschen. Auf diese Weise kam ich allmählich zur Ruhe. Wenn ich auf einen Vogel, zum Beispiel eine Wildente, Appetit hatte, schickte man am nächsten Tag sogleich jemanden bis zu drei *ri* weit, um eine zu holen.

Es ist anheimelnd und beruhigend, abends im Bett zu liegen und auf die knirschenden Schritte der Leute zu horchen, die draußen vorbeigehen.

Eines Tages lag ich, die Füße unter dem *kotatsu*, in meinem Zimmer und las in einem Roman, den einer meiner Freunde geschrieben hatte. Es war eine Fortsetzungsserie in einer Zeitschrift, weshalb mir der Anfang unbekannt blieb. Beschrieben war in dieser Nummer, wie sich zahlreiche Leute auf dem Tokyo-Bahnhof versammelten, um von einem jungen Mann Abschied zu nehmen, der eine Europareise antrat. Es war der Sohn eines in der Halbwelt der Geishas und Schauspieler einflußreichen Mannes aus dem Fischgroßhandel. Man gab ihm ein riesiges Abschiedsgeleit. Der Bahnsteig wimmelte von Menschen, so daß kaum ein Durchkommen war. Nur mit Mühe gelangte man an das Fenster, wo der Scheidende stand. In diesem Gedränge traf der Held des Romans eine Geisha aus dem Yoshiwara-Viertel, die er seit langem kannte.

»Komm mit!« sagte er zu der Geisha und drängte sich zum Fenster vor.

»Warum denn, er steht mir nicht so nah, daß ich ihn unbedingt noch sehen müßte.« Aber sie nahm diese Worte gleich wieder zurück, indem sie zu sich selbst sagte: »Was rede ich da nur wieder für ein Zeug! ... Na, du verzeihst mir, lieber junger Herr.«

»Sieh einer an! So also steht es jetzt um euch beide.«

»Aber sicher! Schau nur, gleich werden mir dicke Tränen ...«

In diesem Stil ging es weiter. Ich kannte die Geisha. Daran lag es wohl, daß ich sie mir schon auf Grund dieses Wortwechsels so lebhaft vorzustellen vermochte.

»Warum denn, er steht mir nicht so nah, daß ich ihn unbedingt noch sehen müßte.« Das paßte ganz zu ihr, ebenso, daß sie gleich einlenkte mit den Worten: »Was rede ich da nur wieder für ein Zeug!« Sie stand mir deutlich vor Augen. Und bei den Worten: »Gleich werden mir dicke Tränen ...« sah ich in ihrem lachenden Gesicht sogar die Grübchen auf ihren mageren Wangen. Es war erstaunlich, daß ich so plastisch erblickte, was gar nicht dort geschrieben stand. Solche Situationen kann mein Freund sehr genau beschreiben, so genau, daß man ihm nachsagt, er übertreibe. Aber darüber hinaus war es wohl auch auf meine Einbildungskraft zurückzuführen, daß mir die Geisha so klar vor Augen stand. Ich schmunzelte, als ich merkte, was ich da in diese Schilderung hineingelesen hatte.

Ich gehöre nicht zu denen, die viele Geishas kennen, so daß sie in meinen Werken kaum vorkommen. Nur über diese eine Geisha habe ich einmal in einem Roman geschrieben. Weil ich sie damals mit dem Namen Tokiko versehen hatte, nenne ich sie auch hier der Einfachheit halber so. Die erste flüchtige Begegnung mit ihr liegt bereits siebzehn, achtzehn Jahre zurück. Damals war sie erst eine angehende Geisha. Als richtige junge Geisha traf ich sie dann ein bis zwei Jahre später hin und wieder. Danach aber sah ich sie höchstens einmal alle paar Jahre anläßlich irgendeines Festessens. (Bei solch einer Gelegenheit sagte sie zum

Beispiel zu mir: »Ich sehe Ihren Herrn Vater manchmal.«) Wir waren uns also nahezu fremd. Da ich jedoch in meinem Roman beschrieben hatte, wie der Held ständig an sie denkt, hatte sich meinerseits eine Beziehung zu ihr herausgebildet – Beziehung ist wohl nicht das richtige Wort –, so daß ich von den wenigen Geishas, die ich kannte, nur ihr allein eine besondere Zuneigung entgegenbrachte. Obwohl mein Romanheld den Lebensumständen nach nicht mit mir identisch war, diente ich ihm doch in dem, was ich damals empfand, als Modell. So kam es, daß die in dem Roman beschriebenen Gefühle gewissermaßen echt waren. Ich war tatsächlich in diese Geisha verliebt gewesen, ohne jedoch auf Gegenliebe gestoßen zu sein.

Das letzte Mal sah ich sie, es mag im Frühling vorigen Jahres oder im Herbst davor gewesen sein, als ich nach Tokyo fuhr, um mir einige berühmte Bildmappen anzusehen, die sich dort in Privatbesitz befanden. Mein Freund, der zu der Zeit an dem oben erwähnten Roman schrieb, nahm mich mit zu ihr. Da war Tokiko bereits über dreißig. Ihr genaues Alter kannte ich nicht. Für eine Geisha jedenfalls war sie nicht mehr jung, wenn sie auch auf den ersten Blick den Eindruck machte, als sei sie überhaupt nicht älter geworden. Ich fand sie nach wie vor schön. Für jemanden, der in Kyoto wohnte und nur Frauen aus der westlichen Hauptstadt um sich hatte, besaß sie einen Reiz, der jenseits von schön und häßlich lag. Um Reife handelte es sich hierbei zwar nicht, aber sie schien mir als Frau in ihrer inneren und äußeren Schönheit vollendet. Harmonie und Ruhe gingen von ihr aus. Wenn man sie im Alter von achtzehn, neunzehn Jahren, als sie in einen Schauspieler vernarrt war und allen immerzu erzählte, wo sie ihm begegnet wäre und was er zu ihr gesagt hätte, als rein und unschuldig charakterisieren durfte, so könnte man sie jetzt, wo sie so etwas nicht mehr sagte, umgekehrt als höchst sündhaft bezeichnen. Ob das allerdings zutrifft, entzieht sich meiner Kenntnis. Jedenfalls fiel mir an Kleinigkeiten mit Erstaunen auf, wie sehr sie sich entwickelt hatte. Freimütig erzählte sie zum Beispiel, daß sie unter Führung einer älteren Geisha, die einer Glaubensgemeinschaft anhing, mit einer Gruppe, die sich mühsam das Geld zusammengespart hatte, an einer Pilgerfahrt nach Okayama zum Konjin-Schrein teilgenommen habe, und zwar dritter Klasse.

Auf dem Rückweg meinte mein Freund im Auto zu mir, sie sei bei all ihrer geistigen Beweglichkeit ein wenig zu nervös, so daß ein längeres Zusammensein mit ihr ermüde. Ich sagte mir, er könnte mit dieser Beurteilung recht haben. Aber ich dachte auch, daß er diese ihre Eigenart wohl besonders stark empfand, weil er im Wortgefecht mit ihr, um geistvoll antworten zu können, niemals in seiner Aufmerksamkeit nachlassen durfte. Mir jedoch machte das nichts aus, da ich der Unterhaltung nur zu lauschen brauchte. Ich erinnere mich jedoch, daß mir ein wenig beklommen zumute war, als mein Freund auf die Toilette ging und mich mit ihr allein ließ. Sie reagierte in der Tat sehr schnell auf einen Stimmungswechsel. Nun, jedenfalls empfand ich ihr gegenüber wie einst eine leise Verliebtheit, ein Gefühl, das man auch platonische Liebe hätte nennen können. Ich fand das übrigens ganz in Ordnung. Nichts hinderte einen, die Frau ein oder zwei Jahre lang zu vergessen, sofern man es wünschte. Erinnerte man sich jedoch an sie, sah man sich sogleich im Besitz einer Geliebten. Keinem entstanden daraus Unannehmlichkeiten. Eine Liebe, die niemanden in Verwirrung stürzt, kommt einem zwar höchst fade vor, dennoch kann man nicht sagen, daß sie nichts wert sei.

Einige Tage darauf wollten wir dann die Gelegenheit wahrnehmen, uns bei der Familie des Marquis K. zwei Bildmappen anzusehen, den »Garten der Dichtkunst« und den »Bilderspiegel aus der Tang-Zeit«. Da ich die Absicht hatte, mit Herrn A. aus Tabata dort hinzugehen, wollte ich an diesem Morgen die Zeit mit ihm vereinbaren. Ich schlug in meinem Notizkalender nach, den ich immer bei mir trug. Dort stand hinter A. »Tabata 435« und darunter die leicht zu merkende Nummer »Asakusa 1666«. Ich wählte unverzüglich, und es meldete sich eine Frau.

»Entschuldigen Sie bitte vielmals, aber könnten Sie vielleicht Herrn A. oder jemanden aus seiner Familie an den Apparat rufen?« Das ist so meine Art, eine Bitte auszusprechen.

»Herrn A.?«

»Herrn R. A., bitte.«

»Ja aber ... einen solchen Herrn kennen wir hier nicht. Welche Nummer haben Sie denn gewählt?«

»Asakusa 1666.«

»Die Nummer stimmt zwar, aber es muß ein Irrtum vorliegen.«

Leider wußte ich nicht, wie der Besitzer dieser Telefonnummer hieß. Ich begriff nicht, was hier los war, die Nummer stand doch unter dem Namen A. in meinem Notizbuch.

»Man hat mir gesagt, ich solle unter dieser Nummer nach ihm verlangen.«

»Hier in der Gegend gibt es keinen Herrn R. A.« Die Frau betonte jede Silbe. Sie schien über meine Hartnäckigkeit verärgert zu sein. Ihre Stimme war mir von Anfang an bekannt vorgekommen, aber ich hatte gedacht, das kann doch nicht sein ... Nun wurde mir plötzlich klar, daß es in der Tat Tokiko war, mit der ich sprach. Mir ging ein Licht auf. Nach der Erdbebenkatastrophe hatte sie eine Zeitlang kein Telefon gehabt. Als sie dann schließlich eins bekam, hatte sie mich aufgefordert, mir die Nummer zu notieren. Ich konnte das Angebot schlecht abschlagen, und so trug ich die Nummer auf irgendeiner Seite ein, irgendwo, wo gerade noch Platz war. Dabei wußte ich, daß ich sie nie würde in Anspruch nehmen können. So geriet ihre Telefonnummer zufällig unter die Adresse von A.

Es war einfacher, sich zu entschuldigen, als jetzt noch meinen Namen zu nennen. »Verzeihen Sie bitte vielmals!« Auch ich sprach steif und abgehackt, und ich mußte mir Mühe geben, nicht zu lachen.

Danach konnte ich das Lachen nicht länger unterdrücken. Der Irrtum an sich war schon komisch genug. Noch lächerlicher jedoch und typisch auch für diese platonische Liebe war die Einfalt, mit der ich mir diese Gefühle fünfzehn, sechzehn Jahre lang bewahrt hatte. Wenn Tokiko meinte, daß in ihrer Gegend kein Herr A. wohne, so war das nur allzu einleuchtend. Schließlich kann ein Herr A. nicht im Bordellviertel wohnen. Zu guter Letzt stellte sich auch noch heraus, daß die uns angegebene Nummer von A. nicht ich hatte, sondern Herr H., der mit uns aus Kyoto gekommen war.

Das war vorerst das letzte Gespräch, das ich mit Tokiko geführt habe. Wann wird sich wieder eine Gelegenheit dazu bieten? In drei Jahren? Oder erst in fünf Jahren? Nun hatte ich Tokiko unerwartet in der Erzählung meines Freundes wiedergefunden und ihre Worte vernommen. Ein Gefühl der Zufriedenheit überkam mich. Ich schrieb meinem Freund eine Karte mit dem einen Satz: »Bei Schneesturm in Sanin ihr zu begegnen, wer hätte das gedacht?«

Schließlich schlug mich der allabendliche Lärm der Geishas doch in die Flucht. Während ich an diese eine Geisha aus Tokyo gedacht hatte, hatten die anderen hier mich verjagt. Ich freute mich aber, nach so langer Zeit wieder einmal eine richtige Schneelandschaft erlebt zu haben. Ich saß im Zug und schaute aus dem Fenster. Soweit das Auge reichte, war alles in Schnee gehüllt. Manchmal nur blinkte dazwischen ein Stück Meer auf. Der Schnee lag einige *shaku* hoch. Kurz vor Tottori bot sich eine weite, besonders schöne Aussicht auf den Koyamaike-See. Er war zugefroren und sah mit seiner dünnen Schneedecke bleifarben aus. In der Nähe des Ufers waren die Wellen bogenförmig zu Eis erstarrt. Eine launische Krähe hüpfte am Strand vergnügt von einer Weide zur anderen. Da dort kein Futter für sie zu finden war, vertrieb sie sich auf diese Weise wohl bloß die Zeit. »Krähe im Schnee« ist erbaulicher als »Krähe auf einem kahlen Ast«.

Ich hielt dieses Bild, das ich im Vorbeifahren erhaschte, für ungemein gelungen. In der Nähe von Toyooka und Yaoka erblickte ich in einiger Entfernung von der Bahnlinie eine Schar tanzender Kraniche.

1926

Närrische Liebe

1

Da ihm die Kälte Kopfschmerzen verursachte, saß er in gedrückter Stimmung in seinem Arbeitszimmer. Aus dem grauverhangenen Himmel schneite es zuweilen so stark, daß er die Berge vor sich nicht erkennen konnte. Die Schneeflokken fielen auf das Wasser des Teiches, der den größten Teil des Gartens einnahm, und schmolzen dort rasch weg. Mit leerem Blick starrte er durch die Fenster nach draußen. Etwas später hörte es auf zu schneien, und fast im selben Augenblick zeigte sich ein Stück blauer Himmel. Hier bin ich eben in den Bergen, sagte er sich.

Bereits seit Tagen quälte ihn die Frage, wie er sich in dieser Angelegenheit verhalten sollte. Das beste wäre, sich die Frau aus dem Kopf zu schlagen, aber das wollte er nicht. Es widerstrebte ihm schon deshalb, auf sie zu verzichten, weil seine Frau ihn dazu drängte. Es bestand durchaus die Möglichkeit – vorausgesetzt natürlich, seine Anhänglichkeit würde eines Tages erlöschen –, sich offen von seiner Frau zu trennen, denn auch ihre Anhänglichkeit unterlag Schwankungen. Aber es schien ihm zuviel verlangt, das Gefühl für sie in sich abzutöten und sich von ihr zu trennen. Er konnte sich nicht dazu entschließen. Und selbst wenn er sich dazu aufzuraffen vermochte, blieb dahingestellt, ob er den Entschluß dann auch tatsächlich ausführen würde. Andererseits war es recht unerquicklich, den Betrug auf diese Weise fortzusetzen. Die einzige Lösung sah er in einem großzügigen Verhalten seiner Frau. Aber er wußte, daß er mit dieser Möglichkeit noch weniger rechnen konnte als mit den ersten beiden. Ein Nachgeben seiner Frau wäre für ihn freilich am bequemsten. Nur kam das nicht in Frage. Gestern abend hatte er, mit nur geringer Hoffnung auf Erfolg, dieses Thema einmal angeschnitten. Doch die Hoffnung erwies sich sogleich als illusorisch.

Seine Frau verlangte, er solle noch heute alles ins Reine bringen. Sie meinte es ernst. Und was die Entschlußkraft anging, konnte er sich nicht mit ihr messen. Obwohl er in dieser Angelegenheit seiner Meinung nach erstaunlichen Ernst aufbrachte, übertraf ihn auch hierin seine Frau.

Offenbar blieb ihm nichts weiter übrig, als sich der Form halber einstweilen von seiner Geliebten zu trennen. Allerdings hatte die bissige Bemerkung seiner Frau, die Sache ließe sich mit Geld aus der Welt schaffen, ihn schwer getroffen. Diese offene Verachtung konnte er nicht verwinden. Unvoreingenommen betrachtet, stimmte es zwar. In fremder Angelegenheit hätte er vielleicht sogar selbst so geurteilt. Doch empört war er vor allem, weil solche Äußerungen nicht dem Wesen seiner Frau entsprachen. Obwohl er Verständnis dafür hatte, daß ihr Herz allein von dem Gedanken erfüllt war, verraten und betrogen worden zu sein, war er nicht bereit, ihre Worte hinzunehmen.

Die Gefühle für seine Frau hatten sich nicht im geringsten geändert, seit er die andere zu lieben begonnen hatte. Vielmehr hatte er, weil ihn das Gewissen quälte, ihr weiterhin zärtliche Anteilnahme entgegengebracht. Aber jetzt, wo sie sich in der Verachtung für die andere eine solche Blöße gegeben hatte, schienen ihm auch diese Empfindungen zu verblassen und zu verwelken. Er schämte sich, weil er sich in seiner Einstellung zu seiner Frau eines so geringfügigen Anlasses wegen so schnell, wenn auch nur vorübergehend, als unbeständig erwiesen hatte.

Bei seiner Geliebten handelte es sich um eine Frau aus einem Teehaus im Gion-Viertel. Sie war von hohem Wuchs und zählte zwanzig, einundzwanzig Jahre. Geistig hatte sie nichts aufzuweisen, und sie ähnelte in ihrer ganzen Art eher einem Mann. Er wunderte sich selbst, daß eine solche Frau ihn so stark faszinierte. Dieser Frauentyp war zwar durchaus nach seinem Geschmack, dennoch überraschte es ihn, daß er sich so sehr zu ihr hingezogen fühlte.

Sie besaß das Aroma frischen Obstes, das seine Frau längst eingebüßt hatte. Und in ihrem Atem lag ein Duft wie bei Kindern. Ihr Fleisch war so zart wie das in den Scheren von Krabben, die man in nördlichen Meeren fängt. Da all das nur sinnliche Reize waren, könnte man sein Verhältnis zu ihr niedrig einstufen. Dennoch war es mehr als eine bloße Ausschweifung. Da er sich dauernd an sie gebunden fühlte, konnte er nicht umhin, sich einzugestehen, daß er sie liebte. Er sah in dieser Beziehung etwas Schönes und brachte es nicht fertig, das Häßliche als häßlich zu empfinden.

Als er so dahockte, allein und mit unlustiger Miene, trat seine Frau herein, erschöpft von der Aufregung und trotz der Erschöpfung aufgeregt.

2

»Du kommst zu spät zur Bank!«

»Falls ich es heute nicht schaffe, kann ich es auch morgen noch erledigen.«

»Das wünsche ich nicht. Du mußt es unbedingt noch heute in Ordnung bringen, sonst … Mit jedem Tag, den du es aufschiebst, verlängert sich meine Qual … Außerdem will ich nicht, daß sie sich auch nur einen einzigen Tag noch einbildet, du gehörst ihr. Ein Uhr ist bereits vorbei. Ich bin gleich fertig. Halt dich bitte bereit!«

»Du solltest besser nicht mitkommen.«

»Nein, nein, zu Hause halt ich's nicht aus.«

»Du hast doch Fieber.«

»Es kümmert mich nicht, ob ich krank werde. Käme dir mein Tod nicht sehr gelegen?«

Der Mann warf seiner Frau von unten her einen langen Blick zu.

»Rede nicht über Dinge, deren Gewicht du nicht abwägen kannst, auch nicht zum Spaß!«

»Gewicht? Ach, in deinen Augen wiegt die Sache also leicht!«

»Es ist keine Frage von Leben und Tod.«

»Meinst du?«

»Nur Dummheit wirft beides in einen Topf.«

»Bei mir allerdings wäre es durchaus denkbar, daß beides in einen Topf gerät.«

Obwohl er wußte, daß diese Worte, zumindest aus der Sicht seiner Frau, vielleicht bloß eine Übertreibung waren, geriet er doch in Zorn. »Willst du mir drohen? Es zeugt von niedriger Gesinnung, die Handlungsfreiheit anderer Leute mit solchen Methoden einzuschränken.«

Die Frau schwieg, und der Mann, der seiner Zunge freien Lauf ließ, spie Worte voller Gift und Galle.

Seine Frau verfärbte sich. Sie sah ihn lange an, senkte dann den Blick und meinte seufzend: »Was bist du nur für ein Egoist!«

»In jeder Weise, ja.«

»Ich weiß sehr wohl, daß du durch und durch egoistisch bist, trotzdem ist es ein starkes Stück, jetzt noch, nachdem herausgekommen ist, wie maßlos du mich betrogen hast, ungerührt zu behaupten, ich benähme mich erpresserisch und niveaulos. Bei deiner Kritik an anderen gehst du höchst raffiniert vor und bohrst dich in jede Tiefe. Wenn es sich jedoch um dich selbst handelt, sieht die Sache schon ganz anders aus. Wie läßt sich das erklären? Du schimpfst mit den Kindern, wenn sie lügen, und bist fast zu streng mit ihnen, aber aus einer eigenen Lüge machst du dir offenbar gar nichts.«

»Wenn mir die Wahrheit erlaubt ist, sage ich sie jederzeit. Es widerstrebt mir zu lügen. Falls du die Wahrheit ertragen kannst, will ich damit nicht hinterm Berg halten.«

»Du bist ja völlig außer dir, als wärst du ein ganz anderer Mensch.«

Er fühlte sich sehr unbehaglich und wollte den Mund nicht mehr auftun.

»Die Wahrheit macht mir nichts mehr aus. Schließlich hast du mir ja gestern abend alles gestanden, nicht wahr? Hast mit nichts zurückgehalten. Das war gut so. Nun gib mir nur für die Zukunft das feste Versprechen, nie wieder so etwas zu tun ... Davon möchte ich überzeugt sein. Was gewesen ist, will ich vergessen. Nur daran möchte ich glauben dürfen ... Na? Was hast du mir zu antworten?«

»Das weiß ich nicht. Was geschehen ist, lag nicht in meinem Willen. Ich kann dir deshalb keine Bürgschaft für die Zukunft geben.«

Die Frau geriet in Aufregung und schrie ihn an: »So kann ich nicht weiterleben!«

»Was willst du also tun?«

»Antun werde ich mir nichts, denn das alles bringt mir sowieso und ganz von selbst den Tod. Dazu wird es sicher kommen.«

Angesichts dieses Zustands seiner Frau blieb ihm, wie er einsah, nichts anderes übrig, als sich vorerst von der anderen zu trennen. Der Gedanke daran steigerte seine Gereiztheit noch mehr.

3

Als die beiden eine Stunde darauf in Kyoto an der Station Higashiyama Sanjo aus der Elektrischen stiegen, fiel großflockiger Schnee in Massen und auf eine wohltuende Weise. Da bei ihrer Abfahrt in Yamashina die Sonne geschienen hatte und deshalb ein Schirm nur ein unnötiger Ballast gewesen wäre, standen sie nun, eine dicke Schneeschicht auf dem Kopf und den hochgezogenen Schultern, auf der immer weißer werdenden Straße.

»In etwa anderthalb Stunden bin ich zurück. Du wartest bei K. auf mich. Versuch möglichst ruhig zu erscheinen, sonst macht es einen schlechten Eindruck.«

Die Frau blickte ihm schweigend in die Augen.

»Geh schnell, bei der Kälte! Warm genug angezogen bist du?«

Sie nickte.

»Also dann!«

Er trennte sich von seiner Frau. Der Weg war nicht weit, deshalb war es besser zu laufen, als in der überfüllten Elektrischen zu stehen. Er überquerte die Straße und verschwand in einem Laden, um sich Zigaretten zu kaufen. Als er wieder heraustrat, stand zwei *ken* von ihm entfernt seine Frau, Haar und Brust mit Schnee bedeckt. Dem Weinen nahe, murmelte sie etwas vor sich hin. Sie war über Nacht merklich verfallen. Als er auf sie zukam, neigte sie den Kopf zur Seite und bat flehentlich: »Nicht wahr, du tust es, du tust es doch?«

»Nun laß es gut sein! Wenn du hier solange im Schnee herumstehst, erkältest du dich vielleicht doch noch.«

Schließlich ging die Frau zurück. Aus ihrem dicken Schal lugte der kleine Kopf mit dem aufgesteckten Haar hervor. Als er sie sich so entfernen sah, rührte ihn ihre klägliche Haltung, und er empfand Erbarmen.

Er trat in das Gasthaus, in dem er sich immer mit der anderen Frau getroffen hatte. Die Wirtin, die im dunklen Teezimmer am Feuerbecken saß, sagte »Wie das heute schneit!« und erhob sich katzenhaft träge.

»Ich habe etwas mit ihr zu besprechen. Sie soll allein kommen! Sofort!«

Die Wirtin rief an und bestellte es ihr.

Die Frau kam auch gleich, was sonst bei ihr nicht üblich war. Als er auf sein Anliegen zu sprechen kam, schwieg sie verlegen. Schließlich meinte sie: »Das ist ja eine schöne Bescherung!« Es war ihr peinlich, sich so schnell von ihm trennen zu müssen, wo sie doch gerade erst von den Geishas

Glückwunschgeschenke entgegengenommen hatte. Eindeutig war das der Grund für ihre Verlegenheit. Sie saß wohl wirklich in der Patsche. Ihr kamen sogar die Tränen.

»Du brauchst es doch nicht publik zu machen.«

»So etwas spricht sich gleich herum.«

»Vielleicht könntest du woandershin gehen, weit weg von hier.«

Wenn sie hier in Kyoto blieb, konnte er nicht garantieren, daß er sie nicht wieder aufsuchte. Es käme ihm wirklich gelegen, wenn sie sich von hier entfernte. Als er ihr das nahelegte, sagte sie: »Das hilft mir auch nicht.« Geistesabwesend saß sie da, das verweinte, schwermütig-stumpfe Gesicht dem Fenster zugewandt.

Er zog ihren großen, schweren Körper auf seinen Schoß. Ihr Mund schmeckte salzig, nach Tränen. Ihm fiel ein, daß der Mund seiner Frau am letzten Abend den gleichen Geschmack gehabt hatte, und er fand, daß es ihm in keiner Weise gebührte, zwei solche Menschen zu besitzen.

Kurz darauf zahlte er ihr, was ihr für ihre Dienste zustand, und händigte ihr die Abfindungssumme aus. Dann verließ er das Gasthaus. Draußen schneite es noch immer ein wenig.

Wenn man von Higashiyama Sanjo nach Westen abbog, gelangte man zu K.s Haus, das sich auf dem Terrain eines großen Tempels befand. Als er das Gelände durch ein Hintertor betreten wollte, stieß er überraschend auf seine Frau.

»Es fiel mir so schwer, still zu sitzen und Konversation zu machen«, sagte sie wie zur Entschuldigung. Dann sah sie ihm in die Augen und fragte ihn: »Ist nun ein für allemal Schluß?«

»Ja.« Er nickte, merkte aber selbst, daß seine Bestätigung recht schwach ausfiel.

Oberflächlich gesehen, war alles wohlgeordnet. Mit seinen Gefühlen war er jedoch noch keineswegs im reinen. Vor wenigen Minuten erst hatte die andere Frau ihn gebeten, sie noch einmal aufzusuchen, bevor sie die Stadt verließ. Er hatte ihr eine unklare Antwort gegeben. Es lag überhaupt nicht in seiner Absicht, sich von ihr zu trennen. Dennoch hatte er alles so erledigt, wie seine Frau es ihm aufgetragen hatte. Statt seine Frau zu hintergehen, betrog er also zunächst sich selbst. Und falls er nicht sich selbst betrog, bedeutete das, daß er seine Frau ebenso wie seine Geliebte hinterging. Wie auch immer, er wollte eine frontale Auseinandersetzung, die zur totalen Zerstörung der häuslichen Harmonie geführt hätte, vermeiden. So viel schien ihm die Sache nicht wert. Die andere Frau hatte ihn anfangs nicht recht leiden können. Jetzt fühlte sie sich zwar nicht mehr von ihm abgestoßen, aber er wußte auch ohne den Hinweis seiner Ehefrau, daß es sich bei ihr nur um ein Geschäft handelte. Diese Haltung seiner Geliebten behagte ihm nicht, aber in ihrer Welt galt das eben als moralisch. Selbst wenn die Frau ihn wirklich lieben sollte, war es ihr doch unmöglich, diese Einstellung ganz zu überwinden.

Dennoch gelang es ihm nicht, sich die Frau aus dem Kopf zu schlagen, er dachte an sie, gleich, ob er allein oder in Gesellschaft war. Solange er seinen Frieden noch nicht wiedergewonnen hatte, würde in ihm nicht die Bereitschaft reifen, sich von ihr zu trennen.

An dem Abend machte er mit seiner Frau einen Stadtbummel, von dem sie erst spät zurückkehrten. Seine Frau erkrankte noch am gleichen Abend. Es war falsch gewesen, mit Fieber auszugehen.

4

Die Krankheit seiner Frau, eine Grippe, wollte und wollte nicht abklingen.

»Es ist nun restlos erledigt, ja? Darf ich beruhigt sein?«

Wenn seine Frau solche Äußerungen tat, überkam ihn stets Verlegenheit. Er tröstete sie zwar mit geeigneten Worten, vermied es aber, sich klar und deutlich auszudrücken.

Da seine Frau ihm Glauben schenken wollte, widerstanden ihm erst recht klare Formulierungen.

Eines Tages sagte sie: »Es ist wie eine Familienkrankheit. Wenn sie vorbei ist, hinterläßt sie keinerlei Spuren. Doch sie verkürzt einem das Leben beträchtlich.«

»Wenn das eben eine Krankheit ist, ist es nicht ausgeschlossen, daß sie mich wieder befällt«, erwiderte er wie zum Spaß. So zu reden fiel ihm leichter.

Auf jeden Fall wollte er so bald wie möglich weg von hier. Er hatte in Tokyo etwas zu erledigen. Da sich aber die Krankheit seiner Frau als merkwürdig hartnäckig erwies, mußte er diese Reise lange aufschieben. Schlimm war weniger die Krankheit selbst als die körperliche Schwäche der Frau. Sie lebte ständig in leichter Erregung. Der schmucklose Ring, der ihr sonst ins Fleisch schnitt, rutschte ihr nun manchmal, wenn sie die Hand nach unten hielt, von allein vom Finger.

Bald darauf fuhr er dann doch nach Tokyo. Dort erhielt er von seiner Frau einen Brief folgenden Inhalts:

»Hoffentlich geht es Dir gut. Seit Du abgereist bist, schneit es hier jeden Tag. Es ist sehr kalt. Wie steht es mit Deinem Rheuma? Ich mache mir Sorgen um die Gesundheit von Herrn O. Alle Deine Angehörigen werden doch wohl gesund und munter sein? Ich bitte Dich, ihnen meinen Dank für den Fischrogen auszurichten. Eigentlich müßte ich selber einen Dankbrief schreiben, aber es fällt mir im Moment so schwer, weshalb ich Dich bitte, in meinen Namen herzlichst zu danken. Wirst Du mir verzeihen, daß ich bei Deiner Abfahrt, wie üblich, schlechter Laune war? Deine Abreise hatte mich in keiner Weise pessimistisch gestimmt, aber irgendwie fühlte ich mich an dem Tag bedrückt, weshalb ich mich nicht aus dem Bett erhob. Auch jetzt fühle ich mich recht einsam, und mir ist zum Weinen zumute. Aus diesem Grunde schreibe ich Dir. Ich sage mir zwar, daß ich Dich nicht in Deinen literarischen Arbeiten stören darf, und beherrsche mich nach Kräften, aber es liegt mir schwer auf der Seele, so daß ich eben doch wieder solche Nichtigkeiten erwähne. Jetzt, wo ich hier allein und verlassen bin, muß ich immer aufs neue an jene Sache denken, und die Tränen steigen mir in die Augen. Ich weiß, daß alles vorbei ist, dennoch beschäftigt es mich unwillkürlich immer wieder. Ich finde beim besten Willen nicht zu meiner Heiterkeit zurück. Laß mich so etwas Schreckliches niemals wieder erleben! Unser Affe ist nun schließlich doch gestorben. Ich bin auch jetzt noch tieftraurig. Erlaube mir, fortan volles Vertrauen in Dich zu setzen. Diese Geschichte ist nun einmal passiert, und ich hatte Dir doch so von Herzen vertraut. Ich will, daß es in Zukunft nicht mehr vorkommt, auch nicht heimlich. Du wirst vielleicht ärgerlich sein, weil ich nur von meinen Wünschen schreibe, aber meine Herzensqualen drängen mich, Dir das zu sagen. Es ist sicher undankbar von mir, so pessimistisch zu sein, obwohl Du mir beteuert hast, wie wert ich Dir bin, dennoch bin ich eben ganz und gar von der Erinnerung an das Vergangene durchdrungen, mehr als von Deinen Worten. Ich bitte Dich inständig, mir ausführlich zu antworten, damit ich wieder zur Ruhe komme.

Ich fürchte, daß Du tagein tagaus sehr beschäftigt bist und Dich bei Deinen literarischen Vorhaben geistig überanstrengen könntest. Achte auf Deine Gesundheit und erkälte Dich nicht! Wenn Dein Rheuma Dir auch nur ein wenig zu schaffen macht, solltest Du zur Kur nach Hakone fahren. Da ich Dir Deinen *hakama* mitzugeben vergaß, habe ich ihn Dir nachgeschickt. Sicherlich wirst Du ihn schon erhalten haben. Nachts fürchte ich mich nicht besonders. Die Kinder sind gesund und munter, das zu Deiner Beruhigung. Es ist nicht so, daß ich immerzu nur weine. Manchmal, wenn ich niedergeschlagen bin, kommt mir allerlei in den Sinn, so daß ich in Tränen ausbreche. Ich gebe mir große Mühe, meine Gemütsverfassung zu ändern. Da Du mich mit so viel Fürsorge umgibst, sollten solche Vorkommnisse eigentlich kein Anlaß zum Groll sein, dennoch kann ich mich in meinem Eigensinn nicht zufriedengeben, wenn ich für Dich nicht die einzige bin. Verzeih mir, daß ich mich so schonungslos über Deine Gefühle hinwegsetze und nur von mir schreibe. Da ich mir nun alle diese Nichtigkeiten von der Seele geschrieben habe, fühle ich mich erleichtert. Grüße bitte die Deinen!«

Als er den Brief las, wurde ihm ein Telegramm gebracht. »Bitte kommen!« – Er konnte sich gut vorstellen, daß seine Frau es nun doch nicht mehr aushielt. Es war ein Glück, daß sie ihren Kummer nicht länger in sich verschließen wollte. Obwohl er noch nicht alles erledigt hatte, was sein Plan für Tokyo vorsah, beschloß er, sofort zurückzukehren.

»Ob es etwa nicht gut um ihre Gesundheit steht? ... Ich bin ihr untreu gewesen.«

Die Mutter erwiderte nichts darauf, sie sagte nur: »Besser, du fährst gleich.«

Innerhalb von zwanzig Minuten waren seine Sachen gepackt. Er schaffte gerade noch den letzten Schnellzug.

1926

Eintagsfliegen

Sieben Tage bin ich nun schon hier im Quellbad Tokura in Shinshu. Vorher war ich mit meiner Familie in Sengataki in der Nähe des Asama-Vulkans. Da ich aber mit dem Roman, an dem ich derzeit schreibe, nicht vorangekommen bin, schickte ich meine Familie zu den Eltern meiner Frau nach Tokyo und fuhr allein nach Tokura, um hier meine Arbeit zu vollenden.

Nachdem es bisher um mich sehr lärmvoll zugegangen war, schlug nun, wo ich mich plötzlich allein befand, die Stille in Langeweile um, so daß ich manches Mal nicht wußte, wie ich die Zeit totschlagen sollte.

Schreiben. Von der Arbeit ermüdet, im heißen Quellwasser sitzen. Lang liegen und Bücher lesen. Ansonsten Spaziergänge, die eigentlich keine waren. Man ging den mit Akazien bewachsenen Deich des Chikuma-Flusses entlang bis Kamiyamada und kehrte auf der Straße, die mit Gasthäusern für die Kurgäste gesäumt waren, nach Tokura zurück. Das Ganze dauerte nicht einmal zwanzig Minuten. Danach hatte man gar nicht das Gefühl, richtig gelaufen zu sein.

Eines Tages sah ich auf dem Sportplatz in der Parkanlage von Kamiyamada einige Grundschullehrer Baseball spielen. Obwohl mir die heiße Nachmittagssonne dieses frühherbstlichen Tages ins Gesicht brannte, schaute ich mir das Spiel bis zu Ende an. Die Lehrer waren im Alter zwischen zwanzig und etwa dreiunddreißig, bunt zusammengewürfelt, manche gut trainiert, andere unbeholfen. Ich fand ihre Sorglosigkeit sympathisch, denn mehr als um Sieg und Niederlage schien es ihnen um das Vergnügen zu gehen, miteinander zu plaudern.

Ein Schläger stellte sich auf, und der Fänger gab den Spielern seiner Mannschaft Anweisung, wie sie sich auf die Außenfelder verteilen sollten. Der Schläger, der angespannt in Positur verharrte, wandte sich schließlich, weil es zu lange dauerte, ungeduldig zu dem Fänger um und rief: »Halt doch bloß mal ein Weilchen den Mund! Ich kann mich nicht konzentrieren.«

Der dritte Spieler warf dem Schiedsrichter, den er mit dem Werfer verwechselt hatte, den Ball zurück. Der rollte in den Wassergraben zwischen der Hauptbase und der ersten Base. Der Läufer gelangte von der ersten Base bis zur Hauptbase und gewann einen Punkt.

Dann warf der Fänger, der das zweimalige Abseits nicht bemerkt hatte, den Ball dem zweiten Spieler zu, der sich den Handschuh schon ausgezogen hatte und ganz fassungslos mit bloßen Händen dastand. Diese Häufung von Fehlern war spaßig und brachte uns alle zum Lachen.

Lachen und Schwatzen hingen in der Luft. Es war den Spielern nicht so wichtig, ob sie gewinnen oder verlieren würden. Sie gaben sich einfach nur der Freude am Spiel hin. Und diese Freude äußerte sich so lebendig, daß auch die Zuschauer davon angesteckt wurden.

Eines Tages reiste ein Bezirksabgeordneter an. Er bezog das Zimmer neben mir. Aus Nagano kam ein Anruf für ihn, und er seinerseits telefonierte auch. Er schien recht beschäftigt zu sein. Am Tag darauf erhielt er schon am frühen Morgen Besuch. Als er dann mit seinem Gast im Zimmer beim Mittagsmahl saß, schnappte ich einige Fetzen der Unterhaltung auf.

»Nicht wahr?« hörte ich den Gast sagen.

»Wie?« fragte der Abgeordnete zurück.

Dann hörte ich wieder nur das »Nicht wahr?«

»Hm!« Jetzt hatte der Abgeordnete begriffen. Sicherlich hatte er zustimmend genickt.

»Das müßte unbedingt ... Die Mehrheit ist wohl geneigt, das zu verlangen.«

»Hm.«

Beide schwiegen. Dann wieder die Stimme des Besuchers: »Was meinen Sie dazu?«

»Na ja, das ist ... Ja also, was soll man dazu sagen?« wich der Abgeordnete aus. Offenbar wollte er sich nicht festlegen. Unauffällig lenkte er das Gespräch auf andere Dinge. Da ich in meinem Zimmer ohne Gesellschaft war, bot mir diese Unterhaltung ein wenig Abwechslung.

Wenn ich keine Lust zu einem Spaziergang nach Kamiyamada hatte, ging ich in entgegengesetzter Richtung bis zum nächsten Dorf, was auch ganz nett war. Am Zugang zu einer langen, schmalen Brücke über den Chikuma-Fluß zweigte ein Bewässerungsgraben ab. Ein Stück den Damm hinunter stand ein Pfefferbaum, mit rotbraunen Früchten so beladen, daß seine Zweige sich wie unter einer Schneelast bogen. Ich hatte mir die Mühe gemacht und eine Säge mitgenommen, um einen Ast abzusägen, den ich dann dem alten Mann vom Gasthaus zeigte. Er erklärte mir, daß es sich um eine seltene, allerdings ungenießbare Pfefferart handele. Wenn die Früchte auch nicht verwertbar waren, fand ich doch ihre Farbe so schön, daß die Zweige durchaus in einer Vase stehen konnten, und ich versuchte auf meine Art, ein Gesteck zu arrangieren. Ich verstreute die Zweige über das ganze Zimmer, und zum Schluß wurde dann doch nichts daraus.

Im Sarashina-Schrein. Ein ausgedehntes, mit Kiefern und Zedern bestandenes Gelände, an dessen Rand das auffallend hohe Hauptgebäude und, in einem Abstand von sieben, acht *ken* davon, die noch weit größere Gebetshalle lagen.

Wolken am Himmel, abendliche Stille. Am Amulettverkaufsstand links neben dem Hauptgebäude saß ein Greis mit einem Kinnbart, wahrscheinlich ein Shinto-Priester, ihm gegenüber ein zweiter Greis, beide Pfeife rauchend. Als ich vorbeiging und zu ihnen hinüberblickte, sahen auch sie schweigend zu mir her. Nur ein einziger gerader Weg führte von Nord nach Süd durch den Wald. Im dämmrigen Schatten der Bäume rechts und links des Weges wucherten Brennnesseln bis zu drei *shaku* hoch. Die Baumwipfel waren in einen leichten, nebelartigen Dunst gehüllt und sahen ganz verschwommen aus. Alles war grau wie eine Landschaft im Traum. Auch die beiden einander gegenübersitzenden Greise, die schweigend Pfeife rauchten, paßten in diese traumhafte Landschaft. In Gedanken versunken schritt ich etwa zehn *ken* dahin. Auf einmal war mir, als hätte mich jemand von hinten angerufen. Erschrocken blieb ich stehen.

»Beim diesjährigen Fest ...«, sagte einer der beiden Greise, die bisher stumm dagesessen und nun eine Unterhaltung begonnen hatten. Ihre Stimmen hallten durch den weiträumigen Wald, der wie ein großer Dom wirkte.

Auf diese Weise lebte ich, wenn ich nicht schrieb, als Müßiggänger. Dennoch hatte ich am Nachmittag des siebenten Tages etwa siebzig Seiten geschafft; sie hätten eigentlich schon für die Vormonatsnummer der Zeitschrift fertig sein müssen. Mit einem Gefühl der Erleichterung stieg ich erst einmal ins Bad, und bald darauf verließ ich das Gasthaus, um mich in die Altstadt von Tokura zu begeben, die keine Quellbäder hat.

In dem ausgetrockneten, sandigen Flußbett las ein Mann angeschwemmte Zweige, Stroh und allerlei Müll zusammen, um ein Feuer zu entfachen. Es war windig, und das Feuer prasselte heftig. Aber er machte keine Anstalten, sich daran zu wärmen, er lief nur hastig hin und her, um noch mehr Brennbares zu sammeln. Ihm lag wohl an der Asche, die er als Dünger verwenden wollte.

Das Feuer, das am hellichten Tag in dem öden, vom Wind durchfegten Flußbett loderte, hatte eine sonderbare Farbe. Die Brücke mit ihrem Geländer aus dickem Zinkdraht schwankte bedrohlich, wenn ein Auto darüberfuhr. Ich ging weiter und hatte endlich die lange Brücke überschritten.

Rechterhand vor mir erhob sich eine großzügig angelegte Grundschule, vor deren Tor drei Mädchen spielten. Sie knobelten.

Ich blieb abermals stehen. In West- und Ostjapan benutzt man beim Knobeln unterschiedliche Worte für Schere, Stein, Papier. Und die Mädchen hier verwendeten wiederum andere Ausdrücke. Es gelang mir nicht, den Spruch aufzufangen, ich verstand ihn beim besten Willen nicht. Nur der Rhythmus ging mir ein.

Die Altstadt von Tokura bot ihres traditionellen Stiles wegen in mancher Hinsicht einen erfreulichen Anblick. Mitten durch die Stadt floß ein Gewässer. Auf dessen einer Seite führte eine Autostraße entlang, am Wegrand auf der anderen Seite standen hübsch anzusehen die Granatäpfelbäume. Ich kam an einer Reiswein-Brennerei vorbei und bog dann rechts zum Bahnhof ab.

Wenn gleich ein Bus gehen würde, könnte ich damit zurückfahren. Falls jedoch ein Zug günstiger wäre, wollte ich, was ganz interessant sein dürfte, diese Gelegenheit wahrnehmen und Ueda besichtigen.

Der nächste Zug ging in zehn Minuten. Ich ließ von dem Teehaus am Bahnhof in meinem Gasthaus anrufen, da ich keinen Bescheid hinterlassen hatte.

Vom Zugfenster aus betrachtete ich die Landschaft, deren besonderer Reiz darin lag, daß die Berge hier wie umgestülpte Suppenschüsseln aussahen.

Kurz nach fünf traf ich in Ueda ein. Ich suchte mir einen Zug für die Heimfahrt aus und beschloß, bis dahin mit einer Riksha eine Runde durch die Stadt zu machen. Bis zur Abfahrt blieben mir noch anderthalb Stunden. Das sagte ich dem Rikshamann ausdrücklich, bevor wir losfuhren. Er war etwas älter als ich und ein gutmütiger Kerl. Wenn man von Westjapan hierher kommt, fällt einem auf, daß die Leute hier herzerwärmend freundlich sind. In jungen Jahren war es mir gleichgültig, ob die Menschen einer Gegend freundlich oder unfreundlich waren, in letzter Zeit jedoch spüre ich das sofort heraus, und es hat unmittelbaren Einfluß darauf, ob meine Reise gut verläuft.

In einem Vorort der Stadt stand eine Burg, erbaut von Yukimura Sanada, wie es hieß. Das war mein erstes Besichtigungsziel. Am Haupttor der Burg befand sich, von einer schmutzigen weißen Lehmmauer umgeben, ein altes, jetzt leerstehendes Gefängnis. Gefängnismauern sind fast immer, als wäre das früher so vorgeschrieben gewesen, aus roten Ziegelsteinen errichtet. Weiße Lehmmauern findet man wohl nur in Kyoto und hier. Das Gefängnis von Kyoto wurde inzwischen nach Yamashina verlegt und wird gegenwärtig nicht benutzt.

Der Rikshamann lief geschwind den Feldweg entlang auf die Berge zu. Als nächstes wollte ich das Freudenviertel besichtigen. Das Bordellviertel, in dem noch keine Lichter brannten, sah verlassen, fast düster aus. Die neuen Häuser, hoch und mit schmaler Front, machten einen unsoliden Eindruck, während die alten Gebäude mit ihren niedrigen Dächern und breiten Fronten stabil wirkten.

Durch die Spalten eines Türvorhangs hindurch erblickte ich eine schwarzglänzende, breite Treppe. Von drinnen drangen die Klänge einer *satsuma*-Laute zu mir. Wunderbare Stille ringsum. Der Rikshamann erzählte mir, daß hier im alten Viertel das Geschäft nicht mehr so blühe wie bisher, weil eine neue »Dämonenhöhle« entstanden sei, eine Gasse, die den Namen Taishokoji trage.

Wir verließen das Freudenviertel und wandten uns den belebteren Straßen zu. Mein Rikshafahrer zeigte mir weitere »Dämonenhöhlen«, die von der Taishokoji abzweigten. Diese Häuser waren zwischen normale Wohnhäuser gezwängt, hinter ihren grünen Glasscheiben schminkten sich Frauen. Diese Gassen wirkten nicht so grell wie im Freudenviertel, sie machten im Gegenteil einen überraschend schlichten Eindruck.

Inzwischen war die Dunkelheit hereingebrochen. Als die Riksha über eine Brücke rollte, ging mit einem Schlag das

Licht in der Stadt an. Der Mann schlug mir vor, den Markt am Flußufer zu besuchen. Ich hingegen beharrte darauf, durch ein Geisha-Viertel und die belebtesten Straßen zu fahren. Der Mann entsprach meinem Wunsch und brachte mich anschließend zum Bahnhof zurück.

Meine Stadtbesichtigung hatte nicht einmal eine Stunde gedauert. Es blieben noch vierzig Minuten bis zur Abfahrt des Zuges. Ich wollte nicht so lange im Wartesaal herumsitzen, weshalb ich mich wieder zur Stadt hin begab, um irgendwo in der Nähe Buchweizennudeln zu essen. Die Nudelläden vor dem Bahnhof waren allesamt so schmutzig, daß ich mich nicht hineinwagte. Ich holte den Rikshamann ein, der nun mit dem leeren Wagen heimwärts zog.

»Gibt es hier kein anständigeres Nudellokal?« fragte ich ihn.

»Nudeln? Ein Lokal? Schade, vorhin sind wir an einem vorbeigekommen«, antwortete der Rikshamann.

»Ist es weit bis dahin?«

»Nicht sehr.«

»Da, wo die Geisha-Häuser sind?«

»Das Haus Yabu an der kleinen Brücke. Es ist ein traditionsreiches Lokal.«

»Was meinen Sie? Schafft man das in einer halben Stunde hin und zurück?«

»Das sollte wohl möglich sein.«

Der Mann ließ mich wieder einsteigen und rannte, so schnell er konnte, schwer keuchend die leicht ansteigende Hauptstraße hinauf. Es war doch ein ziemlich weiter Weg.

Das Lokal lag in einer schmalen Gasse. Wir stellten den Wagen ab und gingen zusammen hinein. Der Rikshamann, der noch seine sockenartigen Laufschuhe anhatte, blieb unten an der Tür stehen, während ich gleich in den ersten Stock hinaufstieg.

Obwohl es schon Abend war, saß in dem großen, mit Matten vom Ichimatsu-Muster ausgelegten Zimmer nur ein einziger Gast, ein weißbärtiger Greis, der zu seinem Reis Fisch und in Öl gedünstetes Gemüse aß. Ein munterer Bursche mit Igelschnitt brachte mir bald das Bestellte. Die Nudeln waren schwarz und dick und erinnerten an ein kräftig gedrehtes Strohseil. Sie dufteten stark und schmeckten wirklich wunderbar. Das waren wahrhaftig echte Buchweizennudeln! Nur die Suppe war recht ländlich, wodurch der unverfälschte Nudelgeschmack zum Teil verlorenging. Ich hatte Verständnis dafür, daß Nudelfeinschmecker aus Tokyo ihre Suppen, wie ich gehört hatte, mitbrachten.

Als ich gegessen hatte und wieder hinunterging, wartete in der Diele bereits der Rikshafahrer mit der Decke in der Hand auf mich. Wir eilten den gleichen Weg zum Bahnhof zurück. Diesmal ging es schneller, weil der Weg bergab führte. Als ich die Buchweizennudeln lobte, freute sich der Rikshamann.

Vor dem Bahnhof stand eine Bogenlampe, die von Insekten umwirbelt wurde, allem Anschein nach einer Bärenspinnerart. Auch der große Wartesaal im Bahnhof war voll davon, so daß die Reisenden nach draußen geflüchtet waren. Nun sah ich, daß es Eintagsfliegen waren. So kreuz und quer durcheinanderwirbelnd, ähnelten sie Schneeflocken im Wind.

»Hier bei uns nennt man sie Ernteglücksbringer. Man freut sich, wenn sie in großen Schwärmen auftreten, weil man sich davon eine gute Ernte verspricht«, erklärte mir der Rikshafahrer, während er die Deichsel ablegte, um sich den Schweiß von der Stirn zu wischen.

Als ich nach dem Lohn für die zweite Fahrt fragte, nannte er, weil ich ihn zum Essen eingeladen hatte, einen niedrigeren Preis; er hatte von dem Lohn den Preis für die Nudelsuppe abgezogen. Diese Korrektheit amüsierte mich, aber ich fand sie auch angenehm. Ich gab ihm entsprechend mehr, woraufhin er mich mitleidig ansah.

Da ich noch nie einen solchen Schwarm wirbelnder Eintagsfliegen gesehen hatte, erregte er meine Neugier. Ein Bahnhofsangestellter sprengte aus einer großen Gießkanne

Wasser auf den gestampften Lehmboden. Die wenig widerstandsfähigen Eintagsfliegen konnten sich nicht mehr rühren, wenn sie einmal heruntergefallen waren und ihre zarten Flügel naß gemacht hatten. Der Lehmboden in der Diele wurde zusehends weißer, als überziehe er sich mit einer dünnen Schneedecke. Unter den hellen Lampen waren die Wirbel besonders dicht.

Ein paar mutwillige Jungen rannten abwechselnd darunter hindurch. Dann stellte sich einer absichtlich mitten in den wildesten Schwarm und schlug über seinem Kopf mit einem Tuch um sich. Doch er hielt es nicht einmal zehn Sekunden lang aus, dann sprang er zur Seite und beugte sich tief herab, um die vielen Fliegen, die ihm unter dem Kragen saßen, herauszuschütteln.

Die Sperre öffnete. Die Reisenden wollten nicht durch die Fliegenschwärme hindurch, deshalb mieden sie den geraden Weg zur Sperre und machten einen großen Bogen von einer Ecke des Wartesaals zur anderen.

Auch auf dem Bahnsteig schwirrten Fliegen, aber dort war es nicht so schlimm, weil er nur schwach beleuchtet war.

Dann kam mein Zug, und eine Stunde später war ich wieder in Tokura.

Vor dem Bahnhof wartete der Bus nach Kamiyamada. Ich stieg ein. Außer mir saß nur ein einziger Fahrgast drin, ein schmächtiger junger Bursche mit Sonnenbrille. Der Schaffner, etwa zwanzig Jahre alt und von stattlicher Statur, stand noch draußen. Als er sah, daß zwei Frauen, die aus dem anderen, soeben eingefahrenen Zug ausgestiegen waren, zur Stadt hin liefen, rief er dem Fahrer zu: »Also los, fahren wir!« Er wartete, bis der Bus gewendet hatte, und stieg dann ein. In dem Moment kam aus dem Dunkel ein fünfzehnjähriges Mädchen angerannt und sprang lachend auf den Bus, der schon angefahren war. Der Schaffner half ihr. Alle im Bus kannten sich und unterhielten sich lebhaft.

»Und wie ging es dann weiter?« fragte der Schaffner das Mädchen.

»Naoya ist mit einer Pistole gewaltsam in Minakos Wohnung eingedrungen.«

Bis dahin hatte ich nicht genau zugehört, aber als der Name Naoya fiel, spitzte ich die Ohren. Wegen des Tonfalls, in dem diese Unterhaltung geführt wurde, hatte ich anfangs angenommen, es handelte sich um ein Geschehnis aus dieser Gegend, doch dann begriff ich, daß sie über »Frau Perle« von Kan Kikuchi sprachen.

»Diese Ruriko wird später Frau Perle, die mit zahlreichen Männern und Frauen ihr Spiel treibt«, erklärte der Schaffner dem jungen Mann mit Sonnenbrille, der das Buch noch nicht gelesen hatte.

»Das mit den zahlreichen Männern und Frauen dürfte nicht stimmen«, warf der Bursche mit der Sonnenbrille ein.

Das Mädchen erzählte von dem Film »Frau Perle«, den es in Nagano gesehen hatte, und meinte: »Kan Kikuchi gefällt mir am besten.« Der junge Mann und die anderen waren ebenfalls Verehrer von Kan Kikuchi. Ich geriet fast in Versuchung, ihnen zu eröffnen, daß Kan Kikuchi ein Bekannter von mir war. Mit Behagen stellte ich mir vor, wie erstaunt sie sein würden, wenn ich ihnen verkündete: »Der Naoya, das bin ich.«

Der Bus fuhr nun auf der langen Brücke über den Chikuma-Fluß. Die Holzbohlen ächzten und knarrten.

»Eine Unmenge Ernteglücksbringer, fast als ob es schneit«, sagte der Fahrer, den Blick starr geradeaus gerichtet. Alle blickten zum Fenster hinaus. Auf der Brücke standen im Abstand von zwanzig *ken* Laternenmaste, um deren Lampen sich ebenfalls unzählige Eintagsfliegen tummelten. Zwei bis drei *cho* lang war die Reihe der Maste, und um jede Laterne schwirrten Fliegenschwärme.

Es war ein seltsames Gefühl, zu sehen, wie in der menschenleeren, dunklen Nacht diese Insektenscharen ekstatisch ihren letzten Tanz tanzten. Zur Strommitte hin nahm die Menge der Fliegen zu. Einige *sun* dick lagen sie unter den Laternen. Als ich auf die Strecke, die wir über die

Brücke gefahren waren, zurückblickte, sah ich, daß die Reifen Spuren wie in einer Schneedecke hinterlassen hatten.

Nach Überqueren der Brücke bog der Bus links ab und fuhr laut hupend in die Stadt hinein. Auch dort wimmelte es von Fliegen. In vielen Geschäften war das Licht gelöscht, und mitten auf der Straße waren wie beim Feuerfest in Kurama große Feuer angezündet worden. In anderen Straßen hatte man auf das Feuer verzichtet und dafür Lampen vor die Läden gehängt. Der Bus machte einen Bogen um die Feuer und fuhr wegen der vielen herumrennenden Kinder langsam. Als wir vor meinem Gasthaus angelangt waren, verabschiedete ich mich von den jungen Leuten, die nach Kamiyamada weiterfuhren, und stieg aus.

Am Tag darauf wartete ich den Anbruch der Dunkelheit ab und ging noch einmal zu der Brücke.

Die Schneedecke aus wimmelnden Insekten am letzten Abend war mir zwar unheimlich gewesen, andererseits hatte mich die Neugier gepackt. Aber was war nun passiert? Um die Lampen, die am Abend noch so viele Insekten angelockt hatten, schwirrte keine einzige Fliege. Offenbar waren die Schwärme, weil es so windig war, weit fortgeweht worden. Das Gesicht dem Wind zugekehrt, stand ich auf der Brücke. Da sah ich, wie es aus der Finsternis der Flußniederung weißschimmernd angeflogen kam, schäumenden Blasen gleich, die an die Wasseroberfläche drängen. Obwohl der Wind nicht sehr stark wehte, trieben die aufgewirbelten Insekten, dicht an meinem Kopf vorbei, weiter stromaufwärts. Die Fliegen vom Abend zuvor, die man tagsüber zusammengefegt hatte, lagen in hohen Haufen um die Laternenmaste, sie rochen unangenehm nach Öl.

Ich machte an dem Abend noch einen Spaziergang nach Kamiyamada, eine Stunde darauf war ich wieder im Gasthaus. In meinem Zimmer war das Bett schon zurechtgemacht. Ich spürte eine leichte Müdigkeit und legte mich hin. An die Fensterscheiben stießen fortwährend mit dumpfem Aufschlag Bärenspinner. Da sah ich plötzlich eine einzelne Eintagsfliege dicht über dem Fußboden kreisen; es gelang ihr nicht, aufzusteigen. Ich schaute sie mir genauer an und stellte fest, daß ihre Flügel heil waren, aber mit ihren Beinen schien irgend etwas zu sein. Wenn sie sich auf die Beine zu stellen versuchte, drohte sie sofort umzukippen, weshalb sie gleich wieder losflog. Mir kam es so vor, als sei sie so zappelig, weil es ihr trotz aller Anstrengungen nicht gelang, sich höher über den Fußboden zu erheben. Ich ergriff sie an den Flügeln und wunderte mich, weil diese Art Insekten sonst dabei unbesorgt ihre beiden Vorderbeine schön gerade nebeneinander ausstrecken. Diese Fliege aber hatte sich mit den Beinen in die Fäden meines Sitzkissens verhaspelt und konnte sich nicht mehr rühren. Eine Weile lag sie auf der Seite, als hätte sie all ihren Mut verloren. Ich zog an den Flügeln und machte sie los. Die Beine, die eigentlich parallel nach vorne gestreckt sein sollten, waren, wie ich bei genauerer Betrachtung bemerkte, völlig gelähmt und konnten sie nicht mehr tragen. Die gekrümmten Fußspitzen hatten sich in den Fäden verhakt. Die Hinterbeine konnte sie noch ein wenig bewegen. Sie würde wohl bald eingehen. In solche Gedanken vertieft, zupfte ich an ihren Flügeln. Da löste sich plötzlich zu meinem Erstaunen die hintere Hälfte ihres Rumpfes wie ein Stück modrigen Kotes ab und fiel zu Boden. Mit Betroffenheit wurde mir klar, daß der Körper dieses Insektes, noch während es lebte, in Verwesung übergegangen war.

1929

Ein einsames Leben

Diese Geschichte soll, obwohl mich einige Bedenken plagen, den Titel »Einsames Leben« tragen. Mir jedenfalls stellte sich Hozan Omiyas Leben so dar. Dennoch könnte es sein, daß dieser Titel nicht recht paßt, denn ich lernte Omiya, einen Maler europäischen Stils, erst spät kennen und weiß nicht alles von ihm. Sein letztes Jahrzehnt aber war wirklich von Einsamkeit überschattet.

Vor etwa siebzehn Jahren suchte ich ein geräumigeres Haus für uns. Wir wollten umziehen, weil unser Haus in Kyoto-Yamashina für eine fünfköpfige Familie zu eng geworden war und wir ein weiteres Kind erwarteten. Eines Tages schrieb mir mein Freund Minami aus Nara, daß in Saiwaicho demnächst ein großes Haus frei würde, das ich mir unbedingt einmal ansehen sollte. Ende Februar, Anfang März fuhr ich in Begleitung meiner hochschwangeren Frau nach Nara, um das Haus zu besichtigen. Am Tag zuvor hatte es geschneit, aber an dem Vormittag herrschte strahlendes Wetter. Nachmittags wurde es jedoch ungemütlich. Das Wetter schlug um, Wind kam auf. An diesem Tag begegnete ich Hozan Omiya zum erstenmal.

Er wohnte allein in seinem Atelier. Es stand abgesondert auf dem weiten, an den Park grenzenden Sommerhaus-Grundstück der Nagatos. Mein Freund Minami führte uns vom Mitteltor her über Schrittsteine durch einen alten, schönen Garten, in dem noch Schnee lag, vorbei an dem Sommerhaus, dessen Fenster noch verschlossen waren. Dann stiegen wir auf einer steinernen Treppe einen mit Zwergkastanien bestandenen Hügel hinauf.

Omiya, ein Mensch von hohem, stattlichem Wuchs, stand vor seinem kleinen, mit Zedernrinde gedeckten Atelier und rief uns ein herzliches Willkommen entgegen. Sein Schädel glänzte kahl, nur von den Ohren herab bis zum Nacken wuchs dichter, weicher Flaum, so daß er an ein Selbstbildnis Cézannes erinnerte, gleichzeitig aber auch aussah wie ein Parteiboß. Jedenfalls gab man ihm später diesen Spitznamen. Mehr noch als sein Äußeres aber erweckten seine freien Umgangsformen und sein unbekümmerter Ton diesen Eindruck. Harte Gesichtszüge, stark ausgeprägte Wangen- und Kinnpartie und verhältnismäßig kleine, ziemlich glanzlose Augen. Er war erst etwa zwei Jahre zuvor aus Frankreich zurückgekehrt. Die europäische Kleidung stand ihm gut. Er trug keinen Sakko, hatte nur eine bauschige, hüftlange Strickjacke von satter, dottergelber Farbe übergezogen.

Noch bevor Minami dazu kam, ihn uns vorzustellen, nannte er von sich aus seinen Namen. Die tiefe, fast zu höfliche Verneigung meiner Frau erwiderte er nur mit einem leichten Kopfnicken. Dieses hochmütige Benehmen befremdete mich.

»Sie schreiben Romane, Herr Ano, habe ich gehört. Für solch eine Arbeit ist das stille Nara gerade der richtige Ort. Ich würde Ihnen unbedingt zu diesem Umzug raten.«

Mir war nicht klar, ob er älter oder jünger war als ich. Ich zählte damals einundvierzig Jahre. Wie alt mochte Omiya sein, der mich wie ein Kind behandelte? Später erfuhr ich, daß er sechs Jahre jünger war als ich. Aber auch als ich sein Alter kannte, kam er mir nie wie ein Mann in den Dreißigern vor. Da ich sonst keinen Umgang mit solchen Menschen pflegte, fühlte ich mich in seiner Gegenwart seltsam befangen. Unsere Gespräche schleppten sich nur mühsam dahin.

Draußen war es kalt. Omiya führte uns in seinen Arbeitsraum, in dem ein Junker-Ofen brannte. Er bot uns Tee an und dazu auf einem Lacktablett kleine Kuchen. Da in dem Atelier ein Bett stand und es eine Kochnische mit Gasanschluß hatte, konnte er hier gut für sich allein leben. An den Wänden hingen Bilder von ihm und Ölgemälde zweitrangiger Maler wie Lhote, Bissiére und Kubin. In einer Ecke stand auf einem hohen Gestell eine Büste aus Ton auf einer Töpferscheibe.

»Sie modellieren auch, Herr Omiya?«

»Nur so zum Spaß! Eine Spielerei, wenn ich mit dem Malen nicht vorankomme«, sagte er und lächelte gequält.

Das uns angebotene Haus war zur Zeit noch von einem Arzt bewohnt. Ogata, den Omiya von Europa her kannte, beabsichtigte, in Kürze in eine eigene Klinik umzuziehen, die er sich in der Stadt bauen ließ. Danach sollte mir das Haus zur Verfügung stehen. Bis Saiwaicho war es nicht sehr weit, und so gingen wir gemeinsam uns das Haus ansehen.

Es war ein altes, großes Haus mit einer breiten, erhöhten Diele. Ein Speicher aus Lehm stand in der Nähe. Da man zwei alte Häuser zu einem umgebaut hatte, waren die Zimmer nicht gerade sinnvoll angeordnet. Aber mir gefiel das Haus. Irgendwie fühlte ich mich darin frei. Da ich, seit ich mein Elternhaus verlassen hatte, zehn Jahre lang immer nur in großer Enge gelebt hatte, freute ich mich darauf, nach langer Zeit endlich wieder einmal in einem Haus mit viel Platz zu wohnen. Auch war die Miete niedriger als in Kyoto. Da Omiya den Hausbesitzer gut kannte, überließen wir alle Verhandlungen ihm.

Einen Monat später zogen wir von Yamashina in dieses Haus. Omiya half uns umsichtig. Wir sahen uns oft, und so ergab es sich von selbst, daß ich ein Bild von seinem Charakter gewann. Es stellte sich heraus, daß er genau das Gegenteil von dem war, was ich mir beim ersten Eindruck vorgestellt hatte. Er war ein gutmütiger, schüchterner Mensch, schnell erregt, obendrein nervös in dem Sinne, daß er sich manchmal in Kleinigkeiten die Meinung der Leute zu sehr zu Herzen nahm.

Sein betont lässiges, fast arrogant wirkendes Gebaren und sein herablassender Ton einem älteren Menschen wie mir gegenüber erwiesen sich als eine Pose, mit der er seine Schüchternheit zu überspielen suchte, eine geschickt zur Schau gestellte Art, die nicht seinem wahren Wesen entsprach. Allerdings war dieses angenommene Gebaren bei ihm nichts Flüchtiges, aus Gewohnheit war Charakter geworden. Kannte man ihn aber erst einmal näher, so fand man seine Art, die als Attribut seiner Schüchternheit gelten mochte, nicht mehr unangenehm oder verkrampft. Anfangs war ich ziemlich in Sorge, wenn ich an meinen zukünftigen Umgang mit ihm dachte, aber dann begriff ich meinen Irrtum bald. Es wäre tatsächlich peinlich gewesen, denn ich hätte ihn, da er uns so viel geholfen hatte, nicht meiden können. Deshalb fiel mir ein Stein vom Herzen, als ich gewahrte, daß er in Wirklichkeit ganz anders war.

»Spät wie immer! Sie sind mir schon ein rechter Langschläfer. Ich hab schon eine Weile im Park gearbeitet.« Mit diesen Worten trat Omiya ohne Anmeldung in mein Zimmer, wo ich um elf Uhr allein bei meinem verspäteten Frühstück saß. Unaufgefordert nahm er ein herumliegendes Sitzkissen und setzte sich mit gekreuzten Beinen auf die Veranda, genau auf die Schienen der Schiebetüren.

»Sie haben doch noch nicht zu Mittag gegessen? Bitte, bedienen Sie sich!«

Omiya reckte den Hals und ließ seine Blicke betont neugierig über den Eßtisch schweifen. »Das sieht ja ganz schön appetitlich aus. Aber offenbar hat man mir heute schon mein Menü gebracht. Wenn Sie mich vielleicht das nächste Mal einladen würden?«

»Sie können Ihr Essen dem Verwalter des Sommerhauses geben.«

Ich rief meine Frau und ließ für Omiya eine Mahlzeit bereiten.

»Trostlos ist es schon, allein bei seinem Essen aus einem

Lokal zu sitzen. Manchmal möchte man doch gern eine heiße *miso*-Suppe und noch nicht verschrumpelten Rettich haben.«

»In bezug auf das Essen mögen Sie recht haben. Aber es muß schön sein, so allein zu leben. Ich beneide Sie darum.«

»Tatsächlich? Selbst Sie haben solche Gedanken? Das sagen Sie so hin, weil Sie nicht wissen, was es bedeutet.«

»Das weiß ich sehr wohl«, erwiderte ich und berichtete ihm von meinem Alleinleben bis vor zehn Jahren in Onomichi und Matsue.

»Ja, aber ob Sie es heute noch fertigbrächten? Ob Sie es aushalten könnten?«

»Mein jetziges Leben ist auch kaum zu ertragen.«

»Sie sind zu anspruchsvoll!«

»Ich hätte gern ein eigenes Arbeitszimmer, so wie Ihr Atelier, ein Stückchen weg vom Wohnhaus.«

»Ich kann Ihnen ja mein Atelier vermieten. Ich trete es Ihnen billig ab.«

»Warum heiraten Sie nicht, Herr Omiya?« fragte meine Frau, die den Tisch deckte.

»Ganz einfach! Weil mich keine will! Könnten Sie mich nicht mit einer guten Frau bekanntmachen?«

»Wenn Sie nur wollten, Herr Omiya, fänden sich bestimmt viele.«

»Es gibt keine Frau, die bereit ist, einen Maler ohne festes Einkommen zu nehmen.«

Omiya legte bei seinen Bildern viel Wert auf die Komposition. Er malte bewußt. Es hieß, er neige dem Stil André Lhotes zu. Eines Tages, als ich nicht zu Hause war, gab er bei mir ein kleines Ölgemälde ab. Es war Schwarz in Schwarz und völlig unverständlich, ein Stilleben, soviel ließ sich erkennen, aber mehr auch nicht. Ich zeigte es meiner Frau und den Kindern, die ebenfalls ratlos waren. Es beunruhigte mich, etwas vor Augen zu haben, von dem ich nicht wußte, was es sein sollte. Deshalb entschied ich einfach, es für ein Bild mit zwei Schollen zu halten. In Wirklichkeit aber sah da nichts nach Schollen aus. Ich redete es mir in meiner Unsicherheit nur ein. Und auch mein Argwohn, Omiya hätte mir in seiner Rechthaberei absichtlich solch ein Bild geschenkt, trug dazu bei, unbedingt Schollen darin sehen zu wollen.

Minami sah sich das Bild an und urteilte: »Schollen sind nicht so rund.«

»Was soll es denn sonst sein?«

»Ein Vogelrumpf! Das wäre allerdings sehr merkwürdig. Ob er vielleicht einen gebratenen Vogel malen wollte?«

»Eins steht fest, es sind zwei.«

»Hm, es sieht so aus. Aber zwei Vogelrümpfe zu malen – das finde ich ziemlich komisch. Schollen sind es jedenfalls nicht.«

Als Omiya mich einige Tage darauf besuchte, bedankte ich mich bei ihm für das Bild.

»Ich weiß nicht, ob es Ihnen gefällt, Herr Ano, aber von den Bildern, die ich in letzter Zeit gemalt habe, halte ich es für eines der besten.«

Er schien recht stolz darauf zu sein.

»Es sind Schollen, nicht wahr?« fragte ich boshaft, obwohl ich es längst nicht mehr glaubte.

»Schollen?« Diese Auslegung setzte ihn nun in Erstaunen. »Auberginen sind es. Ich hab zwei Auberginen gemalt. Sehen sie etwa nicht so aus? – Schollen? Das meinen Sie doch nicht im Ernst.« Auf seinem Gesicht erschien ein abweisendes Lächeln.

Ich bereute meine ein wenig zu spöttische Bemerkung sofort. Wenn man mit der Nase darauf gestoßen wurde, konnte man auch Auberginen darin sehen, aber ohne diesen Hinweis kam man nie auf den Gedanken.

»Auf Auberginen verfällt man schon wegen der Größe nicht.«

»Mag sein.« Omiya ließ den Kopf hängen.

Einen Monat später schenkte mir der gutmütige Omiya wiederum ein Bild, diesmal eines, das ich verstand, eine

Waldlandschaft, ein wenig ausdrucksschwach zwar, in seiner Schlichtheit jedoch kein schlechtes Bild. Ich hängte es sofort an das kleine Stückchen freier Wand über dem Teegeschirrschrank im Wohnzimmer.

Eines Tages wurden wir – einige Maler europäischen Stils aus Nara, der Schriftsteller T. aus dem Raum Osaka – Kobe, der Maler K., der heute nicht mehr unter und weilt, und ich – von dem jüngeren der Brüder Nagato, Omiyas Mäzen, in dessen Haus nach Ashiya eingeladen. Wir sollten uns dort steinerne Buddhas aus China ansehen. Abends bekamen wir chinesische Gerichte vorgesetzt, die extra aus Kobe herangeschafft wurden. Bei dieser Einladung gewann man fast den Eindruck, Omiya selbst sei neben Nagato der Gastgeber. Er schien vor seinem Mäzen herausstreichen zu wollen, daß er mit namhaften Schriftstellern und Malern aus Osaka und Kobe auf vertrautem Fuße stand. Wäre es aber allein auf das Maß der Vertrautheit angekommen, hätte er eigentlich noch jemand anderen berücksichtigen müssen, den er ausgeschlossen hatte, was den Betreffenden peinlich berührt hatte.

Omiyas Verhalten entsprang nicht etwa einem Mangel an Sensibilität. Er nahm es sich meist sehr zu Herzen, wenn er so gehandelt hatte.

An einem anderen Tag wurde ich von dem älteren Nagato eingeladen. Er wollte mir seine neuerworbene Sammlung javanischer Masken zeigen. Da ich aber diesen Nagato überhaupt nicht kannte und mich, anders als bei den steinernen Buddhas, für Masken aus Java nicht interessierte, verspürte ich keine Lust, der Einladung zu folgen. Omiya jedoch bat mich dringend, mitzukommen. Es war auch wirklich nicht ratsam, Nagatos Einladung abzulehnen, da unser Freundeskreis aus Nara seine Gefälligkeit in Anspruch nahm und von Zeit zu Zeit in seinem Sommerhaus zusammenkam. Ich sagte also zu. Aber einen Tag vorher erkältete ich mich. Es war nicht sehr schlimm, nur lief mir dauernd die Nase. Ich schickte also den bei uns wohnenden Studenten zu Omiya, um mich entschuldigen zu lassen. Omiya kam gleich herüber. Er setzte sich etwas aufgeregt ans Kopfende meines Betts und sagte: »Es wäre mir sehr unangenehm, wenn Sie absagten. Es geht bei der Einladung schließlich in erster Linie um Sie.«

Meine Erkältung ignorierte er. Nichts schien er mehr zu fürchten, als Nagato zu verärgern. Das war so offensichtlich, daß sich in mir mitleidsvolle Sympathie für ihn regte. Er schien wirklich in der Klemme zu stecken.

»So wie mir das Wasser aus der Nase läuft, kümmert es mich wenig, ob ich der wichtigste Gast bin oder nicht.«

»Wenn Sie sich dick anziehen und einen Wärmebeutel um den Bauch binden, wird es schon gehen. Es ist doch nichts Ernstes, bloß ein Schnupfen!«

»Schlimm ist es nicht weiter, aber schließlich handelt es sich um meinen Körper.«

»Sie schaffen es bestimmt. So ein Schnupfen verschwindet, wenn man sich draußen bewegt.«

»Das sagen Sie so! Wenn ich aber nachher richtig krank werde, bin ich es, der den Ärger hat.«

Als Omiya sah, daß ich dennoch Anstalten traf, mich zu erheben, überschüttete er mich mit Komplimenten. So raffte ich mich letzten Endes also doch auf. Omiya, der ganz sicher gehen wollte, sagte: »Ich hole Sie gegen zwei Uhr ab.«

Das war mir aber nicht recht. Wir machten aus, uns auf dem Bahnhof zu treffen. Dann legte ich mir ein heißes, feuchtes Handtuch zwischen die Augen, um die Nasenwurzel eine Weile zu wärmen, und siehe da, die Nase hörte auf zu laufen, so daß ich zur verabredeten Zeit auf dem Bahnhof erscheinen konnte.

Omiya war guter Laune. In der Bahn behandelte er mich wie einen Schwerkranken. Er verschaffte mir einen Platz, ließ mich sitzen und umsorgte mich auch sonst in jeder Weise.

»Sie brauchen mich nicht wie einen Kranken zu behandeln! Der Schnupfen ist weg.«

»Ich habe mir wirklich große Sorgen gemacht. Da ich Sie fast gewaltsam aus dem Bett geholt habe, wäre es mir sehr peinlich gewesen, wenn Sie ernstlich krank geworden wären.« Omiya zog den Kopf ein wenig ein, eine Haltung, die eine Entschuldigung ausdrücken sollte. Ein gutmütiger Mensch in mancher Hinsicht, dachte ich, aber andererseits auch reichlich selbstsüchtig.

»Das kann durchaus noch passieren«, warf ich mit leichtem Vorwurf hin.

Die Masken aus Java, die Nagato zusammengetragen hatte, blieben mir unverständlich. Sie wirkten auf mich wie ein unbekömmliches Essen. Nachdem wir uns in dem Saal die ausgestellten Masken angesehen hatten, wurde uns Tee serviert, den ein im Haus Nagato ein- und ausgehender Teegeschirrhändler zubereitet hatte. Als Ältester sah ich mich gezwungen, den Ehrensitz einzunehmen. Abends bewirtete man uns in einem Gasthaus der Stadt. Beim Abschied bekam jeder einen luxuriös ausgestatteten Katalog der Masken-Kollektion. Ich bemerkte, da Omiya, obwohl in der ihm eigenen, ungezwungenen Art agierend, alles äußerst umsichtig einrichtete. Da mußte wohl auch ich achtgeben, ihn nicht in eine unangenehme Lage zu bringen.

Als wir uns verabschiedeten, trat Omiya an mich heran und flüsterte mir zu: »Ich bleib noch ein Weilchen. Fahren Sie ruhig schon nach Hause. Wie gut, daß es mit der Erkältung nicht so schlimm war.«

Unterwegs in der Bahn machten wir uns über ihn lustig: »Er will noch herausfinden, ob Nagato zufrieden war.«

Einige Zeit darauf brach Omiya zu einer Reise durch die Mandschurei und Nordchina auf. Der Entschluß dazu stammte jedoch nicht von ihm, er sollte nur Nagatos ältesten Sohn begleiten, der in den Sommerferien eine Reise dorthin unternahm.

In Peking malte er während dieser Reise eine Anzahl Bilder im Format acht. Mir überreichte er bei seiner Rückkehr ein Ölbild, aus dem ich, obwohl es eigentlich ein wenig zu groß dafür war, eine Trennwand fertigen ließ, die bei der Teezeremonie das Kohlebecken abschirmen sollte. Dort steht sie noch immer, wenn auch an einigen Stellen zerrissen und von meinen Kindern mit Buntstiften bemalt.

Die auf der Reise mit leichter Hand hingeworfenen Bilder waren im Detail nicht ausgefeilt. Aber da Omiya seine Bilder sonst immer bis ins Letzte ausarbeitete, wirkte hier gerade das Ungekünstelte anziehend. Er stellte diese Bilder in Osaka im dritten Stock einer Kunsthandlung aus.

Einige Monate darauf erschien Minami eines Tages bei mir und verkündete: »Omiya heiratet wahrscheinlich.«

»So? Und wen?«

»Ausgerechnet die Wahrsagerin. Er selbst ist von ihr nicht besonders angetan, aber die Frau behauptet, das sei Schicksal und eine ausgemachte Sache. Das hat sie auch ihrem bisherigen Mann eingeredet. Sie ist bereits geschieden.«

»Da staune ich aber! Was sagt denn Omiya zu seinem ›Schicksal‹?«

»Ich weiß nicht, ob er wirklich daran glaubt, aber er bestreitet es auch nicht gerade.«

»Eine ziemlich unangenehme Geschichte! Eine Wahrsagerin heiraten – dabei kommt nichts Gutes heraus.«

»K., der Ältere der Brüder Nagato, scheint auch dagegen zu sein.«

»Wird Omiya es schaffen, seine Heiratsabsichten gegen K.s. Widerstand durchzusetzen?«

»Das eben bereitet ihm Kopfzerbrechen.«

Die Wahrsagerin war eine hochgradig hysterische Bauernfrau aus der Umgebung von Osaka. Sie verfiel bei ihren Anfällen manchmal in einen Zustand von Inspiration, in dem sie wahrsagte und, wie zu hören war, gelegentlich auch Kranke heilte. Es war ihr gelungen, ein Dutzend Anhänger um sich zu scharen. Sie bewohnte im Nara-Park einen zum Teehaus gehörenden kleinen Pavillon. Irgendwie war Omiya in ein vertrautes Verhältnis zu dieser Frau geraten, das bald so weit gedieh, daß er gewissermaßen als Berater in ihren Geschäften fungierte. Mir hatte er nichts davon erzählt, aber Minami hatte er eingeweiht. Ich hatte bisher nur Gerüchte gehört, die Minami mir zugetragen hatte, die Frau selbst jedoch nie zu Gesicht bekommen.

Mir schien, Omiya schwanke zwischen Nagato und der Frau, indem er die jeweiligen materiellen Vorteile für sich abwägte. Obwohl er fleißig arbeitete und ein ernsthafter Maler war, konnte er vom Verkauf der Bilder nicht seinen Lebensunterhalt bestreiten. Sein damaliger Stil war nicht geeignet, schnell eine große Anzahl Bilder zu produzieren und sie preiswert abzusetzen. Mühsam und mit großer Beharrlichkeit rang er sich seine Werke ab, und was dabei herauskam, ließ sich weder im positiven noch im negativen Sinne als populär bezeichnen. Vom Standpunkt der Frau aus handelte es sich vielleicht einfach nur um Liebe, aus Omiyas Sicht dagegen stellte sich das Problem ziemlich verwickelt dar, weil es Auswirkungen auf seinen Lebensunterhalt und seine Arbeit haben konnte. Seine Beziehungen zu Nagato, einem der größten Konzernherren Westjapans, waren zweifellos sehr wertvoll für ihn, und er lief Gefahr, diese Beziehungen aufs Spiel zu setzen.

»K. muß ein Wörtchen mit ihm reden, muß ihm abraten. Wahrsagerei und Kompositionsmalerei passen schließlich nicht zusammen.«

»Aber Parteiboß und Wahrsagerin, wie wäre das? Paßte das nicht wunderbar?« meinte Minami, ohne eine Miene zu verziehen. »Er schwingt sich zum Boß einer Wahrsagerin auf. Warum nicht? Immerhin ein Boß! Er hat seinen Spitznamen in Realität umgesetzt.« Minami freute sich über seine Feststellung, denn er war es gewesen, der Omiya diesen Spitznamen angehängt hatte.

»Ob er die Frau wirklich mag? Oder ob sie ihn eingewikkelt hat und er nun nicht mehr von ihr loskommt?«

»Durchaus möglich.«

»Wie ist denn die Frau? Schon alt?«

»Ja, ein Tantchen. Hier trifft das Sprichwort zu: Je häßlicher die Frau, desto aufdringlicher ihre Liebe. Sie ruft ihn dauernd in seinem Atelier an und bestellt ihn zu sich, erzählt man. Und wenn er nicht da ist, läuft sie herum und sucht ihn, was er jedoch nicht leiden kann. Hat sie ihn dann endlich aufgetrieben, stellt sich heraus, daß sie gar kein besonderes Anliegen hat.«

»Wie seltsam. – Omiya ist überhaupt ein bißchen labil. Womöglich hält er die Frau tatsächlich für ein göttliches Medium. Ihn hat ja mal ein Dachs in die Irre geführt.«

»Ja, ja – eben!« Minami brach in Lachen aus.

»Es wäre auch denkbar, daß die Frau ihn erpreßt.«

»Schwer zu sagen.«

Die Geschichte von Omiya und dem Dachs, der ihn hereingelegt hatte, war vor unserem Umzug nach Nara passiert. Genaues weiß ich nicht, aber Omiya soll an einem finsteren Abend von dem Pfad, der in einem großen Bogen zum Sagi-Teich führte, abgekommen und geradeaus gelaufen sein. Lief man in dieser Richtung weiter durch den Park, geriet man auf einen kleinen Hügel mit einem alten Gemäuer, das im Volksmund Ausguckloch hieß. Dieser Hügel war niedrig und leicht zu ersteigen, wenn man ihn frontal anging. Da er sich aber sehr in die Länge zog, konnte man, wenn man den schrägen Weg hinauf wählte, einer Täuschung erliegen und ihn für einen beachtlichen Berg halten. Omiya jedenfalls glaubte, von einem Dachs überlistet worden zu sein und sich im Gebirge verirrt zu haben. In Nara begegnete man zuweilen Dachsen. Auf dem leerstehenden Grundstück neben unserem Haus hatte jemand einen gefangen. Ein anderer hatte gesehen, wie im Park ein Riksha-Mann einen Dachs einfing, indem er seinen Kittel über ihn warf. Und ein Freund von mir wollte einen greifen, der sich unter seiner Veranda eingenistet hatte. Er versuchte es mit allerlei Listen, aber der Dachs entwischte ihm. Deshalb ist es gar nicht so abwegig, daß Omiya auf einen Dachs verfiel, aber daß er auch später noch an diese Geschichte glaubte, zeugt doch von recht altertümlicher Denkweise. An jener Stelle steht heute eine Laterne mit einer Hundert-Watt-Lampe. Omiya soll Nagato gebeten haben, dort eine Beleuchtung anzubringen.

Nach einiger Zeit heiratete Omiya die Wahrsagerin. Diese Heirat wurde in mancherlei Hinsicht zum Gegenstand des Klatsches. Omiya mietete in Fukuchiincho ein altes Haus, ein allzu altes Haus für ein neuvermähltes Paar. Man erzählte, es sei das älteste Wohnhaus Japans und noch von Abe no Seimei entworfen. Aber tatsächlich stammte es aus der Muromachi-Zeit. Vor kurzem wurde es zum staatlich geschützten Kulturgut erklärt. Omiya aber hatte nicht das Haupthaus gemietet, sondern ein gesondert stehendes, an das Eingangstor grenzendes Häuschen, das zwar nicht so alt war wie das Haupthaus, immerhin aber aus der Edo-Zeit stammte. Ein geschmackvoller, schöner Bau, aber eben alt und ungeeignet für ein frisch gebackenes Ehepaar.

Kurz nach dem Einzug der Omiyas in dieses Haus wurden wir von ihnen zu einer offiziellen Vorstellung eingeladen. Unser Freundeskreis schenkte dem jungen Ehemann auf seinen Wunsch hin einen Tisch, den noch der bereits verstorbene Sunsai Sukahara aus Kyoto-Rokkaku angefertigt hatte.

Bei dieser Gelegenheit begegnete ich der Wahrsagerin zum erstenmal. Und ich staunte nicht wenig. Sie trug ihr Haar im Nacken so lose zusammengebunden, daß es fast so aussah, als sei es abgeschnitten und falle offen herab. Vorn hingen ihr die Haare in die Stirn. Mit ihrem hageren Gesicht machte sie auf den ersten Blick den Eindruck einer Frau über fünfzig, und ihre dunkle Hautfarbe ließ sie überaus ländlich erscheinen. Die Backenknochen sprangen so weit vor, daß man einen Menschenaffen vor sich zu haben glaubte. Das alles hätte man in Kauf genommen, wäre sie nicht Wahrsagerin gewesen. Obwohl sie sich uns gegenüber gelassen gab und außerordentlich höflich verhielt, wurde ich das Gefühl nicht los, daß sie sich uns überlegen fühlte. In der Art und Weise, wie sie ihre Anhänger behandelte, offenbarte sich unbewußt ihr Wesen. Ihre Selbstgefälligkeit war nicht wie bei Omiya eine einstudierte und im Grunde unschuldige Pose. Man fühlte sich instinktiv von ihr abgestoßen. Diese Frau gehörte einer ganz anderen Welt an. Je länger ich die beiden betrachtete, desto trübsinniger wurde ich. Schließlich stieg Wut in mir auf. »Was hast du da nur getan!« hätte ich Omiya am liebsten zugerufen.

Die Wahrsagerin, die am unteren Ende des Tisches saß, dirigierte von dort aus die kleine Schar ihrer Anhänger, die helfen gekommen waren – darunter auch zwei Männer. Wie auf Verabredung versuchten wir, um Omiya zu schonen, möglichst nicht zu der Frau hinzublicken. Unbewußt gaben wir uns Mühe, keine Mißstimmung aufkommen zu lassen. Wir unterhielten uns absichtlich lebhaft. Auf dem Nachhauseweg erwähnte niemand die Wahrsagerin, denn keiner hätte für die Äußerungen einstehen können, die ihm mit Sicherheit entschlüpft wären, wenn die Rede auf sie gekommen wäre.

Wir fürchteten, diese Heirat könnte Omiyas Leben verdunkeln. Aber einige Zeit später zogen die beiden in ein neues Mietshaus nach Nakatemma um. Dort richteten sie sich mit allerlei Gegenständen ihres Geschmackes ein. Wenn man das Ehepaar nun so betrachtete, wie es auf dikken Kissen von altertümlich violetter Farbe am porzellanenen Kohlebecken saß und immerhin ein klein wenig wie ein frisch vermähltes Paar aussah, fragte ich mich, ob meine Befürchtungen nicht doch unbegründet waren. Schließlich begann ich zu glauben, daß dieser Schritt möglicherweise sogar richtig war, vorausgesetzt, daß die Frau ihr Geschäft, die Wahrsagerei, aufgäbe und sich mit der Rolle einer Ehefrau, einer gewöhnlichen Frau an Omiyas Seite, begnügte. Allerdings muß es in bezug auf den Lebensunterhalt der beiden Probleme gegeben haben, die mir nicht bekannt waren.

Ich weiß nicht genau, wie sich im weiteren Omiyas Beziehungen zu Nagato gestalteten, aber sie schienen sich ein wenig verändert zu haben, denn seine Rolle als Verwalter der Kunstsammlungen des Hauses war offenbar eingeschränkt worden. Aber die beiden standen auch nicht gerade auf schlechtem Fuß miteinander. Ich vermute, daß Nagato auch weiterhin zumindest für Omiyas Lebensunterhalt aufkam. Das Paar bestritt sozusagen gemeinsam seinen Lebensunterhalt. Wenn man allerdings die Frage stellt, wer dabei den Ausschlag gab, dann war es sicherlich die Wahrsagerin, deshalb sah sie sich wohl auch nicht in der Lage, ihr Geschäft aufzugeben, denn Omiya widmete sich nach wie vor emsig seinen Malstudien.

Eines Tages bat er mich, ihn in einem Schreiben U. zu empfehlen, da er beabsichtige, sich mit einem Gemälde an der Ausstellung eines Verbandes zu beteiligen, in dem der Maler U. eine wichtige Rolle spielte. Nebenbei erwähnte er: »Ich werde U.s Bilder Nagato empfehlen. Wegen der schönen Farben.« Ich begriff, daß er damit andeuten wollte, er werde seinen Mäzen dazu bewegen, ein Gemälde von U. zu erwerben, falls der ein Werk von Omiya in die Ausstellung aufnimmt. Und ich verstand auch, daß ich U. das zu verstehen geben sollte. Ich schrieb U. aber nur, er möge sich für Omiya verwenden, der gern ein Bild ausstellen wolle. Aus U.s Antwort ging hervor, daß er ein kleines Bild noch unterbringen könne. Omiya schickte ihm daraufhin ein Bild im Format acht oder zehn, das eine Straßenecke in Peking darstellte. Ich hatte dieses Bild ausgesucht, weil ich mich erinnerte, es bei einer Ausstellung eines Antiquariats in Osaka gesehen zu haben. Irgendwie war ich davon ausgegangen, das Bild dürfe nicht zu kompliziert und extravagant sein. Meine Wahl erwies sich aber als ein Reinfall. Einige Tage später fuhr ich mit Omiya nach Tokyo, wo ich ohnehin etwas zu erledigen hatte. Wir gingen uns die Ausstellung ansehen. Omiyas Bild aus Peking wirkte in dem großen Saal ganz unscheinbar. Wenn es auffiel, so nur dadurch. Unter all den mit äußerster Sorgfalt gearbeiteten Ausstellungstücken bemerkte man Omiyas flüchtig hingeworfenes Bild gar nicht. Es war, als hätte die Wand es verschluckt. Auch ich trug daran Schuld, es war mir peinlich.

Abends im Zug, als wir zurückfuhren, fragte Omiya mich ängstlich: »Was meinen Sie, wie hat sich das Bild auf der Ausstellung gemacht?«

Die Frage kam so plötzlich, daß ich zunächst nichts zu erwidern wußte. Schließlich ließ ich mich zu der Bemerkung hinreißen: »Wie man's auch nimmt, seine Unscheinbarkeit stach ein wenig ins Auge.« Ich wollte damit nur sagen, daß ich mir einen Teil der Schuld zumaß, aber Omiya faßte diese Worte als eine recht grausame und ungehörige Bemerkung auf und sprach hitzig auf mich ein. Ich weiß im einzelnen nicht mehr, was er sagte. Ich erinnere mich nur, daß er hervorstieß: »Ich male Bilder, ja! Aber eigentlich halte ich mich nicht für einen Künstler.« Er war sehr aufgeregt und redete noch eine ganze Zeitlang weiter.

»Kurzum, wir haben eine falsche Wahl getroffen. Ein Laie wie ich weiß nicht, wie ein Bild auf einer Ausstellung wirkt. Ich hätte mich nicht in die Auswahl einmischen sollen. Ein Teil der Verantwortung fällt also auf mich. Ein Werk, an das man nicht alles gesetzt hat, ist eben doch nicht wirkungsvoll. Ich meinte nur, daß Ihr Bild sich in dieser Hinsicht von den anderen unterscheidet, nicht jedoch, daß es schlecht ist. Überhaupt verschwenden Sie zuviel Mühe an ein Werk. Dieses Bild hatte es mir gerade deshalb angetan, weil es, was bei Ihnen ungewöhnlich ist, von spontaner Frische war.« Was hätte ich weiter tun können, als ihn mit solchen Worten zu trösten.

Im Jahr darauf versuchte Omiya es noch einmal bei der Ausstellung dieses Verbandes. Diesmal bot er sein Bild an, ohne mich zu konsultieren. Wie ich später erfuhr, hatte er direkt an U. geschrieben und diesem Brief ein Foto des betreffenden Gemäldes beigelegt. Aber das Bild wurde nicht angenommen. Wegen der Vermittlerrolle, die ich im Jahr zuvor gespielt hatte, schrieb mir K. als Verantwortlicher des Verbandes: »Ich habe Omiyas Bild übersehen, auf die allernatürlichste Art und Weise.«

Diese Formulierung gefiel mir.

Omiya war sehr verstimmt, daß man sein Bild nicht angenommen hatte. Als ich ihm sagte: »In K.s Brief hieß es, er hätte es auf die allernatürlichste Weise übersehen«, regte er sich auf wie immer und meinte: »Das stimmt nicht, überhaupt nicht! Ich hatte dem Brief sogar ein Foto beigelegt.«

Ich vermute, daß Omiya dem Maler U. seine Absicht mitgeteilt hatte, eines seiner Gemälde für Nagato aufzukaufen. Falls er nicht so deutlich geworden sein sollte, hatte er bestimmt etwas Ähnliches durchblicken lassen. So fand auch ich es unvermeidlich, daß er »auf die allernatürlichste Weise« übersehen worden war. Aus der Art, wie Omiya später versuchte, zur Kaiserlichen Kunstausstellung zugelassen zu werden, läßt sich schließen, daß er in seinem Brief Derartiges geschrieben hat. Es ist also nicht nur ein Argwohn von mir.

Nachdem Omiya bei der Ausstellung durchgefallen war, schien sich sein Interesse mehr dem Geschäft der Wahrsagerei zuzuneigen. Ein Jahr später kauften sich beide in den Bergen von Tomio einen Schrein und zogen dorthin um. Es war ein ziemlich großer Bau, der Gerüchten zufolge schon früher irgendeiner Sekte als Gotteshaus gedient hatte. Da diese Sekte nicht recht gediehen war, hatte man das Gelände zum Verkauf angeboten. Das Hauptgebäude lag hinter einer etwa hundert *tatami* großen Gebetshalle, von der eine Treppe nach oben führte. Die Halle war auf der einen Seite durch einen Gang mit der knapp vierzig *tsubo* großen Wohnung verbunden. Auf der anderen Seite befanden sich Wohnräume für Dienstboten. Das Gebäude entsprach in seiner Anlage dem zu einem buddhistischen Tempel gehörenden Wohnhaus. Es stand auf einem ebenen Gelände, das man mitten in den Hang eines niedrigen Berges geschnitten hatte, ein Stückchen kahler, roter Erde, umgeben von den Bäumen des Berges. Das Gebäude war zwar groß, aber aus dünnen Pfeilern und schlechtem Material zusammengezimmert, so daß es insgesamt einen billigen und wenig soliden Eindruck machte. Als ich das Ehepaar dort besuchte, wirkte, weil sie gerade erst eingezogen waren und der Schrein noch äußerst spärlich ausgestattet war, alles irgendwie kalt.

Da sich Omiyas Kunst niemals mit der Wahrsagerin in Einklang bringen ließ, glaubte ich fest, daß er sein Malgewerbe eines Tages an den Nagel hängen würde. Doch das Gegenteil trat ein. Der Kauf des Schreins erwies sich als ein Fehler. Wegen der geliehenen Gelder ergaben sich allerlei Streitigkeiten zwischen den Gläubigern und den Sektenanhängern, was Omiya in tiefe Verzweiflung stürzte. Es dauerte nicht lange, und sie verkauften das Haus wieder. Die Wahrsagerin ging nach Kosaka, wo sie viele Anhänger hatte, während Omiya sich in Nara neben der Kaserne ein neues, großes Atelier bauen ließ, um dort allein zu leben und sich der Malerei zu widmen. Das war eine sehr glückliche Entwicklung, über die auch wir uns freuten. Aber noch bevor das Atelier fertig war, faßte die Wahrsagerin den Entschluß, auf der Südseite eine kleine Wohnung anzubauen. Omiyas Pläne erfüllten sich also nicht so, wie er es gehofft hatte. Wir waren uns nicht ganz im klaren, wie Omiya nun zu der Wahrsagerin stand, zumindest aber hatte er es wohl satt, ihr bei ihren Geschäften zu helfen. In ihrer neuen Behausung war auf jeden Fall das Atelier die Hauptsache, die Wahrsagerin spielte nur eine untergeordnete Rolle. Die Wahrsagerin unternahm jeden Monat eine Reise nach Kosaka, um dort ihren Geschäften nachzugehen.

Endlich geriet Omiyas Tätigkeit ins richtige Geleise. Um diese Zeit kam es auch dazu, daß seine zur Kompositionsschule gehörenden Gemälde im Format hundert bei der Kaiserlichen Kunstausstellung angenommen wurden. Mit fast schmerzlicher Teilnahme beobachteten wir, wie unsäglich er sich bei der Arbeit quälte. Er zog hier einen Strich auf der großen Leinwand und setzte da einen Punkt, trug sorgfältig die Ölfarbe auf und trat dann zurück, um sich das Ganze eine Weile zu betrachten, trat wieder heran, um hier einen Strich zu ziehen und da einen Punkt zu setzen. So arbeitete er Stunde um Stunde. Zuletzt schien er selbst das Resultat in Zweifel zu ziehen. Dann fragte er jeden, der gerade hinzukam, um Rat. War keiner da, rief er andere Maler, seine Freunde, herbei und bat sie um ihre Meinung. Aber die Befragten waren um eine Antwort recht verlegen. Da in das Gemälde so viel hineingezwängt und der Stil an sich schon sehr eigenartig war, stürzte die Frage sie in beträchtliche Schwierigkeiten. Jedesmal, wenn Omiya mit einer Arbeit für die Kaiserliche Ausstellung begann, hatten wir eine Sorge mehr.

Bisher hatte ich nie auf die Zeitungsnotiz geachtet, die bekanntgab, wessen Bilder für die Ausstellung angenommen waren. Aber seit Omiya seine Bilder einsandte, verfolgte ich diese Notizen mit lebhaftem Interesse. Wir konnten es kaum mitansehen, wenn er durchgefallen war. Wurde sein Bild jedoch angenommen, atmeten alle seine Freunde erleichtert auf. Wenn am Tag darauf die Naraer Ausgabe der Zeitung ein Foto von Omiyas Gemälde und ein Interview mit ihm brachte, waren wir überglücklich, zumindest für dies eine Jahr. Omiya war kein Mensch, der von den Leuten besonders geachtet wurde, dennoch liebten ihn vielleicht viele.

Ein langes, schmales Wolkengebilde über einem Gebirge – Wolken, die sich, als ich das Bild zum erstenmal sah, eindeutig als solche erkennen ließen. Im Laufe einer Woche aber hatten sie sich in einen im Ozean umherschwimmenden Haifisch verwandelt.

Ich dachte nicht mehr an meine Verwechslung von Auberginen mit Schollen, an meine damalige unvorsichtige Bemerkung, und sagte: »Sie haben ja einen Haifisch daraus gemacht.«

»Wegen der Proportion«, erwiderte Omiya und zeigte schräg nach unten auf einen Winkel der Leinwand, wo ein Busch gemalt war – und dieser Busch sah aus wie ein Felsen. »Um die Proportion hierzu zu wahren, muß man die Wolken möglichst schwer darstellen.«

»Meinen Sie wirklich? Auf dem Rücken dunkel und die Bauchseite weiß, da müssen sie ja wie ein Haifisch aussehen.«

»Es ist nun mal so, daß bei einem Sonnenuntergang das Licht die Wolken von unten her trifft.«

Diese exakte Erklärung brachte mich auf. Wolken dürfen ruhig wie Haifische oder Schildkröten aussehen. Hauptsache: genaueste Betrachtung und noch genauere Wiedergabe. Aber Omiya versuchte, auf Grund der Theorie der Kompositionsschule ein Gemälde auf die Leinwand zu konstruieren, und fiel dabei auf den Po. Das war es, was mich ärgerte. Verfügte der Maler über außergewöhnliche Kräfte, mochte dieses Vorgehen mitunter noch zu interessanten Resultaten führen. Aber bei Omiya war das nicht der Fall.

Da ich von der Maltechnik nichts verstand, konnte ich ihm keinen Hinweis geben, wie das Bild zu verbessern wäre. Also war ich für Omiya in keiner Weise von Nutzen. In seiner Ratlosigkeit rief er seine Kollegen herbei. Er hoffte, von ihnen zu erfahren, was sich an dem Gemälde ändern ließe oder, schonungslos gesagt, wie er es malen müsse, damit es für die Kaiserliche Ausstellung angenommen werde. Zum Teil tat er mir leid, denn er fühlte sich seinem langjährigen, hilfreichen Mäzen Nagato gegenüber verpflichtet, jedes Jahr ein Bild in diese Ausstellung zu bringen. Er wäre über alle Maßen glücklich gewesen, wenn er darüber hinaus mit einem Preis ausgezeichnet worden wäre und dann in einigen Jahren den Status erlangt hätte, der ohne Begutachtung durch eine Kommission zur Teilnahme an der Ausstellung berechtigte. Das Gemälde aber mit dem Wolkengebilde, das wie ein Haifisch aussah, kam in jenem Jahr nicht durch.

Omiyas Stellung bei Nagato war schon recht merkwürdig. In gewisser Weise bekleidete er zwar den Posten eines Privatsekretärs, aber da er in Nagatos eigentlichen Geschäften, in seinem Unternehmen, nicht zu verwenden war, fungierte er sozusagen als Sekretär für Nagatos Hobbyinteressen und als Verwalter seiner Kunstgegenstände. Aber auch hierbei lebte er ständig in Angst, da er keinen entwickelten Sinn für Antiquitäten, alte Porzellane und Keramiken besaß. Deshalb mußte er sich ständig selbstbewußt geben und aufpassen, daß er von den Antiquitätenhändlern, die bei Nagato ein- und ausgingen, nicht übers Ohr gehauen wurde. Man kann sich schwer vorstellen, was für einen Menschen der »Künstler« Omiya in den Augen der anderen Angestellten der Firma abgab. Kurz und gut, Omiya war vielleicht froh über seine Stellung und bemühte sich, sie nicht zu verlieren, aber, genauer besehen, hatte sie sicherlich viele Schattenseiten.

Am meisten Geschick zeigte er, wenn Nagato ein Ölgemälde zu kaufen wünschte. Ging es darum, ein Bild von einem Mitglied des Prüfungsausschusses für die Kaiserliche Kunstausstellung zu erwerben, so kaufte er das Bild direkt vom Maler. Sollten Bilder von Malern ohne offizielle Position angeschafft werden, schaltete er meist einen Kunsthändler ein, der dann als Gegenleistung dafür, daß er in Nagato einen Kunden gewann, ein großes Gemälde von Omiya erstehen oder eine Ausstellung für ihn arrangieren mußte. Bei solch einer Gelegenheit setzte Omiya auch das große, durchgefallene Gemälde ab – für seine Größe übrigens äußerst billig. Allerdings büßte der Kunsthändler, als er es weiterverkaufte, noch ein wenig dabei ein.

Omiya und ich, wir nannten uns Freunde, aber er hat mir nie seine Lebensgeschichte erzählt. Nur einmal erwähnte er, daß er, beinah noch ein Kind, von einer geschiedenen Frau sozusagen zu einem Liebesverhältnis gezwungen worden sei. Das brachte mich auf den Gedanken, seine Beziehung zu der Wahrsagerin könnte eine Wiederholung dieses Erlebnisses sein. Es war unser einziges vertrauliches Gespräch, sonst schien er sehr darauf bedacht, den Umgang mit mir möglichst korrekt zu halten und stets Abstand zu wahren.

Eines Tages, als wir uns bei Oikawa trafen, der gleichfalls Maler war und in der Nähe wohnte, erklärte Omiya plötzlich: »Kommt es denn nicht bald zum Krieg? Es wäre doch für Japan an der Zeit, mit irgendeinem Land Krieg zu führen.«

»Mit welchem Land meinen Sie denn?«

»Das ist doch ganz egal, nur wäre jetzt die richtige Zeit dafür.«

Mit einem merkwürdigen Ausdruck im Gesicht sah Oikawa einen Moment zu mir herüber. Dann sagte er: »Sie glauben, Krieg bringt immer eine Hochkonjunktur? Nur fängt man unter einem Weidenbaum nicht immer eine Schmerle!« Da besann sich Omiya anscheinend, denn er ließ das Thema fallen. Mit solchen Bemerkungen hatte es nichts weiter auf sich. Er schnappte sie in seinem Klub in Osaka auf und plapperte sie nach, in dem Glauben, etwas Geistreiches zu sagen. Manchmal zeigte er eben doch einen recht hübschen Pferdefuß.

Omiya starb am 15. November 1934. Er war in die Berge von Yoshino gefahren, um dort zu malen. Dabei hatte er sich erkältet, und einige Tage nach seiner Rückkehr ist er von uns gegangen. Aber er war schon seit dem Frühling jenes Jahres irgendwie anders gewesen als sonst, gar nicht munter. In einem fort hatte er so traurige, angstvolle Äußerungen getan. Vielleicht stand es damals schon mit seiner Gesundheit nicht zum besten.

Eines Abends, auf dem Rückweg von einem Spaziergang durch den Park, traf ich an einem Bach auf Omiya, der dort vor seiner Staffelei stand und, obwohl es schon dämmerte, malte – an einem Bild im Format fünfzehn. Ich hatte ihn schon seit mehreren Monaten nicht zu Gesicht bekommen.

»Lange nicht gesehen, nicht wahr?«

»Ich hatte mich den ganzen Winter über zurückgezogen. Nicht einmal bei Ihnen habe ich mich gemeldet ... Jetzt ist es ja nun endlich ein bißchen wärmer geworden. Seit zwei drei Tagen male ich wieder.«

»Und das haben Sie alles in so kurzer Zeit geschafft?«

»Ach, das Bild hier habe ich schon im vorigen Jahr begonnen.«

»Können Sie denn bei dieser Dunkelheit noch malen?«

»Ich wollte so langsam aufhören. Und Sie machen einen Spaziergang? Ruhen Sie sich doch hier ein Weilchen aus!«

meinte Omiya, steckte seinen Pinsel in ein Loch der Palette, legte sie auf die Erde und zog aus einem schmalen, an der Staffelei angebrachten Fach eine Schachtel Zigaretten hervor. Sichtlich erschöpft ließ er sich auf das frische grüne Gras sinken. Ich hockte mich neben ihn. Das kleine Hündchen, das Omiya überallhin folgte und das solange zusammengerollt unter der Staffelei gelegen hatte, erhob sich, tapste zu mir und beschnupperte, leicht mit dem buschigen Schwanz wedelnd, einen Zipfel meines Kimonos. Als ich die Hand aussteckte, um ihm den Kopf zu kraulen, wich es erschrocken zurück.

»Ich bin so erschöpft«, sagte Omiya, ein resigniertes Lächeln im Gesicht. »In letzter Zeit bin ich so rasch erschöpft.«

»Es wird das Alter sein«, meinte ich.

Da gab mir Omiya eine merkwürdige Antwort. »Mir bleibt nicht mehr viel Zeit«, sagte er.

»Wie kommen Sie auf solche Gedanken! Das klingt so bedrückt. Zwischen Frühjahr und Sommer fühlt sich jeder matt. Und in den nächsten Wochen, wenn die ultraviolette Strahlung zunimmt, wird es noch schlimmer werden.«

»Ich bin wohl mit den Nerven herunter, meinen Sie nicht?«

»Vielleicht. Aber wenn Sie sich immer gleich abgespannt fühlen, sollten Sie eben gemächlicher arbeiten. Ist das hier auch wieder eine Skizze für ein Bild, das Sie ausstellen wollen?«

»Wenn es was wird, will ich ein großes Bild daraus machen.«

»Bis zum Herbst ist noch reichlich Zeit. Übernehmen Sie sich nicht. Immer schön langsam!«

»Falls dies Bild hier nicht gelingen will, weiß ich schon, was ich malen werde, eine Landschaft in den Bergen von Yoshino.«

»So viele Pläne! Dann gibt's doch keinen Grund zur Klage.«

»Ideen habe ich genug, nur bin ich eben so schnell erschöpft. Manchmal habe ich das Gefühl, es könnte jederzeit passieren, daß ich sterbe.«

»Wie kann man nur so den Kopf hängen lassen ... Bitten Sie Doktor Ogata einmal, Sie zu untersuchen. In Ihnen nagt wohl der Wurm.«

Ich wartete ab, bis Omiya seine Sachen zusammengepackt hatte, dann verabschiedete ich mich von ihm.

Als an dem Abend Oikawa zu mir kam, erzählte ich ihm von meiner Begegnung mit Omiya.

Oikawa stimmte mir zu. »Ja, wirklich! In letzter Zeit ist er ziemlich verändert. Vor einigen Tagen kam er bei mir vorbei. Da hat er einen sehr müden Eindruck gemacht. Er fiel fast in den Sessel. Ich erlaubte mir die anzügliche Frage, ob seine ehelichen Pflichten ihn vielleicht überforderten. Aber er schwieg dazu und lächelte nur bitter. Früher hat er anders reagiert. Also hatte ich mit meiner Bemerkung wohl ins Schwarze getroffen. Seine Haut hat jeden Glanz verloren.«

»Die Frau ist aber doch ein göttliches Medium, in mancherlei Hinsicht also göttlicher Natur.«

»Aber nicht, wenn sie mit Omiya allein ist.«

»Da wir nun schon einmal bei seinen Pflichten sind – ihn bedrücken wohl auch die Pflichten sehr, die er Nagato gegenüber hat.«

»Sicher! Omiya ist viel größeren nervlichen Belastungen ausgesetzt als wir anderen.«

»Am meisten strengt ihn seine Malerei an. Jahr für Jahr diese Versuche, zur Kaiserlichen Ausstellung zugelassen zu werden – bei seinem Arbeitsstil muß das ja an den Kräften zehren.«

»Meinen Sie? Mir scheint, daß seine Arbeitsweise ihn auslaugt.«

»Bei der Methode, wie sie in der Kompositionsmalerei verwendet wird, sieht es zwar so aus, als ob der Künstler sich ganz verausgabt, aber das ist nicht der Fall. Hält man sich genau an die Theorie, so führt das unweigerlich, ja geradezu zwangsläufig dazu, daß man am Ende ein Bild aufzuweisen hat.«

»Demnach ist diese Methode der bequemste Weg für mäßig Begabte!«

»So könnte man es in der Tat ausdrücken. Aber Omiyas Bilder sind nicht von solchem Niveau, daß jeder sie malen könnte. Ich weiß, sie halten nicht viel von seinen Bildern, aber ich schätze sie doch in gewissem Maße.«

»So viel Zähigkeit, wie er sie bei der Arbeit aufbringt, ist sicher selten, nur schlägt sich das nicht positiv in seinen Werken nieder.«

»Das stimmt nicht ganz.«

»Jedenfalls ist seine Methode zu gekünstelt.«

»Das liegt in ihrem Wesen.«

Unversehens war unser Gespräch von Omiyas Gesundheit zu seinen Bildern hinübergeglitten.

Auf Omiyas Bildern wirkte die dargestellte Landschaft immer zehnmal so weit und groß wie in Natur. Das vierzig, fünfzig *tsubo* große Fleckchen, das er im Park gemalt hatte, sah auf seinem Bild wie eine tausend *tsubo* große Wiese aus, und die Lavendelsträucher hatten sich in Bäume, ja sogar in kleine Wäldchen verwandelt. Er malte es noch einmal und vergrößerte es auf das Format hundertzwanzig. Und so wurde es im Herbst des Jahres für die Kaiserliche Kunstausstellung angenommen. Es trug den Titel »Vorfrühling«.

Wir sagten uns, er müsse doch recht gesund sein, wenn er so gut malen könne, daß er sogar auf die Ausstellung gekommen war. Eines Tages, als Oikawa und Ohara, ebenfalls ein Maler, mich besuchten und ich mit Oikawa auf unsere übliche rasche und derbe Art Schach spielte, kam ein Anruf. Meine Frau nahm das Gespräch entgegen. Ihre Antworten, deren Tonfall sich wandelte, so als teile man ihr etwas Ungewöhnliches mit, ließen mich aufhorchen. Ich war beunruhigt. Meine Hand stockte in der Bewegung.

»... schlimm, sagen Sie? Wie schlimm? Ja? Oh! Selbstverständlich kommen wir gleich. Hallo! Sagen Sie Doktor

Ogata, daß auch Herr Oikawa und Herr Ohara mitkommen. Sie sind gerade bei uns.«

»Wer ist am Telefon?« rief ich laut, um zu verhindern, daß meine Frau den Hörer auflegte.

Aber sie hatte das Gespräch bereits beendet. Mit betretenem Gesicht trat sie zu uns ins Zimmer.

»Omiya geht es sehr schlecht. Du sollst kommen.«

»Wer hat angerufen?«

»Ich glaube, es war dieses kleine Mädchen, sein Dienstmädchen. Anstelle von Doktor Ogata ...«

»So schlimm soll es um ihn stehen? Wenn Ogata uns bittet zu kommen, muß etwas passiert sein.«

Oikawa, der, den Blick auf meine Frau geheftet, die Schachfiguren halb unbewußt mit beiden Händen in der Mitte des Brettes zusammengeschoben hatte, erhob sich und sagte: »Wir gehen sofort.«

»So schnell wie möglich, am besten mit dem Taxi. Kannst du uns rasch eins rufen? Wenn es nicht gleich kommen kann, dann nicht.«

Meine Frau lief wieder ans Telefon. Das Taxi kam gleich. Wir warteten schon am Gartentor und stiegen rasch ein.

Im Auto sagte Oikawa wie zu sich selbst: »Wann ist er denn aus Yoshino zurückgekommen?«

»Mir hat er erzählt, er hätte in Yoshino eine Landschaft entdeckt, die er malen wollte. Ist er deswegen dort gewesen?«

»Wo dieses Jahr bei der Ausstellung alles gut gegangen ist, hätte er es doch nicht so überstürzen müssen. Trotzdem ist er schon losgefahren, um für das nächste Jahr eine Skizze zu malen.«

Sieben bis acht Minuten nach dem Anruf waren wir bereits bei Omiya, aber wir kamen zu spät. Er lag auf dem Rücken auf seinem Bett. Der Kopf war vom Kissen gerutscht. Das eine Bein war gerade ausgestreckt, das andere angewinkelt zur Seite gespreizt. Da sein Schlafkimono vorn auseinanderklaffte und er nur eine dünne Unterhose trug, war ein Stück seines nackten Bauches zu sehen. Die Zudecke hatte er wohl mit den Beinen weggestoßen, sie lag zerknittert und zusammengeballt am Fußende.

Weder die Wahrsagerin noch eines der Dienstmädchen waren da. Nur Dr. Ogata saß bei ihm. Er war länger mit ihm befreundet gewesen als wir. Sie hatten gemeinsam in Europa Reisen gemacht und auch später in Nara engen Umgang gehabt. Daß er nun als Arzt und Freund, und zwar ganz allein, am Totenbett des so plötzlich Verschiedenen Wache hielt, mußte ihm einen ziemlichen Schock versetzt haben. Vor Aufregung und Erschöpfung sah er ganz blaß aus.

»Er ist an mich gelehnt gestorben.«

Omiya hatte in Yoshino, tief in den Bergen, wo es nicht einmal ein Gasthaus gab, von der Forstverwaltung eine halbverfallene Hütte gemietet, einen Mann als Koch mitgenommen und sich seiner Arbeit zuliebe zehn Tage lang dort aufgehalten. Als das Wetter plötzlich umschlug, hatte er sich eine Erkältung zugezogen, die Ursache seiner Krankheit. Er hatte häufig über dumpfe Schmerzen auf der Brust geklagt. Demnach muß sein Herz ziemlich angegriffen gewesen sein.

Das kleine Hündchen stand auf den Hinterbeinen am Kopfende des Bettes. Beide Vorderpfoten eingeknickt, machte es Männchen. Es schien zu wissen, daß seinem Herrn etwas Schreckliches zugestoßen war. Und es hätte ihm vielleicht gern irgendwie geholfen. Ohne uns auch nur eines Blickes zu würdigen, starrte es die ganze Zeit auf Omiyas Gesicht. Da Omiya nicht lange krank gewesen war, sah er fast unverändert aus. Seine Körperhaltung verriet zwar, daß er sich gequält hatte, in seinen Gesichtszügen aber war keine Spur mehr davon zu erkennen. Nur die langen, dünnen Haarsträhnen von den Ohren her zum Hinterkopf hin, die er immer so sorgfältig gepflegt hatte, waren ganz zerwühlt.

Nach einer Weile ging Dr. Ogata weg. Er entschuldigte sich, er müsse zu einem schwerkranken Patienten, käme aber gleich wieder. Zurück blieben wir drei. Eine so klägliche Totenwache hatte ich noch nie erlebt.

»Herr Ohara, helfen Sie mir doch bitte. Ich möchte ihn ein bißchen ordentlicher hinlegen.«

Oikawa und Ohara schoben ihm wieder das Kopfkissen unter, faßten das angewinkelte Bein und legten es gerade neben das andere. Auch das vorn aufgeschlagene Schlafgewand zogen sie ihm zurecht. Sie falteten ihm die Hände und legten seine Arme, die Ellbogen nach außen, auf die Brust. Behutsam deckten sie ein Laken über ihn. Das alles taten die beiden anderen. Ich saß nur da und schaute zu. Es widerstrebte mir, einen toten, aber noch lebenswarmen Körper zu berühren.

»Ist kein Weihrauch da?« Ohara stand auf und durchstöberte alle Schubfächer.

Das kleine Dienstmädchen, das die Wahrsagerin suchen gegangen war, kam allein zurück. Wir wiesen sie an, dies und jenes herbeizuholen und vor dem nun zum Buddha Gewordenen aufzustellen. Nachdem ich eine Weihrauchkerze angezündet hatte, sagte ich: »Ich gehe schon.«

»Wir bleiben noch. Gehen Sie nur!« Die beiden verziehen mir meine Rücksichtslosigkeit.

Im Tor stieß ich auf die Wahrsagerin. Da ich mich nur leicht verbeugte, neigte auch sie nur stumm den Kopf und eilte auf das Haus zu.

Am nächsten Abend gab ich Omiya das letzte Geleit zum Krematorium in Byakugoji. Der Urnenübergabe am folgenden Morgen blieb ich fern. Am Nachmittag desselben Tages fand die Abschiedszeremonie in seinem Atelier statt. Seine Angehörigen nahmen die Asche in die Heimat mit.

Im Frühling des folgenden Jahres wurde im Mitsukoshi-Kaufhaus in Osaka eine Gedächtnisausstellung für ihn veranstaltet. Bei dieser Gelegenheit wurde auch die Bildersammlung publiziert. Ich füge hier einen Auszug aus dem Nekrolog ein, der in dem Bildband stand.

»Ganz allgemein finde ich nichts bedauerlicher als das frühe Dahinscheiden eines vielversprechenden Künstlers. In Omiyas Fall empfand ich das besonders stark.

Einem so eigentümlichen Menschen, wie er es war, bemüht, sein eigenes Ich unverfälscht und ehrlich auszudrükken, begegnet man in der Tat selten. Ich bin fest überzeugt, daß gerade ein solcher Künstler erst in seinem reifen Alter ganz zur Geltung gekommen wäre.

Daß Omiyas Leben mitten in seiner großartigen Laufbahn abbrach, kann nur auf einem Irrtum der göttlichen Vorsehung beruhen.

Wenn ich mir seinen robusten Körper in Erinnerung rufe, vermag ich es nicht zu fassen, daß ich ihn nie mehr wiedersehen soll.

Daß sein Leben gerade jetzt endete, wo er, gestützt auf ein festes Gedankengut, mit beinahe zu großer Beharrlichkeit Schritt für Schritt auf seinem Weg vorangekommen war, stimmt mich ungemein traurig.«

So schrieb Omiyas ehemaliger Lehrer M. K. Einem rein literarischen Werk hätte man wohl einen anderen Schluß geben müssen. In diesem Fall aber schien es mir angebracht, eine Stelle aus dem Nekrolog wortgetreu wiederzugeben.

Aus diesem Nekrolog geht hervor, daß Omiyas letztes Jahrzehnt, das ich kannte, in gewisser Weise zu den glänzendsten Perioden seines Lebens gehörte. Was soll ich dazu sagen? Meiner Meinung nach waren es sehr einsame Jahre.

In diesem Frühjahr sah ich nach langer Zeit wieder einmal ein Bild von Omiya, und zwar im Nara-Hotel. Es war ein großes Gemälde im Format hundert, das den Titel »Der Berg Takamado« trug. Auch dieses Bild wies, wie bei Omiya üblich, keine Ähnlichkeit mit der Natur auf. Ich erinnerte mich, daß ich ihn in seinem Atelier besucht hatte, als er an diesem Bild arbeitete. Nun aber hing es im Winkel eines Korridors, wo kaum jemals Gäste hinkamen, halbverdeckt von einer großen Bambusvase, die dicht davor auf einer Säule stand.

1941

Aschfahler Mond

Ich stand auf einem Bahnsteig des Tokyo-Bahnhofs. Das Dach war weggerissen, und mich fröstelte, obwohl kein Wind wehte. Gut, daß ich mir den ungefütterten Mantel übergezogen hatte.

Die beiden anderen waren in die Bahn nach Ueno eingestiegen, die zuerst gekommen war, so daß ich nun allein auf meine Bahn nach Shinagawa wartete.

Vom leicht bewölkten Himmel schien ein aschfahler Mond matt auf die Ruinen in Richtung Nihonbashi. Er war ungefähr zehn Tage alt, hing niedrig und sah überdies aus unerklärlichem Grund ganz nah aus. Es war noch nicht halb neun, dennoch waren nur wenige Leute unterwegs, weshalb mir auch der Bahnsteig so besonders breit vorkam.

In der Ferne kamen die Scheinwerfer der Bahn in Sicht, sie näherten sich überraschend schnell. Die Bahn war nicht sehr voll, ich fand einen Platz in der Nähe der Tür. Rechts von mir saß eine Frau um die Fünfzig in einer Arbeitshose und links, mit dem Rücken zu mir, ein siebzehn- bis achtzehnjähriger Junge, allem Anschein nach ein Arbeiter. Da am Ende der Bank die Armlehne fehlte, saß er quer zur Tür. Beim Einsteigen hatte ich flüchtig sein Gesicht gesehen. Er hielt die Augen geschlossen und den Mund ungehörig weit offen und schaukelte mit dem Oberkörper weit vor und zurück. Eigentlich war es kein Schaukeln. Sein Körper fiel nach vorn, und kaum hatte der Junge sich aufgerichtet, fiel er erneut vornüber. Es kam mir unheimlich vor, denn für einen Schlummer schien es mir zu regelmäßig. Ich setzte mich ein wenig weg von ihm, wenn auch nicht gerade auffällig weit.

In Yurakucho und Shinbashi stiegen ziemlich viel Leute zu. Einige kamen wohl vom Hamstern. Ein junger Mann von vielleicht fünfundzwanzig Jahren mit einem runden, frischen Gesicht nahm seinen ungewöhnlich großen Rucksack vom Rücken, schob ihn neben den jungen Arbeiter bis dicht an die Bank und stellte sich, die Beine leicht gespreizt, davor. Hinter ihm stand ein etwa vierzigjähriger Mann, ebenfalls einen Rucksack auf dem Rücken. Da er von den Leuten bedrängt wurde, fragte er den jungen Mann, wobei er ihm über die Schulter ins Gesicht sah: »Darf ich meinen Rucksack draufstellen?« Und ohne eine Antwort abzuwarten, schickte er sich an, den Sack vom Rücken zu nehmen.

»Moment! Da ist etwas drin, was kaputt gehen kann.« Und um sein Gepäck zu schützen, beugte sich der junge Mann vor.

»Ach so! Dann entschuldigen Sie nur!« Der Mann warf einen Blick auf das Gepäcknetz. Aber auch da war kein Platz mehr. Um den Rucksack wieder auf die Schultern zu bekommen, wand und drehte er sich in der Enge.

Offensichtlich tat er dem jungen Mann leid, denn der schlug ihm vor, den Rucksack, wenn auch nur zur Hälfte, zwischen mich und den Jungen zu zwängen.

»Lassen Sie nur! So schwer ist er nicht. Ich wollte ihn absetzen, weil ich damit den Leuten im Weg bin. Es geht schon.« Der Mann verneigte sich bei diesen Worten leicht. Als ich das sah, fühlte ich mich angenehm berührt. Ich sagte mir, die Menschen haben sich wohl doch im Vergleich zu früher beträchtlich geändert.

Wir passierten Hamamatsucho und gelangten nach Shinagawa. Dort stiegen zwar einige Leute aus, aber noch mehr ein. In dem Gedränge schaukelte der junge Arbeiter die ganze Zeit über mit seinem Oberkörper vor und zurück.

»Oh, wie der aussieht!« sagte jemand. Die Stimme kam

aus einer Gruppe von Leuten, die offenbar Angestellte einer Firma waren. Alle brachen in lautes Lachen aus. Ich konnte zwar das Gesicht des jungen Arbeiters nicht sehen, aber der Angestellte hatte das so komisch herausgebracht, und der Junge sah wohl auch sehr zum Lachen aus. Heiterkeit griff für eine Weile in der Bahn um sich.

Da wandte sich der junge Mann mit dem runden Gesicht zu dem Mann hinter sich um und flüsterte ihm zu, wobei er sich mit der Fingerspitze auf die Magengegend tippte: »Es geht zu Ende mit ihm.«

Der Mann sah schweigend und ein wenig erschrocken zu dem Jungen hin und meinte dann: »Wirklich?«

Auch den Angestellten, die eben noch laut gelacht hatten, kamen wohl einige Zweifel.

»Ob er krank ist?«

»Vielleicht ist er betrunken?«

»Danach sieht es nicht aus«, sagte einer von ihnen. Da schienen sie alle zu begreifen und verstummten auf einmal.

Der Arbeitskittel des Jungen, aus schlechtem Stoff gefertigt, war an der Schulter zerrissen und von innen mit einem Handtuch geflickt. Es sah so trostlos aus, wie unter dem Schirm seiner Soldatenmütze, die er sich verkehrt herum aufgesetzt hatte, sein schmutziger, dünner Hals hervorschaute. Er schwankte nun nicht mehr hin und her, sondern saß still da, eine Wange an die Holzwand zwischen Fenster und Tür gelehnt. Er machte einen sehr kindlichen Eindruck. Anscheinend nicht mehr ganz bei Besinnung, schmiegte er sich an die Holzwand, als hielte er sie für einen Menschen.

»He!« sagte ein großer Mann, der vor ihm stand, und legte ihm die Hand auf die Schulter. »Bis wohin fährst du?«

Der Junge gab keine Antwort. Erst als er nochmals gefragt wurde, erwiderte er apathisch: »Nach Ueno.«

»Da bist du falsch. Du bist in entgegengesetzter Richtung eingestiegen. Die Bahn hier fährt nach Shibuya.«

Der Junge richtete sich auf, um zum Fenster hinauszusehen. Dabei verlor er das Gleichgewicht und fiel auf mich.

Das geschah ganz schnell, und ich stieß ihn, was mir danach unbegreiflich war, wie im Reflex mit der Schulter zurück. Diese Reaktion entsprach überhaupt nicht meinen Empfindungen. Ich wunderte mich selbst darüber. Es tat mir um so mehr leid, weil der Körper des Jungen, als er auf mich gefallen war, so wenig Widerstand geboten hatte. Ich wog zu der Zeit dreizehn *kan* und zwei- bis dreihundert *momme*. Der Junge war sicherlich viel leichter gewesen als ich.

»Er saß schon auf dem Tokyo-Bahnhof in der Bahn. Demnach muß er zu weit gefahren sein ... Wo bist du denn eingestiegen?« fragte ich ihn.

Der Junge antwortete, ohne sich mir zuzuwenden: »In Shibuya.«

»Dann ist er von Shibuya aus im Kreis gefahren«, sagte jemand.

Der Junge preßte die Stirn gegen die Glasscheibe und versuchte hinauszusehen. Er gab es aber gleich wieder auf und murmelte kaum vernehmbar: »Ist doch ganz egal.« Diese Worte, die er mehr zu sich selbst gesprochen hatte, blieben mir im Herzen hängen.

Die Fahrgäste ringsum kümmerten sich nicht mehr um ihn, wohl, weil ihnen klar war, daß sie sowieso nichts für ihn tun konnten. Ich bildete da keine Ausnahme, war mir meiner Ohnmacht bewußt. Hätte ich etwas zu essen bei mir gehabt, so hätte ich es ihm zu meiner eigenen Beruhigung anbieten können. Ihm Geld zu geben hätte auch am Tage kaum etwas genützt. Und um neun Uhr abends wäre es erst recht aussichtslos gewesen, etwas kaufen zu wollen. In düsterer Hoffnungslosigkeit verließ ich in Shibuya die Bahn.

Geschehen am 16. Oktober 1945

1946

Wildtauben

Wildtauben liebe ich ihres Aussehens wegen, und mir gefällt auch ihr stumpfsinniges, tiefes Gurren. Ich lauschte ihm in meinem Haus in Setagaya-Shinmachi und ebenso im Quellbad Ohito, das ich gelegentlich besuchte. Wildtauben fliegen immer zu zweit. Zur Zeit halte ich mich in Atami auf, in einer ziemlich hochgelegenen Berghütte am Oharadai. Dort fliegt täglich ein Pärchen mehrmals in Augenhöhe an mir vorbei.

In diesem Frühjahr besuchte mich am letzten Tag der Jagdsaison mein Freund Rando Fukuda aus Kajiya bei Yoshihama. Er hatte ein Jagdgewehr geschultert und brachte mir eine soeben erlegte Wachtel, eine Wildtaube und einen Krammetsvogel. Die Gabe löste große Freude bei mir aus, da ich solche Vögel nach dem Krieg noch nicht wieder auf dem Tisch gehabt hatte.

»Ich werde noch einige schießen gehen«, sagte er. Doch ich schlug vor, hier in Atami lieber auf Enten Jagd zu machen.

Mein Vorschlag lief eigentlich darauf hinaus, Kazuo Hirotsu zu besuchen, der ebenfalls in Atami wohnte. Fukuda war nämlich nicht nur ein Meister im Vogelschießen, im Angeln und Muschelsammeln, sondern auch ein virtuoser Ma-jong-Spieler, für den wir beiden anderen wohl eine ebenso leichte Beute sein würden wie die Enten. Fukuda stimmte sofort freudig zu.

Er erkundigte sich, wann der nächste Bus fahre, und als

ich ihm die Zeit nannte, meinte er: »In dreißig Minuten? Machen Sie sich inzwischen fertig. Ich werde schnell noch was schießen gehen.« Er zog seine Schuhe wieder aus und streifte sich die mit Gummisohlen versehenen Socken über. Dann stieg er hinter der Hütte den Berg hinauf.

Nach zwanzig Minuten war er wieder da. Ich hatte keinen Schuß gehört und deshalb mit Sicherheit angenommen, er hätte nichts erlegt. Doch er überreichte mir eine noch warme Wildtaube, einen Krammetsvogel und eine Ammer, seine Beute innerhalb von zwanzig Minuten.

Ich war bereits fertig zum Ausgehen und wartete. Nachdem sich Fukuda statt der gummibesohlten Socken wieder die Straßenschuhe angezogen hatte, gingen wir den Berg hinunter, um mit dem Bus zu Kazuo Hirotsu zu fahren.

Am nächsten Tag sah ich nur noch eine Taube an meiner Hütte vorbeifliegen. Wildtauben flattern immer so seltsam hastig umher. Sonst war stets eine vorneweg geflogen und die andere, die alles daran setzte, den Abstand nicht größer werden zu lassen, vier, fünf *ken* hinterher. Tag für Tag hatte ich ihnen zugesehen. Nun aber war es nur noch eine, die unzähligemal vorbeiflatterte. Wegen der Wachtel, des Krammetsvogels und der Ammer, die ich ja ebenfalls verspeist hatte, machte ich mir keine Gedanken. Genauso wenig bekümmerte mich die Wildtaube, die Fukuda woanders geschossen hatte. Der Anblick dieser einen überlebenden Taube aber verursachte mir Unbehagen, da ich das Vogelpärchen monatelang beobachtet hatte. Mein Gewissen war, obwohl ich die Taube nicht selbst geschossen hatte, beschwert: Schließlich war ich es gewesen, der sie verzehrt hatte.

Monate später sah ich von neuem zwei Wildtauben zusammen fliegen. Ich schloß daraus, daß die Taube endlich wieder einen passenden Gefährten gefunden und sich gepaart hatte, worüber ich mich freute. Es erwies sich jedoch als Irrtum. Das Vogelpaar war von woandersher gekommen und hatte sich hier eingenistet. Die eine mir seit langem vertraute Taube flog nach wie vor allein umher. Und bis heute hat sich nichts daran geändert.

Vor kurzem hat wieder die Jagdzeit begonnen. Herr S., ein Bekannter aus meiner Nachbarschaft, hält sich zwei Setter, deren Stammbaum sogar bescheinigt ist. Oft schweift er in Jägerkleidung hier in der Gegend herum. Mit seiner Schießfähigkeit ist es jedoch nicht weit her, so daß die Vögel ganz beruhigt sein könnten, müßten sie nicht vor den Hunden auf der Hut sein. Ihr Schrecken ist Rando Fukuda, der auf Gummisohlen einhergeht. Als er sich vor einigen Tagen bei mir sehen ließ, bat ich ihn, dieses Jahr die Gegend hier zu verschonen. Daraufhin erwiderte er: »Soll ich nicht besser, da Sie es sich zu Herzen nehmen, auch die andere gleich noch abknallen?«

Rando Fukuda ist der Schrecken der Vögel.

1950

Das Fahrrad

Nachts, wenn ich plötzlich erwache und nicht mehr schlafen kann, oder wenn ich an kalten Tagen morgens lange nicht aus dem Bett komme, denke ich oft an die vergangenen Jahre und verliere mich in Erinnerungen. Zuzeiten rufe ich mir Geschehnisse ins Gedächtnis, die fünfzig, sechzig Jahre zurückliegen, und dann geschieht es – teils meines Alters, teils meines geruhsamen Lebens wegen –, daß ich im Gegensatz zu damals einen Sinn in dem erkenne, was mir bisher bloße Erinnerung war. Ich bin nun neunundsechzig Jahre alt und nähere mich dem Ende des menschlichen Lebens. Blicke ich auf meine Jugend zurück, so entdecke ich, daß ich mich im Grunde kaum geändert habe. Mitunter stelle ich auch überrascht fest, daß Ereignisse aus alter Zeit, die mir unversehens wieder einfallen, in gewisser Hinsicht zu meinem jetzigen Leben in Beziehung stehen. Im folgenden will ich hier eine dieser Erinnerungen aufschreiben. Vielleicht gerät mir dabei, weil seitdem mehr als fünfzig Jahre vergangen sind, die zeitliche Reihenfolge durcheinander. Solche Kleinigkeiten aber sollen mich von der Niederschrift nicht abhalten.

Von meinem dreizehnten Lebensjahr an fuhr ich, fast grenzte es an Besessenheit, fünf, sechs Jahre lang dauernd mit dem Fahrrad herum. Zur Schule fuhr ich selbstverständlich mit dem Rad, und auch sonst saß ich bei jeder Gelegenheit auf dem Sattel, zum Beispiel wenn ich einen Freund besuchen wollte oder Einkäufe zu erledigen hatte. Das Auto war damals noch nicht erfunden, und es gab in Tokyo auch noch keine elektrische Bahn. An Fahrzeugen existierte nur die Pferdebahn, die von Shiodome nach Asakusa fuhr, sowie ein Pferdeomnibus, der Kudanshita mit Ryogoku verband. Das am meisten benutzte Fahrzeug war die Riksha. Karossen und Kaleschen blieben Beamten und reichen Leuten vorbehalten, für das einfache Volk kamen sie nicht in Betracht. Allerdings gab es auch noch Pferdewagen zur Beförderung von Sträflingen, die wir, wenn ich mich recht entsinne, Diebesfuhre nannten.

Damals wurden in Japan noch keine Fahrräder hergestellt, sie wurden importiert, in erster Linie aus Amerika, aber einige stammten auch aus England. Die englischen Räder waren zwar gut konstruiert und stabil gebaut, sahen aber ziemlich plump aus, die aus Amerika dagegen besaßen weder Schutzblech noch Bremse, waren jedoch preiswert und erfreuten sich bei uns größerer Beliebtheit.

Ein Französischlehrer vom Gakushuin, ein langbeiniger Mann mit Namen Shoji, benutzte ein Fahrrad, das damals schon eine Generation alt war. Das große Vorderrad hatte einen Durchmesser von anderthalb Metern, das winzige Hinterrad dagegen kaum mehr als dreißig Zentimeter. Heute sieht man solche Räder nur noch in Bildbänden zur Geschichte des Fahrrads, aus dem Straßenbild sind sie verschwunden. Wer auf so einem Rad fahren will, muß zunächst einen Fuß auf das kleine Trittbrett stellen, das an dem bogenförmigen, Vorder- und Hinterrad verbindenden Rahmen angebracht ist. Mit dem anderen Fuß stößt man sich von der Erde ab, um das Fahrrad in Bewegung zu setzen. Sobald es ins Rollen gekommen ist, schwingt man sich von dem zweiten kleinen Trittbrett aus in aller Seelenruhe auf den Sattel und radelt dahin, von der Höhe auf die Fußgänger herabblickend. Da bei einem Fahrrad ohne Kette das Vorderrad nur so viel Umdrehungen macht, wie man auf die Pedale tritt, kann es aus heutiger Sicht kein schnelles Fahrzeug gewesen sein. In jener Zeit jedoch, wo alles noch sehr gemächlich zuging, hielt man es dafür. Als wir hörten, der Lehrer Shoji sei mit diesem Fahrrad die Kudanzaka-Straße hinuntergerast, die damals weit steiler war als heute, imponierte uns das mächtig.

Es war eine hochinteressante Sache, einen Abhang hinunterzusausen oder zu erklimmen, etwa so, wie wenn heute Alpinisten diese oder jene Bergspitze bezwingen. So war ich davon besessen, alle steilen Hänge und Hügel in Tokyo mit meinem Fahrrad zu bezwingen. Der Sambuzaka-Hügel war, obwohl ziemlich steil, nicht so schlimm, und auch der Reinanzaka-Hang ging noch an. Die größte Mühe bereitete mir eine Nebenstraße, die Edomizaka. Da sie ziemlich breit war und man sie deshalb im Zick-Zack-Kurs befahren konnte, glaubte ich, leicht hinaufzugelangen, aber ich habe es nie ganz geschafft. Als schrecklich erwies sich der Christenhügel in Koishikawa. Die Straße war, wie ich später erfuhr, nach einem in der Nähe liegenden christlichen Haus benannt. Sie führte zwar steil nach oben, war aber nicht sehr lang, so daß man unwillkürlich annahm, man käme ohne weiteres wieder hinunter, hätte man es erst einmal hinauf geschafft. Die Straße war jedoch nur etwa drei Meter breit und lag wegen der hohen Bäume, die zu beiden Seiten dicht nebeneinander vor den herrschaftlichen Häusern standen, selbst am hellichten Tag im Halbdunkel. Die größte Schwierigkeit bereitete mir dabei die nicht einmal vier Meter breite Straßengabelung unten im Tal. War die Geschwindigkeit nur ein wenig zu hoch, lief man Gefahr, in eines der Wohnhäuser hineinzurasen.

Eines Tages, als ich allein vom Tennisspiel bei der Familie Maki zurückkehrte, die oben an der Straße wohnte, unternahm ich den Versuch, den Hügel hinunterzufahren. Da mein Rad keinen Freilauf hatte, mußte ich die Pedale freigeben, indem ich die Beine lang nach hinten streckte und den Oberkörper weit vorneigte. In dieser Haltung sauste ich hinunter. Bei diesem Wagnis kam es, wollte man nicht stürzen, ganz und gar auf die Balance an. Obwohl das Befahren der

Straße untersagt war, gelang es mir, und ich platzte fast vor Stolz, vielleicht der einzige gewesen zu sein, der diesen Hang hinunter mit dem Fahrrad bewältigt hatte.

Mein rotbraunes Fahrrad der Marke Dayton hatte ich mir, als ich in die Mittelschule kam, von meinem Großvater erbettelt. Es war ein normales Rad für Erwachsene, weshalb meine Füße anfangs nicht bis an die Pedale reichten. Erst nachdem man mir kleine Eisenklötzchen auf die Pedale geschraubt hatte, konnte ich sie treten. Ich unternahm nun Tagesausflüge bis zur Insel Enoshima und nach Chiba. Es gab auch einen »Zweirad-Klub«, dessen Vorsitzender Teisuke Akiyama war, ein Redakteur der Tageszeitung »Niroku-Shimpo«. Obwohl ich nicht Mitglied war, wurde ich einmal zu einem Ausflug nach Chiba eingeladen. Am frühen Morgen hatten wir uns alle in Akiyamas Haus eingefunden, und dann radelten wir los, ein Dutzend Fahrräder in einer Reihe hintereinander. Irgendwo unterwegs fuhr ich eine Ente an. Ich kippte mit dem Rad um, kam aber ohne Verletzung davon. Die Ente schlug ein paarmal erschrocken mit den Flügeln und machte sich schnell davon. Mit wackelndem Sterz und aufgeplustertem Gefieder verschwand sie im Garten ihres Herrn. Hinter der Ryogoku-Brücke fand unsere Landpartie ihr Ende. Die Radlergruppe löste sich auf. Mein Freund Saburo Yamao und ich fuhren weiter bis zur Mansei-Brücke, um dort in einer der Nudelbuden Rast zu machen.

Wir waren ausgehungert und verschlangen große Mengen. Zuletzt wollten wir etwas essen, was wir noch nicht kannten. Wir bestellten uns Kesselnudeln, mußten aber feststellen, daß sie scheußlich schmeckten.

Sehr oft machte ich Ausflüge nach Yokohama. Ich rechnete das nicht zu den längeren Strecken. Sobald wir hörten, in den Handelshäusern der Ausländersiedlung seien neue Fahrräder eingetroffen, fuhren wir hin, um sie uns anzusehen. Manchmal packte man in den Lagerhäusern hinter den Handelsniederlassungen die soeben ausgeladenen Räder extra für uns aus. Obwohl die amerikanischen Händler wußten, daß wir uns die Räder nur ansehen wollten, kamen sie uns stets mit freundlicher Bereitschaft entgegen. Die meisten Handelshäuser, von denen die meisten stabile Steinbauten waren, standen an der Strandpromenade. Zwar führte jedes seinen eigenen Namen, aber man unterschied sie kurzerhand nach Nummern. Stieg man von der Straße her die vier bis fünf Stufen hinauf, so erblickte man meist einen dikken, vielleicht vierzigjährigen Amerikaner, der, mit der Durchsicht irgendwelcher Papiere beschäftigt, am Schreibtisch saß, während seine jungen Mitarbeiter schweigend allerlei Sachen hin und her räumten. Im Frühsommer war es drinnen kühl und roch merkwürdig exotisch. Die Amerikaner erwiesen sich zwar nicht als Menschen von überströmender Liebenswürdigkeit, aber sie waren auch nicht gerade abweisend. Wir wurden in sachlicher Weise bedient. Nachdem wir uns dies und jenes hatten zeigen lassen und jeder von uns einen Katalog erhalten hatte, zogen wir ab, ins nächste Handelshaus.

Auch dem Buchladen Glee and Walsh und dem Importwarengeschäft Lane Crowford statteten wir häufig einen Besuch ab. Bei Glee kaufte ich mir neben vielerlei Schreibartikeln manchmal auch hübsch illustrierte Kinderbücher und Weihnachtskerzen. Erst einige Jahre später war ich soweit, mir die ins Englische übersetzten Werke der europäischen Literatur herauszufischen. An guten Büchern allerdings führte der Buchladen Maruzen die Nihonbashi mehr als dieser Laden hier. Ich kann mich nicht mehr erinnern, was ich bei Lane Crowford gekauft habe. Jedenfalls neigten wir, dem Trend der Meiji-Zeit folgend, dazu, die Importartikel in Yokohama erlesener und schicker zu finden als das, was man in der Ginza erstehen konnte.

Zum Essen kehrten wir bei solchen Ausflügen in kleine europäische Restaurants in der Nähe des Parks ein. Das Grand- oder das Oriental-Hotel waren für uns zu teuer, dort trauten wir uns nie hinein. Zum Schluß dann rasten wir wieder in einer Reihe, als gelte es, ein Wettrennen zu gewinnen, über Kawasaki und Shinagawa zurück.

Eines Tages, es war schon gegen Abend, fuhr ich durch die Vorstadt von Kawasaki. Da rannte plötzlich vor mir ein vierjähriger Junge über den Weg. Ich erschrak und sprang schnell ab, konnte aber nicht so rasch stoppen, lief noch ein paar Schritte weiter und stieß dabei das Kind mit dem Vorderrad um. Es fiel auf den Rücken. Der Kimono schlug so weit auf, daß sein halber Bauch entblößt lag und sein kleines, spitzes Glied hervorlugte, aus dem dreißig Zentimeter hoch ein Wasserstrahl schoß. Anfangs hatte der Junge ganz still dagelegen, dann aber brach er in Geschrei aus. Im Nu sah ich mich von Leuten umringt, die aus den Häusern in der Nähe herbeigestürzt waren. Ich wurde heftig beschimpft. Da aber auch ich noch ein vierzehnjähriges Kind war und man einsah, daß ich es nicht mit Absicht getan hatte, bestand keinerlei Gefahr. Dennoch fühlte ich mich erleichtert, als Shinnosuke Date hinter mir auftauchte, ein drei Jahre älterer Freund. »Ich bringe die Sache in Ordnung, du kannst weiterfahren«, sagte er. Ich verneigte mich kurz, wobei unklar blieb, wem mein Gruß eigentlich galt, schwang mich auf das Fahrrad und sauste davon. Mit Date stand ich sonst auf Kriegsfuß, wir zankten uns oft. In der Kindheit macht ein Unterschied von drei Jahren in körperlicher Hinsicht viel aus, und ich war damals obendrein noch kleiner als die meisten. In punkto Körperkraft konnte ich es nicht mit ihm aufnehmen, weshalb ich mich oft wütend zum Rückzug gezwungen sah. In diesem Augenblick aber fand ich meinen Freund Date ausnahmsweise sympathisch.

Oft machten wir in Kamata im »Haus Pflaumenblüte« Rast. Einmal kehrte ich dort mit meinem ebenfalls älteren Freund Yumihiko Takasaki ein. Obwohl es schon dunkel war und man nichts mehr sehen konnte, wanderten wir im Garten umher, wo die Pflaumenbäume gerade in voller Blüte standen. Yumihiko fragte mich, ob ich den Blütengeruch wahrnähme. Ich sog geräuschvoll die Luft durch die

Nase ein. Es stimmte, ein schwacher Duft hing in der Luft. Sofort fabrizierte Yumihiko ein Scherzgedicht: »Frag ich ihn, spürt er den Duft, hebt schnuppernd das Näschen in die Luft.« Dann holte auch er dreimal tief durch die Nase Luft. Ohne den Titel »Pflaumenblüten bei Nacht« läßt sich der Sinn dieses Verses nicht richtig erfassen. Ich habe ihn nur in Erinnerung behalten, weil ich das Hochziehen der Luft, das sich ja schriftlich gar nicht wiedergeben läßt, dabei so komisch fand. Später sah ich einmal das Schauspiel »O-Yoshi, die Säuferin« mit Gennosuke Sawamura. Eine Szene dieses Stückes spielt im »Haus Pflaumenblüte«. O-Yoshi tritt auf die Straße hinaus und steht wartend da. Von der anderen Seite kommt der Sänftenträger Senta gerannt. O-Yoshi ruft ihm zu: »Fast hab ich mir den Hals nach dir ausgerenkt, so sehr hab ich gewartet«, woraufhin Senta erwidert: »Fast hab ich mir die Beine ausgerenkt, so schnell bin ich gelaufen.« Beide biegen sich vor Lachen. Demnach muß das »Haus Pflaumenblüte«, wie hätte es sonst in dem alten Stück vorkommen können, schon in der Edo-Zeit existiert haben. Die Bäume im Garten waren zwar nicht auffallend groß, aber sehr alt und über und über bemoost, genau wie auf den Bildern der Korin-Schule.

Meine Erinnerungen in bezug auf das Radfahren sind nicht so schnell erschöpft. Wenn wir zum Beispiel unterwegs einem anderen Radfahrer begegneten, wendeten wir und forderten ihn stumm zum Wettrennen heraus, indem wir neben ihm herfuhren. Manchmal kam es auch vor, daß wir auf diese Art herausgefordert wurden.

Als wir dann mit der Zeit das Interesse an Straßenrennen verloren hatten, packte uns eine neue Leidenschaft: das Kunstfahren. Ein paar Jungen aus unserer Gruppe berichteten uns eines Tages begeistert von einem Kunstfahrer namens Burn, den sie in Yokohama gesehen hatten und der mit unglaublicher Geschicklichkeit das Vorderrad in die Höhe riß und nur auf dem Hinterrad fuhr. Einige Zeit darauf hatten wir dann bei der Vorführung einer Artistengruppe selbst Gelegenheit, Burns Kunststücke zu bewundern. Uns packte der Ehrgeiz, es ihm gleichzutun.

Zur Ausführung solcher Kunststücke mußte die Übersetzung geändert werden, also vorn ein Zahnrad mit wenigen Zähnen und hinten eins mit mehr Zähnen eingebaut werden. Damit gewann das Fahrrad zwar an Manövrierfähigkeit, büßte aber an Geschwindigkeit ein, so daß es fortan für Wettrennen nicht mehr taugte.

Einmal fuhr ich, von Ueno kommend, in Richtung Hirokoji. Da nahmen mich zwei Radfahrer in die Zange und forderten mich zum Wettkampf auf. Weil ich mich jedoch mit meinem Rad auf kein Rennen mehr einlassen konnte, stellte ich mich dem einen überraschend quer vor das Rad, hakte den Auftritt meines Hinterrades in das Vorderrad des anderen und trat mit aller Kraft auf die Pedale. Ich hatte Erfolg, das Vorderrad meines Gegners hob sich, und er kippte samt dem Fahrrad um. In Windeseile ergriff ich die Flucht, denn die beiden Jungen waren offensichtlich älter als ich, und allein wollte ich es mit ihnen nicht aufnehmen. Um nicht eingeholt zu werden, mied ich die breiten Straßen. An einer Brücke bog ich ab und sauste dann abwechselnd links und rechts durch enge Gassen bis in Nähe des Shamisen-Grabens, von wo ich heil und unversehrt nach Hause gelangte.

Nach einigen Jahren war mein Rad so ramponiert, daß ich es gern gegen ein neues eingetauscht hätte. Das »White Fleyer« hatte es mir angetan, ein, wie man heute wohl sagen würde, smartes Fahrrad mit weiß gestrichenem Rahmen, das mit seinen schmalen Felgen und Reifen beinah einem Rennrad gleichkam, ein etwas kostspieliges Fahrzeug, das nicht so leicht zu haben war. Ich hatte keine Ahnung, wo man es auftreiben konnte. Als ich hin und her überlegte, was für ein Rad ich mir anschaffen sollte, empfahl mir mein Freund Akiji Morita die Marke Cleveland. Es waren gerade welche bei Hagiwara in Kanda-Nishikicho eingetroffen. Morita ließ bei diesem Händler immer sein Fahrrad reparieren. Im Vergleich mit dem »White Fleyer« handelte es sich bei den »Clevelands« um durch und durch solide Räder. Aber das durchsichtige Dunkelblau unter dem Etikett zog mich so sehr an, daß ich geneigt war, Moritas Empfehlung zu folgen. Zuvor mußte ich allerdings erst einmal in Erfahrung bringen, für welche Summe man mein »Dayton« in Zahlung nehmen würde. Eines Tages sprach ich auf dem Heimweg von der Schule bei dem Fahrradhändler vor. Da mein einst für hundertsechzig *yen* erworbenes »Dayton« wie gesagt ziemlich ramponiert war, rechnete ich nicht mit einer hohen Summe.

Als ich Hagiwara sagte, ich wolle mein altes Fahrrad verkaufen und mir ein neues anschaffen, ein »Cleveland«, erklärte er sich bereit, mir für mein »Dayton« fünfzig *yen* zu geben. Ich hatte aber von zu Hause noch keine eindeutige Erlaubnis für solch ein Geschäft, und da ein »Cleveland« teurer war als ein »Dayton«, blieb abzüglich der Summe von fünfzig *yen* noch ein Betrag von hundertzwanzig bis hundertdreißig *yen* zu zahlen. Deshalb wollte ich, nachdem ich das Angebot vernommen hatte, gleich wieder kehrtmachen. Hagiwara bestand jedoch darauf, mir die fünfzig *yen* sofort auszuzahlen und mein Fahrrad zu dazubehalten. In einem dicken, alten Rechnungsbuch mußte ich den Empfang der Summe bestätigen. Später habe ich oft Bücher im Antiquariat verkauft, aber da das damals mein erster Handel war, fühlte ich mich, als ich das Geld entgegennahm, unangenehm berührt.

Auf dem Nachhauseweg sah ich plötzlich ein Fahrradgeschäft, das mir bisher noch nie aufgefallen war. Im Schaufenster war ein »Rambler« ausgestellt. Hinsichtlich der Qualität konnte es sich zwar mit einem »Cleveland« oder »Dayton« nicht messen, aber es war ein neuer Typ, bei dem die Schrägstangen des Rahmens schwarz gestrichen waren, die waagerechten dagegen zinnoberrot. Es war ein wunderschönes Fahrrad. Ich konnte nicht widerstehen. Ohne zu zögern, trat ich in den Laden und erkundigte mich nach dem Preis. Es stellte sich heraus, daß ich nur neunzig *yen* zuzulegen brauchte. Ich schloß den Kauf sofort ab und zahlte die fünfzig *yen* an. Der Rest sollte bei mir zu Hause in Empfang genommen werden. Ich schwang mich auf das neue Fahrrad und fuhr in Begleitung eines Lehrlings nach Hause. Es fuhr sich viel leichter und bequemer als das veraltete »Dayton«. Ich kann mich nicht erinnern, daß ich wegen dieses Kaufs gerügt worden wäre. Demnach muß mein Großvater stillschweigend die restliche Summe gezahlt haben.

Ich war zufrieden mit dem auffälligen Fahrrad. Nur plagte mich das schlechte Gewissen, wenn ich daran dachte, daß Hagiwara auf mein Erscheinen wartete. Aber dann sagte ich mir, es würde sicherlich mit der Zeit in Vergessenheit geraten, und tatsächlich machte ich mir dann auch bald nichts mehr daraus.

Eines Tages erzählte mir Morita, Hagiwara habe von mir gesagt, ich hätte ihn prima geprellt. Das Wort »prellen« hatte ich bis dahin noch nie gehört. Trotzdem begriff ich sogleich den Sinn dieses erstmals vernommenen Wortes, und es gab mir einen Stich ins Herz. Aber hatte ich wirklich Hagiwara hintergangen? Er konnte es mit Recht von mir behaupten. Nur lag die Sache von meiner Sicht aus ein wenig anders: Ich war auf dem Heimweg zufällig an dem mir bisher unbekannten Laden vorbeigekommen und hatte mich, ohne lange zu überlegen, zu dem Kauf entschlossen. Es war also nicht so, daß ich Hagiwara vorsätzlich betrogen hätte, indem ich mir den Anschein gab, ein »Cleveland« kaufen zu wollen, was gar nicht in meiner Absicht gelegen hatte. Heute würde ich in einem solchen Fall, bevor ich einen neuen Kauf abschloß, noch einmal zu Hagiwara gehen, um mir sein Einverständnis zu holen. In dem Alter aber war ich eben noch sehr unbedacht. Ich weiß nicht genau, ob mir diese Idee gar nicht kam oder ob ein solcher Gedanke zwar kurz in mir aufblitzte, ich ihn aber bewußt ignorierte. Bei meinen siebzehn Jahren damals war es durchaus denkbar, daß das buntgestrichene »Rambler« es mir so sehr angetan hatte, daß ich mich Hals über Kopf zu dem Kauf entschloß. Andererseits läßt sich aber auch nicht einfach behaupten, mir wäre das Hagiwara gegebene Versprechen überhaupt nicht in den Sinn gekommen. Da ein Betrug stets Absicht voraussetzt, könnte es, rein wörtlich genommen, auch so ausgelegt werden, daß bei Hagiwara ein Mißverständnis vorgelegen hat, und so hätte ich eigentlich empört sein müssen, da mir hier etwas Falsches unterschoben wurde, aber ich brachte es nicht fertig, Hagiwara zu zürnen. Ich fühlte mich nur sehr bedrückt, als Morita mir davon erzählte. Ich hatte mein schlechtes Gewissen bewußt unterdrückt. Selbst wenn ich beim Kauf des Fahrrades kein schlechtes Gewissen gehabt haben sollte, habe ich mich kurze Zeit danach doch wohl dabei ertappt. Doch ich setzte mich darüber hinweg und hoffte, es mit der Zeit zu vergessen.

Was hätte ich tun können? Da war nun nichts mehr zu machen. Merkwürdigerweise haßte ich fortan das Wort »prellen«. Ich fand es scheußlich. Diese Abneigung hielt noch jahrelang an. Ich haßte nicht so sehr die Tat, den Betrug an sich, als vielmehr dieses Wort »prellen«. Da es damals unter den Mittelschülern nicht gebräuchlich war, bekam ich es zwar nie zu hören, aber wenn ich mich allein und ohne jeden Zusammenhang daran erinnerte, wurde es mir so schwer ums Herz, als wäre die Sonne überschattet.

Im Herbst meines siebzehnten Lebensjahres hatten die Christen unter der Losung »Erweckung zu neuem Leben« eine Bewegung ins Leben gerufen und lange Zeit Abend für Abend in jeder Kirche Predigten gehalten und zu missionieren versucht. Ein junger Mann, der einige Zeit bei uns wohnte, forderte mich eines Tages zum Mitkommen auf, und ich ging auch ein paarmal hin, am häufigsten in die Kirche am Reinanzaka in Akasaka. Eines Abends besuchte ich eine kleine Kirche, die einem von Ausländern betriebenen Krankenhaus angeschlossen war. Als ich dort die Predigt des Pfarrers Taneda über die Schuld hörte, empfand ich auf einmal unerträgliche Herzensqualen. Bisher hatte ich mir eingeredet, es sei ein Mißverständnis von Hagiwara, wenn er sich von mir geprellt fühlte. Trotzdem setzte mir diese Sache jetzt so sehr zu, daß ich mich selbst darüber wunderte. Der Pfarrer war ein stiller, zurückhaltender Mann, dessen Worte nichts Aufwühlendes besaßen. Dennoch empfand ich eine solche Bedrückung, daß ich mich noch bei Pfarrer Tanedas Gebet, in dem er zu Reue und Sühne aufrief, erhob, um mich auf die vorderste Bank zu setzen, die für die Reuigen bereitgestellt war. Dort saßen schon ein paar Leute. Weil ich im allgemeinen viel schüchterner war als andere, muß ich in diesem Fall sehr erregt gewesen sein, sonst hätte ich das nicht so leicht fertiggebracht. Ich mußte an dem Abend immerzu daran denken und konnte lange nicht einschlafen. Am nächsten Morgen ging ich gleich nach dem Aufstehen zur Großmutter und bat sie ohne Angabe eines Grundes um zehn *yen.* Sie sah mich einen Augenblick forschend an, aber sie gab mir, ohne ein Wort zu verlieren, das Geld. Ich ging damit sofort nach Nishikicho zu Hagiwara.

Wie erstaunt war ich, als ich feststellte, daß Hagiwara mir gar nicht so unfreundlich gesonnen war. Er empfing mich sogar zuvorkommend, zumindest hatte ich damals diesen Eindruck. Ich entschuldigte mich bei ihm, ohne allerdings das Wort »prellen« zu benutzen, indem ich ihm vortrug, daß ich keinerlei betrügerische Absichten gehegt hätte, als ich ihm versprach, ein »Cleveland« zu kaufen. Ich hätte tatsächlich die Absicht gehabt, es mir dann aber anders überlegt, als ich zufällig auf das »Rambler« gestoßen sei, und ich bedauere nun, ihn nicht davon in Kenntnis gesetzt zu haben. Falls er mir mein »Dayton« teurer als üblich abgekauft hätte in der Hoffnung, im Tausch dagegen ein neues »Cleveland« zu verkaufen, so wolle ich diesen Verlust jetzt ausgleichen.

Hagiwara erklärte mit freundlichem Lächeln: »Das weiß ich schon von Ihrem Freund Morita. Machen Sie sich nur keine Sorgen! Schließlich bin ich Kaufmann und lasse mich nicht auf Verlustgeschäfte ein. Und jetzt, wo Sie extra gekommen sind und mir alles erklärt haben, soll die Sache abgetan sein.« In seiner kaufmännischen Manier fügte er noch hinzu: »Das nächste Mal kaufen Sie doch wohl bei mir!« Ich war aber vorsichtig und ließ mich nicht festnageln. Obwohl ich in ihn drang, wenigstens die zehn *yen* entgegenzunehmen, die ich mitgebracht hatte, weigerte er sich. Damals, vor dreiundfünfzig Jahren, waren die Preise so niedrig, daß man von zehn *yen* einen Monat lang leben konnte.

Schließlich nahm er, von mir gezwungen, die Hälfte an, und ich machte mich froh und erleichtert auf den Weg zur Schule. So einfach war es gewesen, diese Angelegenheit zu regeln, die mir lange auf der Seele gelegen hatte. Mir war zumute, als wäre ich von einem bösen Geist befreit. Zu Hause gab ich der Großmutter die restlichen fünf *yen* zurück. Sie nahm sie in Empfang und schwieg auch diesmal wieder.

Jetzt, wo ich diese Erinnerung noch einmal in mir wachrufe, macht es mir den tiefsten Eindruck, daß Großmutter mir das Geld gab, ohne sich mit einem einzigen Wort zu erkundigen, wozu ich es brauchte, und daß sie auch keine Fragen stellte, als ich ihr den Rest zurückgab. Es entsprach nicht ihrer sonstigen Art, sie schimpfte manchmal wegen Kleinigkeiten, und es kam vor, daß wir uns dann zankten. Dieses eine Mal aber muß sie unmißverständlich gespürt haben, daß etwas Besonderes vorlag, weshalb sie mir stumm die erbetene Summe aushändigte. Ich bin ihr heute noch dankbar dafür. Mein Vater hätte das nie fertiggebracht.

Obwohl Großmutter danach noch zwanzig Jahre lebte, ist keiner von uns jemals darauf zu sprechen gekommen. Sie war eine Frau mit einem guten Gedächtnis, und ich glaube nicht, daß sie diesen Zwischenfall vergessen hatte, dennoch kam sie nie darauf zurück. Später fand ich das Wort »prellen« nicht mehr ganz so unausstehlich, und ich hätte dieses Geschehnis gern einmal jemandem erzählt. Doch es ergab sich keine Gelegenheit dazu, was ich nun, so viele Jahre danach, bedauere.

In meinem Essay »Dem Lehrer Uchimura zum Gedenken« hatte ich seinerzeit geschrieben, ich hätte mich ohne nennenswertes Motiv dem Christentum genähert. Vielleicht aber hatte dieses Erlebnis mich dazu bewegt. Jahre später begegnete ich dem Pfarrer Taneda in Osaka, wo er am Rande des Geländes der Industrieausstellung stand und vor einem Häufchen Zuhörern predigte. Da ich nicht allein war, blieb ich nicht lange stehen. An seiner unauffälligen Redeweise, die auf einem solchen Gelände schon gar nicht geeignet war, eine große Anzahl von Zuhörern anzulocken, hatte sich nichts geändert.

Auch heute noch erregt der Anblick von Fahrrädern in mir eine trauervolle Sehnsucht. Wenn ich irgendwo eins stehen sehe, setze ich mich schnell einmal darauf. Aber da die Räder heute ganz anders gebaut sind, verstehe ich nicht gut, damit umzugehen, und so ist wohl erklärlich, daß die rechte Freude sich nicht mehr einstellen will.

1951

Die Morgenwinden

Seit mehr als zehn Jahren schon pflanze ich regelmäßig Morgenwinden an. Ich tue das nicht so sehr der Schönheit ihrer Blüten wegen, sondern weil ihre Blätter gut sind gegen giftige Insektenstiche. Die Heilwirkung bei Stichen von Moskitos und Kriebelmücken, wie auch von Tausendfüßlern und Bienen ist in der Tat erstaunlich. Zerreibt man einige Blätter eine Weile mit den Handballen, so tritt eine klebrige Flüssigkeit aus. Bestreicht man die gestochene Stelle damit und legt die zerriebenen Blätter darauf, hören Schmerz und Juckreiz sofort auf, und es kommt dann auch nicht vor, daß die Wunde später Wasser absondert.

In Atami-Oharadai, wo wir jetzt wohnen, habe ich mir auf dem Berg hinter unserem Haus in halber Höhe eine kleine Holzhütte bauen lassen, die ich als Arbeitsraum benutze. Sie steht auf einem schmalen Fleck dicht am Hang, und unmittelbar vor dem Fenster fällt der Berg steil ab. Deshalb habe ich vorsichtshalber dort einen niedrigen Gitterzaun setzen lassen, unterhalb dessen ich Teebüsche gesät habe. Mit der Zeit wird, wie ich hoffe, dort wohl eine Hecke wachsen. Weil bis dahin aber noch einige Jahre vergehen werden, habe ich vorerst einmal Winden gesät. Auch dieses Jahr hatte ich welche in einem Tokyoter Kaufhaus erstanden. Als der Sommer kam, fingen sie an, am Zaun hochzuklettern. Einzelne Ranken, die auf dem Erdboden in entgegengesetzter Richtung krochen, drehte ich zum Zaun hin. Hier und da sprossen zwar auch einzelne Teebüsche, aber die wuchernden Winden nahmen ihnen erbarmungslos die ganze Sonne. In diesem Sommer hatte ich das Haus voller Gäste, meine Kinder und Enkelkinder waren da. Deshalb schlief ich einen Monat lang in meinem Arbeitshüttchen auf dem Berg. Morgens um fünf Uhr erwachte ich immer – es lag wohl an meinem Alter –, und dann konnte ich, obwohl ich noch müde war, nicht wieder einschlafen. Was blieb mir da weiter übrig, als mir die Landschaft zu betrachten und zu warten, bis sich unten im Haus etwas regte. Auch von unserem Wohnhaus aus hat man eine schöne Aussicht, aber von meinem höher liegenden Arbeitszimmer reicht der Blick viel weiter. Vor mir liegt im Südwesten der Berg Amagi, und schaut man weiter in die Runde, so sieht man die Berge Omuro und Komuro. Dánn folgen die Landzunge von Kawana und, von ihr teilweise verdeckt, die Insel Niijima. Ein Stück von der Landzunge entfernt ist sogar noch die Insel Toshima zu sehen und manchmal, weit draußen, Miyakejima, aber nur an sehr klaren Tagen, zwei oder dreimal im Jahr und auch dann nur verschwommen. In gerader Linie vor mir liegt die kleine Insel Hatsushima mit Oshima im Hintergrund und links davon die Landzunge von Manazuru mit der bergigen Halbinsel Miura dahinter. Wahrhaftig, eine wunderbare Aussicht! Ich habe schon in allerlei Orten mit schöner Umgebung gewohnt, wie in Onomichi, in Matsue, Abiko, Yamashina und Nara, aber der Blick, wie er sich mir hier bietet, ist unübertroffen.

Jeden Morgen, wenn ich aufstehe, setze ich mich mit gekreuzten Beinen unter das vorspringende Fenster und schaue, während ich rauche, in die Runde. Dann sehe ich auch die Morgenwinden, die dicht vor meinen Augen am Gitterzaun blühen.

Bisher hatte ich Winden nie besonders schön gefunden. Das mag wohl auch daran gelegen haben, daß ich als Langschläfer die Blüten kaum jemals zu Gesicht bekam, wenn sie sich eben erst geöffnet hatten. Meistens hatte ich die Winden erst dann erblickt, wenn sie in der sengenden Sonne die

Köpfe bereits schlaff herunterhängen ließen, so daß sie keinen Reiz für mich besaßen. Als ich aber in diesem Sommer, in dem ich stets mit dem ersten Morgengrauen erwachte, die gerade aufgegangenen Blüten sah, war ich von ihrer Frische ganz bezaubert. Ich fand sie in ihrem jungen Glanz unvergleichlich, sie übertrafen die indischen Kanna-Stauden und die Geranien. Die Morgenwinden blühen wohl nicht länger als ein bis zwei Stunden. Als ich die frische Schönheit der Winden, ihre Morgengesichter, gewahrte, stiegen unversehens und ohne eigentlichen Zusammenhang Kindheitserinnerungen in mir auf. Ich erklärte es mir später so, daß ich diese Frische schon aus meinen Kindertagen kannte, sie aber nie recht geschätzt hatte und nun im hohen Alter ihre Schönheit erst richtig zu würdigen verstand.

Da vom Wohnhaus Stimmen zu mir heraufklangen, ging ich hinunter. Vorher hatte ich schnell noch für meine Enkeltochter, die schon zur Schule ging und gerne Blumen preßte, eine smaragdfarbene, eine rote und eine rotbraune Winde gepflückt. Als ich, die Blumen in der Hand, die Stufen des Hangs hinunterstieg, surrte mir hartnäckig eine Bremse ums Gesicht. Ich versuchte, sie mit der freien Hand zu verscheuchen, aber sie wich nicht. Einen Augenblick lang blieb ich mitten auf dem Hang stehen. Da drang die Bremse, die mich bisher umschwirrt hatte, den Kopf nach unten, tief in einen der Blütenkelche ein und begann, Nektar zu saugen. Ihre getigerten hinteren Segmente dehnten sich wie beim Atemholen.

Etwas später kroch die Bremse, die sich so zielsicher in den Blütenkelch gestürzt hatte, mit reichlich unbeholfenen Bewegungen wieder heraus, um sich in die zweite und danach in die dritte Blüte zu zwängen. Nachdem sie sich mit Nektar vollgesaugt hatte, verschwand sie ohne ein Zeichen weiteren Interesses irgendwohin. Für die Bremse hatten nur die drei Windenblüten existiert, mich, den Menschen, hatte sie gar nicht wahrgenommen. Ich fand das recht amüsant, denn ich fühlte mich ihr irgendwie verwandt.

Ich erzählte meiner jüngsten Tochter, die sich für solche Dinge interessiert, dieses kleine Erlebnis. Gemeinsam schlugen wir in einem illustrierten Insektenlexikon nach, um den Namen dieser Insektenart herauszufinden. Wir gelangten zu dem Schluß, daß es sich um eine Drohnenfliege oder eine Hummel gehandelt haben könnte. Beim Durchblättern des Buches entdeckte ich, daß Bremsfliegen nur ein Flügelpaar haben, keine zweiten kleineren Flügel darunter, während die Gattung der Bienen unter den Hauptflügeln noch ein zweites kleines Flügelpaar besitzt. Zu welcher Gattung das Insekt gehörte, das meine Windenblüten verfolgt hatte, weiß ich nicht. Ich habe es kurzerhand als Bremse bezeichnet, weil ich es in dem Moment dafür gehalten hatte.

1954

Die Aralie mit den achtfingrigen Blättern

Als wir noch in Nara wohnten, riß mir oft der Geduldsfaden, wenn meine Frau in Augenblicken, wo ich meiner Arbeit wegen gereizt war, von den Kindern zu reden begann. »Ich bin doch nicht der Kinder wegen auf dieser Welt«, sagte ich dann. Meine Frau hatte, seit sie zu mir gekommen war, acht Kinder geboren. Das erste, eine Tochter, war nach etwa fünfzig Tagen gestorben, und das zweite, ein Sohn, hatte auch nur wenig mehr als dreißig Tage gelebt. Die anderen sechs aber hatte meine Frau immerhin gesund und kräftig aufgezogen. Kaum hatte so ein Kleines zu sprechen angefangen, trug sie schon das nächste im Bauch. In all den Jahren war sie Tag und Nacht nur mit den Kindern beschäftigt. Sie schien geradezu ihrer Kinder wegen geboren zu sein. Und ich war der Meinung, das wäre bei Frauen, vor allem bei einer wie der meinen, in Ordnung so. Meine Worte sollten zum Ausdruck bringen, daß ich als Mann dieses Leben nicht mit ihr teilen könne. Doch jetzt, wo unsere Kinder groß sind und selbst Kinder haben, werfe ich nicht mehr mit solchen Redensarten um mich.

Im Gegenteil, in den letzten Jahren war ich manchmal nahe daran, zu sagen: »Ich bin doch nicht auf dieser Welt, um Romane zu schreiben.« Mir ist es ernst, wenn ich feststelle, daß ich aus purem Zufall Romane geschrieben habe, eben, weil ich nun einmal am Leben bin, und nicht umgekehrt. In erster Linie kommt es doch darauf an, das einem nur ein einziges Mal gegebene Leben gut zu leben, wohingegen es mir nebensächlich erscheint, daß ich währenddessen Romane geschrieben habe.

Hin und wieder trifft man auf Kunstmaler, die unleugbar zum Malen geboren sind. Ryuzaburo Umehara und der verstorbene Sotaro Yasui gehören dazu. Ich war immer der Überzeugung, ein Maler könne bis zu seinem Tode neue Werke hervorbringen, was einem Schriftsteller nicht möglich sei. Es erfordert schon große physische Anstrengungen, in hohem Alter einen Roman zu schreiben. Außerdem waren mir die verwickelten persönlichen Angelegenheiten allmählich zuwider geworden. Weicht man jedoch all diesen Dingen aus, läßt sich das, was man gemeinhin einen Roman oder eine Erzählung nennt, nicht mehr schreiben. In dieser Hinsicht hat ein Maler es viel leichter. Er muß nicht darstellen, was ihm mißfällt. Maler sind glücklich dran, denn sie brauchen nur zu malen, was sie in der Natur schön finden.

Ich bin jetzt vierundsiebzig Jahre alt, also müßte es mir, meinen langjährigen Überzeugungen zufolge, unmöglich sein, noch etwas zustande zu bringen. Dennoch schreibe ich immer wieder allerlei Kleinigkeiten. Es kommt mir fast so vor, als versuche ich, wenn auch unbewußt, schriftlich festzuhalten, was ein Maler malen würde.

Ich bin nicht gewillt, das zu schreiben, was man gemeinhin unter einem Roman oder einer Erzählung versteht. Und selbst wenn ich mich dazu entschließen könnte, hätte ich doch keine Lust, nur diesem Zweck zuliebe all den vielen menschlichen Zwistigkeiten, die mir so zuwider sind, nachzugehen und in dieser Richtung Beobachtungen anzustellen. Deshalb möchte ich sagen: »Ich bin nicht auf dieser Welt, um Romane zu schreiben«, was wiederum nicht heißt, daß ich es bereue, mein Leben der Literatur gewidmet zu haben. Es war gewiß besser, als wenn ich etwas anderes getan hätte. Nur verspüre ich nicht mehr wie in jungen Jahren den Drang, die Literatur über alles zu stellen.

Wer weiß, wie lange ich noch leben werde. Und dann denke ich immerzu, ich könnte, selbst wenn mir noch ein

Weilchen bleibt, meine geistigen Fähigkeiten verlieren. Dennoch verspüre ich den Wunsch, unbedingt noch gründlicher über meinen Aufenthalt auf dieser Welt nachzudenken, und zwar völlig unvoreingenommen, ganz für mich selber als einzelner Mensch. Ich hege, obwohl mir vielleicht nur noch eine kurze Zeit vergönnt ist, eine tiefe Liebe zum Leben, in das man, ist man erst einmal gestorben, nie wieder zurückkehren kann.

Ein Onkel von mir, er war vier Jahre älter als ich, soll auf dem Sterbebett gesagt haben: »Das also war das Leben!« Da ich ihn damals von Nara aus nicht aufsuchen konnte, habe ich diese Worte selber nicht gehört, so daß ich nicht weiß, in welchem Tonfall er sie gesprochen hat. Als ich später erfuhr, in dieser Bemerkung des Scheidenden habe eine ziemliche Schärfe gelegen, fühlte ich mich unangenehm berührt. Mein Onkel hatte sich an seinem Lebensabend für Politik zu interessieren begonnen und eine rechtsgerichtete Bewegung auf die Beine gebracht. Diese Tätigkeit hatte sein Leben abgekürzt. Seine Worte: »Das also war das Leben!« entsprachen demnach offenbar seiner Lebenseinstellung. Gerade weil er bis zum letzten Atemzug tätig gewesen war, hörte ich aus seiner Bemerkung einen merkwürdigen mißmutigen Unterton heraus.

Wenn ich nun sterbe, muß ich wohl nicht so wie er auf das Leben zurückblicken. Dennoch sehne ich mich nach Umständen, die es mir erlauben, in noch größerer Ruhe über diese Probleme nachzudenken. Dazu aber scheint mir das Leben mitten in Tokyo nicht geeignet.

1957

Nachbemerkung

Naoya Shiga ist im Unterschied zu seinem Zeitgenossen Junichiro Tanizaki oder dem etwas jüngeren Yasunari Kawabata kaum im Ausland bekannt geworden, obwohl seine literarhistorische Bedeutung keineswegs geringer eingeschätzt wird und er bis heute bei den japanischen Lesern hohes Ansehen genießt. »Naoya Shiga«, urteilt der japanische Literaturkritiker Kenichi Yoshida, »hat als erster einen literarischen Stil geschaffen, mit dem die Eigenart modernen japanischen Denkens und Empfindens auf überzeugende und präzise Weise ausgedrückt werden kann ... Nur ein schöpferischer Schriftsteller wie Shiga konnte die zusammenhanglosen Elemente der japanischen Sprache zu einem literarischen Werkzeug schmieden, das sich für eine wahrheitsgetreue, detaillierte Beschreibung des Lebens eignet, wie es sich um uns abspielt.«

Naoya Shiga wurde 1883 in einer Unternehmerfamilie mit Samuraitradition geboren. Während sein Großvater noch das Amt eines Hausvogtes beim ehemaligen Fürsten Soma bekleidete, hatte es der Vater rasch vom Bankangestellten zum mehrfachen Aufsichtsratsmitglied gebracht. Seine patriarchalischen und zugleich vom Geist rücksichtslosen Unternehmertums geprägten Ansichten forderten den Widerspruch des Sohnes heraus und führten zu jahrelangen Zwistigkeiten, die sich im Werk des jungen Autors niederschlagen sollten. Nach seiner Schulausbildung am elitären Gakushuin, in dem damals nur Zöglinge aus dem Adel und

Großbürgertum Aufnahme fanden, ließ sich Shiga 1906 an der Kaiserlichen Universität Tokyo für die Fachrichtung Anglistik immatrikulieren. Später wechselte er, auch um der Wehrpflicht zu entgehen, zur japanischen Literatur über. 1910 brach er sein Studium ab mit der Absicht, Schriftsteller zu werden.

Noch im selben Jahr beteiligte sich Shiga an der Gründung von »Shirakaba« (Weiße Birke), einer Zeitschrift für Kunst und Literatur. Sie wurde zum Zentrum einer gleichnamigen Bewegung, die sich als Gegenströmung zur vorherrschenden Schule des Naturalismus herausbildete und bis in die zwanziger Jahre die literarische Szene wesentlich beeinflußte. Die hier vereinten jungen Schriftsteller, vorwiegend Angehörige der gebildeten Oberschicht, erkannten die Grenzen einer photographisch genauen Darstellungsweise. Sie entschieden sich für die Methode des »inneren Realismus«, die ihrem Anliegen, das wahre Wesen des Menschen zu ergründen und die Auswirkungen von Milieu und Gesellschaft auf seine Psyche aufzuzeigen, entsprach. Die Shirakaba-Autoren forderten die Befreiung des Individuums, die ungehinderte Entwicklung der Persönlichkeit, womit sie jedoch in Widerspruch zum konfuzianistischen Moralkodex gerieten. Auf der Suche nach einer neuen Ethik orientierte sich ein Teil der bürgerlichen Intelligenz an christlich-humanistischen Idealen. Auch Shiga übernahm christliche Vorstellungen von Güte, Gerechtigkeit, Wahrheit, von Sünde und Schuld, er trat sogar zum Christentum über. Sie blieben ein wesentlicher Bestandteil seiner Humanismus-Auffassung, auch wenn seine konfessionelle Bindung nicht von langer Dauer war.

Shigas Ringen um die Durchsetzung seiner Individualität gegen die Zwänge von Familie und Gesellschaft spiegelt sich vor allem in den Kurzgeschichten seiner ersten Schaffensperiode wider. Selbstzerstörung und Verbrechen erscheinen hier als äußerste Konsequenz kompromißloser Selbstbehauptung gegenüber einer Umwelt, die eine individuelle

Entfaltung verwehrte. Mit den Gestalten dieser frühen Texte ist dem Autor die Darstellung der inneren Zerrissenheit, der geistig-psychischen Krise gelungen, die der Zusammenprall von abendländischem Gedankengut, das im Gefolge moderner Technik und Wissenschaft in Japan eingedrungen war, mit der herrschenden, auf traditionellem Ahnenkult beruhenden Ideologie der Tenno-Verehrung ausgelöst hatte. Die Haltung des chinesischen Artisten Han, der das Gefängnis einem trostlosen Dasein vorzieht, wirkte auf die damalige japanische Jugend wie ein Signal, wurde als Aufruf zur Auflehnung verstanden. Wie aussichtslos die Situation für alle war, die nach Liberalismus, Humanismus und konsequenter Demokratisierung strebten, zeigt der geheime Hochverratsprozeß (1910), in dem vierundzwanzig Todesurteile gegen Sozialisten ausgesprochen wurden, von denen zwölf vollstreckt wurden. Bedenken wir außerdem, daß bei den Machtkämpfen jener Zeit Mord keine Seltenheit war – auch Shigas Großvater wurde unter dem Verdacht des Mordes am ehemaligen Fürsten Soma (1893) vorübergehend verhaftet –, so erscheinen uns Gestalten wie Claudius in ihrer Außenseiterposition glaubhaft.

Diesem literarischen Ausbruchsversuch folgte eine zwar nur vierjährige Schaffenspause, die jedoch eine Zäsur in Shigas Werk bedeutet. In den Arbeiten, die ab 1917 entstanden, vermeidet er die Konfrontation. An ihre Stelle ist das in der traditionellen japanischen Denkweise tief verwurzelte Streben nach allumfassender Harmonie getreten, ein wesentlicher Aspekt seiner Suche nach einem erfüllten Leben. »Ein friedfertiges Ehepaar« (1917) und »Lagerfeuer« (1920) gelten als hervorragende Beispiele für diese veränderte Sicht. Hier hat der Autor seinem Verlangen nach ausgeglichenen menschlichen Beziehungen wie nach einem innigen Verhältnis zur Natur künstlerisch überzeugend Ausdruck verliehen. Die Natur war für ihn nicht Selbstzweck, sondern eine Quelle tiefen Erlebens. Im buddhahaften Einswerden mit ihr, im widerstandslosen Aufgehen in ihr sah er einen Weg, wie der gedrückte Mensch seine Ursprünglichkeit zurückgewinnen könnte.

Die japanische Literaturkritik führt diese Wandlung vor allem auf Shigas Aussöhnung mit seinem Vater (1917) zurück. Durch seine eigenmächtige Heirat im Jahre 1914 war es zum offenen Bruch gekommen, der ihn, wie sein Kurzroman »Die Versöhnung« zeigt, stark belastet haben muß. Andererseits war die Zeit des individualistischen Aufbegehrens in dem von Wirtschaftskrisen und Aufständen erschütterten und sich zum Polizeistaat entwickelnden Japan endgültig vorbei.

Shigas Werk besitzt eine starke persönliche Färbung, da es weitgehend von den inneren Erfahrungen des Autors geprägt ist. Die äußeren Fakten seines Lebens treten zwar in den späteren, unverhüllt autobiographischen Texten ebenfalls in Erscheinung, aber sie sind stets der Widerspiegelung seelischer Regungen, die zuweilen Selbsterkenntnis einschließen, untergeordnet. Diesen eigenständig japanischen Typ der Ich-Erzählung, ein seit der naturalistischen Epoche bis in die Gegenwart außerordentlich beliebtes Genre, entwickelte Shiga mit seinen unsentimentalen, subtilen psychologischen Kurzgeschichten zur Vollendung. Er verstummte in der Zeit der extremistischen Militärs und schrieb nach dem Krieg bis zu seinem Tod im Jahre 1971 nur noch sporadisch. Dennoch hat er mit seinem relativ schmalen Werk, das außer Kurzprosa und einer Trilogie von Kurzromanen den langen Roman »Der Weg durch dunkle Nacht« (1921/37) umfaßt, die Literatur seines Landes nachhaltig beeinflußt.

Tokyo, im Dezember 1984 *Edith Rau*

Anmerkungen

Abashiri: Stadt auf Hokkaido, in der sich ein Zuchthaus befindet

Abe no Seimei: (921–1005), Wahrsager, über den es viele Legenden gibt; beliebte Roman- und Dramenfigur

Bakin: Kyokutei Bakin oder Takizawa Bakin (1767–1848), japanischer Schriftsteller

Bissière: Roger Bissière (1886–1964), französischer Maler

bu: japanisches Längenmaß; 1 bu = 3,03 mm

cho: japanisches Längenmaß; 1 cho = 109 m

Edo-Zeit: 1603–1867

Feuerfest in Kurama: shintoistisches Fest in dem Dorf Kurama bei Kyoto, wird am 2. Oktober gefeiert

Futabatei, Shimei: (1864–1909), japanischer Romancier, Literaturtheoretiker, Übersetzer

Gakushuin: 1878 in Tokyo gegründete Schule (Grund-, Mittel-, Oberstufe) für Kinder der kaiserlichen Familie und des Adels, später auch des Bürgertums; heute ist eine Universität angeschlossen

Gekkin-Laute: Musikinstrument mit vier Saiten

geta: Holzsandale mit zwei Bändern, deren flache Sohle auf zwei Querleisten liegt

Größenformat acht: japanische Größeneinheit für Gemälde, je nach Genre unterschiedlich.
Bei Landschaftsbildern: Format acht = 42,5 cm × 50 cm, Format zehn = 50 cm × 57,5 cm usw.

hakama: weites Beinkleid, das zu feierlichen Anlässen getragen wird

Inari-Gott: Gott der Ernte und des Getreides, auch Fuchsgott

jo: japanisches Längenmaß; 1 jo = 3,03 m

kan: japanische Gewichtseinheit; 1 kan = 3,75 kg

ken: japanisches Längenmaß; 1 ken = 1,82 m

Kikuchi, Kan: (1888–1948), japanischer Schriftsteller

Korin-Schule: nach dem japanischen Maler Korin Ogata (1658–1716)

kotatsu: in den Fußboden eingelassene, mit einer gitterähnlichen Vorrichtung und einer Steppdecke versehene Heizstelle unter dem Eßtisch. Wird heute elektrisch betrieben

koto: Musikinstrument mit vorwiegend dreizehn Saiten

Kubin: Alfred Kubin (1877–1959), österreichischer Maler

Kunisada: Utagawa Kunisada (1786–1864), japanischer Maler

Lhote: André Lhote (1885–1962), französischer Maler und Kunstkritiker

»Lord Clive«: Essay (1840) des britischen Schriftstellers und Politikers Thomas Babington Macaulay (1800–1859) über Robert Clive (1725–1774), britischer General und Staatsmann in Indien

Meiji-Zeit: 1868–1912

Miso-Suppe: Suppe aus Soyabohnenpaste mit verschiedenen Gemüsen, Fleisch oder Fisch

momme: japanische Gewichtseinheit; 1 momme = 3,75 g

Muromachi-Zeit: 1338–1573

Nagayo, Yoshiro: (1888–1961), japanischer Schriftsteller und Übersetzer

norimaki: mit eßbarem Seetang umwickeltes sushi (vgl. dort)

ri: japanisches Längenmaß; 1 ri = 3,93 km

Rin: japanische Währungseinheit (bis 1953);
1 Rin = 1/100 Yen

Rossetti: Dante Gabriel Rossetti (1828–1882), englischer Dichter und Maler

Sanada, Yukimura: (1567–1615), Angehöriger des Feudaladels, der bei den kriegerischen Auseinandersetzungen um die Reichseinigung den Kanzler Hideyoshi Toyotomi (1535–1598) unterstützte

Satsuma-Laute: Musikinstrument mit vier Saiten und vier Stegen

Sen: japanische Währungseinheit; 1 Sen = 1/100 Yen

shaku: japanisches Längenmaß; 1 shaku = 30,3 cm

shamisen: Musikinstrument mit drei Saiten

shoji: Schiebetür bzw. verschiebbare Wand, die durch Leisten in kleine, mit Papier bespannte Quadrate unterteilt ist

sun: japanisches Längenmaß; 1 sun = 3,03 cm

sushi: Schnitten oder Bällchen aus fein gesäuertem Reis in verschiedenen Formen, oft mit rohen Fischscheiben belegt

Tanehiko: Tanehiko Ryutei (1783–1842), japanischer Schriftsteller, Autor des Romans »Der ländliche Genji« (1829–1842 in Fortsetzungen), einer Nachschöpfung des klassischen Romans »Die Geschichte des Prinzen Genji« aus dem 11. Jh.

tsubo: japanisches Flächenmaß; 1 tsubo = 3,31 qm

Uchimura: Kanzo Uchimura (1861–1930), Lehrer Shigas, bekannt durch seine öffentlichen Vorträge über das Christentum. Wurde auf Grund seiner Weigerung, sich als Christ vor dem Bild des Kaisers zu verneigen, von der Universität entlassen

Umehara: Ryuzaburo Umehara (geb. 1888), japanischer Maler europäischen Stils, 1908 bis 1913 in Frankreich, Studium bei Renoir

Yasui, Sotaro: (1888–1955), japanischer Maler europäischen Stils, 1907 bis 1914 in Frankreich

Inhalt